T0270334

Tu admiradora secreta

TESSA BAILEY

Tu admiradora secreta

TITANIA
Argentina • Chile • Colombia • España
Estados Unidos • México • Perú • Uruguay

Título original: *Secretly Yours*
Editor original: Berkley Romance
Traducción: Ana Isabel Domínguez Palomo y María del Mar Rodríguez Barrena

1.ª edición Febrero 2024

Plaza de los Reyes Magos, 8, piso 1.º C y D – 28007 Madrid
www.titania.org
atencion@titania.org

ISBN: 978-84-19131-47-8
E-ISBN: 978-84-19936-32-5
Depósito legal: M-33.356-2023

Fotocomposición: Ediciones Urano, S.A.U.
Impreso por Romanyà Valls, S.A. – Verdaguer, 1 – 08786 Capellades (Barcelona)

Impreso en España – *Printed in Spain*

Para Kristy.
Una amiga fiel, un apoyo desde siempre
y una poderosa defensora.
Gracias por la década de risas y de sinceridad.
Me apunto a otra.

Agradecimientos

Dicen que hay que escribir de lo que se sabe. Y si de algo sé, es de vino y de crisis de identidad, así que mientras escribía *Tu admiradora secreta* he estado en mi salsa. Este libro marida perfectamente con cualquier cosa que te haga feliz, ya sea un cabernet en su punto perfecto de maduración o un batido. Voy a intentar no extenderme demasiado, pero en mi caso, lo que me hace feliz son mis lectoras. Agradezco vuestras palabras, vuestros correos electrónicos y vuestros mensajes en las redes sociales. Me hacéis feliz, aunque seáis de las calladas. Gracias por darme la confianza para seguir haciendo esto. Gracias también a mi leal y competente editora, Nicole Fischer de Avon, a Holly Rice-Baturin —publicista de mis sueños y la alegría personificada— y a la maravillosa y valorada Naureen Nashid. Muchas gracias a mi agente, Laura Bradford. Mi amor eterno a mi marido, Patrick, y a mi hija, Mac.

1

Hallie Welch dobló un poco el periódico por la sección de tiras cómicas que estaba leyendo para mirar hacia Grapevine Way y se le revolvió el estómago al ver que otro grupo de lugareños pasaba de largo por Encorchado, una tranquila tienda de vinos que era su preferida, para entrar en DESCORCHADO, la nueva y llamativa monstruosidad que habían abierto a su lado y que anunciaba en el escaparate catas de maridaje con salsa picante. La fachada de DESCORCHADO estaba pintada de un dorado metálico que reflejaba el sol y cegaba a los transeúntes, sin darles más opción que entrar a toda prisa o arriesgarse a quedarse ciegos. Desde el banco en el que estaba sentada veía a través del ventanal sus modernísimas fuentes de vino, su pared de quesos apestosos y la caja registradora, que se iluminaba como una máquina de *pinball*.

Mientras tanto, las descascarilladas mesas blancas de hierro forjado de la terraza de Encorchado estaban vacías y olvidadas. Hallie todavía veía a su abuela en la mesa más alejada de la derecha, con una sencilla copa de cabernet por delante. Todo el mundo se detenía a saludar a Rebecca al pasar. Le preguntaban qué flores estaban de temporada y cuáles eran los mejores bulbos para plantar en un mes concreto. Y aunque siempre estaba leyendo algún superventas, colocaba el marcapáginas con borla de seda entre las páginas y contestaba sus preguntas dedicándoles toda su atención.

El periódico que tenía en las manos bajó más y se fue arrugando hasta acabar en su regazo mientras rememoraba el claro recuerdo.

En la terraza de DESCORCHADO había literalmente una pista de baile y una bola de discoteca colgada del alero del tejado. Se pasaba todo el santo día dando vueltas y reflejando la luz por la acera, convirtiendo a las personas en zombis que preferían vino salido de una máquina expendedora. Por la noche, ese trocito de madera de tres por tres metros se llenaba hasta arriba de turistas achispados, con los bolsos llenos de roquefort apestoso, y nadie le prestaba atención alguna a Encorchado. Nadie se escandalizaba por la burla del nombre que habían elegido esos entusiastas recién llegados.

Cuando abrieron la tienda un mes antes, casi le dio pena la joven pareja que acababa de llegar del sur del estado. Pobrecillos, pensó Hallie, por haber invertido sus ahorros en un gancho comercial. Su establecimiento nunca llamaría la atención de los leales lugareños de Napa que honraban la tradición y la rutina. Pero se equivocó.

DESCORCHADO iba de maravilla. Mientras tanto, Lorna, la cariñosa y ya entrada en años dueña de Encorchado, ya ni siquiera salía al atardecer para encender las velas de las mesas de la terraza.

Hallie miró la copa de cristal irrompible que tenía en el bolso. Había entrado con ella en Encorchado todos los días de esa semana en un intento por apoyar el debilitado establecimiento, pero necesitaba un plan mejor. Lo de beber durante el día empezó bien, pero a esas alturas empezaba a mezclar unos días con otros, y esa mañana había descubierto las llaves del coche en el microondas. Apoyar a Encorchado con la única ayuda de dos amigas no iba a evitar que la mesa preferida de su abuela desapareciera de la acera. Y ahí era donde debía estar. Tenía la impresión de que la brisa se llevaba muchas partes de su abuela, pero esa mesa no se la llevaría. El lugar al que había ido con Rebecca todos los domingos por la tarde desde que empezó en el instituto y donde aprendió el arte de la jardinería no iba a desaparecer. Tenía que quedarse.

Así que... había llegado el momento de pasar al ataque.

Dobló el periódico con mucho cuidado y se lo colocó debajo del brazo. Miró a un lado y a otro de la acera en busca de amigos o clientes y después cruzó la calle a paso vivo hacia DESCORCHADO. Habían añadido dos ficus plantados en macetas, uno a cada lado de la puerta, a los que les habían dado una bonita forma de cucurucho de helado, pero el personal no iba a ganar puntos extra por mantener las plantas adecuadamente. Ni siquiera por tenerlos tan frondosos y bien cuidados. Y si Hallie Welch, propietaria de Las Flores de Becca y la mejor jardinera de St. Helena, no se ablandaba con alguien que sabía cuidar una planta con esmero, era señal de que estaba cabreadísima.

Además, en ese momento las plantas no eran lo importante.

Se detuvo delante de DESCORCHADO y miró la bola de discoteca mientras cambiaba el peso del cuerpo de un pie a otro, sobre las zapatillas sin cordones con suela de goma que llevaba.

«Se va a liar una buena», dijo la voz de su abuela, que le llegó desde algún punto del más allá. ¿Cuántas veces la había mirado Rebecca y le había dicho eso mismo? ¿Cientos? ¿Miles? En ese instante, vio en el reflejo del ventanal de DESCORCHADO que su abuela habría adivinado lo que iba a suceder al verle la cara.

Dos rosetones en las mejillas.

Los dientes apretados.

Una expresión... ¿diabólica?

«Dejémoslo en decidida», se dijo.

La señora Cross, la dueña de la cafetería emplazada al otro lado de la calle, salió de DESCORCHADO con una botella de vino anunciada por el famoso de turno en una mano y un babero de papel alrededor del pecho que ponía «Chin, chin, hurra» por delante. Al verla, la mujer se paró en seco y agachó la cabeza con gesto culpable.

—No sé qué ha pasado —dijo al tiempo que se quitaba el babero a toda prisa—. Accedí a que me añadieran a sus mensajes de aviso solo por educación y esta mañana… me desperté con un mensaje que describía copas de vino con los bordes bañados en chocolate y ha sido como si los pies me hubieran traído por voluntad propia a la cata de las tres en punto.

—¿Qué tal el vino? —le preguntó Hallie, con la sensación de que le faltaba el aire. «Otra que muerde el polvo»—. Fuerte, con un regusto a traición, supongo.

La señora Cross dio un respingo… y tuvo la osadía de lamerse un poco de chocolate de la comisura de los labios.

—Lo siento, cariño. —Pasó a toda prisa a su lado en dirección al paso de peatones, aferrando su botella de hipocresía—. Tengo que irme. Tengo turno de tarde…

Hallie tragó saliva y se volvió de nuevo hacia la bola de discoteca, cuya deslumbrante luz hizo que entrecerrara los ojos.

Tras debatir de nuevo consigo misma un instante, se hizo con un trozo de corteza que estaba en la maceta del ficus que tenía más cerca… y levantó el brazo para meterlo en el motor de la bola de discoteca, deteniendo su cegador giro. Después salió corriendo.

A ver… igual lo de «salir corriendo» fuera una exageración. Más bien salió al trote.

Y pronto se dio cuenta de que no iba vestida para huir del escenario de su primer acto de vandalismo.

Las zapatillas con suela de goma eran perfectas para moverse sobre tierra y hierba, no para salir corriendo por si llegaba la poli. El colorido bolso que llevaba colgado en bandolera le golpeaba la cadera con cada paso, y la colección de collares se agitaba en solidaridad con sus tetas. En el bolsillo tenía un coletero verde azulado para hacerse un moño en la coronilla mientras trabajaba. ¿Y si se paraba y se lo hacía en ese momento para poder correr con más facilidad? El pelo no paraba de metérsele en los ojos y la suela de goma de las zapatillas chirriaban de forma vergonzosa con cada zancada. Estaba claro que no merecía la pena cometer un delito.

Al ver que una cara conocida aparecía en la acera delante de ella, estuvo a punto de caerse al suelo por el alivio.

—Sin hacer preguntas después, ¿puedo esconderme en tu cocina?

—Joder, ¿qué has hecho ahora? —le preguntó a su vez su amiga Lavinia, maestra repostera de dónuts y expatriada británica. Había salido para fumar en la puerta, una imagen nada común en Grapevine Way, en St. Helena, pero se llevó el mechero al muslo al verla correr hacia ella con los collares, el pelo y los hilos sueltos de los pantalones cortos al viento—. Detrás de la amasadora de pie. Pero date prisa.

—Gracias —chilló Hallie, que se metió de un salto en La Nuez Judy, la pastelería donde había aire acondicionado, y pasó a toda velocidad al lado de un grupo de clientes boquiabiertos para entrar en la cocina a través de la puerta batiente. Tal como su amiga le había aconsejado, se colocó detrás de la amasadora de pie y aprovechó la oportunidad para hacerse por fin un moño—. Hola, Jerome —saludó al marido de Lavinia—. Vaya pintaza tienen esos hojaldres.

Jerome agachó la cabeza para mirarla por encima del borde de las gafas y murmuró algo entre dientes antes de seguir glaseando los dulces.

—Me da igual lo que haya pasado, pero esta vez no involucres a mi mujer —replicó él con sorna.

Dado que ya estaba acostumbrada al carácter seco y directo de ese hombre, que fue detective de policía en Los Ángeles, Hallie le hizo un saludo militar.

—Nada de involucrarla. Mensaje recibido.

Lavinia entró en la cocina, envuelta en el olor característico de los Parliaments.

—¿Te importaría explicarte, guapa?

—Ah, no ha sido nada. Solo acabo de sabotear la bola de discoteca que hay delante de cierta tienda de vinos. —Se dejó caer de lado contra la pared—. Hemos tenido otra desertora: la señora Cross.

Lavinia torció el gesto, y a Hallie le encantó ver el mohín.

—¿La dueña de la cafetería? Estas idiotas no conocen la lealtad. —Imitó la postura de Hallie, pero apoyándose en la espalda de su marido—. En fin, ya sé dónde no voy a comprar el café que me tomo por las tardes.

—¿El que tiras a la basura y cambias por *whisky*? —replicó Jerome, lo que le valió de un codazo en las costillas.

—Sabía que lo entenderías —dijo Hallie, que extendió una mano hacia su amiga.

—Uf, pues claro que lo entiendo —le aseguró Lavinia con una mueca—. Pero ni yo aguanto más catas diarias en Encorchado. Ayer regalé tres docenas de dónuts y le dije al cartero que lo quería por culpa del colocón de beaujolais.

—Sí. —Hallie recordó el chirrido de protesta de la bola de discoteca cuando la detuvo con el trozo de corteza y echó a correr—. Empiezo a creer que el consumo de alcohol durante el día está afectando mi comportamiento para mal.

Jerome tosió…, o hizo un ruido que era la versión de una tos.

—¿Qué excusa tenías para tu comportamiento antes de asistir a catas de vino a diario? —le preguntó. Le había dado la espalda a la mesa metálica donde estaba glaseando y se había apoyado en ella, con esos oscuros brazos cruzados por delante de su enorme torso—. Si siguiera en la policía, diría que esto es una escalada en la situación.

—No —susurró Hallie, horrorizada mientras aferraba con fuerza la correa del bolso.

—Déjala tranquila, Jerome —lo regañó Lavinia al tiempo que le daba un tortazo en el brazo—. Ya sabes lo mucho que ha sufrido nuestra Hallie últimamente. Y es bastante inquietante ver que todos se pasan a DESCORCHADO como si fueran un rebaño de borregos. Muchos cambios y todos a la vez, ¿a que sí, guapa?

La compasión de Lavinia le provocó una punzada en el pecho. Dios, quería mucho a sus amigos. Incluso a Jerome y su brutal sinceridad. Pero su amabilidad también la hacía sentirse como si fuera el único lápiz al revés en un estuche. Era una mujer de veintinueve años escondida detrás de una amasadora de pie después de haber saboteado una bola de discoteca, que estaba interrumpiendo la jornada laboral de dos adultos funcionales. El móvil le vibraba sin cesar en el bolso; sin duda se trataba de la clienta con la que había quedado a las tres y media para preguntarle por qué llegaba tarde.

Tardó un minuto entero en localizar el chisme vibrador en su atestado bolso.

—¿Diga?

—¡Hallie! Soy Veronica, de Hollis Lane. ¿Vas a venir esta tarde a lo de mi jardín? Son más de las cuatro y he quedado para cenar pronto.

¿Las cuatro? ¿Cuánto tiempo había estado dándole vueltas a la cabeza delante de DESCORCHADO mientras fingía leer la misma tira cómica de Nancy y Sluggo una y otra vez?

—Tranquila. Tú vete que yo llego enseguida para empezar.

—Pero no podré abrirte la puerta para que entres —le recordó Veronica.

Hallie abrió la boca y la cerró.

—Tu jardín no está cerrado, ¿verdad?

—No, pero... En fin, debería estar aquí para saludarte, por lo menos. Los vecinos deberían verme hablar contigo para que no crean que estás entrando en mi casa sin permiso. Y... bueno, en fin, que no me importaría supervisar tu trabajo un poquito. Soy muy particular.

Ahí estaba. El beso de la muerte para Hallie.

Una clienta que quería controlar la narrativa floral.

Su abuela había tenido mucha paciencia con esas cosas, les prestaba mucha atención a las exigencias de los clientes y los guiaba con cuidado hasta llevarlos a su terreno. Sin embargo, ella carecía de mano izquierda. Podía crear preciosos jardines que eran una explosión de color... y eso hacía. Por todo St. Helena. Mantenía vivo el nombre de Las Flores de Becca y el espíritu de la abuela que la había criado desde los catorce años. Pero carecía de método para su locura. Se guiaba por el instinto y por su estado de ánimo para plantar.

Era un sistema caótico, como el resto de su vida.

Eso era lo que le funcionaba. La locura la mantenía ocupada y distraída. Si se paraba a intentar organizar, el futuro le parecía demasiado abrumador.

—¿Hallie? —oyó que la llamaba Veronica—. ¿Vas a venir?

—Veronica, siento muchísimo las molestias —contestó antes de tragar saliva, con la esperanza de que su abuela no pudiera oírla desde el cielo—. Como estamos a finales de junio y tal, me temo que tengo la agenda apretadísima. Pero tengo a un colega en el pueblo que sé que podría hacer un trabajo magnífico en tu jardín… y él es muchísimo mejor que yo a la hora de interpretar visiones concretas. Seguro que has oído hablar de Owen Stark o que has visto su nombre por el pueblo. Voy a llamarlo en cuanto colguemos para que se ponga en contacto contigo.

Hallie cortó la llamada poco después.

—En fin, resulta que tengo la tarde libre. Puede que me pase por un supermercado.

—Pues roba unas cajetillas de tabaco para mí ya que estás, guapa —dijo Lavinia sin perder la oportunidad—. Y sal de fruta para Jerome.

—Lo que sea por mis compinches.

Jerome resopló.

—Te delataría a la poli sin pensármelo dos veces —replicó y se volvió para espolvorear los hojaldres con azúcar glas.

—No lo dice en serio —le aseguró Lavinia articulando las palabras con los labios.

Hallie miró a su amiga con sorna. La verdad, entendía que Jerome estuviera enfadado con ella. Esa no era la primera vez que se escondía detrás de la amasadora. Si lo pensaba bien…, ¿había pasado siquiera un mes entero desde la última vez? El día que se inauguró DESCORCHADO, tal vez hubiera hecho desaparecer algunos de los folletos que circulaban por el pueblo. Y por «algunos», se refería a que había cancelado todas sus citas de trabajo y había recorrido el pueblo arrancándolos de los escaparates de las tiendas. Ya en la última fase de su misión, la cazó un encargado muy elegante con un traje de *tweed* y unas gafas redondas que la persiguió por media manzana.

Debería dejar de preocuparse tanto por cosas que no podía cambiar. Si algo había aprendido mientras crecía con una madre vagabunda era que los cambios no podían evitarse. Las cosas, las personas e incluso las tradiciones cambiaban a veces de un momento a otro. Aunque ese no iba a ser el caso de su abuela. Rebecca era el timón de su vida. ¿Hacia dónde iría sin ella?

Se obligó a sonreír.

—En fin, os dejo con lo vuestro. Gracias por darme asilo. —Como se conocía demasiado bien, cruzó los dedos detrás de la espalda—. Prometo que será la última vez.

Lavinia se echó a reír.

—Por favor, Hallie, que estoy viendo en la puerta de acero inoxidable del frigorífico que has cruzado los dedos.

—Ah. —Con la cara ardiendo, Hallie echó a andar hacia la puerta trasera—. Me voy ya...

—¡Espera! Se me había olvidado. Tengo noticias —dijo Lavinia de pronto mientras se acercaba a ella a toda prisa. Tras entrelazar sus brazos, caminó con ella hasta el pequeño aparcamiento situado detrás de la tienda y de los demás establecimientos de Grapevine Way. En cuanto la puerta mosquitera de La Nuez Judy se cerró tras ellas, Lavinia se encendió otro cigarro y la miró de tal manera que le dejó claro que eran unas noticias importantísimas. Justo la distracción que necesitaba para posponer su estado de ánimo reflexivo—. ¿Te acuerdas de la cata de vino a la que me obligaste a ir hace unos meses en Viñedos Vos?

Hallie se quedó sin aliento al oír el apellido Vos.

—Sí.

—¿Y recuerdas que te pusiste piripi y que me dijiste que llevabas enamorada de Julian Vos, el hijo, desde que empezaste el instituto?

—Shhhh. —A esas alturas, debía de tener la cara más colorada que la remolacha—. Baja la voz. ¡En el pueblo los conoce todo el mundo, Lavinia!

—¿Te quieres callar? Solo estamos nosotras dos. —Entrecerró un ojo, dio una larga calada y soltó el humo hacia un lado—. Ha vuelto al pueblo. Lo he oído de boca de su madre.

Fue como si el aparcamiento se encogiera a su alrededor y el suelo subiera como una ola de asfalto.

—¿Qué? ¿Te refieres a... Julian? —La reverencia con la que susurró su nombre la habría avergonzado de no haberse escondido tres veces en un mes detrás de la amasadora de Lavinia—. ¿Estás segura? Vive cerca de Stanford.

—Sí, sí, es un profesor de universidad con mucho talento. Un erudito taciturno con un cuerpo de infarto y el pelo negrísimo. Casi tu primer beso. Me acuerdo de todo... y sí, estoy segura. Según su madre, el hijo pródigo cañón va a vivir en la casa de invitados del viñedo durante los próximos meses mientras escribe una novela de ficción histórica.

Hallie sintió que la recorría un calambrazo de la cabeza a los pies.

La imagen de Julian Vos estaba grabada a fuego en su mente, a la espera de que la invocara, y en ese momento afloró a la superficie, clara y gloriosa. Su pelo negro agitándose por el viento, el viñedo de su familia como un laberinto infinito a su alrededor, la luz de la luna bañando las hileras de vides, esa boca bajando hacia la suya y deteniéndose en el último segundo. Estuvieron tan cerca que llegó a saborear el alcohol en su aliento. Tan cerca que habría podido contar las motitas oscuras en esos ojos del color del *bourbon* si hubiera habido más luz.

Además, todavía podía sentir cómo la había agarrado de la muñeca para llevarla a rastras de vuelta a la fiesta mientras refunfuñaba porque solo era una novata. La gran tragedia de su vida, hasta que perdió a su abuela, fue no conseguir ese beso de Julian Vos. Durante los últimos quince años, había estado montándose finales alternativos en su cabeza, y de vez en cuando hasta llegaba al extremo de ver sus clases de Historia en YouTube... y de responder a sus preguntas retóricas en voz alta, como una monologuista psicópata. Claro, que pensaba llevarse ese vergonzoso secreto a la tumba.

Por no mencionar el álbum de preparativos de boda que creó con él en mente cuando tenía quince años.

—¿Y bien? —preguntó Lavinia.

Hallie salió de su ensimismamiento.

—Y bien ¿qué?

Lavinia agitó la mano con la que sujetaba el cigarro.

—Dentro de poco, podrás cruzarte por el pueblo con el chico del que estabas enamorada. ¿No es emocionante?

—Sí —contestó Hallie despacio mientras les suplicaba a los engranajes de su cerebro que dejaran de dar vueltas—, lo es.

—¿Sabes si está soltero?

—Eso creo —susurró Hallie—. No actualiza su muro de Facebook muy a menudo. Cuando lo hace, pone artículos sobre la exploración espacial o algún descubrimiento arqueológico...

—Me estás dejando la vagina más seca que el desierto, literalmente.

—Pero en su estado pone que sigue soltero —añadió Hallie con una carcajada—. La última vez que lo miré.

—Y si no te importa que te lo pregunte, ¿cuándo fue eso?

—¿Hace un año, quizá?

Más bien hacía un mes, pero tampoco llevaba la cuenta.

—¿No sería alucinante tener una segunda oportunidad para ese beso? —Lavinia le clavó un dedo en las costillas—. Aunque a estas alturas de la vida ya no será el primero ni mucho menos, ¿verdad?

—Sí, claro, será por lo menos el...

Su amiga entrecerró de nuevo un ojo mientras agitaba un dedo en el aire.

—¿El undécimo? ¿El décimo quinto?

—El décimo quinto. Eso mismo. —Hallie tosió—. Menos trece.

Lavinia la miró boquiabierta un buen rato y silbó por lo bajo.

—Dios, a ver, con razón tienes tanta energía reprimida. —Aplastó la colilla—. Muy bien, olvida lo que he dicho de cruzarte con él, potranca con dos besos a sus espaldas. La casualidad no va a funcionar. Tenemos que organizar un encuentro de tapadillo. —Estuvo pensando un rato hasta que se le ocurrió algo—. ¡Oooh! Podemos mirar en la web de Viñedos Vos por si van a celebrar algún evento pronto. Seguro que él asiste.

—Sí, sí, podría hacer eso. —Hallie siguió asintiendo con la cabeza—. O podría llamar sin más a la señora Vos y preguntarle si el jardín de la casa de invitados necesita algunos retoques. Mis begonias le darían un precioso toque de rojo a cualquier entrada. ¿Y quién rechazaría unas cuantas lantanas? Están verdes todo el año.

—Hallie…

—Además, luego está el descuento de finales de junio que estoy ofreciendo.

—Nunca eliges el camino fácil, ¿verdad?

—Se me da mucho mejor hablar con los hombres cuando tengo las manos ocupadas.

Su amiga levantó una ceja.

—Tú te has oído, ¿verdad?

—Sí, pervertida, me he oído —masculló mientras se llevaba el teléfono a la oreja, y sintió mariposas en el estómago por culpa de la emoción cuando oyó el primer tono—. Rebecca siempre decía que había que buscar las señales. Había un motivo para cancelar un trabajo de dos días a la semana en casa de Veronica en Hollis Lane: ahora estoy libre y puedo hacer esto. Creo. Llevo al valle de Napa en las venas, pero las catas de vino no son lo mío. Esto sí. Podré usar las flores como defensa.

—Supongo que no es mala opción. Solo vas a echarle un vistacillo.

—¡Sí! Un vistacillo de nada. Por la nostalgia y tal.

Lavinia también empezó a asentir con la cabeza.

—Joder, si hasta estoy empezando a emocionarme con todo esto, Hal. No todos los días se consigue una segunda oportunidad para besar al chico que te gusta desde siempre.

Exacto. Por eso no iba a darle muchas vueltas. «Actúa primero, piensa después». Su credo funcionaba la mitad de las veces. Había muchas cosas con peores probabilidades. Como... la lotería. O cascar un huevo y que tuviera dos yemas. Sin importar lo que pasara, iba a ver de nuevo a Julian Vos. En carne y hueso. Pronto.

Por supuesto, podría salirle el tiro por la culata con ese plan. Y con razón.

¿Y si ni siquiera la recordaba de aquella noche en el viñedo?

Al fin y al cabo, habían pasado quince años y lo que sentía por Julian Vos en el instituto por desgracia no era correspondido. Antes de la noche del casi beso, él no tenía ni idea de su existencia. Y justo después su madre la sacó del instituto y se mudaron a Tacoma, donde pasaron una larga temporada. Él se graduó poco después, de modo que no lo había vuelto a ver en la vida real.

Ver una expresión desconcertada en la cara del hombre que protagonizaba sus fantasías podría ser una decepción mortal. Pero su impulsividad había empeorado desde que perdió a Rebecca en enero y arrojarse a una de sus posibilidades desconocidas le resultaba demasiado tentador en ese momento. Dejar que los dados cayeran donde quisieran sin razonar antes sus actos. Un hormigueo en la base del cuello le avisó de que echara el freno y se tomara un momento para pensar, pero le hizo caso omiso y enderezó la espalda al oír la voz clara y casi guasona de Corinne Vos al otro lado de la línea.

—¿Diga?

—Hola, señora Vos. Soy Hallie Welch, de Las Flores de Becca. Me encargo del paisajismo de su piscina y de renovar las plantas de su porche cada temporada.

Una pausa minúscula.

—Sí. Hola, señorita Welch. ¿En qué puedo ayudarla?

Hallie se apartó el teléfono de la cara para poder tomar una honda bocanada de aire con la que infundirse valor y luego volvió a pegárselo con fuerza.

—En realidad, esperaba ayudarla yo a usted. Este año tengo unas begonias espectaculares y he pensado que quedarían fabulosas en su propiedad…

2

Julian Vos obligó a sus dedos a moverse por el teclado, aunque la trama se le estaba yendo de las manos. Había reservado media hora para escribir sin pausa. Por lo tanto, tenía que llegar a esa cuota. Su protagonista, Wexler, que había viajado en el tiempo hasta el pasado, estaba pensando en lo mucho que echaba de menos la comida basura y el saneamiento de las casas del futuro. Iba a eliminar todo eso, pero tenía que seguir escribiendo durante treinta segundos más.

Veintinueve. Veintiocho.

La puerta de la casa de invitados se abrió y se cerró. Julian mantuvo la vista clavada en el cursor, aunque frunció el ceño. En la pantalla de su sobremesa, Wexler se había vuelto hacia su colega y había dicho: «No esperaba visita esta tarde».

Saltó la alarma del temporizador.

Julian se echó hacia atrás en el sillón de cuero y permitió que sus manos se alejaran del teclado para apoyarlas en los muslos.

—¿Hola? —dijo sin volverse.

—Soy yo, tu madre. —Sus pasos resonaron en la entrada y después en el pasillo que discurría por debajo de la escalera y que conducía al despacho con vistas al patio—. He llamado varias veces, Julian —dijo antes de detenerse en la puerta, a su espalda—. Lo que sea que estés escribiendo debe de ser muy interesante.

—Sí. —Dado que no le había preguntado por lo que estaba escribiendo en concreto, supuso que no le interesaba y no se molestó en explicarle nada. Hizo girar la silla y se puso en pie—. Siento haberte hecho esperar. Estaba terminando un ciclo de media hora.

Corinne Vos esbozó una sonrisilla, dejando al descubierto durante un segundo las arruguitas que tenía alrededor de los ojos y de la boca.

—Veo que sigues ciñéndote a tus estrictos horarios.

Julian asintió una vez con la cabeza.

—Solo tengo agua con gas en el frigorífico —dijo al tiempo que le hacía un gesto a su madre para que saliera del despacho. Borrar palabras formaba parte del proceso de escritura (había leído largo y tendido sobre la creación de borradores en *Structuring your novel,* un libro que ayudaba a los escritores a iniciarse en el mundo de la creación literaria), pero su madre no tenía por qué ver a Wexler poniéndose poético mientras pensaba en hamburguesas e inodoros. El respiro que se había tomado de su puesto de profesor de Historia para escribir ficción ya la tenía muerta de la risa. No necesitaba echarle más leña al fuego—. Voy a beberme un vaso, ¿te apetece otro?

Ella aceptó con un gesto de la cabeza mientras desviaba un momentito la mirada por encima de su hombro hacia la pantalla del ordenador.

—Sí, por favor. Me vendría bien un vaso de agua con gas.

Se trasladaron en silencio a la cocina, donde Julian sacó dos vasos altos de un armarito, sirvió el agua con gas y le ofreció uno a su madre, que no se había sentado. Como no quería parecer descortés, él tampoco lo hizo.

—¿Qué te parece la casa? —le preguntó Corinne al tiempo que tamborileaba sobre el vaso de cristal con esas uñas pintadas de verde botella. Siempre las llevaba del mismo color, a juego con el logotipo de Viñedos Vos—. ¿Cómoda?

—Mucho.

—¿Seguro que no preferirías quedarte en la casa principal? —Recorrió la cocina con la mirada mientras sonreía desconcertada—. Allí tenemos comida. Y personal que la prepara. Sin esas cosas de las que preocuparte, podrías concentrarte más en escribir.

—Te agradezco el ofrecimiento, pero prefiero la tranquilidad. —Bebieron en silencio. Su reloj fue marcando los segundos. No en alto, pero él percibía el lento paso del segundero mientras recorría la corona azul medianoche—. ¿Las cosas van bien en el viñedo?

—Por supuesto. ¿Por qué no iban a ir bien? —Corinne soltó el vaso en la encimera con más fuerza de la cuenta y entrelazó las manos a la altura de la cintura mientras lo fulminaba con una mirada que hizo que lo embargara una extraña nostalgia. Le recordó a todas las travesuras de su hermana, Natalie, en el viñedo cuando eran pequeños. Al volver a casa, siempre se encontraban a Corinne esperando en la puerta trasera con el ceño fruncido, momento en el que les ordenaba que se asearan para la cena de inmediato. Era imposible tildar a su familia de unida. Solo tenían un parentesco de sangre. Soportaban la carga del mismo apellido. Pero en el pasado hubo momentos, como cuando entraban por la puerta trasera antes del anochecer llenos de barro y ramitas, en los que podía fingir que eran como cualquier otra familia—. Julian, quiero hablarte de una cosa si tienes un momento.

Restó mentalmente un cuarto de hora a su próximo esprint de escritura y lo añadió al último del día para compensar. Así seguiría ciñéndose a su programación.

Corinne volvió la cabeza para mirar las hectáreas que separaban la casa de invitados y la casa principal. Un terreno cubierto de hileras e hileras de vides Vos. Las frondosas y verdes plantas se enroscaban en los postes de madera, con todos esos racimos de uvas de un intenso color morado alimentadas por el sol de Napa. Más de la mitad de esos postes estaba allí desde que su bisabuelo fundó el viñedo y el negocio de distribución de la familia Vos a finales de la década de los cincuenta.

La otra mitad de los postes se quemó a causa de un incendio forestal cuatro años antes.

Que fue la última vez que estuvo en casa.

Como si hubiera recordado esa semana infernal en voz alta, Corinne lo miró de nuevo de repente.

—Estamos en Napa y es verano. Ya sabes lo que implica eso.

Julian carraspeó.

—¿Tantas catas de vino que St. Helena se convierte en una Disneylandia para borrachos?

—Sí. Y sé que estás muy ocupado y no quiero interrumpir, pero dentro de dos semanas se celebra una feria: Relax y Vino en Napa. Es un nombre ridículo, pero genera mucha atención entre los medios de comunicación y atrae a un montón de gente. Por supuesto, Viñedos Vos contará con una importante presencia y sería bueno, a ojos de la prensa (y de todo el valle al completo), que te pasaras un rato por nuestro puesto. Para apoyar el negocio familiar. —Parecía fascinada por la moldura del techo—. Si puedes estar de siete a nueve de la noche, será suficiente.

La petición lo tomó por sorpresa. Básicamente porque era una petición de su madre, algo que ella jamás hacía. No a menos que hubiera un buen motivo, sobre todo si eran favores relacionados con el viñedo. Se enorgullecía de dirigir toda la empresa sola. De manera que tenía la firme impresión de que allí había gato encerrado.

—¿La empresa familiar necesita apoyo adicional?

—Supongo que no va a perjudicarla. —La expresión de su madre no cambió, pero atisbó algo en su mirada—. Nada de lo que alarmarse, por supuesto, pero hay mucha competición en el valle. Muchas caras nuevas.

Para Corinne, esa respuesta era como admitir que tenían problemas. Pero ¿qué clase de problemas? No lo sabía, pero el viñedo quedó vedado para él cuatro años antes. Por completo. Por su padre. Aun así, no podía pasar por alto el deje preocupado de la voz de su madre que ella había intentado disimular.

—¿Qué puedo...? —Carraspeó con fuerza—. ¿Qué puedo hacer para ayudar?

—Puedes estar presente en la feria —contestó ella sin titubear ni un segundo, y la sonrisa reapareció en su cara.

Dado que no le ofrecía más alternativa que dejar de lado el tema, Julian asintió con la cabeza.

—Por supuesto.

La única muestra de alivio que demostró su madre, si acaso podía tildarse de eso, fue el gesto de sacudir las manos, que hasta entonces tenía unidas a la altura de la cintura.

—Estupendo. Te diría que lo anotaras en el calendario, pero sospecho que va a ser lo primero que hagas en cuanto me vaya.

Julian esbozó una sonrisa tensa.

—Tienes razón.

Tal vez lo único seguro en la familia Vos era que todos conocían las idiosincrasias de los demás. Sus defectos. Corinne detestaba depender de otra persona que no fuera ella misma. Él necesitaba un horario inamovible. Su padre, aunque se había marchado a esas alturas, estaba tan obsesionado con cultivar la uva perfecta que no existía nada más. Y su hermana, Natalie, se pasaba la vida maquinando travesuras o llevándolas a cabo. Menos mal que a esas alturas vivía a cuatro mil kilómetros de Napa, en la ciudad Nueva York, cuya población se había convertido en sus víctimas.

Dejó el vaso en la encimera y acompañó a su madre a la puerta.

—Te dejo para que te pongas de nuevo con lo tuyo —dijo ella con brusquedad al tiempo que giraba el pomo y salía al soleado exterior—. Ah, antes de irme, puede que más tarde oigas un poco de ruido fuera, pero no te preocupes.

Julian se quedó de piedra y fue como si la imagen de su *app* de temporizador se desvaneciera en el aire.

—¿Qué quieres decir con un poco de ruido? O hay ruido o no lo hay.

—Supongo que tienes razón. —Su madre apretó los labios—. Habrá ruido.

—¿De qué clase?

—En el jardín. La jardinera va a plantar unas begonias.

Julian fue incapaz de controlar la estupefacción.

—¿Por qué?

Los ojos castaños de su madre, tan parecidos a los suyos, relampaguearon.

—Porque la he contratado para que lo haga.

Se le escapó una carcajada breve. En realidad, fue más una exhalación.

—Las flores me importan muy poco y soy el único que está aquí para verlas.

Ambos se quedaron callados y se esforzaron por recuperar la compostura. Discutir era rebajarse para ellos. Eran civilizados. Les habían enseñado a sonreír y a sostener la entereza pese a la rabia, a no ceder a la tentación de ganar. La victoria consistía en que todos se marchaban medio satisfechos, aliviados de regresar a su propio mundo independiente.

—¿A qué hora vendrá?

¿Eso que veía en los labios de su madre era una sonrisilla?

—A las tres en punto. —Corinne sonrió, salió al porche y bajó un escalón. Luego otro—. Aproximadamente.

A Julian le apareció un tic en un ojo.

Detestaba la palabra «aproximadamente». Si pudiera eliminar una palabra del idioma, sería «aproximadamente», seguida de «casi» y de la expresión «más o menos». Si esa mujer era incapaz de dar una hora exacta de llegada, no iban a llevarse bien. Lo mejor sería quedarse dentro y pasar de ella.

Así de sencillo.

La jardinera llegó cinco minutos antes de que finalizara su esprint de escritura.

Lo que identificó como una camioneta por su sonido se detuvo sobre el camino de gravilla y luego el ruidoso motor se apagó. Una puerta que chirriaba se cerró de golpe. Dos perros empezaron a ladrar.

Ah, no, que eran tres perros.

Madre del amor hermoso.

En fin, si necesitaban algo de él, tendrían que esperar. ¡Solo faltaba!

Ni siquiera iba a perder la concentración para mirar la hora.

Sin embargo, teniendo en cuenta que había empezado esa sesión de media hora a las cuatro en punto, supuso que eran cerca de las cuatro y media… y eso significaba que la jardinera llegaba hora y media tarde. Semejante retraso ya era pasarse de rosca. Prácticamente era como si hubiera faltado al trabajo.

Se lo diría, por supuesto que sí. En cuanto le sonara la alarma.

—¿Hola? —dijo una voz demasiado cantarina desde el camino de entrada, seguida por un coro de ladridos emocionados—. ¿Señor Vos?

Sus dedos estuvieron a punto de detenerse sobre el teclado cuando oyó que lo llamaba «señor Vos». En Stanford, era el profesor Vos. O «profesor» a secas.

El señor Vos era su padre.

Durante una milésima de segundo, sintió que se le tensaban los dedos.

Tecleó más deprisa para compensar el titubeo. Y siguió tecleando cuando se abrió la puerta de la casa.

—¿Hola? ¿Todo el mundo está visible? —La voz de la jardinera (y al parecer intrusa) le resultaba conocida, pero no conseguía recordar una cara para acompañarla. ¿Se podía saber por qué tenía que entrar en la casa si el jardín estaba fuera? ¿La había contratado su madre para vengarse por no haber vuelto a casa en cuatro años? De ser así, la tortura estaba siendo efectiva. La tensión arterial le iba subiendo con cada paso que la mujer daba por el pasillo—. He venido a plantar unas begonias… ¡Chicos, abajo!

Si Julian no se equivocaba, tenía un par de patas en los hombros. El húmedo hocico de otro perro se le pegó al muslo y después intentó apartarle las manos del teclado.

Desvió un momentito la mirada al temporizador. Le quedaban tres minutos más.

Si no terminaba esa sesión, no se relajaría en toda la noche. Sin embargo, le costaba concentrarse cuando lo único que veía era el reflejo de un labrador amarillo en la pantalla del ordenador. Como si presintiera la atención que le estaba prestando, el animal se tumbó patas arriba en la alfombra, con la lengua fuera.

—Siento muchísimo interrumpirlo… —dijo la voz alegre, casi cantarina, a su espalda—. Ah, va a seguir escribiendo. Muy bien. —Una sombra cayó sobre una parte de la mesa—. Entiendo. Es una de esas sesiones cronometradas. —La recién llegada se estremeció, como si acabara de descubrir que él era un fantasma que deambulaba por la casa y no alguien que valoraba los minutos y sus múltiples usos. A lo mejor ella debería aprender de su ejemplo—. No puede parar… —añadió ella despacio, y sintió el calor que irradiaba su cuerpo en la parte superior derecha de la espalda— hasta que el temporizador llegue a cero o no se habrá ganado el vaso de *whisky*.

Un momento.

¿Qué?

Uf, Dios. Ya estaba otra vez Wexler dándoles voz a los pensamientos que él, Julian, tenía en la cabeza.

Y la jardinera estaba leyendo por encima de su hombro.

La alarma del temporizador sonó por fin, lo que hizo que los perros empezaran una competición de aullidos.

Julian clavó el índice en el botón rojo del temporizador, tomó una honda bocanada de aire y se dio la vuelta en su sillón muy despacio, preparado para soltar la reprimenda del siglo. En el Departamento de Historia en Stanford, era famoso por ser peculiar. Puntilloso. Riguroso. Sin embargo, cuando había que regañar a algún estudiante, dejaba que las notas hablaran por sí solas. No tenía tiempo para lecciones extras fuera de su horario. Si un estudiante le pedía una reunión, se la concedía, por supuesto. Siempre y cuando la acordaran con tiempo. Que Dios ayudara a los que se presentaban sin avisar.

—Si hay algún motivo por el que ha decidido entrar en mi casa sin permiso, me encantaría oírlo…

Terminó de darse la vuelta.

Justo delante de él descubrió las tetas más impresionantes que había visto en la vida. Él no era de los que miraban embobados a las mujeres. Pero esos pechos estaban justo a la altura de sus ojos, a pocos centímetros de su cara. Era imposible no mirarlos. Que Dios lo ayudara, eran espectaculares. Grandes, para no andarse por las ramas. Eran grandes. Y estaban bastante expuestos por culpa de una camiseta celeste que dejaba ver los lunares que adornaban el sujetador de la jardinera.

—¿Es verdad? —preguntaron los pechos—. ¿Es verdad que no se permite beberse una copa por la noche a menos que haya escrito durante media hora?

Julian salió del ensimismamiento mientras buscaba desesperado la irritación que había experimentado antes de ver esas tetas, pero no le estaba resultando fácil encontrarla. Sobre todo cuando alzó la mirada y vio por fin unos brillantes ojos de color gris claro, momento en el que algo desconocido hizo que se le encogiera el estómago de forma totalmente inesperada.

«Dios. Eso sí que es una sonrisa».

Y lo demás era un caos absoluto.

Una maraña de tirabuzones rubios que caían alborotados por sus hombros, aunque muchos estaban de punta, cada uno para un lado, como los muelles rotos de un sofá. Llevaba tres collares, y ninguno combinaba. Uno dorado, otro plateado y otro de madera. Los bolsillos le sobresalían por el bajo de los vaqueros cortos y... sí, tenía que mantener la mirada del cuello para arriba, porque esas voluptuosas curvas exigían admiración y a él no le habían concedido permiso para admirarlas. De la misma manera que a ella no le habían concedido permiso para que entrara en su casa.

En fin. Que la recién llegada tenía un cuerpazo y no lo ocultaba en absoluto.

Verla lucir el cuerpo de forma tan entusiasta hizo que empezara a ponérsele dura. Cuando se dio cuenta de que se estaba excitando, se sentó más erguido y tosió en un puño mientras buscaba la manera de recuperar el control de esa disparatada situación. A esas alturas, los tres perros se estaban revolcando en la alfombra de su despacho y…

Esa mujer tenía algo que le resultaba familiar. Como si la conociera.

¿Habían estudiado juntos? Esa era la explicación más probable. El valle de Napa era bastante grande, pero los habitantes de St. Helena formaban una comunidad muy unida. Los productores de vino y sus empleados acostumbraban a no alejarse nunca de la tierra donde habían nacido. Les pasaban sus conocimientos a las generaciones futuras. Esa misma mañana, cuando salió a correr como de costumbre, se cruzó con Manuel, el gerente actual del viñedo cuyo padre llegó desde España cuando Julian estaba en el colegio. El hijo de Manuel tenía solo doce años, pero ya estaba aprendiendo el oficio para poder ocupar el puesto de su padre llegado el día. En cuanto a una familia se le metía el vino en la sangre, ya no tenía escapatoria. Y el vino corría por las venas de la mayoría de los lugareños. Con la excepción de los nuevos ricos que habían hecho fortuna con las empresas tecnológicas y que compraban viñedos para alardear, no había muchos cambios en los residentes de la zona.

De manera que si había ido al colegio con esa mujer convertida en jardinera, la recordaría.

Porque era cualquier cosa menos olvidable.

Sin embargo, ¿por qué experimentaba esa sensación en el estómago que le decía que la conocía bien?

Sería mejor actuar como si se vieran por primera vez, por si acaso le fallaba el instinto, ¿no? ¿No intentaban los hombres ligar con las mujeres asegurando que las conocían de algo? ¿O eso solo lo hacía su compañero Garth?

Se puso en pie y le tendió una mano.

—Soy Julian Vos. Encantado de conocerte.

El brillo de esos ojos grises se atenuó de forma visible y, en ese momento, le dio en la nariz que ya había metido la pata. Se le revolvió el estómago al verla parpadear con rapidez y esbozar una sonrisa radiante, como si quisiera ponerle al mal tiempo buena cara. Antes de que pudiera arreglar la metedura de pata y preguntarle por qué le sonaba tanto su cara, ella dijo:

—Yo soy Hallie. He venido a plantar unas begonias.

—Claro. —Era bajita. Bastantes centímetros más baja que él. Tenía la nariz quemada por el sol, y descubrió que era incapaz de apartar la mirada de ella. Un lugar más apropiado que sus increíbles pechos, supuso. «Quédate con la nariz»—. ¿Me necesitas para algo?

—Pues sí. —En ese momento, parecía estar dejando a un lado lo que la hubiera incomodado. ¿Por qué tenía la sensación de que la había defraudado? Y lo más importante, ¿por qué tenía tantas ganas de averiguar lo que estaba pensando? Esa mujer impuntual y sus perros estaban interrumpiendo su trabajo, y a su jornada todavía le quedaba una sesión de media hora—. No hay agua en la manguera del jardín porque la casa estaba deshabitada, claro. Necesito regar las begonias después de plantarlas, ¿sabes? ¿Para que se sientan a gusto en su hogar? Debería haber una llave de paso en el sótano o tal vez en el lavadero...

Mientras la veía imitar el movimiento de abrir una llave de paso con la mano, se fijó en la cantidad de anillos que llevaba. La suciedad de las uñas debía de ser fruto de su trabajo, sin duda.

—No tengo ni idea.

Ella se apartó un rizo de un ojo y lo miró con una sonrisa deslumbrante.

—Iré a echar un vistazo.

—Claro, adelante.

Ella tardó un segundo en darse media vuelta, como si esperase algo más de él. Al ver que no le decía nada, silbó para llamar a los tres perros, que se pusieron de pie.

—Vamos, chicos. Vamos. —Consiguió que se alejaran por el pasillo rascándoles detrás de las orejas.

Julian los siguió sin darse cuenta de inmediato de lo que estaba haciendo.

Los movimientos de esa mujer tenían algo que reclamaba su atención. Eran apresurados y contenidos al mismo tiempo. Era un torbellino andante que no dejaba de tropezarse con sus perros, de disculparse con ellos y de dar vueltas en círculos en busca de la llave de paso de la manguera del jardín. Salió y entró de varias habitaciones, hablando entre dientes, rodeada por sus perros.

Julian era incapaz de apartar la mirada.

Antes de darse cuenta, la siguió al lavadero y se la encontró a gatas, intentando girar una llave circular metálica hacia la izquierda, mientras los perros ladraban como si la estuvieran animando o dándole instrucciones.

¿De verdad la casa estaba sumida en el silencio cinco minutos antes?

—Ya casi lo consigo, chicos, esperad un momento. —Gimió, se estiró y levantó las caderas, momento en el que a él se le bajó la sangre de la cabeza tan deprisa que casi empezó a ver doble.

Uno de los perros se volvió para ladrarle.

Como si quisiera decirle: «¿Te vas a quedar ahí plantado como un pasmarote? Ayúdala».

Su única excusa era que la descarga de energía que ella había inyectado en su espacio en cuestión de segundos lo había distraído por completo. Y sí, también su atractivo (una extraña mezcla entre *hippie* desastrada y chica *pin-up* despampanante); pero que su aspecto lo distrajera no era apropiado.

—Por favor, levántate del suelo —dijo con brusquedad mientras se desabrochaba los puños de la camisa y se la remangaba—. Ya la abro yo.

Cuando ella retrocedió y se puso en pie, tenía el pelo más alborotado si cabía y se vio obligada a bajarse los pantalones cortos, que se le habían subido hasta las ingles.

—Gracias —la oyó murmurar.

¿Le estaba mirando los antebrazos?

—De nada —replicó despacio mientras se agachaba y ocupaba el sitio que ella había dejado libre.

Habría jurado que, en el reflejo de la llave, la vio sonreír mientras miraba su cuerpo doblado. Mientras le miraba el culo, para ser exactos, pero seguramente la imagen estuviera invertida.

A menos que no lo estuviera…

Meneó la cabeza por lo ridículo de la situación, agarró la llave y la giró hacia la izquierda, hasta que llegó al tope.

—Listo. ¿Necesitas echar un vistazo para comprobar que está todo bien?

—Eso estoy haciendo —contestó ella con voz ronca—. Ah, ¿te refieres a la manguera? Pues… seguro que ya hay agua. Gracias.

Julian se puso en pie justo a tiempo para verla salir de la casa como un torbellino, seguida por sus admiradores caninos que la miraban con devoción mientras arañaban con las uñas el suelo de madera. De repente, se hizo el silencio.

Menos mal.

Aun así, siguió a Hallie al exterior.

No sabía por qué. Tenía trabajo pendiente.

Quizá porque experimentaba un profundo desasosiego, como si hubiera suspendido un examen.

O quizá porque no había contestado su pregunta.

«¿Es verdad? ¿Es verdad que no se permite beberse una copa por la noche a menos que haya escrito durante media hora?».

Si esa mujer era lo bastante directa como para preguntarle a un desconocido por sus costumbres, había muchas probabilidades de que tuviera más preguntas incómodas para después; preguntas que ni tenía tiempo de contestar ni le apetecía hacerlo. De todas formas, siguió hasta el porche, desde donde la observó bajar el portón de su camioneta blanca y empezar a descargar cajas de flores rojas. Esa diminuta mujer que apenas le llegaba a la barbilla se tambaleó por el peso de la primera caja de flores, de modo que se adelantó sin pararse a pensarlo siquiera, mientras los perros ladraban al verlo acercarse.

—Ya llevo yo las flores. Dime dónde las quieres.

—¡Todavía no lo sé! Déjalas en el suelo. Donde empiezan esos setos.

Julian frunció el ceño mientras le quitaba la caja de flores de las manos.

—¿No sabes bien dónde van?

Hallie le sonrió por encima del hombro.

—Todavía no.

—¿Cuándo lo decidirás?

La vio ponerse de rodillas, inclinarse hacia delante y pasar las manos por la tierra marrón revuelta.

—Se puede decir que las flores deciden por sí mismas. Las iré moviendo en sus macetas de una en una hasta que queden bien.

A Julian no le gustó mucho esa respuesta. Se detuvo a unos pasos de distancia mientras intentaba, sin éxito, no fijarse en el tejido deshilachado de los vaqueros que le caía sobre la parte posterior de los muslos.

—Supongo que acabarán repartidas a intervalos regulares.

—¿Por accidente, tal vez?

Eso se lo dejó claro. No le cabía duda de que su madre lo estaba castigando. Había mandado a esa voluptuosa jardinera para acabar con su concentración y burlarse de su necesidad de organización. De planes detallados. De un horario. De relativa cordura.

Hallie se rio de su expresión, se puso en pie y se mordió el labio un momento. Después se pasó las manos por los desgastados vaqueros cortos. ¿Se acababa de ruborizar? En el interior de la casa, habría jurado que ella le echó un buen vistazo a su cuerpo; sin embargo, en ese momento, parecía demasiado tímida para mirarlo a los ojos. El minitorbellino rubio regresó a la camioneta en busca de una bolsa de lona llena de herramientas y después regresó a su lado tras atravesar de nuevo el jardín.

—Bueno —dijo mientras pasaba a su lado—, así que te has tomado un descanso de tus clases para escribir un libro. Me parece muy emocionante. ¿Qué te ha llevado a hacerlo?

—¿Cómo lo sabes? —le preguntó él a su vez mientras soltaba por fin la caja de flores.

Ella se quedó quieta, pala en mano.

—Me lo ha dicho tu madre.

—Claro. —No sabía qué hacer con las manos en ese momento. Las tenía demasiado sucias como para metérselas en los bolsillos, de modo que se quedó allí plantado, mirándoselas—. Es algo que tenía previsto hacer desde siempre. Escribir el libro. Aunque la ocasión se presentó antes de lo que esperaba.

—Ah. ¿Por qué?

Hallie se arrodilló en la tierra, y a él se le encogió el estómago.

—¿No quieres que te traiga una toalla o algo? —replicó él sin contestar su pregunta, y ella lo miró con sorna. En cierto modo, Julian supuso que intentaba ganar tiempo. No sabía qué respuesta darle. ¿Por qué había vuelto a Napa para escribir el libro antes de lo esperado? Era un motivo personal y no se lo había explicado a nadie. Sin embargo, por lo que fuera, la idea de contárselo a Hallie no lo incomodaba. Al fin y al cabo, allí estaba, cavando en la tierra tan tranquila en vez de esperar su respuesta como si fuera una revelación importantísima—. Cambié un poco mi plan a diez años después de que... En fin, después de que Garth, un compañero de Stanford, tuviera una especie de crisis nerviosa.

Ella soltó la pala y se dio media vuelta para sentarse con las piernas cruzadas en la tierra, desde donde lo miró fijamente.

Sin embargo, su total atención no lo descolocó ni lo hizo desear no haber empezado la conversación. Hallie tenía las rodillas llenas de tierra. La presión era mínima.

—Normalmente, habría seguido impartiendo clases todo el verano. Llevo ya un tiempo dando clases todo el año. No... sabría qué hacer con un descanso, la verdad.

Hallie apartó la mirada hacia el extenso viñedo, y él supo lo que estaba pensando: que podía volver al viñedo de su familia, con sus premios y su fama nacional, para tomarse un descanso. No. No era así de sencillo. Pero esa era una conversación totalmente distinta.

—En fin, la cosa es que casi al final del último semestre se produjo un incidente durante una de mis clases. Un estudiante apareció corriendo por el pasillo e interrumpió mi clase sobre las concepciones geográficas del tiempo. Me pidió ayuda. Garth había... —El duro recuerdo lo llevó a frotarse la nuca, aunque recordó demasiado tarde que tenía las manos sucias—. Se había encerrado en su despacho. Y se negaba a salir.

—Ay, no. Pobrecillo —murmuró Hallie.

Julian asintió con un gesto breve de la cabeza.

—Tenía algunos problemas personales que yo desconocía. En vez de lidiar con ellos de frente, había aceptado un horario de clases brutal y...

—Fue demasiado.

—Sí.

Uno de los perros se acercó a Hallie y le acarició la cara con el hocico. Ella aceptó el lametón y le dio unas palmaditas al animal en la cabeza.

—¿Ya está mejor?

Julian recordó la relajada conversación telefónica que había mantenido con su compañero tres días antes. Garth incluso se rio, algo que lo alivió al tiempo que le provocaba cierta envidia. Ojalá él fuera tan resistente y tuviera la capacidad de recuperación de su amigo.

—Se está tomando un descanso más que necesario.

—Y... —dijo ella, que empezó a cavar un nuevo agujero con la pala. Que él supiera, ni siquiera había terminado el primero— ¿la situación con Garth te motivó a tomarte un descanso?

El nudo que se le formó en la garganta era como roca.

—Llevamos dando clase el mismo tiempo —contestó con brusquedad, sin comentar que él tenía sus propios problemas personales (que se negaba a reconocer). Muchos de los cuales tenían que ver con el entorno donde se encontraban en ese momento. Recuerdos de los tendones de su cuello al tensarse, un peso aplastándole el pecho. El mareo y la incapacidad de encontrar raíces en ese entorno. Desterró con fuerza esos pensamientos y se concentró en el tema de Garth—. Teníamos prácticamente la misma carga de trabajo. Tomarme un respiro parecía lo más sensato. Gracias a Dios, había dejado cierta flexibilidad en mi agenda.

—Tu plan a diez años vista.

—Exacto. —Miró la camioneta de Hallie y se fijó en las brillantes letras azules y moradas que componían «LAS FLORES DE

Becca»—. Dado que eres la dueña de una empresa, seguro que tienes uno.

Ella se mordió los labios y lo miró con timidez desde el suelo, donde estaba arrodillada.

—¿Te conformarías con un plan a una hora vista? —Detuvo las manos—. Mira, olvídalo. Todavía no he decidido si voy a comprar algo para cenar en el bar o si voy a pasarme por Francesco's de vuelta a casa. Supongo que tengo un plan a diez minutos vista. O lo tendría si supiera dónde van estas flores. ¡Chicos!

Los perros se abalanzaron sobre ella y le olisquearon alegremente el cuello. Como si los hubiera llamado con el propósito de que la distrajeran de sus pensamientos.

—¿Quién es Becca? —le preguntó en ese momento e hizo una mueca al ver que le habían manchado un hombro de saliva—. En tu camioneta pone «Las Flores de Becca» —añadió en voz más alta de la cuenta en un intento por ahogar los acelerados latidos de su corazón. Jamás había visto a nadie tan indiferente. Allí sentada en el suelo, con sus flores, sus perros y sin plan.

—Rebecca era mi abuela. Las Flores de Becca se fundó antes de que yo naciera. Ella me lo enseñó todo sobre la jardinería. —Ladeó la cabeza un poquito, sin mirarlo a los ojos—. Falta desde enero. Le... falló el corazón. Mientras dormía. —Se le ensombreció la cara un instante, pero enseguida volvió a sonreír—. Ella sí que colocaría tus flores a intervalos regulares.

—Lo siento mucho —dijo, pero se calló al darse cuenta de que había plantado tres enormes grupos de begonias con sus flores rojas y sus hojas de color verde intenso. Había sucedido tan deprisa y de forma tan natural mientras hablaban que ni siquiera se había percatado. Retrocedió un poco para mirar las plantas en relación con la casa y descubrió que Hallie había... colocado las begonias en los espacios vacíos que quedaban entre las ventanas. Como si estuviera rellenando los huecos. ¿Lo hacía de manera inconsciente? Daba la sensación de que tenía un método que él no conseguía descifrar. Aun así, la distancia no era ni mucho menos regular y, en ese momento, estaba plantando la siguiente demasiado a la izquierda, provocándole un tic detrás de los ojos—. ¿Te importaría ponerla más cerca de las demás? Estás justo en el límite de un semicírculo. Si ladeo la cabeza. Y entrecierro los ojos.

De manera muy similar a lo que sucedió en el despacho, lo asaltó la sensación de que la había defraudado aunque ella no perdió la sonrisa.

—Ah. —Sus rizos rubios se agitaron cuando asintió con la cabeza—. Claro.

—Da igual —dijo antes de ser consciente de que había hablado siquiera.

Sin embargo, ella ya estaba poniendo las flores más cerca de las otras. Le dio unos golpecitos a la tierra a su alrededor y después abrió el grifo de la manguera para regarlas un poco. Al cabo de un momento, empezó a guardar sus cosas y se metió la pala en un bolsillo que no era el mismo del que había salido si no le fallaba la memoria. Los perros empezaron a dar vueltas a su alrededor al presentir su inminente marcha, bailoteando sobre las patas.

Sí, se marchaban.

Menos mal. ¿Verdad? Por fin podría volver al trabajo.

Además, ¿qué hora era?

¿De verdad había perdido la cuenta de los minutos que habían pasado desde la llegada de Hallie?

Se quedó tan sorprendido por esa rara ocurrencia que Hallie ya estaba casi en su camioneta con su club de fans cuando se dio cuenta.

—Adiós, Julian —se despidió ella al tiempo que lanzaba la bolsa de tela en el cajón de la camioneta y abría la chirriante puerta del conductor para que entraran sus perros—. Buena suerte con el libro. Me ha encantado volver a verte.

—Espera. —Se quedó de piedra—. ¿Volver a verme?

Ella arrancó la camioneta y se alejó por el camino sin contestar.

Se conocían de antes. Lo sabía. ¿Dónde? ¿Cómo?

El silencio que se hizo tras la bulliciosa presencia de Hallie acabó por recordarle que su estancia en Napa tenía un propósito. El cursor seguía parpadeando en la pantalla del ordenador en el despacho. El tiempo avanzaba. Y él no podía desperdiciar ni un solo pensamiento más en la *hippie pin-up* ni en lo guapa que era. Había alterado su rutina, pero ya se había acabado.

Debería sentirse agradecido.

De hecho, lo estaba.

Sí, se había sentido fascinado por alguien que era su polo opuesto durante un rato, pero ¿cómo algo constante? Esa clase de desorden en una persona lo volvería loco.

—No, gracias —se dijo mientras regresaba al interior—. Ni hablar.

3

Hallie estaba empujando el carrito por la zona exterior del vivero al tiempo que pulsaba con el pulgar el botón para pasar canción en la *app* de música. Siguiente canción. Siguiente canción. Había pasado por todo, desde Glass Animals a su mezcla de hip-hop de los noventa, y era como si nada pudiera contentarla ese día. Después de volver a ver a Julian Vos el día anterior, se encontraba atrapada entre canciones sobre amores no correspondidos, olvidar el pasado y orgías en *jacuzzis*. En resumidas cuentas, estaba un poquito confundida.

Dejó de empujar el carrito y se agachó en busca de un saco de tierra que soltó en el carrito con un gruñido tras lo cual reanudó la marcha. Que sí, que Julian Vos seguía siendo guapísimo después de quince años. Más que guapísimo, en realidad, con esos antebrazos fibrosos y ese pelo negro tan perfecto. Los mismos ojos del color del *bourbon* que recordaba, con toda su intensidad y su inteligencia. Se le había olvidado lo alto que era al lado de su metro cincuenta y siete.

¡Y ese culo!

Ese trasero había envejecido como un cabernet. Con cuerpo y delicioso..., o eso suponía.

Sin embargo, ni Julian ni su culo se acordaban de ella. Se había sorprendido al comprobar lo mucho que le dolía que él hubiera olvidado aquella noche. Que sí, que ella siempre había estado loca por él. Pero hasta el día anterior no se había dado cuenta de hasta qué punto. Ni de lo mucho que llegaría a fastidiarla que él ni siquiera la recordara.

O que fueran dos polos opuestos.

Sí, siempre había sido estudioso y organizado. No debería haberse sorprendido cuando le pidió que cambiara de sitio las begonias. Pero, al parecer, había creado una idea de Julian en su mente que no era exactamente real. El hombre de sus sueños que conectaba con ella a escala molecular y era capaz de leerle la mente no existía en la vida real. Lo había convertido en una fantasía que nunca se convertiría en realidad. ¿Llevaba quince años comparando a todos los hombres con Julian Vos? ¿Quién podría competir con un producto de su imaginación?

Claro que una parte obstinada de su cerebro se negaba a aceptar que en realidad era un soso integral con una buena dosis de arrogancia. Pero había un motivo por el que había estado loca por él desde el primer año de instituto, ¿verdad? Sí. Julian, que en aquel entonces estaba en el último curso, era un genio. Un aspirante seguro para graduarse con matrícula de honor. Una estrella en la pista de atletismo y en el campo de fútbol americano. Un famoso local gracias a su apellido. Pero no solo se había sentido atraída por esas cualidades.

No, en más de una ocasión había visto pruebas claras de que era una buena persona.

En la única competición de atletismo a la que había asistido, él dejó de correr durante una prueba de cuatrocientos metros para ayudar a un rival que se había caído y se había torcido un tobillo, sacrificando así su oportunidad de ganar. Lo observó desde las gradas conteniendo el aliento mientras él se comportaba como de costumbre. Con una serena intensidad. Con gestos seguros.

Así era Julian. Detenía las peleas con una sola frase lógica. Tenía la cabeza enterrada en un libro mientras sus compañeras de curso se lo comían con los ojos desde lejos.

En aquel entonces, ella ya había recorrido toda la costa oeste. Había vivido en la carretera, de un bolo a otro con su madre. Había conocido a miles de desconocidos, pero nunca a nadie como Julian Vos. Tan seguro con su atractivo físico y rebosante de personalidad. ¿O habría exagerado su mente de catorce años las mejores cualidades de Julian? Si se estaba haciendo esa pregunta, seguramente había llegado la hora de superar su enamoramiento.

Esa noche eliminaría sus clases en YouTube de sus favoritos. Alisaría la esquina de la página del anuario de su último curso en la que aparecía su foto. Seguramente necesitaría hipnosis para erradicar el recuerdo de su casi beso, pero la imagen de su cabeza descendiendo hacia la suya, con la luz de la luna iluminando el paisaje ya había empezado a difuminarse un poco. Sintió una opresión en el pecho por la pérdida de algo que la había acompañado durante tanto tiempo. La única constante en su vida además de su abuela. Pero sentirse idiota por seguir enamorada de alguien que ni siquiera se acordaba de ella...

Sí, eso escocía todavía más.

Se agachó para admirar unas zinnias de color verde lima. No podía dejarlas allí. Ese mismo día, un poco más tarde (no recordaba la hora) iba a trabajar en el jardín delantero de una casa de verano con la idea de dejarlo preparado para la llegada de los dueños, que durante el resto del año vivían en Los Ángeles. Habían pedido un sinfín de colores especiales, algo que no la molestaba en lo más mínimo...

—Vaya, pero si es la talentosa Hallie Welch.

Esa voz familiar hizo que se pusiera en pie y que le sonriera con calidez al pelirrojo que se acercaba a ella por el pasillo.

—Owen Stark. ¿Qué haces en el vivero para robarme las flores que quiero comprar? Ni que fueras el dueño de la competencia de mi empresa o algo.

—Ah, ¿no lo sabes? Siento que tengas que enterarte así: soy la competencia. Somos enemigos acérrimos.

Lo miró con los ojos entrecerrados.

—¡Pistolas al amanecer, Stark!

Él se dio una palmada en el pecho.

—Avisaré a mi padrino.

Se echaron a reír a la vez y se acercaron al carrito del otro para ver qué habían elegido.

—Oooh, voy a comprar unas cuantas suculentas como esas. No parece que vayan a pasar de moda, ¿verdad? Me gustan para las jardineras en las ventanas.

—Me las ha pedido un cliente para el camino de entrada. De piedra blanca.

—El especial de poco mantenimiento. Mesa para uno.

Owen soltó una risilla y luego guardó silencio. Hallie le sonrió mientras regresaba junto a su carrito e intentaba pasar por alto que se la estaba comiendo con los ojos, y que tanto la mirada de esos ojos azules como su expresión se habían suavizado. Le gustaba Owen, mucho.

Sin duda, no había mejor pareja para ella en ninguna parte del mundo. Al menos, en teoría. Los dos eran jardineros. Podían hablar de flora y de fauna hasta acabar con agujetas en la lengua. Era amable, tenía su misma edad y era guapo.

No había nada que no le gustase.

Sin embargo, reconocía que Owen Stark era víctima del barómetro Julian Vos. Eso y que... Owen encajaría en su vida sin problemas. Sería algo tan lógico que le parecía demasiado perfecto. Una relación con Owen sería natural. Lo esperado. La persona que acuñó la expresión «sentar cabeza» seguramente tenía esa clase de pareja en mente. Y «sentar cabeza» significaba que... se acabó.

Sería jardinera en St. Helena durante el resto de su vida.

¿Eso era lo que quería? El corazón le decía que sí. Pero ¿podía confiar en ese sentimiento?

Cuando se fue a vivir con Rebecca, respiró hondo por primera vez en la vida y la rutina de su abuela consiguió anclarla al suelo. Le ofreció una roca firme en la que posar los pies. Para dejar de dar vueltas como una peonza. Pero sin su presencia empezaba a tomar velocidad de nuevo. A dar vueltas. A preocuparse por la posibilidad de que el sitio que tenía en St. Helena solo era por Rebecca y ya que no estaba...

Owen carraspeó, y eso la alertó de que se había ensimismado.

—Lo siento —susurró mientras intentaba concentrarse en él. Prestarle atención.

A lo mejor cuando volviera a invitarla a salir, le diría que sí. Y se pondría un vestido y se perfumaría, contrataría a alguien que cuidara de los perros y se lo tomaría en serio esa vez. Estaba claro que se acercaba el momento. Owen se metió un chicle en la boca, masticó un momento y soltó el aire con la mirada clavada en el techo. Ah, la cosa iba en serio. Iba a proponer un asador.

¿Por qué había dejado a los perros en casa? Siempre eran la excusa perfecta para salir corriendo.

—Hallie —dijo Owen, que se puso colorado—, como es viernes y tal, me estaba preguntando si tenías planes para...

En ese momento, la llamaron por teléfono.

Tomó una aliviada bocanada de aire y sacó el móvil para mirar la pantalla con el ceño fruncido. Número desconocido. ¿Qué más daba? Aceptaría una llamada comercial antes que acceder a cenar con Owen en un asador donde tendría que soportar horas de conversación personal.

—¿Diga? —contestó.

—Hallie.

El estómago se le cayó a los pies como si fuera un saco de arena. ¿Julian Vos?

¿Julian la estaba llamando?

—Sí, soy yo. —¿Le salía la voz rara? Era incapaz de saber qué tono estaba usando con el repentino zumbido que tenía en los oídos—. ¿Cómo has conseguido mi número?

—He googleado «Las Flores de Becca en Napa» y me ha salido.

—Ah, claro. —Se humedeció los labios mientras se devanaba los sesos en busca de algo ingenioso que decir—. Es importante tener presencia en internet.

Pues no, eso de ingenioso no tenía nada.

—¿Quién es? —preguntó Owen, sin bajar la voz.

—¿Quién es? —preguntó también Julian al cabo de un segundo.

«Un cliente», contestó articulando las palabras con los labios, y Owen levantó los pulgares para decirle que lo entendía. A Julian le dijo:

—Estoy en el vivero comprando lo necesario para un proyecto que tengo más tarde. Me he encontrado a mi amigo Owen.

—Entiendo.

Pasaron varios segundos.

Hallie miró el móvil por si se había cortado la llamada.

—¿Sigues ahí?

—Sí. Lo siento. —Julian carraspeó, pero el sonido llegó amortiguado, como si hubiera tapado el teléfono un momento con la mano—. Tengo la cabeza en otra parte por los agujeros de taltuzas que han aparecido en el jardín.

Le subió la tensión de repente al oír las palabras que menos le gustaban a un jardinero. Con la excepción de «malas hierbas», «digitaria» o «¿aceptas cheques nominales?».

—¿Agujeros de taltuzas?

Owen hizo una mueca compasiva y se dio media vuelta para curiosear un estante de plástico lleno de cactus en miniatura.

—Sí, por lo menos tres —respondió él, y Hallie oyó unos pasos, como si se hubiera acercado a la ventana que daba al verde jardín y al viñedo bañado por el sol que se extendía al otro lado—. Uno está justo en medio de las flores que plantaste ayer, lo que me hace pensar que ya te has enfrentado a algo parecido a esto. ¿Tienes alguna manera de convencer a las taltuzas de que se muden? ¿O debo llamar al exterminador?

—Eso no es necesario, tengo una mezcla que se puede usar... —fue incapaz de seguir contiendo las carcajadas— para convencerlas.

Él murmuró algo, como si estuviera pensando.

—¿Tienes algún problema con mi elección de palabras?

—Qué va. Es que me imagino una negociación formal. En cuanto firmemos los pactos, le estrechamos la patita. La taltuza hará su diminuta maleta y prometerá escribirnos...

—Eres muy graciosa, Hallie. —De repente, oyó un leve tictac, como si Julian se hubiera acercado el reloj a la cara—. Lo siento, solo tengo cinco minutos para esta llamada. ¿Puedes venir o intento echarla con un manguerazo de agua?

—Por Dios, no, no hagas eso. —Hizo un gesto con la mano, como si se rebanara el cuello, aunque él no podía verla—. Así solo vas a conseguir ablandar la tierra y le facilitarás que siga excavando.

Owen la miró con expresión espantada por encima del hombro. «Aficionado», articuló con los labios.

—Esta tarde tengo trabajo, pero puedo pasarme después —le dijo ella a Julian.

—¿A qué hora?

—Pues a la hora que termine.

Lo oyó soltar el aire al otro lado de la línea.

—Eso es muy impreciso.

¿Cómo era posible que fuese tan inadecuado para ella y, al mismo tiempo, que su voz ronca y su llamada le estuvieran provocando un terremoto en el estómago? No tenía el menor sentido. Su enamoramiento la hacía sentirse como una adolescente tonta e ingenua. Y le daba vueltas la cabeza por la expectación de volver a verlo.

De modo que se permitiría ir al viñedo una vez más, aunque eso aumentara el riesgo de alargar el enamoramiento mucho más de lo debido. Pero no pensaba hacer el pino con las orejas por él. Ni hablar. A esas alturas, su orgullo estaba en juego con ese imbécil olvidadizo.

—Pues me temo que no puedo ser más precisa. —Clavó la mirada en el centro de un lirio en busca de apoyo moral—. O lo tomas, o lo dejas.

Julian iba a mandarla a tomar viento fresco. Llegó a esa conclusión durante el prolongado silencio. A la familia Vos le salía el dinero por las orejas. Podían buscarse a cualquier otro para que solucionase el problema con las taltuzas en un abrir y cerrar de ojos. Julian no la necesitaba expresamente a ella.

—Hasta luego, Hallie —replicó él con un suspiro—. A saber cuándo es eso.

—¿Por qué? —le preguntó sin poder evitarlo.

—¿Cómo dices?

¿Por qué no había podido despedirse y colgar como una persona normal? Owen la miraba con expresión rara. Como si se hubiera dado cuenta de que no era una llamada de un cliente normal y empezara a picarle la curiosidad.

—¿Por qué quieres que sea yo, en concreto, quien negocie con las taltuzas? Salta a la vista que te molesta que no pueda darte una hora concreta.

—Es una pregunta muy directa para alguien tan decidida a mostrarse imprecisa.

—No estoy... decidida... —¿Estaba decidida a mostrarse imprecisa?—. Contesta la pregunta si no te importa.

—¿Tu amigo Owen sigue ahí?

¿Seguía allí? Levantó la cabeza y miró con una tensa sonrisa a Owen, que intentaba enterarse de la conversación, no le cabía duda.

—Pues sí. ¿Por qué?

—Por nada, solo era por curiosidad. —Hallie casi oía el tic nervioso de su mentón. ¿Le... molestaba que ella estuviera con otro hombre? No. Imposible. Eso no tenía sentido, en absoluto—. Muy bien. Sí, te quiero a ti, en concreto, para que vuelvas e intervengas en lo de la taltuza. Cuando te fuiste ayer, dijiste: «Me ha encantado volver a verte», y el hecho de no recordar cómo ni cuándo nos conocimos está causando estragos en mi concentración.

—Ah. —En fin. Eso no se lo esperaba. De hecho, tenía la impresión de que para él fue un alivio verla marcharse y de que le importaban muy poco los saludos o las despedidas—. Lo siento. No me di cuenta de que iba a ser algo tan importante.

—No debería serlo. Para la mayoría de las personas.

Hallie pensó en la meticulosidad con la que amontonaba sus notas durante las clases. En su forma de remangarse la camisa. En que le resultaba imposible dejar de escribir hasta que acababa el tiempo.

—Pero tú necesitas que todo esté organizado y en su sitio, ¿verdad?

Lo oyó soltar el aire.

—Pues sí.

De eso se trataba, nada más. Julian no quería volver a verla porque se sintiera atraído por ella o porque disfrutara de su compañía. Solo necesitaba ponerle fin a su relación con un bonito lazo para regresar por fin a sus maniáticos esprints de escritura.

Tal vez ella también necesitara ponerle fin a su relación, por más informal que fuese.

La taltuza no era la única que necesitaba un cambio de aires.

—Muy bien. —Tragó saliva para aliviar el objeto que tenía atravesado en la garganta—. A lo mejor luego te digo de qué nos conocemos.

—Otra imprecisión.

—Adiós, Julian.

Cuando colgó, Owen la miró con expresión interrogante.

—Ha sido una conversación muy rara —dijo con una carcajada.

—¿A que sí? —Hallie empujó el carrito despacio para pasar junto a él—. Las taltuzas ponen de los nervios a todo el mundo.

Oyó a su espalda un chasquido metálico, que le indicó que Owen le había dado media vuelta al carrito para ir en la misma dirección que ella. En circunstancias normales, eso no la molestaría. Al menos, no en el vivero, donde había flores de un montón de colores por todos lados que actuaban como alegres y diminutas defensas. Sin embargo, en ese preciso momento…, en ese momento, titubeó. Otra vez por culpa de Julian Vos.

Por Dios, tenía que sacarse de la cabeza al profesor Antebrazos de una vez por todas. No estaba siendo justa consigo misma. Ni con Owen, la verdad.

—Owen. —Hallie paró el carrito de repente y se dio media vuelta para mirarlo a los ojos. Algo que pareció dejarlo de piedra—. Sé que quieres invitarme a salir. A una cena romántica. Y quiero aceptar. Pero necesito un poco de tiempo. —Los intensos ojos castaños de Julian parpadearon en su cabeza, pero en vez de impedir que siguiera hablando, le dieron las fuerzas necesarias para continuar—. Sé que es mucho pedir teniendo en cuenta todo la paciencia que has tenido conmigo. Si dices que no, lo entenderé.

—No voy a decir que no. —Owen se frotó la nuca—. Claro que no voy a decir que no. Tómate el tiempo que necesites. —En cuestión de un segundo, su expresión se tornó grave—. Solo te pido que me tomes en serio.

Esas palabras la golpearon como si fueran piedras.

—Lo haré —le aseguró, y lo decía de verdad.

4

Pese a la imprecisión de Hallie sobre la hora, su llegada fue tan atronadora como un castillo de fuegos artificiales. Una vez que dejó de oírse el rugido del motor de su camioneta, le llegó el turno al chirrido de la puerta que cerró de golpe. Un perro empezó a ladrar y sus compañeros se unieron al coro, anunciando la llegada de su reina.

Julian estaba sentado a la mesa de su despacho imprimiendo un artículo sobre un reloj de sol que habían desenterrado en Egipto hacía poco tiempo. Pensaba leerlo esa noche antes de acostarse, como trabajo de investigación. Detuvo la mano en el aire sin llegar a acercarla a la impresora y ladeó un poco el cuerpo para sortear el monitor y mirar hacia el patio. En cuanto vio sus rizos rubios (sujetos en esa ocasión con un coletero blanco), se le secó la boca. Una reacción muy desconcertante por alguien que no le ofrecía una hora de llegada precisa y que le había provocado una buena dosis de estrés durante todo el dichoso día. Si a eso le sumaba que la noche anterior había perdido horas de sueño intentando averiguar de qué la conocía... En fin, que la atracción que sentía por ella era irritante.

Y esperaba haberla superado para cuando llegase la noche.

Solo necesitaba atar ese pequeño cabo suelto y volvería a dormir, a trabajar y a concentrarse como de costumbre.

Según su madre, de niño había sufrido ansiedad. «Episodios nerviosos», los llamó ella la única vez que hablaron del tema.

Nadie sabía si su ansiedad se debía a algún acontecimiento concreto o si simplemente nació con el miedo en el cuerpo, pero a los seis años empezó a ir a terapia.

El doctor Patel fue quien le ofreció el regalo de los horarios. Y, desde entonces, la herramienta que utilizaba para controlar la ansiedad era una planificación de horarios y actividades. Simple y llanamente, funcionaba.

Hasta que se produjo el incendio del viñedo cuatro años antes. Por primera vez desde la infancia, perdió el control de su planificación, porque el tiempo no tenía cabida en un incendio. Desde aquel fin de semana, se ciñó todavía más a sus horarios, renuente a sufrir otro desliz. Otra fuga a través de las grietas. La crisis nerviosa de Garth fue un toque de atención, un empujón que lo hizo retroceder un paso, algo extraordinario, y reevaluar la situación.

Antes del incendio, regresaba a St. Helena todos los años en agosto, al inicio de la vendimia, y se quedaba en el viñedo el mes entero para asegurarse de que todo se desarrollaba sin problemas, tras lo cual regresaba a Stanford en otoño para empezar a impartir las clases. Incluso desde allí se interesaba por ciertos asuntos relacionados con el negocio familiar. Pero ya no. Quizá si se hubiera tomado un respiro en algún momento, podría haber evitado lo que sucedió tras los daños causados por el fuego. Su padre podría haber seguido confiando en él para que lo ayudase a dirigir el viñedo en vez de dejarlo todo en manos de su madre y largarse a Italia.

De repente, tuvo la impresión de que tenía un hueso atascado en la garganta.

«Concéntrate en el problema que tienes entre manos».

Esa mujer a la que al parecer había conocido en algún momento del pasado estaba hurgando en la red que con tanto esmero había tejido a su alrededor. Seguramente no debería haberla llamado. Era un riesgo en toda regla. Pero había sopesado la amenaza a su cordura con la recompensa de la información (y, sí, la verdad, las dichosas ganas de volver a verla también habían influido) y, aunque pareciera sorprendente, había decidido asumir el riesgo.

Y, en ese momento, estaba padeciendo las consecuencias.

Los aullidos de los perros lo distraían bastante, pero no tanto como ella. El sol se estaba poniendo, pero seguía brillando con fuerza en el cielo de Napa. Los rayos anaranjados la iluminaban como los delicados haces de unos focos y resaltaban sus mejillas con un brillo juvenil. ¿Dejaría de sonreír alguna vez? Sus labios parecían estar siempre sonrientes, como si guardara un secreto... Y así era, se recordó. Esa era la razón principal por la que la había llamado en vez de preparar él mismo la mezcla casera con la que librarse de las taltuzas (en realidad, había encontrado la información muy rápido buscando en internet). No solo para admirar la silueta de sus curvas.

—Por Dios, cálmate —masculló al tiempo que se pasaba una mano por la cara y se apartaba de la mesa. Tras ponerse en pie, colocó el sillón en su sitio, enderezó el teclado inalámbrico y echó a andar a grandes zancadas hacia la puerta de la casa. Sí, esa noche no había dormido por más de una razón. Todo empezó con los intentos de desenterrar un recuerdo olvidado, pero después de tanto pensar en la alegre rubia y en su camiseta acabó haciendo algo muy distinto. Dos veces.

¿Cuándo fue la última vez que se masturbó dos veces en una noche? Debió de ser en el instituto. E incluso entonces no recordaba haber sido tan... enérgico. ¡Tumbado boca abajo ni más ni menos! Tuvo que meter las sábanas en la lavadora en mitad de la noche y cambiarse a otro dormitorio. Un giro humillante de los acontecimientos, lo tenía clarísimo. En realidad, llamarla para que volviera había sido una estupidez increíble.

¿Y si no conseguía zanjar el asunto con esa visita? ¿Intentaría verla de nuevo?

En Palo Alto salía a propósito con mujeres que no le daban muchos quebraderos de cabeza. Mujeres con horarios de trabajo ajustados que no tenían el menor problema en acoplarse al suyo para cenar, irse a la cama o acompañarlo a algún evento de la universidad. Hallie ni siquiera podía ofrecerle una hora estimada de llegada. Si pasaran mucho tiempo juntos, acabaría con una camisa de fuerza en una semana. Así que sí, lo mejor era zanjar el asunto y volver al trabajo. Un plan firme.

Tan firme como estuvo él la noche anterior...

Asqueado de sí mismo, abrió la puerta de la casa, la cerró al salir y bajó los escalones hasta el camino de entrada. Luego giró a la derecha hacia el patio, donde Hallie estaba sentada con las piernas cruzadas delante del agujero de taltuza más reciente, agitando el contenido de una enorme botella de plástico.

—Hola, profesor —dijo, y su voz reverberó con suavidad por el viñedo.

Los perros corrieron a saludarlo, ladrando y lanzando mordiscos al aire. Les acarició la cabeza, uno a uno, y observó con impotencia que le babeaban toda la pernera del pantalón.

—Hola, Hallie. —Uno de los perros empezó a darle cabezazos en una mano hasta que consiguió que lo acariciara—. ¿Cómo se llaman?

—El labrador amarillo es Petey. Mi abuela era muy fan de la serie *La pandilla*. —Señaló al schnauzer—. Ese es El General. No General, El General, porque es quien manda. Y el bóxer es Todd. No te sé decir por qué, solo que tiene cara de Todd.

Julian se apartó para observar al perro.

—Reconozco que es raro, pero tienes razón.

Hallie soltó una carcajada, como si la aliviara oír que él estaba de acuerdo. Eso le gustó también. Demasiado.

«Ve al grano».

Señaló con la cabeza la botella de plástico.

—¿Qué contiene la fórmula? —Como si no lo supiera...

—Menta y aceite de ricino. Detestan el olor —contestó Hallie, que se puso de rodillas y se sacó unas bolas de algodón del bolsillo de los pantalones vaqueros.

Los de ese día eran más claros. Más desgastados. Eso significaba que la tela se le pegaba al trasero como si fuera ropa interior mientras el sol la teñía de un dorado bruñido. La camiseta no le quedaba tan ajustada (por suerte o por desgracia), pero la llevaba manchada sobre el pecho, como si se hubiera limpiado las manos frotándose contra ellos, justo sobre los pezones. Arriba y abajo. Como si se hubiera tocado en el jardín delantero de una casa situada en una tranquila urbanización, de rodillas en la tierra.

«Esto empieza a ser vergonzoso».

Reprimió la atracción que sentía por ella en la medida de lo posible mientras la observaba empapar las bolas de algodón e intentó pensar en algo más práctico. Como, por ejemplo, un plan para lograr desenredarse de esa mujer.

—Dime de qué nos conocemos, Hallie.

La vio asentir con la cabeza antes de que él terminara siquiera de hablar, confirmando que se lo esperaba, y eso no le gustó. Mostrarse predecible con ella lo irritaba.

—En ningún momento he dicho que nos conociéramos. Solo dije que me había encantado volver a verte.

Sí, exacto. No se conocían de nada. Y no llegarían a conocerse. ¿Por qué aumentaba eso su irritación?

—Entonces, ¿dónde nos hemos visto?

Vio que el rubor le subía por la cara y por un momento pensó que solo era la luz del sol del atardecer, pero no. La jardinera se había puesto colorada. Y él contuvo la respiración sin querer.

—Muy bien, ¿recuerdas…? —dijo ella.

Sin embargo, el infierno se desató antes de que pudiera terminar la pregunta.

En cuanto dejó caer en el agujero las bolas de algodón impregnadas con la olorosa mezcla, el bicho asomó la cabeza por el otro extremo del túnel. Así de fácil. Aquello parecía el juego de aplastar el topo, pero en la vida real y con una taltuza. Los perros enloquecieron. Si antes le habían parecido ruidosos, descubrió que sus ladridos de emoción no eran nada comparados con los gruñidos y los aullidos alarmados que empezaron a soltar nada más ver asomarse a la taltuza, que como animal listo que era, echó a correr para salvar su vida.

—¡Chicos! ¡No! —Hallie se puso en pie de un salto y corrió detrás de los tres perros—. ¡Volved aquí! ¡Ahora mismo!

Julian lo observó todo sumido en una especie de trance, preguntándose cómo era posible que su plan de pasar la tarde cenando un plato de sopa mientras leía el artículo del Smithsonian que había impreso se desbarataba de forma tan espectacular. Había supuesto que tendría la cabeza despejada durante el resto de su estancia en Napa, una vez resuelto el problema del pasado. Pero, en cambio, echó a correr en pos del ruidoso caos, preocupado por la posibilidad de que Hallie se interpusiera entre la taltuza y los perros y acabara recibiendo un mordisco por accidente.

¡Guau!

No le gustaba en absoluto la idea de que recibiera un mordisco.

O de que se resbalara. Sobre el barro. Y se hiciera daño.

Porque eso era lo que estaba ocurriendo. Vio a cámara lenta que se convertía en un molinete de piernas, brazos y tirabuzones tras lo cual acabó cayéndose de culo en el arriate que delimitaba el jardín delantero.

—¡Hallie! —gruñó… (Genial, a esas alturas él también gruñía, como los perros) y la levantó colocándole las manos bajo las axilas—. Por Dios, no puedes salir corriendo de esa manera. ¿Qué pensabas hacer si los alcanzabas?

Tardó unos segundos en darse cuenta de que a ella le temblaba el cuerpo por la risa.

—Por supuesto, la caída más vergonzosa de mi vida tenía que ser justo ahora. Claro que sí.

Julian frunció el ceño al escuchar su extraño comentario y la volvió entre sus brazos.

Error. Garrafal.

El sol que le iluminaba la cara hacía que todo lo que los rodeaba (el cielo infinito, las ondulantes hileras de vides y las nubes, todo en su conjunto) pareciera inadecuado. Sintió algo en su interior, un recuerdo que intentaba emerger. La forma de su boca…, la diferencia de altura entre ellos. ¿No le resultaba también conocido su aroma a tierra?

Un objeto pesado lo golpeó en una pierna, seguido de un segundo. Todd se interpuso entre Hallie y él, ladrando sin parar. Detrás de Hallie se oyó un chasquido y allí apareció de nuevo la taltuza, seguida de Petey y El General.

—¡Chicos! —gritó Hallie, que echó a correr de nuevo.

Persiguieron a la dichosa taltuza hasta el agujero.

Hallie gimió y levantó las manos.

—Probablemente se irá esta noche, cuando mis bestias no estén. No podrá soportar el olor durante mucho tiempo.

Julian aún sentía la suave piel de sus brazos en las palmas de las manos, así que tardó un momento en recuperarse lo suficiente como para replicar.

—Seguro que tienes razón… —dijo, al tiempo que cerraba los puños en un intento por capturar la sensación con los dedos antes de que desapareciera.

Sin embargo, ella no lo oyó, porque estaba ocupada tratando de controlar a sus tres frenéticos perros. Con los pantalones cortos manchados de barro. Uno de sus pies estaba demasiado cerca de la madriguera de la taltuza y corría el peligro de sufrir un inminente esguince de tobillo, o algo todavía más anárquico. Su noche se había ido al traste por completo. Era la segunda vez que Hallie le hacía eso, y debería tomárselo como una señal para mantenerse alejado de ella. Los horarios estrictos impedían que la tierra se abriera y se lo tragara entero.

No sobreviviría por segunda vez a la vergüenza de caer en semejante espiral. La noche del incendio se aferró como pudo a su entereza para hacer lo que hubo que hacer, pero lo que siguió después bastó para que los miembros de su familia pusieran tierra de por medio entre unos y otros, ¿no?

Necesitaba orden en su vida. Hallie era el desorden personificado. Parecía rehuir del método al que él se aferraba para hacer frente a la ansiedad. Sí, era guapa y alegre. Inteligente. Fascinante.

Y tan inadecuada para él que ni el guionista de una comedia de televisión habría sido capaz de crear su personaje.

Así que ¿por qué le interesaban tanto lo que pensaba y lo que hacía?

O si el tal Owen era solo un amigo o una especie de novio.

Joder, no tenía ningún sentido.

Le palpitaba una vena detrás de un ojo. Ansiaba tener en las manos papel y lápiz, algo sencillo en lo que poder concentrarse, porque estar cerca de Hallie era como mirar a través de un caleidoscopio mientras alguien lo hacía girar muy deprisa.

—Julian, ¿estás bien?

Abrió los ojos. ¿Cuándo los había cerrado?

—Sí. —Se percató de que Hallie se movía como si estuviera incómoda, y cayó en la cuenta de que el barro que tenía en los pantalones cortos debía de estar endureciéndose—. Vamos. —Echó a andar pasando junto a ella en dirección a la casa—. A ver si encontramos ropa limpia que puedas ponerte.

—Ah, no pasa nada —le aseguró mientras él se alejaba—. Más o menos suelo volver a casa en estas condiciones todos los días. Así que me desnudo en el patio y me lavo con la manguera. —Tras lo cual murmuró, hablando consigo misma—: ¿Qué necesidad hay de dar tanta información, Hallie?

«No pienses en el agua cayendo por las curvas de ese cuerpazo».

«Ni se te ocurra».

Julian apretó los dientes mientras abría la puerta para que Hallie entrara, algo que ella hizo con evidente incomodidad mientras intentaba apartarse la tela vaquera de los muslos. Al ver que los perros trataban de seguirla al interior de la casa de invitados con todas las patas llenas de barro, como si las llevaran bañadas de chocolate, señaló a El General con un dedo y le dijo con severidad:

—Siéntate.

El schnauzer golpeó el suelo al instante con el trasero y empezó a menear el rabo en un abrir y cerrar de ojos. El bóxer y el labrador siguieron el ejemplo de su amigo, sentándose al pie de los escalones de entrada para esperar a su dueña.

—¿Cómo lo has hecho? —susurró Hallie detrás de él.

—Los perros ansían un líder, igual que los humanos. Están programados genéticamente para obedecer.

—No —lo contradijo ella, haciendo un mohín con la nariz—. Lo que quieren es comer caracoles y aullarles a los coches de bomberos.

—Se les puede adiestrar para que no hagan esas cosas, Hallie.

—Pero los estás obligando a negar sus impulsos naturales.

—No, estoy impidiendo que llenen la casa de barro.

Miraron a la vez hacia abajo y descubrieron que habían dejado cuatro huellas nada más entrar por la puerta. Con un ligero rubor en las mejillas, Hallie se quitó las zapatillas de goma y las colocó lo más cerca posible del umbral, quedándose descalza sobre el impoluto suelo de madera. Llevaba las uñas pintadas de azul celeste, además de unas margaritas en las uñas de los dedos gordos.

—Julian Vos, como me ordenes que me siente, te doy una patada en la espinilla.

Una sensación extraña y burbujeante le subió por el esternón y se detuvo justo al llegar a la garganta. De repente, se percató de que le temblaban los labios. ¿Quería… reírse? Eso parecía pensar ella, ¿verdad? Por su forma de mirarle la boca y por el brillo que había aparecido en sus ojos al ser testigo de su inusitada muestra de buen humor. En ese momento, se sorprendió al caer en la cuenta de dónde estaban (a escasos centímetros de distancia, en una casa iluminada por el sol del atardecer) y de nuevo sintió como si un recuerdo quisiera emerger en su interior, aunque no llegó a hacerlo.

Que Dios lo ayudara, porque estaba demasiado distraído y era incapaz de mirarla sin que su atención se desviara hacia esa boca mientras se preguntaba si besaría con la misma despreocupación y entusiasmo que demostraba en todo lo demás.

Probablemente.

No. De probable nada, estaba segurísimo de que sería así. Y él detestaría algo tan impredecible. Detestaría que ella fuera impredecible.

Sí.

—Te traeré una camiseta —anunció al tiempo que se daba media vuelta. Aunque no la vio avanzar hacia el interior de la casa, intuyó que se reuniría con él en la cocina, el alma y el corazón de cualquier hogar, que él solo utilizaba para hacerse sándwiches de pavo con pan integral, sopa y café. Al llegar al dormitorio, se detuvo un momento delante de la cómoda y se miró en el espejo. El pelo alborotado por haberse pasado los dedos, la evidente tensión alrededor de los ojos y de la boca. Soltó un largo suspiro y miró la hora en su reloj.

18:18.

La tensión cervical hizo acto de presencia, de manera que tomó una honda bocanada de aire y estipuló un nuevo horario. A las seis y media comería y leería su artículo sobre el reloj de sol. A las siete vería en la tele el concurso *Jeopardy!* A las siete y media, una ducha. Después haría una lista con los puntos clave sobre el plan de escritura del día siguiente y la dejaría preparada para colocarla en la mesa por la mañana. Si cumplía ese horario, se permitiría un vaso de *whisky*.

Con la sensación de haber recuperado el control, sacó del primer cajón una camiseta gris con el logotipo de Stanford serigrafiado en el bolsillo. Tal y como estaba previsto, gracias a Dios, encontró a Hallie en la cocina. Sin embargo, ella no levantó la cabeza cuando él entró porque estaba mirando con el ceño fruncido algo que había en la isla de granito del centro de la estancia. ¿Qué le parecería tan ofensivo de su correspondencia? Había avisado de que le reenviaran el correo al viñedo durante el verano, pero el servicio postal había tardado en hacer el cambio y la mayoría de lo que le llegaba era publicidad.

Hallie levantó un folleto pellizcándolo entre el índice y el pulgar, le dio media vuelta y soltó un sonido angustiado al descubrir lo que había en el reverso.

—«Miércoles de Vino y Desenfreno...» —murmuró—. «Déjanos vendarte los ojos y servirte vino. Quien adivine la añada podrá elegir un queso de la pared». Odio que parezca tan divertido.

—¿Cómo dices?

—DESCORCHADO —contestó ella, que parpadeó con rapidez como si estuviera luchando contra las lágrimas, y Julian experimentó un incómodo pellizco en el pecho—. La nueva tienda de vinos que causa furor en el pueblo.

Le dejó la camiseta de Stanford delante, una ofrenda que esperaba que paliase el problema emocional que estuviera sufriendo.

—No te gusta ese sitio nuevo —dedujo.

Y en ese momento se murió un poco, porque la vio usar la camiseta de la universidad para secarse las lágrimas.

Cuando tenía al alcance de la mano un montón de servilletas precisamente para eso.

—Bueno. Nunca he entrado. Y tampoco conozco a los dueños ni nada. A lo mejor son personas encantadoras que no son conscientes de que le están robando el sustento a una mujer muy cariñosa ya entrada en años.

—Explícame lo que quieres decir.

—Encorchado está justo al lado. Es una tienda de vinos pequeña y tranquila, cuya propietaria se llama Lorna. Lleva abierta desde finales de los años cincuenta. Mi abuela y yo solíamos pasarnos horas sentadas en la mesa blanca de hierro forjado de la terraza. Era nuestro sitio. Lorna me daba una copa de vino llena de mosto, y mi abuela y yo resolvíamos crucigramas o diseñábamos jardines juntas. —Se miró los dedos durante unos segundos—. En fin, ahora el establecimiento está vacío porque al lado han abierto DESCORCHADO. Han instalado una bola de discoteca en la terraza que gira las veinticuatro horas del día y usan un sinfín de trucos para atraer a los turistas. Lo peor es que han bautizado su tienda como si hicieran un juego de palabras con la de Lorna y se estuvieran burlando de ella. Pero a nadie parece importarle. Lorna hace catas tranquilas e íntimas, sin tantas fanfarrias. ¿Cómo se supone que va a competir con «Gira la botella versión para adultos»?

El brillo que apareció en esos claros ojos grises lo dejó preocupado, así que se hizo con una servilleta y se la ofreció, suspirando al ver que ella volvía a usar la camiseta.

—Y esto te tiene muy disgustada. ¿Estás muy unida a Lorna o algo?

—Era íntima de mi abuela, pero sí, la considero mi amiga. Y hemos intimado mucho más desde que empecé a asistir a catas de vino diarias para compensar el efecto de DESCORCHADO.

Julian sintió el asomo de una sonrisa en la comisura de sus labios.

—Beber de día soluciona cualquier cosa.

—Algo que nadie ha dicho jamás. Ni siquiera en Napa. —Pareció quedarse pensativa un instante—. La verdad es que en mi caso ha hecho que sea más propensa a cometer delitos menores.

Julian esperó a que dijera que estaba bromeando, pero no lo hizo.

La vio tomar una honda bocanada de aire mientras soltaba la camiseta, que cayó arrugada a su regazo.

—Me la pondré cuando salga, antes de subirme a la camioneta, para no manchar nada de barro. —Y salió de su cocina después de echarle una última mirada al folleto publicitario de la tienda de vinos—. Para no manchar nada más, mejor dicho.

Su plan consistía en conseguir que Hallie se fuera lo antes posible, a fin de poder empezar a tachar cosas de su lista de tareas pendientes para la noche, pero al verla andar hacia la puerta de la cocina, sintió algo muy raro en el estómago y se sorprendió al oír que le preguntaba:

—¿Te apetece tomar algo? —Una invitación de lo más normal. Se estaba limitando a ser un buen anfitrión, nada más—. Tengo vino, obviamente. Y *whisky*. —Tal vez esa noche él mismo necesitara dos vasos del licor.

¿Podría abandonar los estrictos límites que se imponía lo suficiente como para permitirse esa indulgencia?

La invitación a tomarse algo también sorprendió a Hallie de forma evidente.

—No lo sé. —Se lo pensó un momento. Un momento largo. Como si estuviera intentando tomar una decisión importante.

¿Sobre él? ¿Sobre qué?—. Mejor no —respondió al final en voz baja—. Tengo que conducir.

—Cierto —replicó él, descubriendo que tenía la boca seca—. Una mujer responsable.

Ella soltó un murmullo a modo de asentimiento y señaló con la cabeza la botella casi llena de *whisky* Woodford Reserve que había en la encimera de la cocina.

—Pero tú deberías tomarte una copa. Una taltuza acampada en tu jardín tal vez merezca incluso dos. —Esa jardinera de pelo alborotado con los pantalones cortos llenos de barro que le había declarado la guerra a una tienda de vinos se detuvo un instante al llegar al vano de la puerta—. ¿Qué tendrías que hacer para ganarte dos?

Julian levantó la cabeza al instante.

Porque él se había preguntado exactamente lo mismo.

¿Cómo sabía que…?

Y entonces se acordó. Del día anterior. Cuando ella entró en su despacho, leyó por encima de su hombro lo que había escrito y le preguntó: «¿Es verdad? ¿Es verdad que no se permite beberse una copa por la noche a menos que haya escrito durante media hora?». Aunque no contestó la pregunta, Hallie seguía interesada en el tema. ¿Tanta curiosidad sentía por conocer sus costumbres?

Nunca había hablado con otra persona sobre su sistema de fijar objetivos. Si lo hiciera, seguramente parecería ridículo. Pero tenía la impresión de que…, en fin, que parecía que ella se iba para siempre, que no volvería a verla nunca, así que ¿qué daño podía causar que revelara esa parte de sí mismo? En el transcurso de veinte minutos, ella había acabado sentada con el trasero en el barro y había llorado delante de él. Quizás una parte de sí mismo esperaba quedar a la par con ella si admitía esa costumbre tan peculiar. Esperaba que eso la ayudara a… sentirse mejor.

Algo que le parecía muy importante, y eso lo alarmaba.

—Solo me permito dos copas al final del semestre. El resto del año, me bebo una copa de *whisky* si he cumplido con todos los objetivos del día. —Estaba en lo cierto. Parecía ridículo al decirlo en voz alta, pero era su herramienta para mantenerse centrado. El tiempo siempre había sido el hilo con el que estaba cosido el tejido de su vida, y agradecía muchísimo la estructura que le proporcionaba—. Por ejemplo, si llego con puntualidad a todas partes. A clase, a las reuniones. Si completo el trabajo del día y dejo planificado el del día siguiente. Si leo todos los mensajes que me llegan a la bandeja de entrada. Después me ducho y me tomo una copa.

Ella lo miraba fijamente. Sin juzgarlo. Escuchándolo sin más.

—He ajustado mi rutina para el verano… —añadió, aunque no hacía falta, solo para ponerle fin al silencio—. Podría decirse que estoy en modo vacaciones.

Hallie soltó una risilla de repente.

Y eso le provocó una oleada de satisfacción que descendió desde la garganta hasta la barriga.

La había hecho reír. Sí, aunque en ese momento le parecía un poco… ¿triste?

—Julian, creo que no hay en el mundo dos personas más diferentes que nosotros. —No lo dijo a modo de crítica. Fue más bien una reflexión. O una observación—. ¿No te parece?

—Pues sí —se sintió obligado a admitir—. A mí también me lo parece.

Y pese a eso, no quería que se marchara, por raro que pareciera.

Apartó la mirada de Hallie y la clavó en el folleto publicitario de DESCORCHADO.

—¿De verdad han llamado DESCORCHADO a la tienda de vinos y se han instalado justo al lado de otra que se llama Encorchado?

Ella levantó las manos, como si la aliviase que por fin alguien le prestara atención al asunto.

—¡Sí!

—Me sorprende que la asociación de empresarios local lo haya permitido.

—Les he enviado siete mensajes de correo electrónico. El último escrito en mayúsculas.

Julian replicó con una especie de murmullo, sin sorprenderse de que se le crisparan los dedos.

—¿En qué estás pensando? —le preguntó ella despacio mientras se giraba para mirarlo por encima del hombro—. ¿En cambiar el alicatado de la cocina?

Estuvo a punto de no decir nada y acompañarla hasta la puerta. Pero ya había confesado los recursos mentales que usaba para mantenerse cuerdo. ¿Qué sentido tenía contenerse a esas alturas? Al fin y al cabo, por más confuso y raro que pareciera, no se sentía preparado para dejarla marchar.

—No me gusta esa desorganización. No deberían haber permitido la apertura de un establecimiento que supone una amenaza directa para el negocio de al lado.

—Estoy de acuerdo.

Y lo que menos le gustaba era que esa situación hiciera llorar a Hallie, pero esa parte iba a omitirla.

—Cuando veo desorganización o una injusticia…

—¿Qué?

—Me sale una especie de vena competitiva. Pequeña. Por ejemplo, el año pasado un concursante de *Jeopardy!* respondió fuera de tiempo y se lo dieron por válido. En aquel momento, no pareció importante, pero luego llegó a la final y ganó por una diferencia de cien dólares. ¿Ves? Una pequeña injusticia puede ser como una bola de nieve que acaba ocasionando una avalancha. —Hizo una pausa para calibrar la reacción de Hallie, y llegó a la conclusión de que parecía más intrigada que crítica—. Muchos nos pusimos en contacto con el programa y sugerimos… con bastante insistencia que le dieran otra oportunidad al otro concursante. Y lo conseguimos.

—¡Ay, por Dios! —exclamó ella, echando el peso del cuerpo sobre los talones—. ¡Eres un fan de *Jeopardy!*! Siempre me he preguntado quiénes serían. Quién se sentiría tan motivado para pedirle cuentas al concurso. Y eras tú.

Julian resopló.

—Somos miles. —Unos segundos de silencio—. Cientos, por lo menos.

Ella contuvo una sonrisa con evidente esfuerzo.

—¿Qué tiene esto que ver con DESCORCHADO?

Estaba a punto de ofrecerse a ayudarla, pero no podía hacerlo. Ayudarla significaría pasar más tiempo con ella, y ya había decidido que no era una buena idea, aunque parecía incapaz de ponerle fin a su relación. ¿No había estado ella a punto de salir por la puerta hacía unos minutos? Y él la había detenido.

—Quizá no puedas impedir que DESCORCHADO siga abierto, pero puedes ayudar al rival más débil a competir.

—¿Me estás diciendo que meter un trozo de corteza en el motor de la bola de discoteca no es la solución?

—¿Qué?

Ella apretó los labios y le brillaron los ojos.

—¿Las bromas telefónicas también quedan descartadas?

—Hallie, por Dios. ¿Les has estado gastando bromas telefónicas a los propietarios de la nueva tienda de vinos?

—Sí —susurró ella—. Tú eres de los que se sentaría con Lorna y buscaría la manera de ahorrar dinero. O de darle un cambio de imagen a su marca. Mi enfoque es menos lógico, más reaccionario. Como ya te he dicho, no hay en el mundo dos personas más distintas que nosotros.

—¿No me crees capaz de gastarle una broma a alguien?

¿Se podía saber qué acababa de salirle por la boca? Su vena competitiva había entrado en acción, estaba claro. Pero era evidente que Hallie lo tenía por un estirado y un aburrido, y aunque no sabía por qué, no podía consentir que se marchara con esa opinión de su persona. Aunque fuera cierta.

Jamás había gastado una broma telefónica.

—Pues no, no te creo capaz —respondió ella, examinándose las uñas—. ¿Julian Vos, miembro de la realeza vinícola de St. Helena, gastándole bromas telefónicas a una tienda de vinos local? Increíble.

En fin. No le había dejado alternativa.

—Muy bien. —Se sacó el móvil del bolsillo trasero y sonrió satisfecho cuando ella le acercó el folleto publicitario deslizándolo por encima de la isla y apoyó la barbilla sobre una muñeca con un mohín en los labios, claramente sin creerse que fuera a hacerlo. Y, la verdad…, ¿por qué se comportaba así? ¿Para impresionar a esa mujer con la que no tenía nada que hacer? ¿O lo hacía solo para que se sintiera mejor después de haber llorado?

Porque aunque ya había pasado un buen rato, la tensión que sentía en el cuello le dejaba bien claro que se oponía a sus lágrimas. Era demasiado… jovial. Demasiado alegre para llorar.

Esa mujer debía ser feliz en todo momento. Sin embargo, él era lo bastante inteligente como para saber que una persona no podía ser responsable de la felicidad de otra. No del todo. Pero se preguntó qué se sentiría al desempeñar ese papel para Hallie. En otra vida, obviamente.

El responsable a tiempo completo de las Sonrisas de Hallie.

De repente, su puesto de profesor no le pareció tan importante.

«Deja de pensar ridiculeces».

—Pon el altavoz —dijo ella, menos escéptica a esas alturas.

Marcó el número y levantó una ceja mientras le obedecía.

Hallie se quedó boquiabierta.

Al quinto tono contestó un chico.

—Hola, has llamado a DESCORCHADO. —Sonaba música de fondo—. Ven a emborracharte y a que te digamos lo guapa que eres.

Julian intercambió una mirada fulminante con Hallie y comprendió que ese pequeño acto de rebeldía acababa de convertirlos en una especie de compañeros de equipo. Temporalmente, claro.

—Sí, hola —se apresuró a decir—. Llamo del Departamento de Sanidad. Me temo que tengo malas noticias.

Se hizo el silencio.

—¿El Departamento de Sanidad? ¿Qué…? —balbuceó el chico—. ¿Malas noticias?

—Sí, vamos a tener que cerrar su establecimiento.

Las piernas de Hallie parecían haber dejado de sostenerla. Se había tapado la boca con las manos y había doblado la mitad superior del cuerpo sobre la isla en busca de apoyo.

—Ay, Dios —masculló.

—¿Y cuál es el motivo del cierre? —protestó el chico.

—La bola de discoteca. —En ese momento, vio que Hallie empezaba a temblar de la risa, y eso hizo que le fuera casi imposible mantener una expresión seria. Y que su frío y muerto corazón se pusiera a bailar el cancán—. Según la sección cincuenta y tres guion eme del reglamento sanitario, su establecimiento viola directamente el derecho de la población de no presenciar bailes pésimos.

Se oyó una palabrota.

—¿Otra llamada de broma? ¿Estás compinchado con esa mujer?

—Sí. —Julian colgó y soltó el móvil con cuidado—. Y así se hace.

Hallie se colocó una mano en el pecho, todavía incapaz de contener la risa.

—Eso ha sido... como... el Cadillac de las bromas telefónicas. —Se apartó de la isla y lo miró con otros ojos, aunque luego meneó un poco la cabeza—. Gracias. Salvo por las pocas amigas que he logrado involucrar en este enfrentamiento, me he sentido bastante sola en mi indignación.

La había ayudado a sentirse menos sola. Además de haberle arrancado una de sus Sonrisas.

«Esto parece la mañana de Navidad». Era una expresión que la gente solía decir con frecuencia, pero él nunca la había entendido, porque la familia Vos siempre había abierto los regalos en silencio y con prisas.

Por fin lo entendía.

—De nada —dijo escuetamente.

Ambos asintieron con la cabeza.

—Bueno, tienes mi palabra de que no volveré a burlarme de los guerreros que les envían sus quejas a *Jeopardy!*

Julian sintió que le temblaban los labios.

—En ese caso, supongo que mi trabajo ha terminado —repuso y nada más hacerlo sintió ganas de retirar sus palabras, porque ella pareció malinterpretarlas. Como si él le hubiera insinuado que ya era hora de que se fuera.

Hallie inclinó la cabeza y dijo:

—Adiós, Julian. —Y pasó a su lado para salir de la cocina, dejando tras de sí ese olor a tierra y a sol—. Tómate esos dos vasos de *whisky*. Te los has ganado.

Solo atinó a responder con una rígida inclinación de cabeza, tras lo cual se dio media vuelta y la siguió hasta la puerta de la casa. A través de la mosquitera la observó reunirse con sus tres perros, que empezaron a ladrar y a gemir mientras celebraban su aparición y echaban a andar hacia la camioneta. Una vez que ella se sentó al volante, intercambiaron una larga mirada a través del parabrisas delantero y, de repente, cayó en la cuenta de que no le había dicho de qué se conocían. Ni dónde se conocieron.

El tictac del reloj le llegó a los oídos, distrayéndolo, y la tensión que se apoderó de su pecho lo llevó a entrecerrar los ojos. ¿Hasta qué punto se había trastocado su planificación desde que ella apareció? No tenía ni idea. En un intento por centrarse, se pegó el reloj a la oreja y se obligó a concentrarse en el tictac del segundero. En las horas que tenía por delante. Porque no podía cambiar las que habían quedado atrás.

Y tampoco quería hacerlo. No cambiaría ni uno de los segundos que había pasado con Hallie. Aunque, por desgracia, no estaba seguro de que fuera prudente pasar más tiempo con ella a partir de ese momento.

Claro que quizás a modo de punto final le echaría otro vistazo a la página web de Las Flores de Becca antes de acostarse…

5

Hallie miró fijamente a Lavinia, sentada al otro lado de la mesa, sin verla realmente.

A su alrededor flotaban las conversaciones que mantenían los comensales del comedor de Otelo, su bistro bar favorito de St. Helena. Ya habían atacado con saña el cestillo del pan y estaban esperando que les llevaran una ración familiar de *linguini* con gambas al ajillo y mantequilla. Como no podía ser de otro modo, habían elegido un maridaje de vino blanco y, por Dios, nunca era buena señal que pidieran una segunda botella antes de que apareciera el plato principal. Sí, habían dejado de beber durante el día, pero era evidente que no tenían reparos en hacerlo por la noche.

Sin embargo, que el Señor la ayudara, porque era incapaz de dejar de llevarse la copa a los labios. Había creado un nuevo estado: aturdimiento por embriaguez. Lavinia, por su parte, parecía alterada a la par que expectante y un poquito achispada, aunque había bebido mucho menos que ella. Estaba claro que siempre había una primera vez para todo. Como por ejemplo beber más, pero emborracharse menos que una británica (que en otra época participó en una de las giras de Gorillaz).

O echarle un vistazo a la versión adulta y real de su amor de la adolescencia… y que le gustara demasiado.

Se obligó a salir del trance y miró a su alrededor. En otra época, lo de convertirse en clienta habitual de un restaurante fue una experiencia nueva. Y disfrutó mucho del proceso de convertirse en una. Le encantaba entrar en el bistro bar italiano iluminado por la luz de las velas y que todo el mundo supiera su nombre. Lavinia siempre se sentaba de espaldas a la cocina y ella lo hacía de espaldas a la pared. Sin embargo, su abuela estaba presente y conseguía que la normalidad pareciera…, en fin, normal. En ese momento, las repetidas visitas al establecimiento la ponían nerviosa por la ausencia del ancla que fue su abuela.

Se echó hacia atrás en la silla mientras tomaba una honda bocanada de aire para relajarse y se llevó la copa de vino a los labios. Tras beberse la mitad, decidió dejar a un lado de momento la crisis de los treinta. Habían pasado veinticuatro horas desde que vio a Julian y todavía no se lo había contado a su mejor amiga, pese a sus insistentes preguntas.

—Confiesa, Hallie Welch, joder. —Lavinia se inclinó hacia delante y prácticamente se colocó sobre la vela. Tan cerca, de hecho, que sintió el calor en la barbilla, de manera que soltó un gritito y retrocedió. Quizá las dos habían bebido demasiado. ¿Iban por la segunda botella o por la tercera?—. O hablas, o empiezo a romper platos. Y soy capaz de hacerlo, que lo sepas.

—De acuerdo, de acuerdo, de acuerdo. —Hallie dejó la copa sobre la mesa y levantó un dedo mientras el camarero dejaba entre ellas la humeante y enorme fuente de pasta. Ambas suspiraron cuando el delicioso olor se les subió a la cabeza como si fuera droga dura—. Los platos de pasta nunca pasan de moda.

Lavinia se besó las puntas de los dedos mientras miraba hacia la puerta batiente de la cocina.

—Transmítele al chef nuestra profunda e imperecedera admiración.

—Se lo diré —replicó el camarero con sorna antes de alejarse.

—Ah, y acuérdate de la segunda botella. ¿O es la tercera? —añadió Lavinia. A voz en grito.

—Esta gente nos quiere.

Hallie usó las pinzas de plata que les habían llevado para servir una generosa ración de pasta en el plato de Lavinia y se rio cuando su amiga le hizo un gesto con un dedo para indicarle que quería más.

—Vamos, sigue echando. No me he comido ni un dulce en todo el día porque quería hacer hueco para esto.

—Entendido. —Hallie le sirvió un poco más y suspiró al sentir en la cara el delicioso aroma de la pasta—. A ver, te lo contaré antes de que el coma por los *linguini* se sume al coma etílico. —Respiró hondo, como si se dispusiera a dar una información muy delicada. Era evidente que Lavinia esperaba noticias jugosas. Y eso le daba la oportunidad de reírse un poco de ella—. Julian y yo hicimos algo bastante... íntimo.

—¡Te lo has tirado! —gritó su amiga, que levantó los brazos y clavó la mirada en el techo con la boca a medio masticar—. Jerome me debe veinte pavos. ¡Sabía que lo conseguirías!

Hallie abrió la boca y la cerró sin rechistar. ¿Al final resultaba que era Lavinia quien se estaba riendo de ella?

—¿Has hecho un apuesta con tu marido? Sobre si yo... me iba a tirar o no...

—Y he ganado. —Lavinia levantó una ceja—. Hemos ganado las dos, según parece.

—No me has dejado terminar. —La indignación pugnaba contra la risa, de manera que solo logró mirar a Lavinia con una expresión penetrante que su amiga no acabó de entender—. Lo que hicimos en la intimidad fue gastar una broma telefónica.

La alegría desapareció por completo de la expresión de Lavinia, que fingió hacerle una señal al camarero.

—Disculpe. *Garçon*? Me gustaría pedir una nueva mejor amiga. —Cerró los ojos con fuerza—. ¿Una broma telefónica? ¿¡En serio!?

—Sí. —Hallie se abanicó—. La mejor que he oído en la vida.

—¿Ni siquiera te rozó una teta? ¿Ni os disteis un piquito?

Hallie atacó la pasta con más ganas de la cuenta, por culpa del subidón hormonal y la consecuente insatisfacción.

—No.

—Pero tú querías un poco de acción por su parte, ¿no?

Mentir no serviría de nada.

—Desde los catorce años.

—Entonces, ¿por qué no has movido ficha, nena? ¡Creía que te había educado mejor!

Era una pregunta totalmente válida. En el mundo actual, las mujeres estaban obligadas a atraer a los hombres, o todo el planeta se quedaría soltero. La atracción que sentía por Julian Vos siempre había sido innegable, pero el día anterior…, en fin, creyó percibir interés por su parte. ¿Verdad? Su forma de controlar la respiración cuando estaban cerca no había sido fruto de su imaginación. En más de una ocasión, se había dado cuenta de que le miraba ciertas partes de su anatomía que no eran los ojos. Sobre todo la boca. Como si tal vez estuviera pensando en besarla. Pero no lo hizo. E intuía el porqué.

—Somos polos opuestos. Creo que eso lo pone un poco nervioso…

—Hallie —Lavinia apartó su plato y se inclinó hacia delante—, un profesor de Historia no parece un hombre que actúe a la ligera o sin reflexionar.

—¿Qué quieres decir?

—Pues que es imposible que la atracción sea unilateral, porque en ese caso no habría recurrido a una excusa para que volvieras a su casa.

Hallie hizo un gesto con el tenedor.

—Había una taltuza…

Lavinia la interrumpió con un gemido.

—Un hombre no le pide ayuda a una mujer a menos que esté con el agua al cuello. A menos que deje de lado el orgullo por ella.

Hallie reflexionó al respecto. Pensó en la llamada de Julian cuando él mismo podría haberse ocupado del asunto de la taltuza preparando la mezcla por su cuenta. Pensó en su forma de mirarla, con una fascinación casi renuente. Pensó en que la siguió desde la casa y bajó los escalones de la entrada como si no fuera consciente del movimiento de sus pies. Todo eso era fruto de la atracción, ¿no?

¿Debería haber movido ficha?

Lavinia la miró mientras tamborileaba con las uñas sobre el mantel.

—Todavía te gusta. Así que lánzate u olvídalo.

—¿Que me lance? ¿Con qué fin?

—Con el de salir con él si te apetece.

—Frena un poco —protestó Hallie, que se dio cuenta de que entrecerraba los ojos para evitar que la imagen de su amiga se duplicara. Seguramente porque había estado rematando cada frase que decía con un trago de vino—. Yo saliendo con un profesor de Historia. ¡Qué ridiculez!

Lavinia torció el gesto.

—Sigues estando loca por él, ¿verdad, nena?

—Sí. —Al recordar esos ojos del color del *bourbon* tan intensos y curiosos, así como el extraño brillo que apareció en ellos durante la broma telefónica, sintió una opresión en el pecho—. Es una fascinación difícil de explicar, pero... ¡Uf! Lavinia, ojalá lo hubieras visto en el instituto. Fue tutor durante una época de uno de mis compañeros de clase, Carter Doherty, que no conseguía aprobar Física. Creo que tenía problemas en casa, pero el asunto es que había tirado la toalla. Sin embargo, Julian no se lo permitió. Le dio clases particulares durante todo el curso y pasó de un suspenso a un notable. Yo me enteré porque mi abuela les arreglaba el jardín a los Carter y veía a Julian ir a la casa todos los martes. —Cuando Rebecca se lo contó, se desmayó allí en el suelo de la cocina y no se levantó hasta la hora de la cena—. El rato que estuve ayer con él empeoró el enamoramiento, pero me ha ayudado a descubrir que somos como la noche y el día.

—Ahora estás cachonda y, además, eres realista.

—Sí. ¿Eso me convierte oficialmente en una adulta?

—Me temo que sí. Para eso está el vino.

Hallie se desplomó contra el respaldo de la silla y respiró hondo.

—Muy bien. En fin, solo está aquí para escribir el libro y luego volverá a marcharse. Me las apañaré para superar cualquier encuentro futuro. Y cuando se haya ido, me obligaré a dejar de comparar a todos los hombres con él…

—Te refieres a comparar a Owen con él, ¿no? —Lavinia se metió una gamba en la boca—. Dale luz verde y celebrarás la boda en otoño si eso es lo que quieres. Ese hombre está enamorado de ti.

La culpa hizo que se le encogiera el estómago.

—De ahí que no sea justo, ni para él ni para cualquier otro hombre con el que pueda salir en el futuro, que siga enamorada de mi amor de la adolescencia. Ya ha durado demasiado.

Lavinia hizo un puchero y enrolló la pasta en el tenedor.

—Aunque, por otro lado…

—Ah, no. Ni se te ocurra ofrecerme alternativas.

—Por otro lado, lo justo para ti es que de verdad te asegures de que no hay nada entre vosotros. Entre el señor Vos y tú. Te has puesto cachonda por una broma telefónica. Imagínate qué pasaría si ese hijo de puta te besara.

Hallie suspiró.

—Créeme, ya lo he pensado.

Lavinia se dejó caer sobre el respaldo de la silla y se colocó la copa de vino sobre la barriga, llena de pasta.

—Deberías escribirle cartas y firmar como su admiradora secreta o lo que sea. Así te libras de toda esta angustia antes de acabar caminando por el pasillo de la iglesia hacia Owen con un ramo de remordimientos en las manos.

Hallie se rio, mientras intentaba disimular lo fuerte que le latía el corazón después de oír esa pequeña sugerencia: «Deberías escribirle cartas y firmar como su admiradora secreta». La romántica que llevaba dentro se despertó con los ojos abiertos de par en par. Por Dios, qué oportunidad más fantástica para expresar los sentimientos que llevaba arrastrando media vida sin correr el riesgo de pasar vergüenza.

—¿Y dónde le dejaría las cartas?

Lavinia soltó un murmullo reflexivo y luego dijo:

—Sale a correr por el pueblo todos los días. Pasa por la pastelería a las dos y once minutos clavados. Y luego acorta por el sendero de la esquina de Grapevine y Cannon. Nadie más usa ese camino porque conduce a la propiedad de los Vos. Podrías dejar las cartas en algún tocón o algo y... —Su amiga se enderezó de repente en la silla—. No te lo estarás tomando en serio, ¿verdad?

—No. —Hallie meneó la cabeza con tanta fuerza que le cayeron unos cuantos rizos sobre los ojos y tuvo que volver a colocarlos en su sitio—. Claro que no.

—Debería aprender a morderme la lengua —dijo Lavinia con un suspiro—. No hace falta que lo compliques. Simplemente dile que te gusta y a ver qué pasa. ¿O eso es demasiado fácil?

—¿Crees que sería más fácil desvelar quince años de sentimientos en persona?

—En fin, pues no. Técnicamente no, pero... —Lavinia soltó su copa despacio y guardó silencio mientras ordenaba sus pensamientos—. A ver, Hallie, sé que te animé a volver a verlo. Pero quiero que te pares a pensar las cosas antes de meterte en un problema. Sabes que te quiero a rabiar, pero... —Hizo una pausa—. Desde que perdimos a Rebecca, estás mucho más dispuesta a provocar el caos donde no es necesario.

Hallie asintió con la cabeza. Y siguió haciéndolo hasta que notó que la tensión se le acumulaba en la parte posterior del cuello.

Cuando vivía en la carretera con su madre, se sentía como una máquina tragaperras. Echaba una moneda, tiraba de la palanca y elegía una nueva aventura. Un nuevo personaje. Hacía borrón y cuenta nueva. Su madre era tan cambiante como el viento y la empujaba a hacer lo mismo, a inventarse historias y nuevas identidades por diversión.

Recordaba el hormigueo que sentía justo antes de que su madre tirara de la metafórica palanca y, sospechosamente, se parecía mucho a su inquietud actual. Un estado en el que se encontraba desde enero. Y, desde entonces, moverse de forma constante y sin restricciones era la única manera de atenuarlo. O más bien era la única manera de pasarlo por alto.

—Gracias por tu sinceridad —le dijo por fin a su expectante amiga.

Lavinia extendió un brazo sobre la mesa y le cubrió una mano con la suya.

—Vamos a olvidar la tontería esta de las cartas, ¿te parece?

—¿De qué cartas me hablas? —replicó Hallie, haciendo caso omiso de la emoción frenética que le recorría las terminaciones nerviosas—. No recuerdo que hayamos hablado de ninguna carta.

—Gracias, joder —dijo Lavinia al tiempo que levantaba la copa de vino.

Hallie se hizo con la suya y descubrió que estaba vacía. Parpadeó y se sirvió más vino. La última, se prometió.

Aunque pareciera absurdo, se preguntó hasta qué hora estaría abierta la papelería.

No estaría de más comprobarlo de camino a casa, ¿verdad?

Seguro que a su conductor de Uber no le importaría dar un rodeo.

Hallie tenía la impresión de llevar un alambre de espino alrededor del cráneo que parecía tensarse un poco más cada cinco o seis segundos. Entró en Encorchado, que todavía no estaba abierto al público, y se dejó caer sobre el polvoriento mostrador, desgastado por el tiempo, con la cabeza enterrada entre los brazos cruzados.

Oyó que alguien soltaba una risa cómplice y, después, sintió la caricia de Lorna en un antebrazo con esos dedos que el tiempo había arrugado de forma tan hermosa, y percibió su olor a canela y a detergente para lavar los platos, lo que le provocó un pequeño consuelo. Toda una hazaña, dadas las circunstancias.

—Enseguida te preparo una cura para la resaca —anunció la mujer con voz cantarina mientras oía sus pasos al otro lado del mostrador—. Te excediste anoche en la cena con Lavinia, ¿verdad?

—Era una ocasión especial.

—¿Qué estabais celebrando?

—Que era sábado por la noche. —Intentó ofrecerle una sonrisa, pero el gesto le exprimió el cerebro como si fuera una naranja—. Por favor, Lorna. A saber dónde he guardado el ibuprofeno en casa, porque no lo he encontrado. También es posible que los perros lo hayan enterrado en el jardín trasero. Vengo a suplicarte clemencia.

Lorna chasqueó la lengua y murmuró como si hablara consigo misma:

—No hace falta que supliques. —Rebuscó un momento en el armarito situado debajo de la caja registradora y dejó dos pastillas azules en el mostrador, delante de ella—. Dentro de tres cuartos de hora estarás como una rosa.

—Eso es mucho pedir, pero intentaré conseguirlo. —Después de tragarse las pastillas sin agua, se sentó un poco más erguida y miró a esa mujer con su afable sonrisa, que seguía de pie junto a la antigua caja registradora de latón. Una de las mejores amigas de su abuela. Si cerraba los ojos, podía verlas sentadas juntas con las cabezas inclinadas sobre un crucigrama, riendo como adolescentes por algún chiste que acababan de susurrar—. ¿Cómo...? —Carraspeó y echó un vistazo por la silenciosa y polvorienta tienda—. ¿Ha ido mejor el negocio?

La sonrisa de Lorna, que tenía la cabeza inclinada hacia la derecha, siguió firme.

Sin embargo, no contestó.

Hallie tragó saliva y se removió en el taburete.

—Bueno, tú quédate tranquila. Estoy segura de que se me pasará la resaca para la cata de las dos y media. Hace tiempo que debería haber repuesto mi surtido de vinos blancos.

—Lo último que necesitas es más vino, cariño. Ya estoy talludita. Puedo soportar que no venga nadie a mis catas. —Soltó una carcajada mientras extendía un brazo por encima del mostrador para darle un apretón a Hallie en una mano—. ¿Que si me gustaría ver este lugar lleno como en los viejos tiempos? Por supuesto que sí. Pero no voy a llenar la caja registradora con el dinero que ganas con tanto esfuerzo. Ni hablar. —Le dio una última palmadita a Hallie—. Rebecca estaría orgullosa de ti por intentar ayudarme.

Hallie sintió que las lágrimas le escocían los párpados. ¿No se daba cuenta Lorna de que en parte estaba siendo egoísta? Además de que ese lugar guardaba un millón de recuerdos especiales para ella, necesitaba que ese trocito de su abuela siguiera presente. Cuanto más se desvanecía Rebecca en el pasado, más ansiosa y sin rumbo empezaba a sentirse. Ese lugar, su rutina... ¡todo! Todo le parecía extraño sin su presencia incondicional. Como si su vida le perteneciera a otra persona.

—¿Podrías al menos venderme un pinot...? —Se oyó la campanilla de la entrada y el corazón le dio un vuelco en el pecho por la esperanza—. ¡Oh, un cliente! —Su entusiasmo se desvaneció en cuanto vio al recién llegado. El encargado de DESCORCHADO, con su traje de *tweed*, sus gafas redondas y una sonrisa forzada en los labios. Lo reconoció de la tarde de la gran inauguración, cuando se recorrió todo el pueblo arrancando folletos publicitarios y él acabó persiguiéndola por media manzana.

—Hola. —En cuanto atravesó el umbral, unió las manos a la altura de la cintura y miró con lástima las estanterías, escasamente surtidas—. Soy el encargado de DESCORCHADO, la tienda de al lado. Y odio tener que hacer esto, pero tenemos dos despedidas de soltera que vienen a la cata de la tarde y el camión de reparto de suministros lleva retraso. Vamos escasos de copas si se lo puede creer. La fiesta se descontroló un poco anoche y hubo alguna que otra desafortunada rotura. ¿No tendrá por casualidad una docena más o menos que pueda prestarnos hasta mañana?

Lorna ya se estaba levantando de su taburete, deseosa por ayudar.

—Por supuesto. Seguro que me sobran algunas. —Se agachó para echar un vistazo debajo del mostrador, y Hallie se levantó de un salto para que no levantara algo demasiado pesado y la ayudó a dejar en el mostrador una caja de tintineantes copas de cristal—. Aquí hay dos docenas. Puedes llevarte la mitad.

El joven encargado del traje se acercó al mostrador, apartó las solapas de cartón y sacó una de las copas, que sostuvo a la luz.

—Deben de ser para las emergencias. No son precisamente de gran calidad, ¿verdad?

Lorna se retorció las manos.

—Lo siento.

—No, no. No es necesario que se disculpe —replicó el Tonto del Traje de *Tweed*, y su falta de sinceridad hizo que Hallie sintiera una bocanada de ácido en la garganta—. Bueno, supongo que no tengo alternativa. Aceptaré lo que pueda darme —añadió sin mirarlas siquiera, porque estaba pendiente de la cola que se había formado delante de DESCORCHADO—. ¿Puede prescindir de las dos docenas? Parece que necesitamos las copas un poco más que Encorchado —dijo con aire distraído.

—Por supuesto —contestó Lorna, que se apresuró a deslizar la caja por encima del mostrador.

Hallie estaba demasiado aturdida por la desfachatez del Tonto del Traje de *Tweed* como para ofrecerle ayuda. Y se quedó boquiabierta mientras el encargado de la tienda de al lado levantaba las copas a la carrera y salía a toda prisa por la puerta. Además de vergüenza ajena, experimentaba una serie de descargas ardientes por todo el cuerpo y tenía la cara más caliente que la superficie del sol. ¿Y qué le pasaba en la garganta? ¡Por Dios Santo! ¿Se estaría transformando en un hombre lobo o algo así?

—Menudo… —Apenas podía hablar por el nudo que se le había formado en la garganta—. No puede salirse con la suya.

—Hallie…

—Voy para allá.

—Ay, por Dios.

La iba a liar, pero bien. Lo supo en cuanto pisó la acera y el aire frío chisporroteó en su piel. Aquello no era un arranque de indignación justificado como el que sintió cuando saboteó la bola de discoteca. Era un ataque de ira nivel Hulk, y necesitaba ventilarla.

El Tonto del Traje de *Tweed* acababa de menospreciar de forma descarada a una mujer mayor cariñosa y afable, además de ser también una institución de la comunidad, y su ira exigía satisfacción. ¿De qué manera? No tenía ni idea. Y eso debería haber sido un aviso para que regresara a la seguridad de la tienda de Lorna y se tranquilizara, pero en cambio, se descubrió haciendo caso omiso de las protestas de la gente que hacía cola y abriendo de golpe la puerta principal de DESCORCHADO, momento en el que sintió en la cara el impacto del olor a queso azul y chocolate.

—El vino es el mejor quitapenas —se oyó el saludo automático de la puerta.

—Cállate —mascculló entre dientes, mientras contemplaba el interior de DESCORCHADO tras haber cruzado por primera vez las líneas enemigas. A diferencia del ambiente sereno y hogareño de Encorchado, ese lugar era un ejemplo de mala iluminación. Los carteles de neón que rezaban «Hola, preciosa» y «Solo buenas vibraciones» proyectaban un brillo hortera sobre las interminables hileras de botellas de vino que parecían haber adquirido por la estética de las etiquetas más que por la calidad del contenido. Por desgracia, también había mullidas otomanas que prácticamente le suplicaban a la gente que se sentara a descansar una tarde y se zampara los platos de queso de cuarenta dólares. Todo estaba limpio y nuevo, y ella lo odiaba.

«¿Qué haces aquí exactamente?», se preguntó.

En ese momento, se encontraba como suspendida entre la puerta y el mostrador, y los clientes que ya habían entrado la miraban con curiosidad, de la misma manera que lo hacía el chico que estaba a cargo de la caja registradora. Una gota de sudor le recorrió la espalda. Debería marcharse…

En ese momento, oyó la voz del Tonto del Traje de *Tweed*, que se acercó al mostrador con la caja de Lorna y miró al chico de la caja con una sonrisa exasperada.

—He gorroneado unas copas de la residencia de ancianos de al lado. Debería llevarlas a la trastienda y limpiarlas primero. Seguro que tienen una década de polvo en los bordes.

Hallie experimentó otro subidón de adrenalina y miró a su alrededor a través de una especie de neblina roja, fijando su atención en la pared de queso. Cada variedad tenía su propio estante, iluminado en la parte posterior con luz rosa. En la parte delantera de cada uno de ellos habían dispuesto una ordenada hilera de platitos plateados con cuñas para degustación, como si fueran comederos para humanos. Hallie ya se estaba acercando a la pared, y había convertido su camiseta en un improvisado delantal donde amontonar las muestras de queso.

Sí, ya lo estaba viendo.

El Gran Robo de Gouda sería el delito que acabaría con ella.

—¡Oye! —gritó el Tonto del Traje de *Tweed*—. ¿Qué haces?

Hallie, que estaba concentrada en su misión, fuera cual fuese, no contestó. Necesitaba algún tipo de compensación por el trozo de orgullo que el encargado le había arrancado a Lorna. ¿Era una tontería? Seguramente. ¿Se arrepentiría luego? Casi seguro, pero porque en el fondo no lograría ayudar a Lorna. No serviría de nada.

Se quedó sin espacio en el improvisado delantal y empezó a meterse muestras de queso en los bolsillos.

—¡Oye! —El encargado se acercó a ella y empezó a darle guantazos en las manos, pero ella lo bloqueó con la espalda—. ¡Llama a la policía! —gritó por encima del hombro—. Está... ¡Anda, pero si es la misma que arrancó los folletos hace unas semanas!

«Oh, oh».

Jerome tenía razón. Aquello era una escalada en la situación de manual.

De manera que se dio a la fuga.

Sin embargo, el Tonto del Traje de *Tweed* fue más rápido. Le bloqueó la salida. Ella se volvió, en busca de una puerta trasera. Todos los establecimientos las tenían. Daría al callejón trasero, igual que La Nuez Judy. Y después... ¿qué? ¿Otra vez se escondería detrás de la amasadora de pie? ¿Lograría evitar las consecuencias en esa ocasión? Empezó a sentir un fuerte latido en la sienes y los sonidos del establecimiento parecieron llegarle desde muy lejos. Le escocía la cara. Algunas cuñas de queso cayeron al suelo.

Y, en ese momento, sucedió algo alucinante.

A través del ventanal de DESCORCHADO clavó los ojos en los de Julian Vos.

Llevaba en uno de sus esculpidos brazos una bolsa de papel marrón con el logotipo del supermercado local. Había ido a hacer la compra. Julian Vos. «¡Es como nosotros!», pensó. La mirada de esos ojos castaños se desvió de su cara a la montaña de cuñas de distintos quesos que llevaba en la camiseta, y se quitó los AirPods al tiempo que levantaba una ceja negra.

Acto seguido, su mirada se desvió hacia el encargado (que a su vez estaba dándole órdenes a voz en grito al chico de la caja registradora), y su expresión se ensombreció. Entró en DESCORCHADO tras dar una única zancada, provocando a su paso un coro de protestas por parte de la gente que hacía cola, y se hizo con el mando del establecimiento sin decir una sola palabra. Todos se detuvieron para mirarlo, como si de algún modo supieran que su llegada era importante. Aquel hombre no era un simple espectador.

La única persona que no se percató de que Julian entraba en DESCORCHADO fue el Tonto del Traje de *Tweed*, que siguió exigiéndole que pagara las cuñas de queso que había destrozado y enumerando los delitos que había cometido contra el establecimiento como si fuera una lista de pecados.

Sin embargo, cerró la boca en cuanto Julian se colocó delante de ella.

—Deja de gritarle. —Hallie no podía verle la cara, pero por el tono de voz supuso que sus facciones estaban tensas—. No vuelvas a hacerlo. —Se volvió y la miró por encima de un hombro. En efecto, con ese ceño fruncido y los dientes apretados parecía un galante duque dispuesto a rescatar a una damisela en apuros. Bueno, ella podía ser la princesa Peach del Reino Champiñón, y se sentía muy agradecida por su intervención—. Hallie, por favor, sal a la calle, donde este hombre no pueda gritarte más.

—No voy a moverme de aquí —susurró mientras su creencia en la caballerosidad se levantaba como los muertos en una vieja película de zombis. Ni la amenaza de que un muerto viviente le diera un mordisco habría conseguido alejarla de la escena que se desarrollaba delante de sus ojos. Julian defendiéndola. Poniéndose de su parte sin conocer primero las dos versiones de la historia. ¡Maravilloso! ¡Por Dios, sí, aquello era maravilloso!

—¡Nos ha robado el queso! —protestó el Tonto del Traje de *Tweed*.

—Ya lo veo —replicó Julian con forzada calma, volviéndose hacia el encargado, que estaba coloradísimo. Acto seguido, bajó tanto la voz que a Hallie le costó oír sus cortantes palabras—. De todas formas, no vas a gritarle más. Si ella se molesta, yo también me molesto. Y creo que eso no te conviene.

Aquello... era como descubrir la fe religiosa. ¿Era eso lo que estaba ocurriendo?

«¿Estoy ascendiendo a un plano superior?», se preguntó.

La expresión de la cara de Julian, fuera cual fuese, debió de convencer al encargado de que debía eliminar de su lista de tareas cualquier cosa que lo molestara.

—De acuerdo, no le gritaré más, pero vamos a llamar a la policía —dijo, dirigiéndose de mala manera al chico de la caja registradora.

—¿Vais a llamar a la policía por unas muestras de queso? —preguntó Julian despacio. Hallie le miró el culo (no podía evitarlo, mucho menos cuando empleaba ese arrogante tono de profesor) y, por Dios, ver lo ajustados que le quedaban los vaqueros casi hizo que se le cayera el trozo de parmesano que había planeado en secreto guardarse para ella—. No creo que sea prudente. En primer lugar, eso también la molestaría a ella, y ya hemos dejado claro que no me gusta. Y en segundo, tendríais que presentar cargos. Por unas cuñas de queso de degustación. Contra una residente de la localidad. No creo que a los demás habitantes del pueblo (vuestros clientes) vaya a hacerles mucha gracia, ¿verdad? Ambos sabemos que a mí no me hace ninguna.

Hallie llegó a la conclusión de que el cielo se parecía sospechosamente a una quesería, pero estaba segura de que su nube personal se encontraba por allí. ¿Podría hacer una reserva para una visita guiada por unos ángeles?

—Ha arrancado los folletos publicitarios que hemos colocado en los escaparates y… sí, creo que nos ha roto la bola de discoteca. —Oh, oh. Hallie salió de su estupor como si fuese una burbuja que estallara de repente, y ladeó la cabeza para asomarse desde detrás de Julian a tiempo para ver que el encargado levantaba las manos—. ¡Es una amenaza!

Eso le arrancó un jadeo.

—Seguro que tienes razón —dijo Julian.

Hallie jadeó por segunda vez.

—Pero como vuelvas a decir una palabra más sobre ella, yo voy a romperte mucho más que la bola de discoteca.

El Tonto del Traje de *Tweed* soltó un resoplido indignado.

—Esto es increíble… —Se paró en seco y miró a Julian con los ojos entrecerrados—. Un momento, te conozco.

Julian suspiró y se pasó la bolsa de papel al otro brazo.

—Sí —replicó en voz baja—. Supongo que conoces los Viñedos Vos.

—¿Los Viñedos Vos? La verdad es que no. No vendemos nada de esos carcamales venidos a menos.

Hallie estuvo a punto de tirarle a la cabeza la cuña de parmesano al encargado de la tienda, y no le cabía duda de que era un trozo lo bastante grande como para provocarle una conmoción cerebral. ¿De verdad acababa de decirle eso en voz alta a Julian? La vergüenza ajena que había sentido por Lorna reapareció con fuerza en su honor, poniéndola colorada y haciéndole desear haberse quedado en la cama esa mañana, recuperándose de la resaca. Por su parte, Julian no reaccionó como ella esperaba. En vez de enfadarse por el insulto a la empresa de su familia, parecía… perplejo. Intrigado.

—¿Carcamales venidos a menos? —repitió, frunciendo el ceño—. ¿Por qué los llamas…?

El encargado lo interrumpió al chasquear los dedos.

—No, espera. Ya sé de qué te conozco. Porque sales en ese documental sobre extraterrestres. ¿Cómo se llama?

Julian se dio media vuelta al instante y la sacó de la tienda tirando de ella con la mano libre.

—Y ese es nuestro pie para irnos —dijo.

—¡Espera! —exclamó el peripuesto veinteañero—. ¿Podemos hacernos un selfi?

—No —dijo Julian con rotundidad.

—¿De qué documental de extraterrestres está hablando? —susurró Hallie con la vista clavada en su tenso mentón.

—Silencio, ladrona de queso.

—Lo admito —murmuró ella, que se sacó el parmesano de la camiseta para darle un bocado.

Una vez fuera de la tienda y ya alejándose a paso ligero por la acera, Julian le hizo una pregunta que se sentía renuente a responder.

—¿Por qué ha dicho eso de mi familia? ¿Es su opinión sesgada o lo que piensa la mayoría?

Hallie tragó saliva.

—Si respondo, ¿me explicarás lo del documental sobre los extraterrestres?

El suspiro de Julian podría haber marchitado un roble.

—Trato hecho.

6

Eran la versión adulta de Hansel y Gretel. Salvo que, en vez de migas de pan, iban dejando a su paso trozos de queso manchego. En cierto modo, a Julian no le sorprendió ese giro de los acontecimientos. Después de tropezarse con esa mujer cautivadora y lunática que lo llevaba a gastar bromas telefónicas robando queso en un establecimiento local, ¿qué otra cosa iba a hacer?

Sin embargo, le parecía imposible exasperarse con ella. ¿Quién podía enfadarse por algo cuando Hallie sonreía? Él no. Mucho menos cuando dos emociones muy concretas silenciaban todo lo demás.

¿La primera? Estaba cabreadísimo. Quería volver a DESCORCHADO y dejar sin dientes al encargado, algo muy poco característico en él en todos los sentidos. Porque no era un hombre violento. Sí, participó en algunas peleas cuando era adolescente, pero nunca había experimentado una oleada de calor desde el abdomen hasta la garganta como la que había sentido al ver a través del ventanal que ese hombre le estaba gritando a Hallie. ¿Quién era capaz de gritarle a ese... girasol humano? «No es asunto mío», intentó decirse, pero el instinto lo obligó a entrar y a interponerse entre ella y cualquier tipo de negatividad. «No mientras yo esté delante».

¿La segunda? El temor que se fue apoderando de él poco a poco y que lo llevó a apretar la bolsa con el brazo. «Carcamales venidos a menos». Esas palabras no paraban de darle vueltas en la cabeza, de un lado para otro, porque no se parecían en nada a lo que solía oír cuando alguien describía Viñedos Vos.

Una institución. Una empresa legendaria. Una piedra angular del mundo del vino.

Se detuvieron delante de un contenedor de basura, donde Hallie arrojó un montón de cuñas de queso, aunque se aferró con obstinación al parmesano.

—Antes de decirte nada —dijo ella al tiempo que se cuadraba de hombros y tomaba una honda bocanada de aire, aunque eso no lo ayudó a relajarse en absoluto—, quiero que sepas que yo, personalmente, no comparto ninguna opinión negativa sobre el negocio de tu familia. Sirva de muestra que acabo de atacar esa discoteca de mala muerte porque ha osado pisotear mi sitio preferido. Valoro la tradición y la historia, y ambas son palabras que usaría para describir Viñedos Vos. Forman parte de St. Helena. Pero..., en fin, durante los últimos años, hay gente que dice...

El temor aumentó.

—No suavices el golpe, Hallie. Dímelo sin más.

Ella asintió con la cabeza.

—El incendio fue un revés para muchas de las bodegas de la zona. Intentaron recuperarse, pero llegó la pandemia, y eso las dejó fuera de combate. Ahora hay una competencia enorme por parte de los que las compraron prácticamente listas para operar. Han llegado, han modernizado las instalaciones y han encontrado nuevas formas de atraer a las multitudes. Y Viñedos Vos... —Se humedeció los labios—. Según lo que he oído, sigue en fase de recuperación mientras que todos los nuevos productores se expanden, contratan a famosos para promocionar sus vinos y conquistan las redes sociales.

Julian sintió que le retorcían dos pernos al lado de la yugular. Le había parecido un poco raro que su madre le pidiera que asistiese a la feria Relax y Vino en Napa, pero no se había imaginado nada de eso. ¿Tan mal estaban las cosas? Y... ¿tan poco seguían valorándolo en la empresa familiar que eran incapaces de pedirle ayuda en una situación desesperada? Sí, su padre había dejado muy claro que no quería su influencia en el viñedo. Pero ¿su madre? Tal vez confiaba en él menos de lo que creía. Claro que ¿cómo culparla después de su humillante comportamiento tras el incendio?

—Mi madre no me ha contado nada de esto —logró decir.

—Lo siento. —Hallie le ofreció el parmesano y bajó de nuevo el brazo cuando él lo rechazó con un brusco movimiento de cabeza.

—Soy más de queso de cabra.

Ella lo miró, sorprendida.

—Muy bien, Satanás —dijo, asestándole un codazo en las costillas para hacerle saber que bromeaba, y Julian se contuvo como pudo para no agarrarle la muñeca y que no le apartase la mano. Le costó muchísimo contenerse—. Si te sientes mejor, anoche pesqué una buena borrachera con una botella de Vos sauvignon bl... —dejó de hablar de repente y se quedó muy blanca.

—¿Qué te pasa? —le preguntó él, preocupado. ¿Hasta qué punto la había disgustado el mequetrefe del encargado?—. Voy a entrar otra vez en esa tienda y... —masculló al tiempo que se volvía hacia DESCORCHADO.

—¡No! —exclamó ella, que lo detuvo agarrándolo por un codo—. Estoy..., estoy bien.

Saltaba a la vista que no era cierto.

—¿Demasiado parmesano?

—No, es que... —De repente, pareció incapaz de mirarlo a los ojos—. Acabo de recordar que anoche se me olvidó darle propina al conductor de Uber. Y fue muy amable conmigo. Hasta me esperó mientras hacía una parada.

¿Por qué parecía tan preocupada por el descuido?

—Puedes darle la propina *a posteriori.*

—Sí. —Lo miró, pero sin verlo, con los ojos vidriosos y otra vez muy colorada—. Sí. Cierto. Lo haré.

—¿Esa resaca tiene algo que ver con la decisión de robar queso?

—No. —Se estremeció visiblemente, pero siguió con la cara como un tomate y con la voz rara—. Bueno, a lo mejor un poco. Aunque que el Tonto del Traje de *Tweed* entrara en Encorchado y se llevara dos docenas de copas de vino por su cara bonita, alegando que DESCORCHADO las necesitaba más, tampoco ha ayudado mucho.

—Ah. —La irritación lo invadió de nuevo—. Me alegro mucho de no haber accedido a hacerme un selfi con él.

—Por cierto —seguían caminando por la acera mientras Hallie intentaba en vano guardarse la cuña de queso en el bolsillo delantero de los vaqueros. La verdad, siempre iba hecha un desastre. Sin embargo, parecía incapaz de quitarle los ojos de encima, joder—, ¿qué es lo del documental de extraterrestres?

—No es nada —respondió con rotundidad.

—No me creo que no sea nada —replicó ella con una carcajada, y él se sintió aliviado al ver que había recuperado su color natural—. Además, me prometiste una explicación, Julian Vos. Exijo que cumplas tu promesa.

Sintió que le temblaban los labios por el asomo de una sonrisa.

—Sí, lo sé. Es que no me gusta hablar del tema.

—Acabas de pescarme cometiendo un robo. No voy a escandalizarme.

La sonrisa que esbozó para engatusarlo lo dejó fascinado un momento. Con resaca o sin ella, era deslumbrante, ¿verdad? El brillo que irradiaba era su marca de belleza personal. Y al igual que las dos primeras veces que estuvo en su presencia, parecía que la presión que ejercía su horario sobre él había remitido. Sin embargo, en ese instante volvía a la acción y le exigía que se concentrara. El reloj empezaba a pesarle en la muñeca, los minutos pasaban volando sin que los contara.

—De acuerdo, te lo explicaré. Pero tengo planes para escribir...

Hallie parpadeó, y él estuvo a punto de inclinarse para ver mejor el círculo oscuro que rodeaba sus iris. ¿Era eso lo que hacía que su color lo... distrajera tanto? Podía tomarse media hora, ¿no?

Lo mejor era afrontar la realidad. Hallie era un cartucho de dinamita para su tranquilidad, y parecía incapaz de ceñirse a sus planes cuando la tenía cerca. Sobre todo cuando ladeaba la cabeza y lo miraba con una sonrisa y con los ojos entrecerrados mientras el sol iluminaba su carnoso labio inferior. Y que se fijara en esos detalles en vez de estar pendiente del tictac del reloj significaba que le pasaba algo muy grave.

—¿Por qué me miras así? —le preguntó.

—Estaba pensando que la mañana podría haber resultado muy distinta —contestó ella—. Si no hubieras intervenido, claro. Gracias. Ha sido muy heroico.

¿Qué era esa extraña sensación que experimentaba en el abdomen? Él no era un héroe en absoluto. Sin embargo, no podía evitar desear que Hallie pensase eso de él. Que esa mujer le sonriera era una especie de recompensa celestial que no sabía que se había estado perdiendo hasta ese momento. ¿Cuándo iba a cansarse de ella? Pronto, con suerte. «Esto no puede seguir así», se dijo.

—Nadie debería gritarte nunca.

Ella parpadeó. ¿Se le había acelerado la respiración? Quería saberlo. Quería acercarse, examinarla y archivar mentalmente las pautas de su comportamiento. Descubrir los caminos que conseguían arrancarle su Sonrisa.

—Gra-gracias —balbuceó al final. En voz baja. Como si no tuviera aliento para mucho más, y no era de extrañar después del altercado con el encargado de la tienda.

Debería regresar a la tienda y...

Y lo habría hecho en ese momento. Si ella no le hubiera regalado una sonrisa y no se hubiera vuelto en dirección al sendero que conducía a los Viñedos Vos. Un sendero que él ya habría recorrido si esa mujer tan revoltosa no lo hubiera sacado de su rutina de un modo tan fascinante... No, de un modo tan criminal.

—Todavía quiero saber lo del documental sobre los extraterrestres.

—Lo sospechaba —murmuró, haciéndole caso omiso al reloj—. Hace unos años, me pidieron que participara en un documental que todavía no tenía título. Era el proyecto de unos estudiantes. Supuse que se trataba del típico proyecto semestral que tendrían que entregar a modo de evaluación, así que no leí la letra pequeña cuando firmé el documento de autorización. —Meneó la cabeza al recordar semejante negligencia por su parte—. Me pidieron que hablara delante de la cámara sobre cómo medían el tiempo los antiguos egipcios. No era consciente de que mis teorías, de forma indirecta, apoyarían su creencia de que los alienígenas influyeron en ciertos dispositivos de medición del tiempo. Sacaron un notable bajo con el proyecto, pero de alguna manera Netflix se hizo con él, y ahora soy un participante involuntario en un documental sobre extraterrestres. A mis alumnos les parece muy gracioso.

—Y está claro que tú no le ves la gracia.

—Exacto. —Y añadió a regañadientes—: Se llama *¿A qué hora llegan los marcianos?*

Hallie se tapó la boca con una mano y después la apartó mientras lo miraba con gesto comprensivo.

—Lo siento, pero me parece muy ingenioso.

—Supongo que sí —reconoció—. Por desgracia, yo no lo fui mucho. Y ahora salgo en un documental hablando de un tema muy importante y lo han editado de tal forma que parezco... un entusiasta de los extraterrestres.

Hallie miró al frente y dijo algo en voz baja. Algo que a él le pareció: «¿Cómo es que no me he enterado de esto?». Claro que debió de oír mal. Sin embargo, se distrajo al ver que le aparecía un hoyuelo en la mejilla mientras intentaba contener una sonrisa. Era precioso, en serio, y sintió el desquiciado impulso de acariciarlo con el pulgar.

—Tienes suerte de que no tenga Netflix, o esta noche me pondría a ver esa bazofia con un bol de palomitas.

—¿No tienes Netflix? —replicó sin poder ocultar su asombro—. Merece la pena pagar la suscripción solo por su sección de documentales, pese a *¿A qué hora llegan los marcianos?*

—¡No me digas! —exclamó Hallie—. No me puedo creer que me esté perdiendo toda esa emoción. —La expresión que asomó a su cara, que suponía que era de afrenta, la hizo soltar una risilla y ese sonido le provocó a él un nudo en la garganta—. ¡Venga ya! Hay cosas peores por las que interesarse —añadió—. Por lo menos no era un documental sobre la vida del Yeti.

Hasta ahí llegaban las risas, ¿no?

—Eso es lo único bueno, sí.

—No sé —replicó ella con otra sonrisa que le provocó una oleada de emoción—. A mí me ha gustado mucho ver al Tonto del Traje de *Tweed* quedarse pasmado al reconocerte en mitad de la bronca que me estaba echando.

Habían llegado al sendero que conducía al viñedo. Debería desearle un buen fin de semana y seguir su dichoso camino. Pero titubeó. La media hora no había acabado todavía. Cambiar su plan de acción dos veces en una mañana lo despistaría aún más, ¿no? Sí. Así que era mejor seguir hablando con ella. Y pasar por alto el alivio que acababa de inundarle las entrañas.

—¿A qué instituto fuiste? —le preguntó sin pensar. Fruto de una genuina curiosidad, no solo para entablar la conversación trivial necesaria que solía mantener con las mujeres. Necesitaba saber de dónde había salido alguien como ella.

El silencio se prolongó. La sonrisa de Hallie se atenuó un poco, y eso hizo que se le cayera el alma a los pies.

—Al Instituto de Napa —contestó ella, que siguió hablando sin darle la oportunidad de procesar esa bomba—. Creo que tú ibas tres cursos por delante de mí. Eras uno de los mayores del último curso. —Levantó un hombro—. Seguro que nuestros caminos no se cruzaron muy a menudo.

Aunque era evidente que lo habían hecho.

¿Y lo había olvidado? ¿¡Cómo!?

¿Quién no recordaría todos y cada uno de los detalles de Hallie?

Por eso se había sentido decepcionada con él la primera vez que se vieron. A esas alturas, había metido la pata dos veces. Se le daría fatal el trabajo a tiempo completo de arrancarle sonrisas a esa mujer.

—Lo siento, no me había dado cuenta…

—Tranquilo —lo interrumpió ella, rechazando la disculpa—. ¡No pasa nada!

«Oh, oh», pensó. Sí que pasaba. Allí pasaba algo, definitivamente. Hallie tenía que volver a sonreírle antes de que se separaran o no dormiría esa noche.

—A ver si lo adivino —dijo, decidido a averiguar más cosas sobre ella. Por motivos que tenían poca lógica—. Estabas en el departamento de teatro.

—Sí, pero solo duré una semana. Luego probé tocar el trombón en la banda de música. Durante un mes. Después me compré unas gafas de pasta sin graduar y me apunté al periódico. Y eso fue solo en segundo. —Hallie miró hacia lo lejos, a las hileras de vides plantadas en la propiedad de los Vos con la tierra bañada por la luz dorada del sol. Tan dorada como ella. Sus mejillas, su nariz, esos tirabuzones indomables que se ocultaban entre los rizos más gruesos—. En tercero ya empecé a acusar la influencia de mi abuela. Me ayudó a serenarme.

—No te imagino serena, Hallie.

Esos claros ojos grises se clavaron en los suyos. Seguramente por cómo había pronunciado su nombre. Como si estuvieran juntos en la cama, abrazados entre las sábanas húmedas. Se lo imaginaba a la perfección. Y estaba seguro de que le gustaría lo que hicieran. De que le encantaría. Hasta el punto de que la vuelta a la realidad le resultaría difícil. Bastante difícil era ya la reacción que le provocaba sin más. Demasiado.

—Mmm… —La vio humedecerse los labios—. Bueno, mi abuela supo encarrilarme. O quizás es que me sentía como en casa con ella y podía relajarme. Concentrarme. Sin ella estoy un poco desatada. Si hubiera estado presente durante la escenita del queso, me habría dicho algo como: «Hallie, no es oro todo lo que reluce» o «los cántaros, cuanto más vacíos, más ruido hacen», y yo habría suspirado o quizás incluso habría discutido con ella, porque no todas las situaciones se pueden resumir con un refrán. Pero es posible que tampoco hubiera sentido la necesidad de robar queso en nombre de la justicia. Quizá siempre haya estado equivocada y los refranes sean una buena guía. O al menos una buena manera de ahorrarse el dinero de la fianza. —Hallie tomó una bocanada de aire muy necesaria. Y a él le interesaba tanto lo que estaba diciendo que reconoció que hasta empezaba a preocuparse—. Es horrible que nos demos cuenta de las cosas cuando ya es demasiado tarde.

—Pues sí. Mi padre… no ha muerto, ni nada de eso, y bien sabe Dios que nuestra relación nunca fue perfecta. Pero muchas veces me descubro de repente encontrándole el sentido a algo que me dijo. Así, sin que venga a cuento. —Estaba hablando sin pensar antes en lo que iba a decir. Un comportamiento extraño en él. Por regla general, sopesaba y medía de antemano todo lo que decía en voz alta—. Tu abuela parece una persona digna de echar de menos. —No se percató de que se le había alterado la respiración hasta que vio que aparecía otra sonrisa en los labios de Hallie. Y de nuevo sintió el impulso de tocarla, de acariciarle una mejilla, así que se metió la mano en el bolsillo de los pantalones cortos.

—Gracias —replicó ella—. Eso me gusta. Y es cierto.

Se miraron el uno al otro, Hallie con la cabeza echada hacia atrás debido a la diferencia de altura y la cara bañada por el sol. ¿Debería él agacharse un poco para que no le diera un calambre en el cuello?

—Nunca consiguió llevarme tan lejos como ella esperaba. O quizá se fue antes de poder lograrlo. La biblioteca… ¿Conoces la biblioteca del pueblo? Llevaban años pidiéndole que se encargara del jardín. Pero ella se negaba. Me dijo que lo hiciera yo. Sería el proyecto más grande del que me había encargado hasta la fecha. El que requería más compromiso. Creo que…, no sé, que quería que me diera cuenta de mi potencial para esforzarme y encargarme de algo. Esa era la guinda del pastel de su plan. —Meneó la cabeza como si se avergonzara de haber estado hablando tanto tiempo. Cuando él estaba rezando para que no parase—. ¡Madre mía, mira todo el tiempo que te he hecho perder! Viniste al pueblo para hacer una compra rápida y has acabado simpatizando con una ladrona. —Con un gesto brusco, le tendió la mano—. ¿Amigos, Julian? —Al ver que él no se la estrechaba de inmediato, cambió el peso del cuerpo de la derecha a la izquierda—. Te agradezco lo que has hecho por mí, pero en fin..., ha quedado clarísimo que seguramente deberíamos mantener la típica relación de unos simples conocidos que se saludan por la calle, ¿no?

Sí, era verdad. Había quedado clarísimo. Aunque eso no significaba que le gustara separarse de ella. Tampoco le gustó la última vez. Pero si había que hacerlo (y era necesario hacerlo), prefería sin duda que fuera como amigos. Por desgracia, era una amiga en la que sospechaba que pensaría más de la cuenta durante bastante tiempo.

—Pues sí... —respondió al tiempo que le estrechaba por fin la mano—. ¿Sonreirías si te diera mi usuario y mi contraseña de Netflix? —Estaba diciendo eso en voz alta—. Así podrás ver *¿A qué hora llegan los marcianos?* mientras comes palomitas.

La sonrisa que apareció despacio en su cara iluminó el mundo entero.

—Creo que eso te elevaría de amigo a héroe. Dos veces el mismo día.

¡Por Dios! ¿Cómo era posible que hubiera olvidado que compartió el mismo espacio que ella en un momento de su vida?

Seguro que era Halloween e iba disfrazada o algo. O que estaba cubierta de la cabeza a los pies por un saco de patatas. No se le ocurría otra explicación.

—Te lo envío por mensaje —dijo, estrechándole la mano—. Que lo disfrutes.

Tras soltarse las manos, titubearon un instante, pero acabaron dándose media vuelta para alejarse el uno del otro. Julian siguió por el sendero, sin mirar el reloj ni una sola vez. Estaba demasiado ocupado a) enviándole a Hallie un mensaje de texto con su nombre de usuario y su contraseña, comprobando repetidas veces la puntuación y sopesando si añadía el emoji de una flor, porque le recordaba a ella. Y b) repasando la última hora de su vida y tratando de comprender por qué todo el asunto de Hallie había sido tan peculiar y fuera de lo común, a la par que tan... peligroso por lo estimulante.

Sin embargo, al ver el sobre blanco que sobresalía del tocón de un árbol (¡un sobre con su nombre escrito!) tuvo la sensación de que el día iba a ser aún más peculiar.

Y tenía razón.

—¡Ay, Dios! —gritó Hallie, que estaba hablando por teléfono—. ¡Ay, por Dios! No te lo vas a creer.

—Baja la voz. Creo que alguien me ha clavado un maldito tacón en un ojo —replicó Lavinia chillando a su vez, obviamente víctima de una resaca—. ¿Qué ha pasado para que estés así?

—Lavinia, quiero morirme.

—Yo también, la verdad. —La voz de su amiga quedó amortiguada por un cojín—. Pero sospecho que por otro motivo. Explícate o cuelgo.

—Escribí la carta —dijo Hallie, que intentaba susurrar, pero fracasó estrepitosamente, mientras llegaba a su camioneta. Se subió al interior y cerró de un portazo, con el pulso frenético y el estómago revuelto—. Anoche, después de cenar, le escribí a Julian una carta de admiradora secreta y se la dejé en el sendero para que la encontrara. La escribí en el asiento trasero del Uber. Estoy segura de que incluso le pedí consejo al conductor y me dijo que no la escribiera. «¡Ni se te ocurra, so loca!». Pero lo hice. Se la he dejado en el sendero que recorre todos los días cuando sale a correr, y va a encontrársela ¡ahora mismo!

—No me puedo creer que hayas hecho eso. Me prometiste que no lo harías.

—¿Cómo quieres que mantenga una promesa que hice bajo los efectos de la pasta y el vino?

—Tienes razón. No debería haberme fiado de tu palabra. —Se oyó el crujido de un sofá de fondo y su voz fue más clara cuando añadió—: ¿Hay alguna manera de controlar los daños?

—No. Es decir, no firmé con mi nombre, obviamente. O eso creo, no sé...

—Eso daría al traste con la idea de escribirle como su admiradora secreta.

Oyó la notificación de que acababa de recibir un mensaje. El usuario y la contraseña de Netflix de Julian.

La había salvado del Tonto del Traje de *Tweed*; había reavivado su fe en las buenas obras y en los hombres íntegros; había hecho que le latiera el corazón como si por fin hubiera recordado cómo hacerlo; ¡y le había pasado su usuario y su contraseña de Netflix! (que, por cierto, era «calendario»). A cambio, ella había vomitado la admiración que sentía por él en un torrente de locuacidad.

—¡Ni siquiera recuerdo lo que escribí! —Hallie dejó caer la frente sobre el volante—. Por favor, dime que el rocío de la mañana ha difuminado la tinta o que la carta ha salido volando. Por favor, dime que es posible que haya pasado eso y que Julian Vos no está leyendo ahora mismo mis disparates de borracha.

El silencio de Lavinia duró un poco más de la cuenta.

—Seguro que ha salido volando, nena.

—Es imposible que tenga tanta suerte, ¿verdad?

—Lo dudo. —Se oyó una voz apagada de fondo—. Tengo que irme. Jerome necesita ayuda porque es la hora punta. Mantenme informada, Shakespeare.

Hallie respiró hondo y después de cortar la llamada dejó caer el teléfono sobre el regazo con la mirada perdida. ¿Qué iba a hacer?

Nada. Eso iba a hacer. Esperar sentada. Y desear que si el viento no se había llevado la carta, nada de lo que había escrito en ella pudiera identificarla. Según recordaba, era posible que hasta hubiera puesto su dirección en el remite.

De acuerdo. Había previsto volver al día siguiente a la casa de invitados de los Vos para seguir plantando. Tendría que mantenerse en las sombras hasta entonces… y después la indultarían. O sus sentimientos por Julian dejarían de ser un inocente secretillo.

7

Julian se quedó mirando la carta, con las cejas a punto de unirse al nacimiento del pelo.

Querido Julian Vos:

Madre mía, no me creo que lo esté haciendo.

Claro que solo se tiene una oportunidad en la vida, ¿verdad? ¡Hay que aprovecharla!

Muy bien, ya en serio. Creo que eres maravilloso. Pero maravilloso de verdad. Llevo mucho tiempo muriéndome de ganas de decírtelo, pero me faltaba el valor. Siempre has sido buena persona sin alardear, sin imponerte por tu apellido ni comportarte como si fueras superior, ¿sabes lo que quiero decir? Un hombre con los pies en la tierra, inteligentísimo y con un gran corazón, aunque nadie lo sepa.

Ojalá te hubiera dicho todo esto hace un millón de años, porque cuando sientes algo, ¡deberías decirlo sin más! ¿Me entiendes? No quiero que me tomes por loca (aunque vas a pensar que lo soy, porque a ver... mira lo que estoy haciendo), pero en otra época, en el albor de los tiempos, vi cómo te comportabas cuando creías que nadie se daba cuenta y eso ha sido una fuente de inspiración a lo largo de mi vida a la hora de tratar con los demás. ¡Casi siempre! No soy perfecta. A veces, les cuelgo a los teleoperadores. Pero espero que seas feliz, que disfrutes de buena salud y que tu futuro sea tan feliz como te mereces. He usado la palabra «feliz» dos veces, lo siento, pero tú ya me entiendes.

¡Muy bien! Esto ha sido estupendo. A ver si lo repetimos. ¿Y si me respondes? Nunca se es demasiado viejo para tener un amigo por correspondencia. Estoy segura de que esa es la opinión generalizada al respecto.

Tu admiradora secreta

Julian levantó la cabeza.

—¿Qué demonios?

¿Una carta de una admiradora secreta?

Volvió el sobre para mirar el reverso por si había algún indicio de la identidad del bromista, porque sin duda se trataba de eso: una broma. Sin embargo, no había pistas que le indicaran quién podía ser la persona que, al parecer, quería tomarle el pelo.

¿Quién la había escrito?

¿Quién conocía su costumbre de tomar ese atajo para ir de su casa al pueblo?

Mucha gente, supuso. Cualquiera con quien se cruzase por Grapevine Way. Los dueños de los establecimientos por los que pasaba. O los habitantes de las casas de la parte alta del camino. Podía ser cualquier mujer. O cualquier hombre.

Meneó la cabeza mientras repasaba de nuevo las líneas. Nadie escribía ya ese tipo de cartas. Lo habitual era establecer contacto a través de las redes sociales, ¿no? Debían de estar gastándole una broma, pero ¿por qué? ¿Quién se tomaría tantas molestias?

En cuanto llegó a la casa de invitados y se encontró a su hermana en el camino de entrada, el misterio se resolvió solo.

—Vaya. ¿Cuánto tiempo llevas en el pueblo? ¿Una hora? —Agitó la carta—. ¿Acabas de bajarte del avión y ya has empezado con la guerra psicológica?

No se creyó su expresión desconcertada. Ni por un segundo.

—Uf, gracias por la cariñosa bienvenida —replicó Natalie, que rodeó el parachoques de su coche. Alquilado, según la pegatina de la ventanilla—. Controla la efusividad antes de que acabemos poniéndonos en evidencia. —Se acercó a él y miró la carta como si no la hubiera visto en la vida—. Sí, soy yo, la hija pródiga. Te daría un abrazo, pero no nos van esas cosas... —Sonrió con los labios apretados—. Hola, Julian. Te veo bien.

Su forma de decirlo, con una pizca de preocupación en los ojos mientras lo observaba, le provocó una repentina tensión cervical. Jamás se le borraría de la cabeza la última vez que estuvieron juntos en St. Helena, en los Viñedos Vos. El humo, la ceniza, los gritos y las llamas. La preocupación de que no podría hacer lo necesario a tiempo. Aún le ardía la garganta, aún sentía la arenilla que le quemaba hasta la parte posterior de los ojos. Ese peso inmenso que le hundía el pecho y que le impedía respirar en el ambiente lleno de humo.

Natalie lo miró a la cara y apartó la vista deprisa, porque era evidente que ella también lo recordaba. El momento en el que perdió los nervios hasta tal punto que él solo recordaba algunos sonidos y movimientos. Pasó de ser capaz de pensar con lógica, de ayudar a su familia, a derrumbarse por completo en cuanto Natalie estuvo a salvo. Regresó a la casa llena de hollín, se encerró en el dormitorio de la parte posterior y se refugió en un lugar donde se sentía cómodo: trabajo, clases, notas para charlas. Cuando salió en busca de aire, descubrió que habían pasado días mientras él estaba sumido en la parálisis. Había dejado que sus padres y Natalie lidiaran con las consecuencias del incendio. Inaceptable. Jamás volvería a ese lugar.

—¿Qué haces aquí? —le preguntó con más sequedad de la cuenta.

Ella alzó la barbilla. Deprisa. A la defensiva. A la luz del sol de la mañana, se fijó en las diferencias desde la última vez que estuvieron juntos. Natalie tenía tres años y medio menos que él, de modo que en ese momento tenía treinta. Había heredado el cutis siempre juvenil de su madre. El pelo negro le caía por debajo de los hombros y lo tenía enredado por el constante viento que soplaba en el valle, aunque ella intentaba aplacarlo constantemente con gestos impacientes de las manos. Había llegado con ropa apropiada para la ciudad de Nueva York, donde se mudó después de estudiar en Cornell. Con esos pantalones de vestir negros, los zapatos de tacón y la americana entallada parecía recién salida de la avenida Madison.

En cuanto al motivo de su aparición en St. Helena, Julian esperaba una explicación práctica. Como que había ido por trabajo. O para asistir a la boda de un colega. Desde luego que no se esperaba lo que le dijo.

—Voy a tomarme un respiro del trabajo. Voluntario —se apresuró a añadir mientras se quitaba un hilillo de la americana—. Y estoy segura de que si me quedo en la casa principal con nuestra madre, discutiremos tanto que provocaremos el apocalipsis, así que me voy a quedar aquí contigo.

Julian sintió un tic nervioso detrás del ojo derecho.

—Natalie, estoy escribiendo un libro. He venido en busca de paz y tranquilidad.

—¿En serio? —A su cara asomó una expresión de genuino placer antes de que lo ocultara recurriendo a la sorna—. ¿Mi hermano un novelista? Impresionante. —Lo miró fijamente un momento mientras asimilaba la información—. ¿Quién dice que voy a alterar tu proceso? —Apretó los labios con fuerza, como si estuviera conteniendo una carcajada—. Lo llamas «proceso». ¿A que sí?

—Es que se llama así. —Dobló la carta de la bromista, con la idea de tirarla en la papelera en cuanto entrase en la casa—. Y es tu historial el que dice que vas a alterarlo.

Natalie puso los ojos en blanco.

—Que ya soy adulta, Julian. No voy a organizar una fiesta en el jardín. Al menos, no hasta que consiga que bajes la guardia. —Aferró el asa de la maleta con ruedas que tenía a su espalda al oírlo soltar un gruñido de protesta—. Venga ya, que es una broma.

Julian la observó con incredulidad mientras ella subía los escalones golpeándolos con la maleta que llevaba a rastras.

—Natalie, seguro que te puedes quedar en otro sitio para tomarte ese respiro.

—No.

La puerta mosquitera se cerró detrás de su hermana y se oyó el repiqueteo de sus zapatos de tacón mientras echaba a andar hacia la cocina.

Julian la siguió yestuvo a punto de arrancar la puerta de cuajo en el proceso. Aquello no podía estar pasando. El destino estaba decidido a joderle la vida. La casa de invitados llevaba vacía cuatro años ¿y, de repente, volvían los dos? ¿Justo cuando había una necesidad imperiosa de plantar begonias? Las mujeres de su vida estaban decididas a impedirle que consiguiera sus objetivos. En ese preciso momento, debería estar duchándose y preparándose para la segunda parte de su día de escritura.

Llegó a la cocina justo cuando su hermana se quitaba la americana, que colgó en el respaldo de una silla. Menos mal que, por lo menos, los dos eran ordenados. Su padre no había permitido otra cosa mientras crecían. Cuando eran pequeños, el objetivo de Dalton Vos era hacer un vino mejor que el de su padre; conseguir que el viñedo tuviera el doble de éxito y poder restregárselo a su padre, con quien no se hablaba. Y cuando lo consiguió, cuando lo colmaron de premios y lo declararon el mejor del Napa, descubrió que ser mejor que su padre no era tan satisfactorio como esperaba. Tampoco tenía un hijo al que considerase merecedor de pasarle el testigo. El incendio fue el golpe de gracia a su invencibilidad, de modo que le cedió Viñedos Vos a su exmujer como regalo de despedida en el acuerdo de divorcio y pasó a su siguiente proyecto, dejando ese en manos de Corinne.

Por más que Julian quisiera creer que no se parecía en nada a Dalton, tenían ciertas cosas en común, y había dejado de intentar eliminarlas. ¿Le molestaba que alguien interfiriese en sus planes? Sí. ¿Era competitivo? Tal vez no tanto como su padre, pero los dos ansiaban la perfección en todas las cosas que hacían. En cierto sentido, incluso había seguido sus pasos y había abandonado el viñedo durante los últimos cuatro años.

Solo que por un motivo muy distinto.

Carraspeó y se acercó a la cafetera para encenderla, y su sonido mientras se calentaba inundó la silenciosa cocina.

—¿Te apetece un chute de cafeína?

—Eso ni se pregunta.

Mientras sacaba dos tazas del armarito, observó a su hermana y, cuando se percató de que no llevaba anillo en el dedo anular de la mano izquierda, levantó una ceja. En Navidad, les mandó un mensaje de correo electrónico a Corinne y a él para anunciarles su compromiso con «Tom Brady, de inversiones».

¿Lo habían dejado?

Natalie lo pescó mirando su falta de anillo y lo fulminó con la mirada.

—No preguntes.

—Voy a preguntar.

—Muy bien. —Se sentó en un taburete de un salto y cruzó los brazos por delante del pecho, imitando la postura que él había adoptado antes—. No hay ninguna ley que diga que debo contestar.

—Cierto, no la hay —convino él al tiempo que sacaba la leche del frigorífico mientras intentaba con desesperación contener el pánico por los minutos mientras se le escapaban entre los dedos, uno a uno. En cuanto se bebiera el café y arreglara lo de Natalie, cambiaría la planificación para esa tarde. De hecho, añadiría tiempo de escritura extra para adelantar. Relajó los hombros, más tranquilo por esa idea—. No sé mucho del sector financiero, pero sí sé que Nueva York es demasiado competitivo como para tomarse un respiro sin más.

—Sí, es parte de la doctrina. No abandonas el mundillo financiero de la ciudad de Nueva York a menos que te mueras o te despidan, ¿no? —Se señaló—. Salvo si eres un ser mitológico como yo, tan valioso que tienes libertad de movimiento. Soy socia de la empresa, Julian. No le busques tres pies al gato. Solo quería unas vacaciones.

—Y has venido aquí. —Hizo una pausa para enfatizar la última palabra—. Para relajarte.

—¿No viene la gente para eso? ¿A la tierra del vino por excelencia?

—Otros, quizá.

Natalie bajó los brazos a los costados con pesadez.

—Prepara el café y cierra la boca.

Julian la miró con expresión titubeante antes de darle la espalda y echar leche en las tazas, además de un terrón de azúcar en la de su hermana. A menos que hubiera cambiado en cuatro años, así era como le gustaba el café. Al ver que bebía un sorbo en silencio después de dejarle la taza delante y lo miraba con expresión agradecida, supo que sus gustos seguían siendo los mismos.

Se sorprendió al sentir una punzada de consuelo tras comprobar ese hecho. Tras confirmar que sabía cómo le gustaba el café a su hermana. No estaban muy unidos. Dos veces al año, intercambiaban mensajes de correo electrónico para felicitarse por el cumpleaños y por la Navidad. A menos que su madre necesitara informarles del fallecimiento de un familiar, su línea de comunicación permanecía prácticamente en silencio. ¿No debería haberles dicho que le había puesto fin a su compromiso? Con casi cinco mil kilómetros de distancia entre ellos, siempre se había preguntado cómo serían las relaciones personales de su hermana. Pero en ese momento, con ella allí sentada y segurísimo de que estaba intentando huir de algo, la falta de información le estaba provocando un agujero en el estómago.

—¿Cuánto te vas a quedar?

Natalie dejó la taza a medio camino de su boca.

—Todavía no lo sé. —Apartó la mirada—. Lo siento, sé que la imprecisión temporal te provoca ardores.

—No pasa nada —replicó él, tenso.

—¿En serio? —Su hermana clavó la mirada en el café—. La última vez que estuvimos aquí...

—He dicho que no pasa nada, Natalie.

Ella cerró la boca con fuerza, pero se recuperó enseguida. Mucho antes de que él empezara siquiera a sentirse culpable por su sequedad.

—Bueno... —Natalie tomó una honda bocanada de aire antes de soltar un suspiro que podría calificarse de entrecortado—, ¿has tenido ya algún cariñoso encuentro con nuestra madre?

—Es posible que no fuera cariñoso —repuso Corinne desde la entrada de la cocina, ya que apareció sin avisar—, pero sí positivo y productivo. Eso es lo que buscamos, ¿no?

Julian se percató de la expresión dolida que asomó fugazmente en los ojos de su madre. ¿Por la llegada imprevista de Natalie? ¿O por el comentario sarcástico sobre su cariñosa relación? No era normal que su madre se alterara por algo, ni siquiera que aparentase alterarse. Al fin y al cabo, tanto su estoicismo como el de Natalie eran genéticos. Sin embargo, después de la conversación con Hallie de esa mañana, le resultaba más fácil distinguir las grietas en la fachada de Corinne. No solo en ese momento, sino también la última vez que estuvo en la casa de invitados.

¿Estaba el viñedo en peligro? ¿Permitiría su madre que el negocio familiar se fuera al traste antes que pedir ayuda? Casi le daba miedo preguntar. Descubrir que lo quería para lo mismo que Dalton: es decir, para nada. Que sí, que le había pedido que participase en la feria, pero eso distaba mucho de meterse de lleno en el negocio. Solo era un gesto de cara a la galería.

—Dado que estás aquí, Natalie, te haré la misma invitación que a Julian. La feria Relax y Vino en Napa se celebrará dentro de una semana. Un poco de representación Vos no vendrá mal. ¿Te quedarás en St. Helena el tiempo suficiente para asistir?

Natalie no se movió ni un ápice, se limitó a tragar saliva con fuerza.

—Seguramente.

Corinne asimiló la información con un gesto seco de la cabeza.

—Muy bien. Me aseguraré de que te preparen una identificación. —Entrelazó las manos a la altura de la cintura—. Por favor,

Natalie, intenta recordar que el vino en estos actos es principalmente para los asistentes que han pagado la entrada.

—Ya estamos. —Natalie se echó a reír, se levantó del taburete y se sacudió los pantalones para alisarse las arrugas—. Solo has tardado cuarenta y cinco segundos en ponerme en mi sitio. —Los miró a él y a su madre con expresión ponzoñosa—. Tengo treinta años. ¿Podemos olvidarnos ya de que fui una adolescente un poco rebelde?

—¿Un poco? —Corinne se colocó en su sitio un mechón de pelo que se le había soltado del moño que llevaba en la nuca—. «Un poco de rebeldía» no te habría mandado a rehabilitación con diecisiete años.

Natalie se puso colorada.

—Muy bien, sí, pero al final remonté en Cornell, ¿no?

—No sin todas las maniobras estratégicas previas.

—Soy… —El ego de Natalie se desinflaba a marchas forzadas—. El otoño pasado me hicieron socia de la empresa.

Corinne miró la maleta.

—¿Y cómo te va?

—Ya basta —dijo Julian con firmeza al tiempo que soltaba la taza en la encimera de la isla con un golpe—. Natalie no tiene por qué dar explicaciones de su presencia en su propia casa. Por mi parte, siento… siento haberla obligado a hacerlo. Ya está bien.

Natalie volvió la cabeza hacia él de repente, pero Julian no la miró a los ojos. Por algún motivo, no quería ver su sorpresa por haberla defendido. En otra época, lo habrían dado por sentado. Tal vez no fueran confidentes ni los hermanos más unidos del mundo, pero le había ofrecido su apoyo en silencio. En el colegio, en casa. ¿Verdad?

¿Cuándo había permitido que esa parte de su relación desapareciera?

Era evidente que su hermana estaba lidiando con algo grave, y a esas alturas le resultaba imposible pasar del tema tal como había hecho cada vez con más frecuencia desde que ambos se marcharon de St. Helena. ¿No estuvo tan ensimismado en su mundo que pasó por alto las señales de alarma con Garth? Pasaron de estar un día discutiendo de teoría cuántica en el pasillo a que Garth se encerrase en su despacho al siguiente y se negara a comunicarse con el exterior. Y aunque no parecía que Natalie estuviera a punto de tener una crisis nerviosa, debería estar atento.

Estar más presente. Mostrarse más empático.

«Vi cómo te comportabas cuando creías que nadie se daba cuenta y eso ha sido una fuente de inspiración a lo largo de mi vida a la hora de tratar con los demás».

Sin previo aviso, le vino a la cabeza esa frase de la carta de la admiradora secreta, pero la desechó mentalmente. Todo era una broma..., y no pensaría ni un segundo más en eso. Ni que la carta lo hubiera inspirado para defender a Natalie, vamos, hombre.

¿Había sido Hallie y su forma de defender a la dueña de Encorchado a capa y espada?

Al pensar en la jardinera, captó de inmediato su olor a tierra y a sol. ¿Llevaba flotando en la cocina desde el viernes o eran cosas suyas? ¿Qué le había hecho ese manojo de nervios impulsivo y de pelo rizado?

¿Por qué no podía dejar de pensar en ella?

Se obligó a regresar al momento presente, en el que su madre y su hermana se estaban fulminando con la mirada cada una en un extremo de la cocina. Sí, la familia Vos tenía sus propios problemas..., y él no era una excepción ni mucho menos.

—¿Necesitas algo más? —preguntó Julian con los labios apretados—. Tengo que ducharme y volver al trabajo. —Se miró el reloj y sintió que se le aceleraba el pulso—. Ya llevo cuarenta minutos de retraso.

Natalie se tambaleó de forma exagerada y se aferró al asa de su maleta.

—¡El guardián del tiempo ha hablado! Permanecer ocioso es mancillar su sagrado nombre.

Julian la miró con cara de pocos amigos. Su hermana le sonrió, algo raro e inesperado. ¿Solo porque le había parado los pies a su madre?

Corinne carraspeó.

—Solo he venido para decirle a Julian que la jardinera volverá mañana.

El duelo que empezaron a librar las punzadas de alivio y alarma en su pecho le resultó inquietante por decirlo suavemente.

—Así que va a volver.

—Sí, he hablado con ella mientras venía de camino. —Ajena a su inminente infarto, su madre señaló el lateral de la casa, orientado hacia el viñedo—. Me gusta lo que ha hecho con las begonias. Que sepas que la casa de invitados se ve durante el paseo a pie por el viñedo. Debería haber intentado mejorar el exterior hace tiempo.

—¿No puedes contratar a otra persona para que plante flores? —Nada más hacer la pregunta, quiso retirarla. Con desesperación. ¿No habían acordado ser amigos pese al regusto amargo que le dejaba esa palabra en la boca? Que otra persona se encargara del jardín delantero estaría... mal. Muy mal. Pero la idea de que Hallie volviera y le pasara una desbrozadora a su planificación lo inquietaba muchísimo. Lo inquietaba y lo emocionaba. Hacía que el día siguiente pareciera muy lejano.

En resumidas cuentas: ya nada tenía sentido.

—Hay otro jardinero en St. Helena. Owen no sé qué, creo. —Corinne miró la pantalla del móvil—. Pero ya he contratado a esta chica.

¿Owen también era jardinero?

Alguien con quien Hallie compartía intereses. ¿De verdad eran amigos? ¿O eran amigos con derecho a roce? ¿O se había referido ella a Owen como su amigo solo para parecer profesional cuando en realidad era su novio?

Por el amor de Dios.

Un par de encuentros brevísimos con ella lo habían dejado totalmente desquiciado.

—Muy bien. La aguantaré —masculló mientras una sorprendente punzada de celos le agriaba el café—. ¿Algo más? ¿Te gustaría mandar a la banda de música del instituto para que toque a los pies de mi ventana?

—Nada más —contestó Corinne con tranquilidad. Después le dijo a Natalie—: Bienvenida a casa.

Su hermana se miró las uñas.

—Gracias. —Salió de la cocina con la maleta en dirección a la habitación de invitados emplazada en el lado opuesto al que ocupaba la suya—. Ya nos veremos.

—Adiós —se despidió Corinne como si nada mientras salía de la casa.

Julian se quedó solo junto a la encimera con la planificación destrozada y otra visita de la mayor distracción posible en el horizonte. ¿Por qué tenía tantas ganas de verla?

—Joder.

8

Hallie aparcó la camioneta en el camino de entrada de Julian mientras el corazón le latía a mil por hora. Allí estaba él, haciendo estiramientos en el jardín delantero. Movimientos profundos y pausados que la hicieron ladear la cabeza hacia la derecha sin darse cuenta. Uf. Nunca había visto esa clase de pantalones cortos. Eran grises. De felpa y anchos, y le llegaban justo por encima de las rodillas, con un cordón que le colgaba por delante del paquete. Razón por la que sin duda no dejaba de mirárselo. Además de otras partes. Seguro que podía cascar nueces con esos muslos tan musculosos. Y estrujar uvas con las nalgas. Al fin y al cabo, estaban en un viñedo.

—Estás para que te encierren —murmuró al tiempo que cerraba los ojos con fuerza.

Había pasado un día entero desde la última vez que lo vio y, buenas noticias, aún no le habían puesto una orden de alejamiento. Un gesto generoso por parte de Julian, suponiendo que hubiera encontrado la carta. Porque ese era el tema: no tenía ni idea de lo que había pasado. Y como buena experta en evasión que era, prefería no saberlo. Andar escabulléndose el resto de la vida le parecía mucho más fácil.

¿Por qué tenía que estar él en el jardín? Había programado llegar a la hora que Julian terminaba de correr con la esperanza de plantar mientras él se duchaba y poder largarse de allí antes de que se enterara siquiera de que había ido. En ese momento, la estaba observando a través del parabrisas con esa ceja perfecta levantada. ¿Lo hacía porque sabía que había escrito la carta y le resultaba muy tierna en su patetismo, como un cachorrito? ¿O porque no podía creerse que tuviera el descaro de presentarse en su casa después de semejante muestra de afecto etílico? ¿O porque los vientos de Napa le habían sonreído la mañana anterior y la carta a esas alturas iba camino de México?

«Haz como si nada. Deja de sonreír como si Hacienda acabara de devolverte dinero. Sigues saludándolo con la mano. Y ya han pasado como quince segundos».

En su defensa, debía señalar que Julian estaba sudoroso... y que hasta una monja perdería la cabeza si lo viera así. Con la camiseta blanca empapada en el centro, de modo que se le pegaba al torso hasta el punto de que a la luz del sol se le transparentaba el vello negro del pecho y todos los músculos que había debajo. Por Dios bendito, el celibato ya no le sentaba bien. En absoluto. Una virgen en celo, en eso se había convertido.

Ya no podía retrasar más el momento de bajarse de la camioneta y enfrentar su destino. Ese día había dejado a los perros en la residencia canina, de modo que ni siquiera podía usarlos como distracción. Bastarían unas cuantas palabras de Julian para saber si había encontrado y leído la carta, ¿no? A lo mejor estaba hasta acostumbrado a que las mujeres le profesaran su admiración y no sería nada del otro mundo. ¡Podrían echarse unas risas! Y luego ella podría volver a casa, hacerse un ovillo y morir.

Se apeó de la camioneta con las piernas temblorosas y bajó el portón trasero.

—¿Necesitas ayuda? —le preguntó él.

¿Se refería a ayuda psiquiátrica? De ser así, eso implicaría que había leído su confesión.

Hallie miró por encima del hombro y se lo encontró acercándose a ella con su habitual elegancia y el rostro inexpresivo. Cada paso que daba ese hombre aumentaba la presión en su cuerpo, y eso que ya estaba tensa por los nervios. En lo más profundo del estómago. Entre los muslos. Justo por encima de la clavícula.

¿Era muy evidente su angustia? No parecía el caso, porque él seguía acercándose en vez de llamar a una ambulancia.

En cuanto se quedara a solas con el móvil, buscaría en Google: «¿Se puede estar más cachonda de la cuenta?». Los resultados seguro que eran interesantes.

—Hola, Julian —lo saludó con voz cantarina. Demasiado alto.

—Hola, Hallie —replicó él con seriedad mientras la observaba con detenimiento. ¿Estaría preguntándose si era su admiradora secreta? ¿O tal vez ya estaba convencido? Que ella supiera, hasta podría haber firmado con su nombre real—. ¿Qué vas a plantar hoy?

¡Oh! ¡Oh, menudo alivio! El viento se había llevado la carta.

O eso, o estaba siendo una persona ejemplar.

Eran las únicas opciones. Evidentemente, ya no estaba interesado después de su torpe admisión. Ese hombre solo respondería a un romance con un enfoque sofisticado. Un compañero que le presentase a una chica de su entorno profesional en un evento. Algo así. No a la confesión de un enamoramiento garabateada en la hoja de una libreta. Y no pasaba nada, porque habían acordado ser amigos, ¿no? Sí. Amigos. Así que benditos fueran los vientos de Napa.

—Tu madre ha pedido color, así que voy a empezar plantando fremontias —contestó—. Son las flores amarillas que ves en mi camioneta. Mañana volveré con campanitas.

—Va a ser un proyecto a largo plazo. —Julian asintió una vez con la cabeza—. Entiendo.

—Sí. —La tirantez que veía en la comisura de sus labios hizo que a Hallie se le cayera el alma a los pies—. Sé que estás trabajando. No haré mucho ruido.

Él asintió de nuevo con la cabeza. Una repentina ráfaga de viento le alborotó el pelo, dejándole un rizo pegado a los labios, y Julian la sorprendió al extender un brazo hacia ella. Hallie contuvo el aliento y sintió una opresión casi dolorosa en el pecho, pero él se detuvo y apartó la mano en el último instante para metérsela en el bolsillo con una palabrota.

—¿Qué vamos a hacer contigo?

«Respira antes de caerte redonda al suelo».

—¿Conmigo?

—Sí. —La palabra flotó en el aire tanto tiempo que Hallie habría jurado que podía ver las letras recortadas. Una ese y una i—. Me… distraes más que los perros —añadió él, en voz tan baja que le costó oírlo—, Hallie.

El gruñido ronco con el que pronunció su nombre fue el equivalente de que le pasaran los dedos por los pechos. ¿Estaba admitiendo que se sentía atraído por ella? Pero, a ver, ¿en voz alta? Entre eso y que casi le había tocado el pelo, corría el peligro inminente de desmayarse por la sorpresa y la felicidad.

—No puedo hacer nada, lo siento —susurró—. Aunque no me arrepiento de haber pasado la noche de ayer viendo *¿A qué hora llegan los marcianos?* Bueno, ¿de verdad crees que el gobierno está ocultando una colonia de extraterrestres en Nuevo México?

—Pues claro que no lo creo —murmuró él al tiempo que se inclinaba hacia delante. Tanto que empezó a darle vueltas la cabeza—. Ya te dije que lo editaron como les dio la gana.

—Da igual, te he puesto en la lista de reproducción de todas formas —replicó ella con un hilo de voz.

Él murmuró algo.

—¿Te… hizo sonreír? El documental, me refiero.

¿Cómo podía un hombre ser tan hipnótico?

—Tanto que la cara me dolía al final.

Un tic nervioso apareció en la mejilla del profesor de Historia al tiempo que apretaba el puño derecho al costado. Y después abandonó la íntima conversación haciendo un gran esfuerzo. Lo hizo de forma tan abrupta que Hallie casi se tambaleó por su ausencia.

—Bien. —Julian miró hacia la casa y siguió hablando después de unos minutos—. Siento el malhumor. Estoy compartiendo la casa con mi hermana, Natalie. A este paso, quizá sería mejor que alquilase algo en el pueblo.

Ella tragó saliva para soportar la decepción.

—Pues a lo mejor sí.

Julian clavó la mirada en su boca y después la apartó, haciendo que el pulso le latiera acelerado en las sienes. Por más borracha que estuviera, había dicho en serio todas y cada una de las palabras de la carta. Su atracción por Julian Vos era el doble de potente que antes, cuando solo era un recuerdo, una persona bidimensional en la red. Después había hecho una llamada de broma y la había salvado del Tonto del Traje de *Tweed*. En ese momento, se preguntaba qué más ocultaba tras su fachada.

Se moría por saberlo.

Por desgracia, su presencia lo distraía.

Y no mentía, claro estaba. Aunque ¿lo distraía en plan sensual? De ser así, saltaba a la vista que esa distracción no le interesaba. O tal vez no le interesara… la tentación.

¡Dios, ser una tentación para Julian Vos! Eso acabaría con toda su lista de cosas pendientes.

En cuanto consiguiera hacer una.

¿De verdad era posible que lo tentara? Ver que seguía mirándole distintas partes del cuerpo, aunque parecía haberse quedado atascado justo por encima de las rodillas, la llevó a preguntarse si la respuesta era afirmativa. A menos que ese calentón tan molesto le estuviera jugando malas pasadas. Algo que era muy posible. De un tiempo a esa parte los ángulos de su azada le parecían cada vez más interesantes.

Hasta coquetos.

Claro que una herramienta de jardinería nunca podría acelerarle el corazón de esa manera. Tal como sucedió cuando él la defendió en DESCORCHADO, en el escenario de su crimen… totalmente justificado.

«Si ella se molesta, yo también me molesto».

Hallie se descubría con la mirada perdida en los momentos más insospechados cada vez que rememoraba esas palabras. Porque se preguntaba hasta qué punto lo había dicho en serio o si solo había querido rebajar la tensión lo más rápido posible. Deseaba tanto que fuera lo primero que hasta la asustaba. Deseaba con todas sus fuerzas que ese hombre tan bueno, tan sincero y tan valiente se preocupara por sus sentimientos. Lo bastante como para que no quisiera verla dolida.

Esperó a que Julian se fuera, a que volviera a la casa..., y él parecía estar a punto de hacerlo, pero no llegaba a moverse. Siguió observándola como si fuera un acertijo.

—Bueno... —Hallie carraspeó para no soltar un gallo—, ¿la visita de Natalie no estaba planeada?

Él frunció el ceño y entrelazó las manos a la espalda.

—No. Aquí nadie hace planes.

Uf. Estaba claro que no era una distracción sensual para él.

—Oye, mírame a mí —dijo con decidida alegría—, aquí estoy, antes de que empieces con una de tus frenéticas sesiones de escritura.

Julian entrecerró un poco los ojos.

—¿Lo habías planeado?

—Pues..., no. —Eso implicaría que había estado prestando más atención de la cuenta. Je—. Podría decirse que mi día empezó... antes de lo habitual. Una ardilla en el patio trasero provocó un concierto de aullidos antes del amanecer, y supuse que ya que estaba despierta bien podría plantar algo.

—Así que —repuso él con su voz de profesor— de no ser por la ardilla...

—Habría llegado más o menos a la hora de la cena. —Hallie levantó uno de los arbustos más grandes y se detuvo un instante para oler una flor amarilla—. O al menos, entre el mediodía y las siete de la tarde.

—Eres un peligro. —Le quitó el arbusto de las manos y señaló con la barbilla el resto como diciendo: «Puedo con otro»—. No, Natalie apareció sin avisar. No sabíamos que iba a venir desde Nueva York. —Se le formaron unas arrugas alrededor de la boca mientras miraba la casa—. Parece que ni siquiera ella sabía que iba a venir.

—¿Ha dicho el motivo?

—Un respiro del trabajo. Sin más detalles.

Hallie contuvo una sonrisa, pero él se dio cuenta y levantó una ceja con gesto interrogante.

—¿Te molesta? —le preguntó ella—. Lo impreciso que es todo.

—Esa sonrisa insinúa que ya te has respondido tú sola. —De nuevo, bajó la mirada a su boca, pero en esa ocasión la mantuvo allí mucho más tiempo—. Claro que siempre sonríes.

¿Se había fijado en su sonrisa?

—Menos cuando estoy planeando el robo de queso del siglo —replicó sin aliento.

—Sí, exacto —dijo él en voz baja mientras fruncía el ceño—. Ese hombre no se te ha vuelto a acercar, ¿verdad?

El tono acerado (¿casi protector?) de su voz hizo que Hallie se clavara las uñas en las palmas. En cierto sentido, la estaba protegiendo como si fuera una responsabilidad. Alguien de quien cuidar. Porque eso era típico de Julian Vos, ¿no? El héroe de todo el mundo. El paladín por excelencia.

—No, no lo he visto.

—Bien.

Hallie intentó sin éxito mantener la calma antes de hacerse con el otro arbusto y de echar a andar hacia el jardín delantero, el uno al lado del otro, mientras sus sombras se alargaban sobre el césped y resaltaban su diferencia de altura. La agradable sensación de llevar plantas con Julian hizo que le chisporroteara la sangre en las venas. Uf, de verdad, le había dado fuerte. Por una milésima de segundo, hasta sintió una punzadita de desilusión porque él no hubiera leído la carta. Bien sabía Dios que jamás tendría el valor de decirle todo eso a la cara.

—Esto... —dijo antes de tragar saliva—, tu madre debe de estar contentísima por tener a sus dos hijos en casa.

Una carcajada carente de humor.

—Supongo que se podría decir que es complicado.

—Sé algo sobre relaciones complicadas con las madres.

Casi dio un traspiés al oírse. ¿De verdad acababa de hablar de su madre? ¿En voz alta? ¿Sería posible que se le hubiera olvidado que Julian era de carne y hueso después de llevar tanto tiempo manteniendo conversaciones digitales con su cara a través de YouTube? O tal vez hablar con él en persona era más fácil que cuando fantaseaba que recorrían los viñedos a caballo envueltos por la niebla. Por el motivo que fuera, había pronunciado esas palabras. Ya estaba hecho. Y desde luego que no esperaba que él se volviera para mirarla con semejante atención. Como si lo hubiera sorprendido con algo que no fueran bromas ni cháchara sobre flores.

—¿Cómo lo sabes? —le preguntó él al tiempo que soltaba los arbustos. Después le quitó el suyo de las manos y también lo dejó en el suelo—. ¿Tu madre vive en St. Helena?

—Creció aquí. Después del instituto, se fue a Los Ángeles. Allí fue donde me... —Sintió que le ardía la cara, sin duda porque se había puesto colorada, y él lo observó todo con una sonrisilla fascinada—. Me concibieron allí. Al parecer. No tengo más detalles.

—Qué impreciso todo —replicó él, usando casi las mismas palabras que ella.

—Sí —convino al tiempo que soltaba el aire con fuerza—. Intentó criarme ella sola. Veníamos aquí de vez en cuando, cuando necesitaba cargar las pilas. O el tiempo justo para convencer a mi abuela de que le prestase dinero. Después nos íbamos de nuevo. Cuando por fin llegué a la edad de ir al instituto, reconoció que yo estaría mejor aquí. La veo cada dos años o así. Y la quiero. —Deseó poder frotarse la garganta, que le picaba, pero no quería que él interpretase acertadamente el gesto. O que lo atribuyera al dolor que había acumulado a lo largo de toda la vida—. Pero es complicado.

Julian soltó un gruñido ronco.

—¿Por qué tengo la sensación de que acabas de entregarme el resumen del tema de El Rincón del Vago?

—Puede que sí. O puede que no. —Intentó sonreír, pero le temblaron los labios—. Qué impreciso todo —añadió prácticamente en un susurro.

Julian la miró tanto rato que empezó a ponerse nerviosa.

—¿Qué pasa? —le preguntó.

Él cambió de postura y se pasó esos largos dedos por el pelo, que seguía sudoroso y revuelto por el viento después de la carrera.

—Creo que, a fin de que este intercambio sea igualitario, debería darte la versión resumida de por qué la familia Vos, o lo que queda de ella en Napa, es complicada.

—¿Qué te lo impide?

Unos ojos sorprendidos le recorrieron la cara y el pelo.

—El hecho de que haya perdido la noción del tiempo por completo. Y nunca lo hago. Al parecer, solo me pasa contigo.

Hallie no supo qué decir. Solo atinó a quedarse allí plantada mientras saboreaba la información de que había conseguido que ese hombre olvidase el componente más importante de su mundo y llegaba a la conclusión de que eso… podía ser o bien algo estupendo, o bien una catástrofe literal.

—Y me obliga a preguntarme cuánto tiempo serías capaz… —siguió él antes de morderse el labio inferior y de mirar como si estuviera hipnotizado el pulso que a ella le latía en el cuello— de hacerme perder la noción del tiempo.

Dicho pulso se le aceleró como un deportivo en una autopista.

—No tengo ni idea —murmuró Hallie a su vez.

Julian dio un paso hacia ella, seguido de otro, mientras un tic nervioso le aparecía en la mejilla.

—¿Horas, Hallie? ¿Días? —Un sonido atávico brotó de su garganta al tiempo que levantaba una mano para acariciarle el cuello con un dedo—. Semanas…

«¿Me tiro encima ya?», se preguntó ella.

¿Cuál era la alternativa? Porque le temblaban los muslos bajo el asalto de toda esa intensidad. De esa mirada inquisitiva. De ese ronco y frustrado tono de voz. Antes de que pudiera convencerse del todo de que estaban hablando de lo mismo (de sexo, ¿no?), se oyó un grito a su espalda procedente del viñedo, y ambos se volvieron para ver que varias cabezas se desplazaban por las hileras de vides y se detenían en un punto concreto.

Miró de nuevo a Julian y se lo encontró con el ceño fruncido mientras el pecho le subía y le bajaba más deprisa de lo normal.

—Parece que tienen un problema —dijo él con voz ronca antes de carraspear—. Debería ir a comprobar si necesitan ayuda.

No pasó nada. No se movió. Los gritos continuaron.

Hallie se desentendió de la necesidad que sentía de investigar a fondo el increíble invento que eran los pantalones cortos de felpa. ¿Julian se mostraba inseguro a la hora de adentrarse en el viñedo de su propia familia? ¿Por qué?

—Puedo acompañarte —se ofreció, aunque no sabía muy bien el motivo. Le pareció lo correcto sin más.

Esos ojos castaños se clavaron en ella y le sostuvieron la mirada mientras asentía con la cabeza.

—Gracias.

Cuando se acercaron al grupo de hombres (y una mujer) que había entre las vides, todas las cabezas se volvieron hacia ellos. La conversación se detuvo unos segundos.

—Señor Vos —dijo uno de los hombres cuya tez morena se oscureció todavía más—, lo siento. ¿Hemos hecho demasiado ruido?

—En absoluto, Manuel —se apresuró a responder Julian mientras lo miraba con una sonrisa tranquilizadora. Se hizo de nuevo el silencio. Uno tan largo que Hallie alzó la mirada y vio que Julian tenía los dientes apretados mientras recorría con los ojos las hileras de vides—. Pero me ha parecido que pasaba algo. ¿Puedo ayudar de alguna manera?

Manuel pareció horrorizarse por el ofrecimiento de Julian.

—No, no. No, lo tenemos controlado.

—La despalilladora ha vuelto a estropearse —dijo la mujer, que miró a Manuel con expresión exasperada—. Ese dichoso cacharro se estropea una vez a la semana. —Manuel enterró la cara en las manos—. ¿Qué pasa? ¡Es verdad!

—¿Lo sabe Corinne? —preguntó Julian con el ceño fruncido.

—Sí. —Manuel intentó desviar su atención—. Puedo arreglarla, pero ya vamos cortos de personal. No podemos prescindir de nadie. Hay que cortar las uvas hoy, o no cumpliremos con la planificación.

—Corinne ya está bastante estresada —añadió la mujer, que se sacó un pañuelo del bolsillo y se secó el sudor de la frente—. No necesitamos más retrasos.

—Mi madre está estresada —repitió Julian con sequedad—. Es la primera noticia que tengo.

Al igual que sucedió el día anterior, cuando le habló a Julian del lento declive de Viñedos Vos, Hallie se dio cuenta de que no estaba al tanto de nada. Se lo habían ocultado por completo. ¿Por qué?

—Puedo decirle a mi hijo que vuelva del campamento de verano… —se ofreció Manuel.

—No, no lo hagas —lo interrumpió Julian—. Yo vendimiaré. Tú dime por dónde empiezo. —Nadie se movió durante un buen rato. Hasta que Julian le habló de nuevo a Manuel, que parecía ser el gerente del viñedo—. ¿Manuel?

—Ah…, claro. Gracias, señor Vos. —Trazó un círculo completo a trompicones y le hizo un gesto a uno de los otros hombres—. ¿A qué esperas? Tráele una cesta al señor Vos.

—Y trae otra para mí también —dijo de forma automática Hallie, que se encogió de hombros cuando Julian la miró fijamente—. De todas formas iba a pasarme el día arrodillada en el suelo, ¿no?

Julian desvió la mirada a sus rodillas.

—Creo que quieres decir que eso es lo que haces todos los días.

—Cuidado —replicó ella—, o te estrujo las uvas.

Manuel tosió. La mujer se echó a reír.

Era muy tentador quedarse mirando los ojos de Julian todo el día, sobre todo en ese momento, mientras relucían con ese brillo guasón tan poco habitual, pero Manuel les indicó que lo siguieran, y allá fueron, internándose varios metros en las vides.

—Nos hemos quedado aquí —dijo Manuel, que señaló las vides a medio vendimiar—. Gracias. La despalilladora estará operativa a tiempo.

—No tienes que darnos las gracias —replicó Julian al tiempo que se agachaba delante de las vides. Las observó con expresión pensativa un momento antes de mirar de nuevo a Manuel—. Tal vez luego podamos sentarnos un momento para que me cuentes qué más cosas necesitan atención en el viñedo.

Manuel asintió con la cabeza y dejó caer un poco los hombros por el alivio.

—Eso sería estupendo, señor Vos.

El gerente se fue y ellos se pusieron a trabajar, algo que ella habría hecho mucho más rápido si no tuviera a Julian Vos arrodillado a su lado con esa ropa sudorosa, sin afeitar y con esos dedos largos e increíbles que envolvían los racimos antes de cortarlos. Dios, cada vez que lo hacía parecía que la estaba acariciando a ella.

«Esconde tus utensilios de jardinería».

—La calidad de la uva no es la ideal. Han exprimido demasiado las vides —dijo Julian al tiempo que cortaba un racimo de uvas y lo sostenía en alto para que Hallie lo viera—. ¿Ves la falta de maduración en el raspón? No les han dejado espacio para respirar.

Su voz de profesor sonaba muy distinta en directo comparada con la que oía a través de los altavoces del portátil.

—Oye, que yo solo me bebo el vino —murmuró ella antes de humedecerse los labios—. Desconozco los detalles íntimos. —Julian tuvo el descaro de sonreírle con sorna mientras dejaba el racimo en su cesta—. Eres de esos profesores que hacen exámenes de prueba en los que no cae ninguna pregunta del examen real, ¿verdad?

Él la miró de repente, con algo parecido a la sorpresa y la guasa.

—Hay que estudiarse todo el temario.

—Ya me parecía a mí —replicó Hallie mientras intentaba que no se notara lo mucho que su atención le afectaba la piel—. Típico de un entusiasta de *Jeopardy!*

Julian soltó una risilla, y ella fue incapaz de contener el asombro por lo distinto que parecía en ese entorno. Al principio, se mostró tenso, pero se fue relajando conforme iban avanzando por la hilera, trabajando codo con codo, cortando los racimos de las vides.

—¿Qué hiciste después del instituto? —le preguntó él.

—Me quedé aquí. Fui a la universidad del Valle de Napa. En aquel entonces, mi abuela ya me había convertido en copropietaria de Las Flores de Becca, así que tenía que quedarme cerca.

Él murmuró algo.

—¿Y tenías profesores como yo en la universidad?

—Dudo mucho de que haya más profesores como tú. Pero normalmente me bastaba el primer día de un semestre para saber qué asignatura iba a dejar.

—En serio. ¿Cómo?

Hallie se sentó sobre los talones.

—Por comentarios crípticos sobre «estar preparados». O sobre comprender el «alcance completo» del temario de la asignatura. Eso me dejaba claro que los exámenes tendrían truco. Y que seguramente eran unos sádicos en su tiempo libre.

La carcajada de Julian fue tan inesperada que se quedó boquiabierta.

Jamás lo había oído reír, al menos no así. Con una carcajada tan sonora, profunda y vibrante. Dio la impresión de que él también se sorprendía, porque carraspeó y se concentró de nuevo en la vid.

—Puedo decir sin temor a equivocarme que habrías dejado mi asignatura.

Ella cambió de postura sobre las rodillas, a su lado, todavía alucinada por su risa.

—Seguramente.

¡Y un cuerno! Se habría sentado en primera fila, justo en el centro.

—Aunque es más probable que yo te hubiera echado la décima vez que llegaras tarde.

En ese momento, le tocó a ella sonreír.

—Pues la verdad es que conseguía llegar a casi todas las clases a tiempo, aunque con algunas excepciones, claro. Entonces era... más fácil. Mi abuela no era estricta, pero cruzaba los brazos por delante del pecho y me miraba con seriedad mientras yo programaba la alarma. Y yo me esforzaba porque no soportaba decepcionarla.

El resto de su explicación quedó flotando en el aire entre ellos.

Llegar a tiempo ya no le importaba porque ya no tenía a nadie a quien decepcionar.

No tenía a nadie más que a sí misma.

Esa idea la hizo fruncir el ceño.

—A mí también me ayuda hacer una planificación escrita de mi horario —dijo él—. Me habría caído bien tu abuela.

—¿Qué pasa si no lo haces? —le preguntó y se sorprendió al ver que Julian detenía los dedos en el aire y que apretaba los dientes con fuerza—. ¿Mantienes el horario... como siempre? ¿O no verlo en papel hace que te desconcentres por completo?

—En fin, desde luego que hoy no tenía planeado vendimiar y parece que estoy perfectamente. —Con un movimiento ágil, se trasladaron de rodillas hacia la derecha y siguieron con la recolección. Fue tan sincronizado que se miraron un segundo con sorpresa, pero ninguno de los dos mencionó su aparente química vendimiando—. Los horarios son vitales para mí —siguió él poco después—. Pero no me desconcentro por completo si hay alguna alteración. El problema es más cuando las cosas se... escapan a los límites de mi control, porque entonces... no mantengo el rumbo.

—Ojalá no me estés confesando que tienes problemas para controlar la ira mientras estamos solos en mitad del viñedo.

—Controlar la ira —resopló él—. No es eso. Es más un ataque de nervios. Seguido de todo lo contrario. Es que... desaparezco. Para ser exactos, lo hice justo cuando mi familia me necesitaba más.

Ataques de pánico. Eso era lo que estaba insinuando. Y era muy revelador que fuera incapaz de llamarlos por su nombre. ¿Le irritaba algo que consideraba una debilidad o estaba en fase de negación?

—Seguramente por eso te afectó tanto la crisis nerviosa de tu compañero —dijo ella, preocupada por la posibilidad de estar extralimitándose, pero incapaz de callarse. No cuando estaban el uno al lado del otro, ocultos a ojos del resto del mundo por vides de metro ochenta de alto; además, se moría por conocer los entresijos de su mente, de ese hombre que la fascinaba desde hacía tanto tiempo. No era como se lo había imaginado, pero sus defectos no la decepcionaban en lo más mínimo. De hecho, la ayudaban a sentirse menos cohibida. Menos... sola con sus propios defectos.

—Supongo que sí —convino él al cabo de un rato. Hallie creía que el tema ya estaba zanjado, pero él siguió, aunque las palabras no parecieron salirle con facilidad—: A mi padre le explotaría la cabeza si supiera que he tocado estas uvas —masculló—. No me quiere cerca del viñedo. Por lo que acabo de contarte.

Tardó diez segundos en entender lo que le decía.

—¿Por... la ansiedad?

Él carraspeó con fuerza a modo de respuesta.

—Julian... —Hallie dejó caer las manos sobre los muslos—, eso es lo más ridículo que he oído en la vida.

—Tú no me viste. Aquella noche. La del incendio. Y lo que sucedió después. —Se secó el sudor de la cara con un hombro y guardó silencio un momento—. Está en su derecho de exigirme que me mantenga alejado. Esta mañana se ha roto la despalilladora, mañana será un envío perdido o nos dejará un distribuidor furioso. Esto no es para una persona con mi temperamento, y mi padre hizo algo muy difícil al señalarlo.

—¿Qué paso la noche del incendio?

—Preferiría no hablar de eso, Hallie.

Ella controló su decepción.

—Tranquilo, no hace falta que me lo cuentes. Pero, oye, has manejado bien lo de la despalilladora rota. Has arrimado el hombro con la misma eficiencia con la que haces todo lo demás.

—A ver, dicho así parecía que estaba prestando más atención de la cuenta. ¿Como lo haría una admiradora secreta?—. Al menos, así te veo yo; eficiente, atento. —Tragó saliva para aplacar la emoción que sentía en la garganta—. Incluso heroico.

Por suerte, Julian no pareció percatarse de la admiración desbordante de su voz. En cambio, frunció el ceño con fuerza.

—Creo que mi madre necesita ayuda. Si es así, no va a pedirla. —Cortó un racimo y lo examinó con ojos de experto, o eso supuso ella—. Pero mi padre…

—No está aquí. —Le acercó la cesta—. Tú sí.

Julian la miró fijamente. Y siguió haciéndolo hasta que ella sintió que se ponía colorada. Parecía casi sorprendido de que sacarse esa preocupación del pecho no hubiera sido una pérdida de tiempo.

Como el silencio se alargaba demasiado, Hallie trató de ponerle fin.

—Me hace gracia, ¿sabes? Ambos cargamos con las expectativas familiares, pero lidiamos con ellas de forma totalmente distinta. Tú lo planeas todo hasta el más mínimo detalle. El sumun de la responsabilidad adulta. Mientras que yo…

—Tú ¿qué? —le preguntó él sin dejar de mirarla.

Hallie abrió la boca para darle una explicación, pero se atascó. Como si se le hubiera atascado una de esas bolas enormes de chicle detrás de la yugular.

—En fin…, yo… —Tosió contra la muñeca—. Bueno, supongo que, a diferencia de ti, soy un poco autodestructiva, ¿no? Me controlé bastante por Rebecca. Gracias a ella. A ver, no me malinterpretes, nunca he sido muy organizada. No me he comprado una agenda en la vida. Pero de un tiempo a esta parte, creo que tal vez me haya estado metiendo en líos a propósito…

Pasaron varios segundos.

—¿Por qué?

—Para no tener que pararme a pensar en… —«En quién soy ahora. Sin Rebecca. En qué versión es la real»— qué collar ponerme —terminó con una especie de carcajada mientras señalaba la ecléctica mezcla que llevaba al cuello. Era imposible que él se conformara con ese intento de quitarle hierro al tema, pero por suerte se limitó a mirarla de esa forma tan penetrante y callada en vez de intentar sonsacarle más cosas. No podría explicarse aunque quisiera. No con todas las inquietantes revelaciones que estaban dándole vueltas en la cabeza—. Será mejor que terminemos —murmuró—. Todavía me quedan unos cuantos jardines por ver que estoy considerando añadir a mi clientela.

—Mírate, ya estás haciendo propósito de enmienda —replicó él en voz baja con un brillo risueño en los ojos… y algo más. Algo que hizo que entornara los párpados y clavara la mirada en su boca. En su garganta. En sus pechos. En otras circunstancias se habría ofendido, pero no se sentía agredida si era ese hombre tan disciplinado quien se la comía con los ojos de forma tan inapropiada, como si le resultara imposible contenerse. En ese caso su vagina estaba de todo menos ofendida.

Si se inclinaba unos centímetros hacia la izquierda, ¿lo harían? ¿Podrían? ¿Se besarían?

¿No habían estado a punto de besarse cuando los interrumpieron? ¿O se lo había imaginado?

Pese a la triste falta de parejas con las que enrollarse que había sufrido a lo largo de su vida, era consciente de que él se lo estaba pensando. Mucho. Habían dejado de fingir que estaban vendimiando y él se había humedecido los labios. Madre del amor hermoso. Aquello debía de ser un delirio erótico, ¿verdad?

Había tenido unos cuantos con ese hombre como protagonista.

—Si de algo me arrepiento al no participar directamente en la elaboración de vino… —dijo Julian al tiempo que se inclinaba hacia delante para soltar un largo y sentido suspiro sobre su pelo— es de no poder ver cómo te bebes una copa de vino Vos y saber que mi esfuerzo está en esa lengua.

«Ay, madre. ¡Ay, madre!». Se le puso el vello de punta por todo el cuerpo y el deseo le espesó la sangre. Aquello no era una fantasía, desde luego. No se le habría ocurrido algo así en la vida.

—Bueno… —Le tembló la voz—. Podríamos fingir.

—Como amigos, ¿no, Hallie? —Le rozó la oreja con los labios—. ¿No es eso lo que me sugeriste?

—Sí. Técnicamente.

—Una amiga en la que pienso por las noches con su sujetador de lunares. ¿Esa amiga?

Uf. Nueva ropa interior preferida.

«Concéntrate. No te dejes engatusar».

Había un motivo por el que había sugerido la amistad, ¿verdad? Sí.

—Necesitas control y puntualidad —adujo mientras Julian le daba un mordisquito en el lóbulo de la oreja, que acompañó de un lametón, arrancándole un gemido y haciendo que le ardieran los dedos por el deseo de frotarse los sensibles pezones a través de la camiseta—. Y yo soy como un soplador de hojas para el control y la puntualidad.

—Lo tengo clarísimo. Ojalá pudiera recordarlo cuando te miro.

El corazón le dio un vuelco y sus latidos le atronaron los oídos. ¿Qué otra cosa podía hacer sino besar a ese hombre que era igual de increíble en el pasado y en el presente, eh?

Movió un poco la cabeza hacia la izquierda, y la boca de Julian le rozó la mejilla, cada vez más cerca. Ahí estaba. Por fin. Iba a besar a Julian Vos, y él era incluso mejor que lo que recordaba. Pero había algo en el entorno que le hacía tener muy presente aquel momento. La última vez que estuvieron a punto de besarse se encontraban en ese mismo viñedo y dicho momento la había arruinado para siempre. Y él ni siquiera se acordaba. Todavía.

¿Tan poco orgullo tenía como para ofrecerle los labios cuando él básicamente había insinuado sin palabras que era muy olvidable? No. Claro que tenía orgullo. El problema era… que seguía un poco aturdida por ese viajecito por la Autovía del Descubrimiento. Estaba hecha un lío. Hasta el punto de que sería capaz de hacer algo típico de ella de lo que tal vez acabara arrepintiéndose. Como sucumbir a la atracción que sentía por Julian pese a la decepción que le provocaba que él no la recordase. Después de confesar lo que provocaba su comportamiento, era demasiado consciente de sus defectos como para dejarse llevar por ellos. Si él la hubiera recordado, a lo mejor podría justificar haber movido la cabeza ese último centímetro.

Haber aceptado sus labios entreabiertos.

Sin embargo, aunque Julian la miraba con tanto deseo como para suplir de energía eléctrica a toda Canadá, no había indicio alguno de que la recordaba, y ella necesitaba que lo hiciese para que la situación le pareciera bien. Además, no sabía si quería ser la sopladora de hojas de ese hombre. Cualquier clase de relación entre ellos lo perjudicaría, ¿no? Aunque solo fuera estrictamente física. ¿Quería perjudicarlo?

—Será mejor que me vaya —dijo, aunque con el paso de los segundos fue poniendo en duda su decisión, sobre todo cuando Julian enterró los dedos de la mano izquierda en la tierra. Como si se estuviera conteniendo para no agarrarla—. Hasta pronto, Julian.

—De acuerdo —replicó él con voz ronca mientras se controlaba con un visible esfuerzo—. Gracias por la ayuda.

—De nada. —Hallie empezó a alejarse por la hilera, pero titubeó y, cuando miró hacia atrás, se encontró al profesor observándola con el ceño fruncido. Lo último que le apetecía era alejarse y que lo que había entre ellos acabara siendo incómodo o intenso, cuando hablar con él había desbloqueado algo importantísimo. Y cuando él se había sincerado tanto a cambio—. Oye, Julian.

—¿Qué?

Titubeó un segundo antes de decir:

—Abraham Lincoln padecía ansiedad. Los ataques de pánico eran habituales en su familia.

Aunque la expresión de Julian no cambió, ella sí cambió la postura del cuerpo.

—¿Cómo lo sabes?

—Por *Jeopardy!* —contestó ella con una sonrisa satisfecha.

A Julian se le escapó una carcajada. Ya iban dos en una sola tarde. Hallie la acunó contra su pecho como si fuera un jersey calentito, casi deseando haberse olvidado del orgullo y haberlo besado.

—¿Ves el concurso? —le preguntó él.

Hallie se dio media vuelta y se alejó mientras decía por encima del hombro:

—Lo he visto alguna que otra vez.

La risilla de Julian fue menos potente, pero ella percibió su mirada en la espalda, siguiéndola mientras salía del viñedo.

Julian se sentía distinto cuando entró en el cuarto de baño de la habitación de invitados más tarde. Sin molestarse en encender la luz, se plantó delante del espejo y se miró, cubierto de tierra y sudor después de haberse pasado horas vendimiando. Su cuerpo quedaba recortado por el brillo amortiguado del sol que se colaba por el cristal traslúcido de la ventana, de modo que apenas podía ver su cara en la penumbra. Solo lo justo para saber que no le resultaba conocida: una mezcla entre satisfacción por haber hundido las manos en la tierra familiar por primera vez en varios años y... deseo sexual.

—Hallie —dijo, y su nombre flotó en el silencioso cuarto de baño.

Se le puso tan dura debajo de los calzoncillos que apretó las manos manchadas de tierra sobre el lavabo. Y apretó más. Con un movimiento seco, abrió el grifo y, después de pulsar varias veces el dispensador de jabón, se frotó las palmas, los nudillos y los antebrazos para quitarse la tierra. Sin embargo, hasta ver cómo se iba la tierra por el desagüe le recordó a la jardinera y sus rodillas sucias. Le recordó sus manos, que siempre parecían haber acabado de plantar algo. Le recordó el sujetador de lunares que permanecía limpio y protegido debajo de la camiseta... y el aspecto que tendría después de quitárselo tras una larga jornada.

—Joder. Otra vez no.

Aunque protestó en voz alta, lo hizo con los dientes apretados y con la respiración acelerada, de manera que su aliento empañó el espejo. Su cerebro no llegó a emitir la orden de que se bajara los sucios pantalones cortos, tenía clarísimo que la única solución era hacerse una paja cuando el sujetador de lunares aparecía en escena. Dios, la ironía de que algo tan frívolo pudiera hacerlo jadear literalmente era irritante..., pero se la ponía dura igual. Se liberó de la cinturilla de los pantalones y se la agarró con fuerza mientras contenía un gemido.

Al parecer, no era tan civilizado como creía, porque sus fantasías con Hallie eran cada vez más sexistas. Hasta un punto imperdonable. En esa ocasión, se había quedado tirada en el arcén con una rueda pinchada sin tener ni idea de cómo cambiarla. Casi seguro que sí lo sabía en la vida real. Pero ¿le interesaba eso a su miembro? Joder, no.

Lo único que le interesaba era oír el suspiro aliviado de Hallie mientras él sacaba la rueda de repuesto de la parte trasera de la camioneta y colocaba el gato debajo del coche, con perros y todo.

«No, un momento, los perros están en casa. Está todo en silencio, salvo por el ruido que hago al apretar las tuercas. Ella está apoyada contra la camioneta, solo con el sujetador de lunares y unos vaqueros cortos, observándome trabajar con una sonrisa».

«Dios, sí, está sonriendo».

Gimió mientras se imaginaba esos increíbles labios separados por la alegre sonrisa y apoyó un brazo en el espejo tras lo cual enterró la cara en la flexura del codo mientras se acariciaba con fuerza con la otra mano. Ya empezaba a sentir descargas en la base de la espalda. Se iba a correr a lo bestia, y no tenía ni pizca de gracia. Como tampoco la había tenido siempre que se corría a lo bestia cuando sucumbía al encaprichamiento que sentía por Hallie.

Encaprichamiento.

Eso era.

El encaprichamiento fue el motivo de que, en su fantasía, se la imaginara corriendo hacia él para rodearle el cuello con los brazos y agradecérselo con voz jadeante con las tetas a punto de salírsele del sujetador. Las sentía desnudas contra su torso mientras ella exploraba la parte delantera de sus pantalones y ponía los ojos como platos al apreciar el tamaño de su paquete; y el frívolo sujetador se desintegró sin más en su sueño. Junto con los pantalones cortos. Y esa sonrisa.

Ella seguía sonriendo cuando le tomó las generosas tetas entre las manos y se las llevó a la boca, primero una y después la otra, para chuparle los pezones, que se le endurecían cada vez más, mientras la oía gemir su nombre y sentía que le bajaba la cremallera con dedos torpes.

—Julian, por favor… —susurró mientras se la acariciaba, imitando los movimientos cada vez más frenéticos que él hacía en el cuarto de baño—. No me hagas esperar.

—Siempre y cuando esto no sea para demostrarme tu gratitud por haber cambiado la rueda —replicó él entre jadeos en un lastimero intento por evitar que su yo imaginario se olvidara por completo de la ética—. Solo si te mueres por hacerlo. Solo si lo deseas.

—Lo deseo —gimió ella al tiempo que arqueaba la espalda contra la camioneta—. No, te necesito.

—Y yo te doy lo que necesitas, ¿no?

—Sí —susurró ella, que se enrolló un mechón de pelo rubio en un dedo—. Me haces feliz.

«Se acabó». Sin importar cómo empezaran las fantasías, sabía que le quedaban pocos segundos cuando ella pronunciaba esas palabras. «Me haces feliz». Su respiración jadeante resonó en el cuarto de baño mientras en su imaginación se agachaba, levantaba el cuerpo desnudo de Hallie contra el lateral de la camioneta y la penetraba con un gruñido sin apartar la mirada de su cara, que se transformaba por la euforia (a ver, era su sueño), mientras se tensaba a su alrededor, apretándosela con fuerza. Bien mojada. El paraíso.

—Sí, muy bien. Estás empapada —la halagó al oído, porque incluso la versión imaginaria de esa mujer se merecía que la adorasen, sobre todo cuando se la metía cada vez más fuerte a medida que el orgasmo se acercaba y lo arrastraba a la desesperación—. Si fuera la vida real, cariño, te trataría mucho mejor.

—Lo sé —jadeó ella, que temblaba por entero: el pelo, las tetas y los collares se movían con ella, formaban parte de ella—. Pero es una fantasía, así que dame todo lo fuerte que quieras.

—Como si pudiera hacerlo de otra manera cuando contigo tengo la sensación de que me voy a morir. Si no te la meto, joder. Si no estoy todo lo cerca que puedo de esa sonrisa, de esa voz, de tu… luz.

Esa verdad lo dejó sin respiración con la boca pegada a la flexura del codo y empezó a acariciársela a la velocidad del sonido mientras se imaginaba las piernas de Hallie alrededor de sus caderas, con la cabeza echada hacia atrás, gimiendo su nombre, estremeciéndose a su alrededor con el orgasmo, antes de que sus bocas se fundieran y él la acompañara con una embestida final, aplastando su enloquecedor cuerpo contra la camioneta.

—Así haría que te corrieras. A lo bestia. Eso no es una puta fantasía, ¿entendido?

—Sí —contestó ella con un suspiro entrecortado, temblando todavía contra él, aunque parpadeó antes de mirarlo—. Como has hecho que me corra ahora mismo.

Sintió una descarga en los huevos y al instante se abrió una trampilla, liberando toda la presión y la frustración sexual. Se mordió el antebrazo mientras la tensión lo abandonaba en oleadas todavía pensando en ella. En esos ojos, en esos pechos y en esas rodillas sucias.

Tampoco pudo dejar de pensar en ella cuando terminó… y empezaba a preguntarse si olvidar a la incitante jardinera aunque fuese por un momento sería imposible.

Esa noche, Hallie entró en su casa y se detuvo nada más pasar por la puerta al ver el desorden con nuevos ojos. No siempre había sido así. No cuando Rebecca vivía. Ni siquiera justo después de su muerte. Que sí, que su corazón deletreaba con naturalidad la palabra «desorden» como si sus latidos fueran código morse, pero en ese momento la desorganización casi se había convertido en un peligro. Pilas de cartas y documentos de trabajo a punto de derrumbarse. Ropa sucia que nunca vería el interior de un cajón. Complementos caninos por doquier.

Su mente seguía estando en el viñedo con Julian y no dejaba de repetir en bucle la conversación.

«Soy un poco autodestructiva, ¿no?».

«Creo que tal vez me haya estado metiendo en líos a propósito».

«Para no tener que pararme a pensar en…».

En cualquier cosa, ciertamente. ¿No era esa la verdad? Mientras el torbellino de problemas siguiera dando vueltas, no tendría que pensar en cómo avanzar. Y en como quién avanzaba. ¿Lo hacía como Hallie, la nieta abnegada? ¿O como una de las muchas personalidades que había creado su madre? ¿O había una versión de sí misma a la que todavía no conocía?

Solo tenía una cosa clara: mientras hablaba con Julian en el viñedo, no se había sentido sola. De hecho, todo en su interior se había calmado hasta ver que ella era la raíz de su problema, aunque no tenía ni la menor idea de cómo solucionarlo. El estricto control que Julian tenía sobre sí mismo también la había anclado en esos momentos robados…, y quería disfrutar de más.

Tardó su buen cuarto de hora en encontrar el cuaderno que había comprado en la papelería, porque El General lo había medio enterrado en el patio trasero. Y diez minutos más en encontrar un bolígrafo que pintara. Empezó a redactar una lista de tareas pendientes, pero se quedó en blanco casi después de escribir «Limpiar el frigorífico» y «Cancelar las suscripciones a *apps* que ya no uso». Lo que deseaba de verdad era regresar al viñedo y hablar con Julian. Su franqueza, su manera de escuchar con tanta atención y esa disposición a admitir sus defectos tenían algo que le facilitaba la tarea de examinar los suyos. De verlos con claridad.

Después de lo de ese día, estaba casi segura de que Julian se sentía atraído por ella. Podían hablar de temas personales como si hubieran tenido conversaciones íntimas toda la vida. Aunque llevaba tanto tiempo viviendo con lo que sentía por él que le costaba tener la certeza de que no la correspondía. Era algo tan imposible que le había propuesto ser solo amigos con tal de evitar ese doloroso discurso por su parte.

Sin embargo, en sus cartas podía darle rienda suelta a su admiración, casi de un modo terapéutico.

De modo que, en vez de ser responsable y elaborar un plan para acabar con esa #vidadesordenada, se descubrió pasando la página en busca de una en blanco.

«Querido Julian…».

9

Julian corrió con más ganas al día siguiente.

Se había despertado decidido esa mañana. Completó cuatro esprints de escritura, se preparó un batido proteico y en ese momento estaba concentrado en batir el tiempo del día anterior.

Sí, ese era el plan... y se ceñiría a él.

Por desgracia, sus pies tenían otras ideas. Cuando vio la cola que se formaba en el exterior de DESCORCHADO y el gentío que bloqueaba la entrada de Encorchado, aminoró el paso hasta detenerse y frunció el ceño. Por esas personas. Y por ser incapaz, de nuevo, de seguir su planificación.

En un primer momento, le había sentado mal lo injusto que era el éxito de DESCORCHADO. Se estaban burlando del antiguo establecimiento que tenían al lado y, la verdad, también de todo el proceso de la cata de vino al convertirlo en una treta publicitaria. Burlarse de la industria vitivinícola no lo habría molestado en otras circunstancias, pero a esas alturas le molestaba todo lo que hacían esos imbéciles.

Porque habían molestado a Hallie.

Y él detestaba verla molesta. Tanto a su versión real como a la de fantasía.

Siempre debería estar sonriendo. Así de sencillo.

¿Podía hacer algo al respecto?

Durante su etapa en el instituto y algunos años después, se sentía inclinado a intentar ayudar a quien lo necesitase. Se había implicado. Había intentado ser útil. En algún momento, sin embargo, se concentró en sus propios planes y ya dejó de mirar a su alrededor.

La apasionada defensa que Hallie había hecho de Encorchado había resaltado ese hecho, y esa tarde parecía incapaz de seguir su camino alegremente. Si Hallie era capaz de robar cientos de dólares en queso, desde luego que él podía hacerse ver.

Y de paso quizá pudiera ayudar a Corinne. Y a Lorna.

Después de vendimiar el día anterior, invitó a Manuel a tomarse un café en la casa de invitados y... sí, el gerente había conseguido que viera la luz. Su madre estaba logrando mantener a flote la bodega, pero la calidad había empezado a sucumbir a la cantidad. Viñedos Vos necesitaba dinero, de modo que fabricaban vino a espuertas, pero la superioridad de la que antes alardeaban había ido decayendo poco a poco.

Su madre no le había pedido ayuda. Tal vez para respetar los deseos de su padre o tal vez porque ella tampoco confiaba en él. Fuera cual fuese el motivo, no podía quedarse de brazos cruzados mientras veía que el legado de su familia desaparecía. Y tampoco quería que su madre cargara con toda la responsabilidad cuando él estaba dispuesto a arrimar el hombro y podía hacerlo. ¿Era la negativa de Hallie a permitir que DESCORCHADO humillara a su amiga la responsable de esa determinación?

Sí. En cierto sentido, tal vez le había recordado que dicho legado era importante.

A lo mejor había una forma de darle un empujón a Viñedos Vos que hiciera feliz a Hallie en el proceso. Y la posibilidad de arrancarle una Sonrisa por algo que él había hecho le aceleró el pulso.

Como se negaba a seguir titubeando más tiempo, se abrió paso entre la cola de turistas borrachos a los que seguramente les beneficiara saltarse la siguiente cata y entró en Encorchado. Lo recibieron una música y unas luces suaves, y una mujer con una cara sonriente llena de arrugas al otro lado de la caja registradora. La mujer no pudo ocultar del todo la sorpresa que le había provocado su entrada en el establecimiento.

—Hola —lo saludó con voz cantarina la que debía de ser Lorna—, ¿has… venido por la cata?

—Sí —mintió sin rodeos mientras recorría las estanterías con la mirada, aliviado y tal vez incluso un poco orgulloso al ver una amplia selección de vinos Vos a la venta—. ¿Qué hay hoy para probar…?

—Lorna. Soy la dueña. —Salió de detrás del mostrador mientras se atusaba el pelo—. Para serte sincera, no pensaba que fuera a aparecer alguien, así que ni siquiera he preparado las copas. —Corrió hacia la trastienda, emocionada por el hecho de que hubiera algo de vida entre sus cuatro paredes—. Elige la botella que quieras y la abrimos, ¿qué te parece?

Julian asintió con la cabeza y siguió paseándose por los pasillos hasta llegar de nuevo a la parte delantera de la tienda. Detrás de la caja registradora había una fotografía en blanco y negro de Lorna de joven, tomada de la mano de un hombre en la acera, con la fachada de Encorchado de fondo. El hombre seguramente sería su marido. Ambos parecían muy contentos. Orgullosos. Preparados para encarar el futuro. Sin rastro de que un día una bola de discoteca les robaría el negocio. Con razón Hallie luchaba con tanto ahínco contra el declive de Encorchado.

Eso lo decidió. Iba a ser el mejor cliente que hubiera tenido esa mujer.

Mientras esperaba a que ella colocara dos copas y se sacara un sacacorchos del delantal, Julian seleccionó un cabernet de 2019 de Viñedos Vos. Las ideas para ayudar a Lorna empezaron a llegar, sin parar. Algunas más potentes que otras. Pero pensó que lo mejor era no abrumar a la mujer con todo de golpe.

Ella le sirvió media copa de vino, y él se tomó un segundo para llorar por su productividad el resto del día.

—Gracias. ¿Se toma una conmigo?

—Pues no me importaría —contestó ella con ojos chispeantes.

Sí, empezaba a entender por qué Hallie había sentido la necesidad de robar y vandalizar por el honor de esa mujer. Irradiaba bondad en oleadas.

—Estupendo. —Bebió un sorbo de vino y lo paladeó unos segundos antes de tragárselo—. Maravilloso. Me llevo tres cajas.

Ella estuvo a punto de espurrearlo con el vino.

—¿¡Tres cajas!?

—Sí, por favor. —Sonrió—. Pagaré ahora, pero vendré a buscarlas más tarde si no le importa. —Lorna aceptó con expresión aturdida la American Express que le dio, pero como buena empresaria que era, se fue derecha a la caja registradora antes de que pudiese cambiar de opinión—. Teniendo en cuenta que su establecimiento es toda una institución, los lugareños deben de ser clientes habituales.

—Últimamente, parece que todo el mundo está muy ocupado. Y cada vez es más fácil comprar vino por internet. —Aunque mantuvo un deje risueño, Julian se dio cuenta de que se sentía alicaída—. Claro que tengo algunos clientes fieles que se niegan a decepcionarme.

—¿En serio? ¿Quiénes son? —Por Dios, ¿estaba intentando sonsacarle información?—. A lo mejor los conozco.

—En fin, pues están Boris y Suki. Una pareja encantadora que viene todos los días a por su syrah preferido. Luego tenemos a Lavinia y a Jerome, que son los dueños de la pastelería La Nuez Judy y preparan las berlinas rellenas de crema con chocolate más ricas del mundo. Pero debo decir que mi clienta más fiel es la nieta de una de mis mejores amigas, que Dios la tenga en Su Gloria. Una jardinera local llamada Hallie. —Lorna sonrió—. De hecho, tendrá más o menos tu edad. Puede que sea un poco más joven.

Sí. Era imposible no darse cuenta de que se le había acelerado el corazón.

—¿Hallie Welch?

Lorna cortó el recibo de la tarjeta de crédito con una floritura.

—¡Esa misma! ¿Fuiste a clase con ella?

Eso sí que era meter el dedo en la llaga. Julian se esforzó para aguantar el golpe. ¿Por qué no podía recordarlo?

—Sí. Al instituto. —Bebió un sorbo de vino con tranquilidad tras lo cual bajó la copa y la hizo girar por el pie—. De hecho, ahora mismo está trabajando en el jardín de nuestra casa de invitados. El mundo es un pañuelo.

—Vaya, qué coincidencia —replicó Lorna con una sonrisa por encima de la caja registradora, aunque perdió la sonrisa al cabo de un segundo—. La pobrecilla lo pasó muy mal cuando murió Rebecca. Creo que era incapaz de dar pie con bola. Asistió al entierro con los zapatos desparejados y todo.

La sensación de que le estaban pisoteando el pecho fue tan visceral que tuvo que bajar la mirada para asegurarse de que no era real. Hallie con los zapatos desparejados en el cementerio, sin dar pie con bola, hacía que se sintiera impotente. ¿Estaba mejor a esas alturas? ¿O simplemente se le daba mejor ocultar su dolor?

—Por supuesto, tiene buenos amigos para ayudarla. Lavinia y ella son inseparables. Y luego está el bueno de Owen…, pero dudo que lo conozcas, porque se mudó al pueblo hace…

—Owen. Y Hallie. ¿Están…? —Aflojó la mano antes de partir la copa—. ¿Están saliendo?

La mujer volvió a sonreír, ajena al hecho de que él tenía una navaja en la garganta.

—Pues creo que sí. Pero no en serio. —Y tras un suspiro exagerado, añadió hablando en voz baja—: Aunque creo que es Hallie quien lo frena.

—Oh. —La tensión lo abandonó como el aire de un globo—. Qué interesante. —Le costó la misma vida no preguntarle a Lorna por qué Hallie le ponía freno. ¿Tenía Owen alguna costumbre desagradable? ¿Tal vez cobraba en negro? Cualquier motivo que validara la irracional animadversión que sentía por ese hombre sería bien recibido. Pero ya se había pasado con las preguntas. Ahondar más sería considerado acoso en al menos veinte estados.

Se acabaron las preguntas sobre Hallie. Pero… lo de hacerla sonreír seguía sobre la mesa, ¿no?

—Lorna, ¿no tendrá por casualidad tarjetas de visita?

—Me temo que no. Siempre he dependido de los transeúntes. Antes bastaba con poner un cartel en la puerta avisando de «CATA DE VINO GRATIS».

—Y así debería ser. —Giró la copa hacia la izquierda—. Será un placer hacerle unas tarjetas. Podríamos… —Nunca había sido muy dado a usar el apellido Vos, pero no había manera de evitarlo—. Mi familia tiene un viñedo aquí en St. Helena. Podríamos darles sus tarjetas a las personas que vienen de visita. Si traen la tarjeta, ¿tendrían un descuento del diez por ciento en la primera botella? ¿Le parece algo asequible?

—¿Tu familia es dueña de un viñedo? —Le devolvió la tarjeta de crédito junto con el recibo para que lo firmara. Un bolígrafo azul—. Qué bien. ¿Cuál?

Julian tosió contra un puño.

—Viñedos Vos.

Lorna se abalanzó contra la mesa de degustación y estuvo a punto de volcar la botella de vino abierta.

—Vos… ¿Eres el hijo? ¿Julian? —Abrió la boca y la volvió a cerrar—. Hacía años que no te veía. Estos ojos ya no son lo que eran, perdona, no te había reconocido. —Meneó la cabeza un momento—. ¿Y de verdad te ofreces a repartir mis tarjetas?

Julian asintió con la cabeza, agradecido porque ella no pareciera estar dándole demasiada importancia a su apellido.

—Por supuesto —respondió y vio que Lorna se mordía el labio como si le estuviera dando vueltas. ¿Tal vez le daba miedo tener esperanza? De modo que añadió—: Su establecimiento es una institución. Nadie puede decir que ha estado en St. Helena si no ha visitado su tienda.

—Y que lo digas.

La faceta competitiva de Julian estaba dando saltos de la emoción.

—Ahora que lo pienso, deme unas botellas para llevar. —Le guiñó un ojo—. Por si me entra sed de camino a casa.

Y así fue como Julian se descubrió en el estudio de yoga cercano ocho minutos después, dándoles botellas de vino a quienes iban saliendo.

—Las envía Lorna —les explicó a las sudorosas y desconcertadas personas.

—¿Quién? —preguntó alguien mientras se miraban entre sí sin comprender.

—Lorna —repitió él, como si debieran saberlo—. De Encorchado. La tienda de vinos más antigua de St. Helena que está aquí al lado. No se puede venir a Napa sin entrar en ella. —Le sonrió a la chica que había detrás del mostrador—. Te dejaré unas cuantas tarjetas de visita para que las repartas.

Cuando salió del estudio de yoga y puso en marcha de nuevo el cronómetro, sentía que le habían quitado un peso de encima. Siguió por Grapevine Way un rato, dejando atrás el spa y varias cafeterías. Conforme se iba alejando del centro del pueblo, descubría las tiendas que más frecuentaban los lugareños. Pizzerías y una escuela de danza infantil. Un lavadero de coches y una pastelería cuyo nombre hacía referencia al programa de juicios de la juez Judy, algo que le pareció estupendo. Y fue ahí donde giró hacia la derecha para atajar por el sendero boscoso hacia Viñedos Vos. Poco más de un kilómetro y estaría en la casa de invitados. Que sí, que estaba un poco achispado por el vino, pero no permitiría que eso retrasara su ducha, y después se pondría a trabajar de inmediato…

Un objeto blanco y cuadrado, totalmente fuera de lugar entre la vegetación, le llamó la atención un poco más adelante. Se detuvo con tanta brusquedad que levantó una nube de polvo con las zapatillas deportivas.

Imposible. Otra vez no.

Otro sobre. Con su nombre escrito. Encajado en la grieta de un tocón.

Se quedó allí plantado, en mitad del sendero mientras miraba a su alrededor, convencido de que encontraría a Natalie escondida y riéndose detrás de un arbusto. Al parecer, todavía no se había hartado de la broma. Pero debía de haberla dejado en el tocón hacía bastante rato, porque saltaba a la vista que estaba solo y lo único que se oía era la brisa vespertina que bajaba de la montaña. ¿Qué tonterías habría escrito su hermana esa vez?

Meneó la cabeza y sacó la carta del tocón…, y de inmediato se dio cuenta de que la letra era la misma de la vez anterior, pero más controlada. Y cuanto más leía, más claro le quedaba que Natalie no la había escrito.

Querido Julian:

Hay algo muy liberador en una carta anónima. Nos quita presión a los dos. Elimina el miedo al rechazo. Puedo ser totalmente sincera, y si nunca me contestas, al menos puedo soltar las palabras que tengo atrapadas en la cabeza.

Ahora son problema tuyo..., lo siento.

(Olvida lo que he dicho de la presión).

Cuando te veo correr por Grapevine Way, como una figura solitaria con una misión, me pregunto cómo te sientes con tu soledad. Si sientes lo mismo que yo por estar sola. Hay demasiado espacio para pensar. Para reflexionar sobre dónde he estado y sobre a dónde voy. Me pregunto si soy quien debería ser o si estoy demasiado distraída como para seguir evolucionando. A veces, es abrumador. ¿Alguna vez te abruma el silencio o estás tan contento en soledad como pareces?

¿Cómo sería conocerte a fondo?

¿Alguien te conoce así?

Pese a todos mis defectos, a mí me han querido. Y es una sensación maravillosa. Quizá tú también quieras experimentarlo. O quizá no. Pero te lo mereces, por si te lo preguntas.

Esto empieza a ser demasiado personal viniendo de una desconocida. Es que no te conozco de verdad, así que solo puedo hablar con franqueza y esperar que algo en tu interior me... escuche.

Siento si esta carta te resulta rara o incluso te asusta. Si ese es el caso, te aseguro que mi intención es la contraria. Y si no sale nada de esto, al menos quédate con que hay alguien que piensa en ti, de la mejor manera posible, incluso cuando tienes un día de perros.

Tu admiradora secreta

Julian terminó la carta y la releyó de inmediato mientras se le aceleraba el pulso poco a poco. Esa carta no se parecía en nada a la anterior. Era más seria. Más sincera. Y pese a lo raro que era encontrar una carta en el sendero por el que corría, fue incapaz de no reaccionar al tono anhelante que destilaban las palabras. Era imposible que Natalie hubiera escrito esa carta, ¿verdad? No se imaginaba a su hermana lanzándose a la piscina emocional de esa manera, ni siquiera para gastarle una broma.

El sobre estaba sequísimo, lo que quería decir que no había pasado la noche allí. El rocío de la mañana lo habría humedecido como poco. Aunque salió de casa para correr bastante después del mediodía, Natalie seguía dormida; además, había dos botellas vacías en la encimera de la cocina, y él no se había bebido una sola copa. Claro que su hermana habría sido capaz de luchar contra la resaca con tal de gastarle una broma, porque nunca le había faltado determinación. Y habría tenido la oportunidad de hacerlo, dado que había estado corriendo durante casi media hora, más la parada en Encorchado.

A lo mejor solo deseaba que Natalie no fuera la autora porque esa dichosa carta le había tocado la fibra. La había escrito la misma persona que la anterior, lo que quería decir que tenía un interés romántico.

«¿Cómo sería conocerte a fondo?».

Cuanto más se acercaba a la casa de invitados, más vueltas le daba a esa pregunta en la cabeza.

«Me pregunto si soy quien debería ser o si estoy demasiado distraída como para seguir evolucionando».

Habían pasado cuatro años desde la última vez que estuvo en casa y apenas se había percatado del paso del tiempo. No hasta que llegó a St. Helena y descubrió que su madre ocultaba los problemas de la bodega. Su hermana estaba pasando una crisis y él no sabía ni un solo detalle. ¿Y si sus herramientas para afrontar las cosas ya no le servían?

¿Y si, en cambio, mantener una planificación estricta fuera perjudicial para él… y para sus relaciones?

Entró en la casa y fue directo al dormitorio de su hermana.

Estaba dormida. Despatarrada y con una copa de vino vacía en el suelo, cerca de la mano que tenía colgando por el borde de la cama.

En cuanto el olor a alcohol le asaltó las fosas nasales, cerró la puerta haciendo una mueca.

Si hubiera salido de casa con todo el alcohol que le corría por el cuerpo, o bien habría estallado en llamas, o bien habría perdido el conocimiento en algún punto del camino.

Lo que quería decir que tenía una admiradora secreta de verdad en el pueblo. La primera carta había sido real. ¿Iba a contestarla?

«Por Dios».

Debería olvidarse de las cartas. Desecharlas como una distracción. Pero siguió dándoles vueltas a las preguntas de la segunda carta. Aunque la había leído a toda prisa, era capaz de recitarla de memoria, palabra a palabra.

Qué raro.

¿Y si Hallie fuera su admiradora secreta?

No. Imposible. Lo que sentía por ella no era un interés romántico serio, pese a todo el tiempo que pasaba fantaseando, lo que lo llevaba a tomarse una cantidad bochornosa de descansos para aliviar la frustración sexual.

«Julian, creo que no hay en el mundo dos personas más diferentes que nosotros».

¿No había dicho ella eso? Por no mencionar que fue ella quien sugirió una relación puramente amistosa. Nunca había conocido a una persona más directa y sincera. Si ella era su admiradora, se lo diría abiertamente, ¿verdad? No mentía sobre sus defectos. Al contrario, prácticamente alardeaba de llegar tarde y de dejarse guiar por el instinto.

Ese instinto totalmente impredecible e irritante.

Sin importar quién fuera la responsable de esas cartas, se quedarían sin respuesta, por más que lo intrigaran a su pesar. Entablar contacto con esa persona tenía algo que le parecía inadecuado…, pero ahondar en una posible explicación supondría asumir un riesgo, de modo que se apresuró a guardarse la carta en el bolsillo trasero dc los pantalones con la intención de olvidarse de ella.

De nuevo.

10

Si se inclinaba un poco hacia la derecha y estiraba el cuello, Hallie podía ver a Julian a través de la ventana de su despacho. Trabajando diligentemente, con su temporizador y los hombros tensos. El cielo estaba nublado ese día, así que la luz del interior de la casa se derramaba por la hierba y resaltaba la bruma que flotaba en el aire. Desde luego que no tardaría en llover. Debería irse lo antes posible. Sin embargo, desde su casa no tendría esa vista de Julian Vos y del hoyuelo de su barbilla, así que se arriesgó a sufrir las inclemencias del tiempo, plantando muy despacio y esparciendo la tierra con manos a cámara lenta.

Sus ojos se cruzaron a través del cristal, y apartó a toda prisa la mirada mientras fingía estar hipnotizada por las flores de un tallo de boca de dragón al tiempo que experimentaba una sensación vertiginosa en las entrañas. ¿Habría encontrado la segunda carta, escrita con muchísima más coherencia? Llevaba dos días trabajando en el jardín de la casa de invitados y no habían hablado, así que no tenía ni idea de si la había leído o no. Lo que estaba claro era que no le había contestado. Lo había comprobado. Y eso no podía ser una buena señal, ¿verdad?

Quizás había enviado su carta directamente a la policía y les había pedido que se ocuparan del tema. Quizás en ese mismo momento estaban formando un grupo operativo. Para localizar y eliminar a la pícara admiradora secreta antes de que más hombres se vieran obligados a leer sobre sentimientos.

Un trueno retumbó en lo alto.

Sus miradas volvieron a encontrarse a través de la ventana y de la bruma, y él levantó una ceja con gesto elocuente. Como si estuviera diciendo: «¿No tienes una *app* en el móvil con avisos meteorológicos?».

¿Ni ojos en la cara?

Al final, lo vio llevarse el móvil a la oreja. Supuso que acababa de recibir una llamada que debía atender, hasta que sintió la vibración de su propio teléfono en el bolsillo trasero del pantalón.

—¿Me estás llamando desde tu despacho?

Oyó su murmullo de asentimiento al otro lado de la línea, y ese sonido grave le provocó una especie de agradable descarga en la columna vertebral.

—¿No deberías ponerte una sudadera? ¿O dar por terminado el día, teniendo en cuenta que está a punto de diluviar?

—Ya casi he terminado. Esta lila no acaba de decidirse por un sitio concreto —contestó, y lo vio echar la cabeza hacia atrás para mirar al techo como si suplicara paciencia—. Sabes que puedo verte, ¿verdad?

Pese a la frustración que irradiaba Julian, le temblaron los labios.

—Quizá podrías probar algo nuevo y espaciar las plantas a intervalos regulares.

—Acaba de llegarme un mensaje. Quieren estar justo detrás de las margaritas.

Su risa fue como el chisporroteo del agua en una piedra caliente. Tenía algo íntimo. De la misma manera que lo tenían la tormenta y su ventana iluminada.

—¿Qué, te diviertes?

—A lo mejor un poco. —Se echó hacia delante y se apoyó sobre las manos y las rodillas para sembrar la lila, tras lo cual presionó la tierra a su alrededor—. En realidad, no me importa trabajar bajo la lluvia. El único gesto responsable que he hecho últimamente es comprarme una funda impermeable para el móvil. ¿Sabes que en el contrato con Apple no aceptan los daños por babas de perro? —Las gotas de lluvia que empezaban a caer sobre la ventana no ocultaban del todo el temblor de los labios de Julian—. Si necesitas seguir escribiendo, cortamos la llamada.

—No —replicó como si le hubiera salido de forma involuntaria—. ¿Qué tal le va a Encorchado?

Hallie guardó silencio mientras lo observaba. ¿De verdad no iba a atribuirse el mérito de haber comprado tres cajas de vino de su propia familia? Al parecer, no. Allí estaba con el ceño fruncido delante de la pantalla de su ordenador, sin rastro alguno en su expresión de la buena obra que había hecho.

Cuando llegó a Encorchado para participar en la cata de la tarde, se enteró no solo de que Julian había estado allí y se había tomado una copa de vino con una Lorna encantada, sino que, además, el dinero que había dejado cubría el pago del alquiler de ese mes. Como si necesitara más razones para enviarle cartas de amor… que solo serían dos. Dos, punto.

A menos que respondiera.

Cosa que no parecía dispuesto a hacer.

¿Y si una tercera le daba un empujón?

—Pues la verdad es que le va un poco mejor. Lorna está más animada desde hace un par de días, y eso es agradable —respondió un tanto jadeante, mientras trabajaba la tierra con las manos—. Aunque no sé por qué. No me ha dicho ni pío al respecto. Quizás haya conseguido un inversor. O eso, o tiene novio.

Julian la observó a través de la ventana, como si intentara determinar si estaba bromeando. O tal vez buscando un indicio que dejase claro que estaba al tanto de su generosidad. Dado que la expresión de Hallie no delató nada, él acabó carraspeando al otro lado de la línea.

—¿Y esto te hace… feliz? ¿Que Lorna parezca más animada?

¿Parecía esperanzado o eran imaginaciones suyas?

—Pues sí.

—Ajá. —Al parecer, el tema había quedado zanjado, porque se inclinó hacia delante para mirar al cielo y se removió en su sillón—. Va a caer un chaparrón de un momento a otro, Hallie. Entra —dijo sin pensar—. No quiero que pases frío.

Hallie detuvo las manos al detectar el tono más grave de su voz.

En cuanto alzó la mirada, sus ojos se encontraron y el oxígeno empezó a escasear. ¿Sería Julian consciente del efecto que le provocaba su afán por cuidarla? Era un atisbo del hombre que había debajo. El hombre que siempre había sabido que existía, pero que él había enterrado en su edad adulta. Aunque no tanto como para que ella no pudiese verlo. Como para que no deseara cavar y cavar hasta envolverse en su característica y exquisita bondad.

—¿Tengo que salir a buscarte? —le preguntó.

La Madre Naturaleza les envió una andanada de truenos que resonaron por encima de sus cabezas. O tal vez resonaron en su interior, reverberando en sus muslos y en los músculos tensos de su abdomen. Era la versión humana del diapasón de una guitarra. En resumidas cuentas, si se ponía de pie en ese momento, a lo mejor no se le notaba la excitación..., pero no estaba segura. ¿Quién podría ocultar una sensación tan potente? Mejor seguir agachada y correr el riesgo de ahogarse en una crecida torrencial.

—Muy bien —replicó Julian, que colgó antes de que ella pudiera... ¿qué? ¿Decirle que no se molestara en salir a buscarla? ¿De verdad iba a fingir que no quería entrar en su casa porque prefería seguir fuera bajo esa romántica tormenta?

Oyó que se abría una puerta mosquitera a lo lejos y se le aceleró el corazón, que le latió todavía más deprisa cuando vio aparecer a Julian. Justo cuando se oía un trueno ensordecedor y empezaba a diluviar.

—Vamos —dijo él, que se agachó para tomarla de una mano. Sintió su cálida palma deslizándose contra la suya y esos dedos cerrándose a su alrededor, y sus hormonas sufrieron una especie de descarga eléctrica. Tras dejar caer las herramientas al suelo sin importarle donde acabaran, se dejó arrastrar por el camino de entrada hacia el interior fresco y seco de la casa.

Julian la llevó hasta la cocina y se detuvo con la mirada fija en sus manos unidas mientras le acariciaba suavemente con el pulgar el sitio donde le latía el pulso en la muñeca. ¿Lo sentiría latiendo como si Matthew McConaughey estuviera tocando los bongos? ¿Quería ella que lo sintiera? Al final vio que le aparecía un tic nervioso en una mejilla y la soltó para refugiarse al otro lado de la isla como la última vez, con los dedos extendidos y la camisa remangada hasta los codos. ¡Ay, Dios, esos antebrazos! Allí estaban. Definitivamente, en los quince años que llevaba fantaseando con ese hombre, había descuidado uno de sus mejores atributos. A partir de ese momento, tendría que esforzarse más.

Abrió la boca con la intención de hacer un chiste sobre lo mal preparados que estaban los californianos para la lluvia, pero se detuvo de repente y sintió un escalofrío en los brazos. Allí, sobre la encimera de mármol, estaba el sobre que contenía su carta de admiradora secreta.

No.

¡Las dos!

Como no podía ser de otra manera, estaban colocadas con pulcritud bajo un pisapapeles de latón con forma de pato.

Ay, por Dios. Las había encontrado. Las dos. Las había leído con los ojos, el cerebro y los antebrazos. Y en ese momento se interponían entre ellos como una acusación. ¿Tan aturdida estaba por su enamoramiento que no se había dado cuenta de que se estaba cociendo una discusión? Se le aceleró el pulso. Tenía que averiguar qué estaba pasando, y rápido.

—¿Está Natalie en casa? —preguntó, mirando hacia la parte trasera.

—No. Creo que ha quedado con alguien.

—¿En serio? Bien por ella. Lloviendo y todo.

—Sí. —Julian pareció salir de un trance—. Conoció a alguien en la gasolinera, mira por dónde. No entiendo cómo suceden esas cosas. Yo nunca he hablado con nadie mientras lleno el depósito, pero ella parece llevar incorporado… ¿cómo lo llaman mis alumnos? ¿Tinder?

—Su sexto sentido es localizar a solteros. Es una habilidad envidiable.

Vio que le aparecía un tic nervioso en el ojo izquierdo.

—¿Te gustaría que se te diera mejor lo de invitar a los hombres a salir?

—Pues claro. —¿No era esa la conversación más irónica que podían mantener, teniendo en cuenta las cartas que había debajo del ánade real? ¿O tal vez Julian la había llevado hasta allí a conciencia para llevar a cabo una especie de intervención al estilo de las de Alcohólicos Anónimos aunque para Admiradoras Secretas en su caso?—. ¿A ti no? —consiguió preguntarle con la boca seca—. ¿Te gustaría ser más directo y poder decirle sin rodeos a alguien que te interesa?

Él la miró fijamente desde el otro lado de la isla.

En el exterior retumbaron los truenos.

Aunque no pudo ver el relámpago que se produjo unos instantes después, se lo imaginó zigzagueando por el cielo. Como las venas de sus antebrazos.

«¡Por Dios, contrólate!».

—No suelo tener problemas con eso —respondió al tiempo que entrecerraba los ojos.

Fin de la historia. Julian Vos no tenía el menor problema para decirle al sexo opuesto que estaba interesado. ¿Lo que sentía era una ligera decepción? «Unas cartas muy bonitas, pero a mí me van más las eruditas que asisten a conferencias de astronomía que las mujeres que se emborrachan mientras comen *linguini*».

—Mi problema siempre aparece cuando la relación está más avanzada —siguió—. En el momento de dejar claras mis intenciones. Me preocupa que se lo tomen demasiado en serio cuando yo no tengo intención de hacer lo mismo. No quiero prometer algo y luego no cumplirlo. Eso es peor que mostrarse…

—¿Mostrarse cómo?

—No lo sé. Distante. —Empezaba a parecer preocupado—. Lo normal es que me muestre distante con los demás, porque así me resulta más fácil concentrarme. En el trabajo. En seguir el ritmo. Aunque eso no me había preocupado hasta ahora. Nunca pretendí mostrar tanto desapego en mis relaciones. Solo en las románticas. Pero mi hermana..., no sé qué le pasa y... —Se detuvo y meneó de repente de cabeza—. Perdona, no debería molestarte con esto.

—No me importa. —De hecho, con esa titubeante confesión todavía suspendida en el aire, Hallie apenas podía respirar por la opresión que sentía en el pecho—. ¿Estás preocupado por Natalie?

—Sí —respondió él sucintamente—. Nunca ha tenido problemas para cuidarse sola. Volver a casa es para ella el último recurso.

—¿Has intentado hablar con ella al respecto?

Al cabo de un momento, negó con la cabeza, y esos ojos del color del *bourbon* la miraron desde el otro lado de la isla.

—¿Qué le dirías tú? ¿Con la intención de que se sintiera lo bastante cómoda como para hablar?

Que Julian le preguntara eso era importante. El deje inseguro con el que había hablado dejaba claro lo poco habitual que era para él pedir consejo. Más bien era algo extraordinario.

—Pues yo le diría que te alegras de que esté aquí contigo.

Julian enderezó la espalda todavía más.

—¿Y ya está?

—Sí —respondió ella al tiempo que asentía con la cabeza y cruzaba las manos por delante—. Pero antes de decirlo, asegúrate de que se nota que hablas en serio. Ella percibirá la diferencia.

Lo vio mover los labios con suavidad, como si estuviera repitiendo su consejo.

¡Qué hombre! No se había equivocado con él. En ningún momento.

Era heroico.

¿Se habría convencido a sí mismo de lo contrario en algún momento?

Tuvo que echar mano de todo su autocontrol para no ir hasta el otro lado de la encimera, ponerse de puntillas y unir sus bocas.

Aunque… ¿no sería eso poco ético a esas alturas? Julian se estaba abriendo a ella sin saber que era su admiradora secreta. Y resultaba evidente que él había leído las cartas y las había guardado.

Esos ojos castaños se clavaron brevemente en las cartas y luego se apartaron.

—Hace poco alguien me preguntó que cómo me siento con mi soledad. En palabras textuales me dijo: «Hay demasiado espacio para pensar. Para reflexionar sobre dónde he estado y sobre a dónde voy. Me pregunto si soy quien debería ser o si estoy demasiado distraída como para seguir evolucionando».

Hallie sintió que el aleteo de un millar de mariposas le subía hasta la garganta y le recorría los hombros. ¿¡Acababa de citar su carta de memoria!?

—Y lo entiendo —añadió él al final.

Vaya por Dios. Aquello no era una intervención.

Julian había leído las cartas… y le habían gustado. Lo habían hecho reflexionar.

Su primera reacción fue un estallido de alegría. Y de alivio. Ese vínculo distante que siempre había sentido con él… a lo mejor, después de todo, no era fruto de su imaginación.

—Yo también lo entiendo —replicó Hallie con voz ronca, casi ahogada por el sonido de la lluvia. Un momento. Estaba manteniendo una conversación con él sobre el contenido de sus cartas. Aquello no estaba bien. En ningún momento había pretendido que sucediera eso y debía confesarlo en ese mismo momento.

—Últimamente, me he estado preguntando si estoy tan atrapado en esta necesidad de estructura que ya ha dejado de tener sentido —siguió Julian que miró hacia un punto situado por encima de uno de sus hombros—. He empleado los minutos y las horas íntegramente en mi trabajo. ¿Significa eso que he… malgastado parte de ese tiempo, si no todo? —Clavó la mirada en las cartas—. Quizá no he evolucionado, tal como lo ha expresado esta persona. Quizá he estado demasiado distraído para evolucionar mientras pensaba que estaba siendo muy productivo.

Se sintió tan identificada con él que casi le dijo que chocaran los cinco.

—Sí, es como que según vas cumpliendo años, empiezas a asumir muchas responsabilidades que te convierten en adulto. Pero, en realidad, lo único que hacen es distraerte de las cosas que importan. Y luego te das cuenta de que has malgastado el tiempo, pero no hay forma de recuperarlo.

—Exacto.

—¿Empezaste a cuestionarte todo esto cuando tu compañero sufrió la crisis nerviosa?

—Casi de inmediato. Garth debería haber estado en otro sitio. En un lugar que fuera saludable para él. Con su familia. Y eso me llevó a pensar si ese era el sitio donde yo debía estar. —Se presionó el interior de un carrillo con la lengua mientras la miraba fijamente—. ¿Alguna vez te ha pasado que no puedes dormir porque no paras de pensar si estás en el lugar o en la línea temporal equivocados?

«Si yo te contara…».

—Claro —susurró en cambio, preguntándose si Julian podía leerle el pensamiento. A lo mejor era capaz. Al fin y al cabo, flotaba cierta magia en el ambiente, allí en la cocina en penumbra mientras una tormenta eléctrica azotaba el exterior. Allí al lado de ese hombre taciturno y reservado que le estaba confesando su desasosiego interior. Imposible no dejarse llevar por esa sensación de intimidad. Imposible no aferrarse a ella con ambas manos.

No la frenaron ni los remordimientos por el asunto de ser la autora de las cartas.

—Me pasé los primeros catorce años de mi vida viajando con mi madre. No pasábamos más de una semana en el mismo sitio. Mi madre era…, es una especie de camaleón hermoso. Le gusta decir que a medianoche se transforma en un lienzo en blanco, como Cenicienta y la calabaza. En aquella época, se convertía en lo que le gustase al hombre que le interesaba. Si cambiaba de estilo musical y pasaba del soul al country, dejaba el aspecto sofisticado y adoptaba el de una vaquera. Evolucionaba constantemente y... yo con ella. La acompañaba tanto en la carretera como en esos cambios de imagen. Me rediseñaba una y otra vez. Tan pronto me vestía de punk como me ponía lazos y me vestía de rosa. Era una artista. Conseguía que yo adoptara todas esas identidades tan opuestas y ahora..., a veces no sé si esta es la correcta, si esta soy realmente yo. Cuando mi abuela estaba conmigo, me sentía bien.

La mirada de Julian se clavó en sus collares. Juntos no tenían ningún sentido, pero era incapaz de decidirse por uno solo. Si se los ponía todos, podía salir de casa y alejarse del espejo más rápido. El simple hecho de elegir una joya o de limitar las plantas a un lugar concreto le parecían decisiones importantes.

Así que hacía alarde de ellos, adoptándolos todos sin comprometerse a nada.

—De todos modos —se apresuró a añadir—, y si te sirve de algo, creo que estás en la línea temporal correcta. Ayudaste a tu compañero en su momento de necesidad y eso te ha traído al pueblo al mismo tiempo que ha venido tu hermana, que también necesita ayuda. Por no hablar del viñedo. Es imposible que sea fruto del azar. —Esbozó una sonrisa—. Si no estuvieras en esta línea temporal, ¿a quién iba a volver loco esta jardinera tan impuntual y desorganizada?

Por alguna razón, eso hizo que Julian frunciera el ceño.

Y que empezara a rodear la isla. Hacia ella.

Hallie soltó el aire de forma entrecortada y descubrió que le resultaba imposible reponer el oxígeno expulsado. No mientras veía a Julian con los dientes apretados, andando con paso decidido y con esas facciones tan increíbles un poco ceñudas. Llegó a la esquina más cercana a ella y la dobló. ¡Ay, Dios! Y se acercó lo bastante como para que ella inclinara automáticamente la cabeza hacia atrás y así poder mantener el abrasador contacto visual.

—No me gusta que me vuelvan loco, Hallie.

—Me daba en la nariz, sí.

Julian apoyó las manos en la encimera, atrapándola entre sus brazos, y se acercó. Lo bastante como para que el calor de su cuerpo le calentara el pecho y su respiración acelerada le agitara el pelo.

—Y también paso mucho tiempo preguntándome a quién más estás volviendo loco.

Hallie volvió a derretirse contra la isla. En teoría, no era de las que encontraba atractivos los celos. Al menos eso creía. Porque nadie le había demostrado celos jamás. Que ella supiera, claro. De todas formas, no debería gustarle. Como tampoco debería gustarle el olor a gasolina. O el borde frío de la *pizza* bañado en salsa barbacoa, pero que se lo explicaran a sus papilas gustativas. Y sobre todo, que se lo explicaran a las hormonas que habían enloquecido nada más saber que él había dedicado sus valiosos minutos y horas a pensar dónde estaba ella.

Y con quién.

«De acuerdo, te gusta. Pero ni se te ocurra recompensarlo».

—Pues supongo que tendrás que seguir preguntándotelo.

Julian levantó la ceja derecha tan rápido que casi echó humo.

—¿Que tendré que seguir preguntándomelo? —Un relámpago tiñó brevemente de blanco la cocina—. Eso es lo que me... ofreces...

Al ver que guardaba silencio, lo animó a seguir hablando.

—¿Qué pasa?

El silencio se alargó varios segundos. El torso de Julian empezó a moverse más deprisa, arriba y abajo, y ladeó la cabeza un poco hacia la derecha. De repente, abrió los ojos de par en par y soltó una palabrota.

—Entonces no tenías el pelo rizado.

¿De qué estaba hablando? No tenía ni idea, aunque su pulso empezaba a acelerarse, como si supiera que algo se avecinaba.

—¿Cuándo?

—De eso nos conocemos —dijo él mientras recorría sus rasgos con una intensa mirada—. Salimos a pasear juntos por el viñedo. La noche que mi hermana organizó aquella fiesta.

Hallie parpadeó con rapidez y el pulso se le aceleró todavía más.

—Espera, te... ¿te acuerdas?

Julian asintió despacio con la cabeza y la miró como si la viera por primera vez.

En los últimos diez años, al menos.

—Mi amiga me alisó el pelo aquella noche. Pensó que así parecería mayor. —Esbozó una sonrisa torcida—. Y el truco funcionó. Hasta que confesé que estaba en la clase de tu hermana.

—Claro. —Julian abrió y cerró la boca—. Pensé que debías de ser de otro instituto. Y después de aquello no te vi por los pasillos. Ni en ningún sitio.

—Mi madre me llevó de vuelta con ella. —Por Dios, hablaba como si acabara de correr un maratón—. Cuando me instalé definitivamente en St. Helena con mi abuela, tú ya te habías ido a la universidad.

—Entiendo. —Su expresión se ensombreció—. Siento no haberlo recordado. Mi hermana organizó aquella fiesta sin permiso. Sin planearlo y sin avisarme. Y es habitual que...

—¿Que qué?

Al parecer, le resultaba difícil decirlo en voz alta.

—Es habitual que me encierre en mí mismo cuando pierdo el control de una situación. Y eso hace que me falle la memoria. Por no hablar del alcohol que bebí...

A tenor de lo que sabía de él a esas alturas, sus palabras tenían sentido, aunque sospechaba que había una explicación mucho más complicada detrás de ese «encerrarse en sí mismo».

—Estás perdonado.

Pasaron unos cuantos segundos y el silencio se hizo pesado.

—¿Me perdonas? —le preguntó mientras la pegaba despacio a la isla. Sus torsos se amoldaron y Hallie tuvo que echar la cabeza hacia atrás. La lluvia golpeaba las ventanas—. Me gustaría estar cien por cien seguro de que no vas a echarme en cara mi mala memoria. —Su aliento le agitó el pelo—. Quiero sentir que me perdonas. Quiero saborearlo en tu boca.

¡Madre del amor hermoso, qué don de palabra tenía!

—Quizá sea una buena idea —consiguió decir ella casi sin fuerza en las piernas—. Para darle carpetazo al asunto y tal.

—Sí —convino él con voz ronca—. Para darle carpetazo.

Y entonces le deslizó los dedos por el pelo. Le frotó los rizos entre las yemas del índice y el pulgar como si lo fascinaran. Sentía su cálido aliento muy cerca de la boca, y eso le resultaba embriagador. Inspiraban y espiraban a la vez. Sus miradas se encontraron. La de Julian estaba desenfocada. Y tenía los párpados entornados. Le miró la boca como si fuera su ancla en una tormenta y se lanzó a por ella con desesperación.

Hallie sintió que se le clavaba el borde de la encimera en la parte baja de la espalda cuando se abalanzó sobre ella, así como la caricia de un pulgar en la mejilla, como si estuviera disculpándose por el repentino arrebato. Sin embargo, parecía incapaz de contenerse. La besó con brusquedad, ladeándole la cabeza para saborearla a placer. Con gusto y al máximo. «¡Por Dios!».

Sus lenguas se fundieron y se enfrentaron, arrancándoles sendos gemidos, un sonido que fue como el combustible de un cohete para su deseo. En cuestión de segundos, aquello se les fue de las manos y se dejó llevar encantada. Disfrutando de la imprevisibilidad de la boca de Julian y del rumbo inesperado de sus manos. La derecha abandonó su pelo y empezó a acariciarle la espalda, como hizo en el viñedo quince años antes, pero en ese momento el hombre en el que se había convertido le aferraba la tela de la camiseta mientras la pegaba a su cuerpo. Se fundieron como metal licuado al verterlo en un molde. Las curvas encajaban en las hondonadas. Los músculos duros se amoldaron a sus zonas suaves.

—Me gusta cuando dejas de moverte —gruñó él, poniéndole fin al beso para que ambos pudieran tomar aire—. Cuando te quedas quieta.

—No te acostumbres —susurró sin aliento.

—¿Ah, no? —le preguntó con la boca pegada al nacimiento del pelo—. ¿Quieres que te baje la cremallera de los pantalones cortos para que puedas moverte mejor, Hallie?

Asintió con la cabeza antes incluso de que él terminara de hacerle la pregunta. La simple sugerencia de deshacerse de la barrera de tela que los separaba hizo que los pantalones cortos le resultaran insoportables. Ofensivos. Sin dejar de mirarla a los ojos, Julian le bajó la cremallera y le empujó los pantalones por las caderas, hasta que oyeron el frufrú de la prenda cuando cayó al suelo y el tintineo de los botones metálicos. Pasaron unos segundos en silencio, roto tan solo por sus agitadas respiraciones, y después él la aferró por una muñeca y le guio la mano hacia la parte superior de su propio muslo. Desde allí se la fue subiendo hasta que sintió el borde de las bragas en las yemas de los dedos.

Las sensaciones la bombardearon. El olor a lluvia y especias de Julian. El sonido de su respiración acelerada. El roce de su camisa de algodón contra su camiseta. La fricción de su torso contra los pezones, que cobraron vida al instante, como si hubiera sufrido una descarga eléctrica que se extendió hasta sus extremidades.

—Si no puedes estarte quieta... —le subió los dedos un poco más, de manera que se tocó a sí misma y sintió que tenía las bragas mojadas—, vamos a aprovecharlo.

Hallie sintió que el suelo se estremecía bajo sus pies.

—¿Quieres que...?

—Que te toques, sí —le confirmó, acariciándole la oreja con la boca abierta—. Me parece justo, porque yo me masturbo todos los días desde que empezaste a trabajar enfrente de mi ventana.

¿Aquello estaba pasando de verdad?

¿Cuántas veces había llegado al orgasmo pensando en ese hombre? Le temblaron las piernas porque no solo iba a mirarla, sino que además le estaba ordenando que se tocara. Sufrió una sobrecarga sensorial. En cierto modo deseó haberse imaginado esa situación antes. Habría deseado saber mucho antes lo que sentiría cuando Julian le metiera un dedo por el elástico de las bragas y se las bajara despacio hasta los muslos, dejándola expuesta en la cocina iluminada por los relámpagos mientras él se apoyaba de nuevo en la encimera de la isla contra la que ella estaba atrapada. A la espera.

Se mordió el labio inferior y le temblaron los dedos…, y eso bastó para arrancarle un gemido a Julian. Sí, ese reservado profesor de universidad gimió antes incluso de que ella empezara a acariciarse su húmedo sexo con el dedo corazón, que empezó a mover arriba y abajo hasta que sus labios se separaron solos. Pidiéndole más. Fue como si el deseo la hiciera abrirse para él, empapada de repente. Recogió la humedad con los dedos, la extendió sobre su clítoris, y su jadeo se mezcló con el repentino estallido de un trueno.

—Joder —le murmuró al oído—. Esto lo haces en tu cama.

No era una pregunta. Era una afirmación. Así que Hallie no dijo nada. No podía.

Echó la cabeza hacia atrás, como si no tuviera fuerza en el cuello, mientras se acariciaba con avidez.

—¿Alguna vez te vas a la cama con las rodillas sucias, Hallie? ¿Te subes al colchón boca abajo y separas bien las piernas de rodillas sobre las sábanas, como haces en el jardín delantero? Joder, lo que pagaría por verlo…

«¡Madre del amor…!».

Las palabras que ese hombre le dijo al oído en plan troglodita moderno no eran las que ella esperaba. No eran las que había imaginado que le diría durante años y años, mientras se retorcía febrilmente en la cama. En sus fantasías, Julian solía decirle que era preciosa, ¿y eso bastaba para llevarla al clímax? Por Dios, qué aburrido. En la realidad, estaba claro que le gustaban sus rodillas sucias. Le había bajado las bragas y le había pedido que se masturbara en su cocina.

En el futuro, su banco de imágenes eróticas iba a estar a tope.

Aunque en ese momento no quería pensar en el futuro. Quería disfrutar de la aspereza de los jadeos de ese hombre junto a su oreja, de la mirada intensa de esos ojos clavados en sus dedos. A esas alturas, ya se estaba acariciando el clítoris con dos dedos y, la verdad, estaba más que estimulada. Tres segundos más concentrada en esa zona y llegaría al orgasmo sin problemas.

Sin embargo, había algo que le rondaba la cabeza y le impedía concentrarse plenamente en el placer. Lo que Julian había dicho. «Me parece justo, porque yo me masturbo todos los días desde que empezaste a trabajar enfrente de mi ventana».

Que sí, que había fantaseado con la idea de que Julian se masturbara.

Su vida sexual imaginaria no había sido tan aburrida.

¿Tendría otra oportunidad para verlo en vivo y en directo? La tormenta, la casualidad de estar en su jardín cuando empezó a llover y la intimidad forzada..., la probabilidad de que todo eso volviera a suceder era bajísima. El deseo de ver a Julian masturbarse era algo más que una necesidad desesperada de satisfacer su curiosidad o de acumular fantasías para el futuro. Sentía la profunda necesidad, como si fuera responsabilidad suya, de que él también encontrara la satisfacción. Si Julian no la acompañaba durante el orgasmo, no sería tan gratificante.

—Tú también —consiguió decir y soltó un gemido porque él se apoderó en ese momento de su boca. No la besó. Capturó sus labios sin más. Atraído al instante por el sonido de su voz—. Por favor.

Pasó un segundo. Y después, con los labios aún pegados, Julian apartó una mano de la isla y se desabrochó el cinturón, tras lo cual se bajó la cremallera. Ella no vio nada, pero el sonido bastó para que se le tensaran los abdominales y encogiera los dedos de los pies sobre el suelo.

—Lo tengo anotado en la agenda. En la planificación del día. Masturbarme pensando en Hallie. —Le recorrió el labio inferior con la lengua—. Hoy ya lo he hecho una vez.

—¿Lo has escrito así tal cual? —le preguntó ella, que jadeó cuando Julian le dio un mordisco en el mentón.

—No, solo tu nombre. No necesito más para que se me ponga dura.

Tras inclinarse un poco hacia atrás, Julian la miró a los ojos y se metió la mano en los pantalones con un gemido. Cerró los ojos nada más tocarse.

Y el orgasmo de Hallie llegó sin previo aviso. Como una puerta que se abriera de golpe durante un huracán. Gimió, sus piernas se volvieron de gelatina y estuvo a punto de caerse al suelo. Pero Julian se movió con rapidez y la sostuvo con la parte superior del cuerpo. Su aliento abrasador le rozó el cuello mientras movía la mano sin parar. Jamás había deseado tanto tener un mejor ángulo de cámara como en ese momento, porque desde su posición no alcanzaba a ver cómo se acercaba Julian a su sexo. Pero sin llegar a tocarla. Acariciándose cada vez más deprisa prácticamente pegado a ella, justo por encima de sus bragas bajadas, pero sin que sus cuerpos llegaran a rozarse siquiera. Sin embargo, ¡ella lo sentía por todas partes!

—Dios mío, se me ha ido de las manos —lo oyó murmurar con voz ronca sobre su pelo—. Esto se ha descontrolado.

—Y es estupendo.

—¿Ah, sí?

Ella asintió con la cabeza, pero Julian no pudo ver el gesto afirmativo porque le había enterrado la cara en el cuello. En ese momento, la rodeó con la mano libre para tocarle el culo, que empezó a acariciarle sin muchos miramientos... y justo entonces Hallie notó una nueva oleada de humedad en los dedos. Empezó a acariciarse, aunque estaba demasiado sensible, pero no tenía alternativa. No podía contenerse. No había forma de aliviar la tensión que se iba formando debajo de su ombligo, retorciéndose y aumentando poco a poco, urgiendo a sus dedos a moverse más rápido. A aumentar la presión. «¡Ay, Dios! ¡Ay, Dios!».

—Muy bien, Hallie —murmuró él con voz ronca—. ¿Te vas a correr dos veces?

—Sí —jadeó.

Él le acercó la boca a la oreja.

—Dios. Verte perder el control en cuanto me la he agarrado... Voy pasarme años pensando en ese momento. Décadas. ¿Cuántas veces al día tendré que anotar tu nombre en la planificación? ¿Tres? ¿Cuatro? —En ese momento, la acarició con su hinchado glande y ambos gimieron, estremeciéndose a la vez.

Temblando. Y cuando él siguió restregándose contra sus dedos, estimulándole a su vez el clítoris, un segundo clímax le tensó todos los músculos y la atravesó por entero. Un orgasmo estremecedor—. Por Dios. Por qué tienes que estar tan buena…

Julian la aplastó contra la isla y todo su cuerpo se tensó de repente mientras le tapaba la boca con uno de sus grandes hombros y empezaba a sacudirse entre gemidos, tras lo cual Hallie sintió algo húmedo y caliente en la cara interna de un muslo. Dos, tres, cuatro veces, hasta que se desplomó contra ella, y los truenos de la tormenta se sumaron al estruendo de sus corazones.

Durante un buen rato se limitó a mirar al frente, sin ver nada. Presa del asombro.

Su primera experiencia sexual con un hombre, más allá de los besos, había hecho saltar por los aires sus ideas preconcebidas. Se alegraba de haber sido exigente. Aun careciendo de experiencia, sabía que no todos los hombres la excitarían como acababa de hacerlo Julian. Y que pocos lograrían que su orgasmo fuera más intenso solo viéndolos correrse.

Y, sin embargo, por muy jadeante y excitada que se sintiera, algo flotaba en el aire.

Algo inquietante.

El duro cuerpo de Julian se tensaba con el paso de los segundos y seguía sin recuperar el aliento. Al contrario que ella. Cuando por fin se apartó, tuvo la impresión de que le provocaba un desgarro. Como si le arrancaran un apósito de la piel, llevándose un trozo consigo. Atisbó por un momento su miembro todavía erecto mientras se colocaba la ropa, tras lo cual echó a andar hacia el otro extremo de la cocina, pasándose una mano por el pelo.

Pasaron varios segundos sin que dijera nada.

No hacía falta ser un genio para saber que estaba arrepentido.

Por ese comportamiento precipitado. Por haber dejado que su cuerpo tomara decisiones por sí mismo.

Por participar en algo imprevisto y espontáneo… cuando eso era algo que nunca hacía.

Habían acordado desde el principio que él era el control y ella el caos, y resultaba evidente que en ese instante estaba sufriendo el impacto de lo sucedido, que era incapaz de mirarla a los ojos mientras se colocaba la ropa con el ceño fruncido más que nunca.

No solo le había hecho perder el control que tanto necesitaba..., además, había hablado de las cartas con él. Abiertamente. Como si no las hubiera escrito ella. Por supuesto, Julian no había dicho en ningún momento que estuviera citando una carta, pero ella lo sabía. Había mentido por omisión, ¿verdad? Había tenido un montón de oportunidades para detenerlo, y no las había aprovechado. Ni siquiera en ese momento se atrevía a aprovechar la oportunidad para confesarlo todo, porque él estaba visiblemente afectado por lo que habían hecho. ¿De qué serviría decirle que era su admiradora secreta?

—Tengo que ir a casa para sacar a los perros —dijo mientras se apartaba de la isla para subirse los pantalones cortos por las piernas y abrochárselos con dedos temblorosos—. No tengo que colocar más plantas hasta dentro de unos días. Hasta la semana que viene, creo...

—Hallie.

Su tono brusco la impulsó hacia la puerta principal.

—De verdad que tengo que irme.

Julian la alcanzó en la puerta, la aferró por un codo y tiró de ella para detenerla. Se enfrentaron en la penumbra de la entrada.

—Escúchame un momento. —Sus ojos iban de derecha a izquierda, como si buscaran una explicación—. Contigo paso de cero a cien en tres segundos. No estoy acostumbrado. No sé cómo, pero paso de tener límites para todo a que salten por los aires. Tienes algo que me lleva a salir de mi zona de confort. En el pasado..., en fin, la experiencia que he tenido traspasando esos límites no ha sido positiva.

—Estoy volviendo loca tu brújula interior y quieres mantenerla apuntando al norte. No pasa nada. Lo entiendo perfectamente. —¡Sí que pasaba algo! Le estaba arrancando el corazón.

¿Por qué le había dicho que no pasaba nada?—. De verdad que tengo que irme.

Mientras hablaba, Julian empezó a pellizcarse el puente de la nariz con el pulgar y el índice.

—Joder. Quizás haya sido demasiado sincero. Pero ese es el otro problema que tengo contigo, ¿verdad? Que te hablo como no le hablo a nadie más.

—Me alegro de que seas sincero conmigo —replicó ella con un nudo en la garganta. ¿Cómo era posible que dijera algo tan estupendo que, al mismo tiempo, la hiciera polvo?—. Pero a veces la verdad es la que es y tenemos que aceptarla. Somos polos opuestos.

Julian se apartó la mano de la nariz y la apoyó en el marco de la puerta. Movió la cabeza como si quisiera negarlo, pero no pudo. ¿Cómo iba a hacerlo? Era un hecho innegable.

—Sigue lloviendo mucho. No deberías conducir. —Empezó a palparse los bolsillos, como si estuviera buscando sus llaves, pero no las encontró—. Por favor, déjame llevarte a casa sana y salva.

Hallie casi se echó a reír. Como si la situación no fuera ya bastante incómoda.

—Mira, puedo hablar con mi amigo Owen para que se haga cargo del jardín delantero y…

—No quiero a nadie que no seas tú.

Hallie esperó un momento a que le aclarara sus confusas palabras, ya que parecía justo lo contrario de lo que estaba sucediendo (una especie de despedida), pero Julian no añadió nada más a su tajante protesta. Renuente a darle la oportunidad de que encontrara las llaves del coche, se dio media vuelta y salió a la carrera al lluvioso exterior.

—Adiós, Julian. No me pasará nada.

Por mucho que quisiera marcharse sin mirar atrás, su mirada se clavó en él mientras avanzaba por el camino de entrada. «Lo siento», vio que él le decía, articulando las palabras con los labios. Y ella repitió una y otra vez su silenciosa disculpa de camino a casa, decidiendo aceptarla y seguir adelante. Algo que sería mucho más difícil después de que él hubiera superado con creces sus fantasías, tanto físicas como emocionales.

Por desgracia, sus diferencias nunca habían sido tan evidentes. «Contigo paso de cero a cien en tres segundos. No estoy acostumbrado. No sé cómo, pero paso de tener límites para todo a que salten por los aires».

«Tienes algo...».

Julian necesitaba planificación y previsibilidad, y ella luchaba contra esos conceptos como si fuera un toro de rodeo. Y su conciencia no le permitía que siguiera jugando a ser la novia imaginaria de Julian después de haber perdido la oportunidad de confesarle que era su admiradora secreta. No estaría bien. No llevaba tanta anarquía en su interior.

Había llegado la hora de dejar atrás ese enamoramiento de una vez por todas. Antes de que causara más problemas.

11

Julian estaba de pie en la cocina sin encender la luz, tamborileando con los dedos sobre la isla; el sonido se unía al tictac del reloj y creaba una especie de patrón. Se había arreglado demasiado pronto para asistir a la feria Relax y Vino en Napa de esa tarde…, demasiado pronto hasta para él. Cualquier cosa con tal de evitar el cursor parpadeante de la pantalla del ordenador. Y los recuerdos de cierta enérgica jardinera jadeando contra su boca. Por Dios. No podía olvidar su dichoso sabor. Lo recordaba día y noche, y entre medias.

Resultaba que ya había estado a punto de besarla una vez. Hacía quince años. Aquella noche bebió demasiado por pura irritación con su hermana. El vodka y la ansiedad acabaron difuminando los detalles de la velada. Pero desde que resurgió el recuerdo, los detalles habían vuelto. Detalles muy claros que lo llevaban a preguntarse cómo había podido olvidarlos en primer lugar, incluso después de haberlos olvidado durante un breve espacio de tiempo. A esas alturas, recordaba el brillo de la luz de la luna en su pelo y el irrefrenable impulso de besarla. La suave piel de su espalda.

Y la constatación de que era una novata, tras lo cual estaba bastante seguro de que la había llevado de vuelta a la fiesta con la cara como un tomate.

¿Cómo era posible que hubiera olvidado un recuerdo que a esas alturas tenía el poder de estremecerlo?

No lo sabía, pero parecía que Hallie estaba decidida a aparecer una vez cada década y a acabar con su concentración. Le resultaba imposible hacerles hueco a sus pensamientos habituales entre los recuerdos de sus gemidos y sus muslos temblorosos por el orgasmo. Y lo que ocurrió después.

¿Qué ocurrió después?

Todavía no lo tenía claro. Se había descontrolado muchísimo, eso sí que lo sabía. Normalmente con una mujer había una progresión física ordenada, empezando por los besos y de ahí en adelante. Con Hallie se había dejado llevar por el más puro instinto y había dejado que su cuerpo tomara el control, no su mente. Sí, y luego se descubrió desubicado cuando se le pasó el calentón, mientras intentaba recomponer sus pensamientos. Sin embargo, cuando por fin lo consiguió, ella ya estaba a medio camino de la puerta.

Y eso era lo mejor, ¿no? Llevaba dos días intentando convencerse de que sí.

Hallie era un peligro evidente para su autocontrol. Un autocontrol en el que confiaba para no agravar su ansiedad. Con ella había descubierto que perdía el instinto de supervivencia y... se lanzaba a tomar lo que le ofrecía. A darle lo que quería. Y así fue como se perdió. Con su aliento en la boca y su olor a tierra infiltrándosele en el cerebro, actuó sin pensar de forma consciente. Si hubiera querido seguir tocándola, si hubiera querido llegar al orgasmo, no habría tenido elección. Pero el bajón había sido como estrellarse contra un muro. Su mente no debería desconectarse así. Debía someter...

Sus impulsos.

Y, por curioso que pareciera, nunca había pensado en ellos en esos términos.

Giró la cabeza hacia un lado al tiempo que levantaba la barbilla y oyó que le crujía el cuello. Fruto de la tensión que seguía aumentando con el paso del tiempo desde la precipitada marcha de Hallie. Ya era sábado por la tarde, y tenía un estado de ánimo poco apto para enfrentarse a la gente en general, sobre todo si iba a representar a los Viñedos Vos. Claro que ¿qué alternativa tenía? Al menos, podría alejarse durante unas horas de la página en blanco que lo acosaba en el despacho.

Natalie entró en la cocina sumida en un silencio estoico, vestida de negro y con unas enormes gafas de sol de espejo que le ocultaban los ojos. Cualquiera diría que iban de camino a un funeral, en vez de a una feria vinícola al aire libre que se celebraba durante una agradable tarde de verano en Napa. Y Natalie parecía una viuda afligida, teniendo en cuenta que había salido de la cama hacía una hora.

¿Qué le pasaba a su hermana? Natalie pasó por una fase rebelde en su juventud, pero se convirtió en una superdotada que sacaba notazas después de superarla. En una ocasión, después de llevar bastante tiempo sin saber de ella, le echó un vistazo a su página de Facebook y descubrió que había publicado un artículo de Forbes en el que la mencionaban como una estrella emergente en el mundo de las inversiones. Si a eso le añadía la desaparición de su anillo de compromiso, era evidente que las cosas habían dado un vuelco. Pero los miembros de la familia Vos solo compartían lo esencial. No iban aireando los problemas. La información se compartía solo cuando era necesario y la mayoría de las veces se guardaba para uno mismo.

¿Por qué?

Mientras crecía, había llegado más o menos a la conclusión de que lo normal era aguantarse y afrontar las crisis solo para no decepcionar ni incomodar a nadie. En su etapa universitaria, lo escandalizaban las dos llamadas semanales que su compañero de habitación les hacía a sus padres, durante la cual los ponía al tanto de todo, desde lo que comía en la cafetería hasta las chicas con las que salía. Más tarde, ya como profesor de Historia, también fue testigo de las estrechas relaciones que mantenían sus alumnos con sus padres. Durante el fin de semana que la universidad de Stanford dedicaba a la familia, la gente acudía en masa vestida con sudaderas rojas y con paquetes cargados de comida y caprichos para los alumnos. Les… importaba su bienestar.

Tal vez no todas las familias estuvieran unidas y compartieran los triunfos y las tribulaciones de forma natural, pero según las evidencias que había visto con sus propios ojos en el mundo real, las familias que se preocupaban por sus integrantes eran lo habitual... y parecían mucho más sanas que la suya.

«Pues yo le diría que te alegras de que esté aquí contigo. Pero antes de decirlo, asegúrate de que se nota que hablas en serio. Ella percibirá la diferencia».

Miró a Natalie con curiosidad mientras oía en su cabeza las palabras de Hallie, algo que no sucedía por primera vez ese día. De hecho, desde que se marchó el jueves, desafiando una tormenta para alejarse de él, había oído la voz de la jardinera hasta en sueños. Joder.

Su hermana sacó una petaca del bolso, desenroscó el tapón con pereza y se la llevó a los labios. Tras un segundo trago, le ofreció a él el recipiente metálico.

—No, gracias —dijo de forma automática. Pero ¿por qué? ¿No le iría bien un buen sorbo de lo que hubiera en la petaca? Sí. Era evidente. Llevaba sin dormir desde el jueves por la noche, debido a la insistencia de su cerebro en reproducir a modo de tortuoso bucle cada segundo de lo sucedido con Hallie—. Bueno..., sí, beberé un trago.

Natalie levantó las cejas por detrás de las gafas de sol, pero le ofreció la petaca sin hacer ningún comentario.

—¿Te va mal con el libro, hermano mayor?

Julian observó la petaca un instante, intentando no hacer una lista mental de todas las razones por las que no debería ingerir licor fuerte a las cinco de la tarde. Por un lado, tenía que relacionarse con el público en representación de la empresa familiar, que a lo mejor tenía más problemas de los que creía. Por otro, necesitaba con desesperación retomar el libro en algún momento. Pero si bebía tan temprano, estaba segurísimo de que luego bebería de nuevo, y al día siguiente sus pensamientos habrían entrado en letargo.

Hallie huyendo de él en plena tormenta, porque había herido sus sentimientos.

—A la mierda —murmuró y levantó la petaca hasta dejarla casi en posición vertical, dejando que le cayera un río de *whisky* por la garganta y le golpeara el estómago vacío como si fuera una roca—. Te puedo asegurar desde ya que ha sido una pésima decisión —dijo mientras le devolvía la petaca a su hermana.

Ella bebió otro sorbo de *whisky* y la guardó en el bolso.

—Evidentemente, se te está pegando de mí.

Lo normal sería que dejase pasar el misterioso comentario sin replicar. Su costumbre pasaba por no reaccionar al mal humor de los demás. No era asunto suyo. Pero en ese caso sí lo era, ¿verdad?

—¿Por qué dices eso? ¿Has... tomado alguna mala decisión últimamente?

—¿Cómo? —Natalie lo miró sorprendida—. ¿Por qué me preguntas eso?

Al parecer, hablar con la familia era más difícil de lo que pensaba.

—Para empezar, has estado durmiendo hasta las cuatro de la tarde. Y vas vestida como si fueras a un funeral a recibir el pésame en vez de ir a saludar a los asistentes a una feria llamada Relax y Vino en Napa.

—A lo mejor voy al funeral de las uvas. ¿Sabes cuántas han tenido que morir para que la gente de Oklahoma pueda fingir que distinguen el regusto a roble?

«Qué bien se llevaría con Hallie».

Ese pensamiento surgió de la nada y se le clavó como una flecha en la yugular.

En fin, más le valía olvidar esa posibilidad sin pérdida de tiempo. Lo más probable era que Natalie y Hallie nunca llegasen a pasar tiempo juntas, a menos que su hermana saliera algún día al jardín y se presentara. Al fin y al cabo, Hallie seguramente no quisiera volver a verlo, y con razón. ¿Cómo podía atraerlo una mujer hasta ese punto y, al mismo tiempo, alejarlo tantísimo de su zona de confort?

Se frotó el centro de la frente, donde empezaba a sufrir un dolor palpitante.

—Natalie, me gustaría que me dijeras cuál es el motivo de tu regreso a St. Helena.

—Tú primero.

Julian frunció el ceño.

—Estoy escribiendo un libro.

—«Estoy escribiendo un libro» —lo imitó Natalie—. Si esa fuera la única razón, podrías haberlo hecho en Stanford. —Agitó los dedos en el aire—. Réstale dos horas a la semana al gimnasio y come cinco minutos más rápido. Y ya tienes tu tiempo de escritura. No necesitabas venir a Napa para escribir las aventuras de Wexler.

Julian parpadeó. Se apoyó contra la isla.

—¿Cómo sabes que mi protagonista se llama Wexler? ¿Has estado leyendo mi manuscrito?

¿Natalie acababa de ponerse colorada?

—A lo mejor he ojeado un par de páginas —respondió ella, y dio la impresión de que estaba pensando en sacar otra vez la petaca. En cambio, levantó una mano, frustrada—. ¿Cuánto tiempo vas a dejarlo colgado en ese ridículo acantilado?

—Te veo muy interesada, ¿no? —le soltó, un tanto... ¿emocionado por la idea de que su hermana pareciera preocupada por el bueno de Wexler?

—No lo estoy —respondió ella, que le hizo un gesto para que se apartara—. Es solo que... lleva una garra plegable enganchada al cinturón. Por si lo habías olvidado.

Se le había olvidado por completo.

—No lo había olvidado.

—No, claro que no —replicó Natalie con un suspiro mientras torcía el gesto. Y después le preguntó—: ¿Por qué lo has puesto rubio? —Debió de captar en su cara la absoluta perplejidad que sentía, porque añadió—: Los hombres rubios son antipáticos.

Estuvo a punto de soltar una carcajada. Algo que le sucedía con mucha frecuencia de un tiempo a esa parte, ¿no? No recordaba haber sentido nunca el pecho tan relajado. Pero entonces, ¿por qué se sentía tan tenso cuando estaba cerca de Hallie?

—Eso parece una teoría, no un hecho.

—No. Es un hecho. ¿No te pasa que estás hablando con un hombre de pelo rubio platino y te resulta imposible no cuestionarte su estilo de vida? A mí me pasa siempre. No puedo evitarlo. Soy incapaz de prestarle atención a cualquier cosa que salga de su boca.

—Así que dices que debería cambiarle el pelo a Wexler y hacerlo moreno.

—Pues sí. A ver, los rubios dicen cosas como «momento *jacuzzi*» y se van de senderismo al Parque Nacional Yosemite con la chica guapa. Yo prefiero apoyar a un tipo que no tenga pinta de irse de aventuras. —Le dirigió una mirada irónica—. Como tú.

Julian resopló.

—Tendré en cuenta el cambio de color de pelo.

—Estupendo. —Natalie guardó silencio un momento—. ¿Así que aceptas la etiqueta de poco aventurero?

—No puedo discutirlo —se apresuró a responder al tiempo que rozaba con un codo el pisapapeles de latón con forma de pato que estaba sobre la isla de la cocina—. A menos que tener una admiradora secreta pueda considerarse «aventurero».

—¿¡Cómo!? —Su hermana estampó la palma de una mano en la encimera—. No puede ser. ¿Cómo? Te lo estás inventando.

—No. Las cartas han estado aquí todo el rato. Si las hubiera guardado en la nevera del vino, a lo mejor las habrías encontrado. —Sonrió al ver que le hacía un gesto obsceno con el dedo corazón—. Al principio, pensé que las habías escrito tú para gastarme una broma, pero son demasiado…

—¿Hay detalles sexuales?

—No. Qué va. —Recordó las frases de la segunda carta—. Es que son… más personales de la cuenta para considerarlas como una broma, supongo.

Natalie se frotó la cara con las manos y se arrastró los párpados inferiores más de lo que parecía prudente.

—Ay, Dios. Necesito saberlo todo.

—No hay nada importante que compartir. —Decir eso le revolvió el estómago. ¿Por qué sentía tanta lealtad hacia una desconocida? Quizá porque, aunque sabía que Hallie no había escrito las cartas, una parte de él deseaba en secreto que lo hubiera hecho. Por puro masoquismo, la había imaginado escribiendo esas palabras en las páginas y se había quedado atascado nada más verla en el papel de admiradora. Algo que no dejaba de ser ridículo y una forma más de que la jardinera ocupara sus pensamientos día y noche—. No voy a responder a ninguna de las dos.

—Y una mierda. Claro que vas a hacerlo, Julian. —Juntó las manos bajo la barbilla—. Por favor, déjame ayudarte, ¿sí? ¡Me muero del aburrimiento!

—No. —Negó con la cabeza y la acidez del estómago se intensificó—. He venido para trabajar. No puedo perder el tiempo con una especie de ridícula amiga por correspondencia.

Su hermana encorvó los hombros.

—Que sepas que te odio a muerte.

Lo invadió un sentimiento de culpa. ¿Por qué le negaba a su hermana algo que podría servirle de distracción de lo que fuera que la llevaba a beber más de la cuenta y a pasarse el día durmiendo en una habitación a oscuras? De todos modos, a lo mejor debería responderle a su admiradora. Aunque solo fuera para satisfacer su curiosidad. Era evidente que, en algún momento, tendría que sacarse a la jardinera de la cabeza. Podía hacerlo ya o cuando tuviera que regresar a Stanford. Si conseguía dejar de imaginarse a Hallie cuando leyera esas palabras, le sería mucho más fácil pasar página.

Sin embargo, lo mirara por donde lo mirase, no le parecía bien. Joder, esa mujer lo afectaba demasiado.

Aunque escribir una carta de respuesta no significaba que tuviera que enviarla. Pero tener un proyecto en común con su hermana podría ser la oportunidad perfecta para que confiara en él. Y eso era lo que quería, ¿no?

—Muy bien, ya que contamos con un poco de tiempo antes de irnos, puedes ayudarme a escribir la respuesta —dijo a regañadientes, arrepintiéndose de la decisión al instante. Al menos hasta que su hermana empezó a golpear la encimera con un puño, más animada de lo que la había visto desde que llegó a casa.

Tres cuartos de hora después, Julian y Natalie enfilaron el sendero que conducía a la casa principal. Natalie caminaba a su derecha, con una carta recién escrita en la mano, y las hileras de vides se extendían al otro lado como brazos tendidos hacia el horizonte. La casa de su madre ofrecía una visión acogedora con las luces encendidas, una sensación que se intensificaba por el cricrí de los grillos en las proximidades y por el esquivo olor a viñedo que flotaba en el aire. Parecido a un ramo de flores frescas que llevaran tres días cortadas. Había olvidado lo familiar que le resultaba.

—¿Dónde se supone que tenemos que dejar la carta?

Julian contuvo un suspiro y señaló el tocón de árbol que había a unos veinte metros, tras lo cual meneó la cabeza al ver que su hermana se acercaba a él dando alegres saltitos. No tenía valor para decirle que saldría esa noche y se la llevaría. Claro que no se arrepentía del tiempo que habían pasado juntos escribiendo la respuesta. Esa actividad tan sencilla había aflojado algo entre ellos. ¿Lo bastante como para que se entrometiera en la vida de su hermana?

—Hace un rato dijiste que estás aburridísima —repuso, despacio—. ¿Cómo es que no has vuelto a Nueva York, Natalie?

Ella terminó de meter la carta en el tocón, se volvió y respondió, poniendo los ojos en blanco:

—Ya lo sé. Me he entrometido en tu soledad.

—No, yo... Me alegro de que estés aquí conmigo. —Su hermana dejó de andar mientras él reanudaba la marcha. Y debía de haber dicho en serio que se alegraba, porque no lo llamó mentiroso. En ese momento, sintió el apremiante impulso de contarle a Hallie lo que estaba pasando. De llamarla en ese mismo momento, aunque seguramente ella ni siquiera contestaría—. Supongo que podría decirse que estoy... preocupado —añadió con un nudo en la garganta del tamaño de un huevo de ganso—. Por ti. Nada más.

Pasaron varios segundos antes de que Natalie se riera, y empezase a andar de nuevo.

—¿Estás preocupado por mí? Hace un año que no me llamas.

Se le cayó el alma a los pies.

—¿De verdad ha pasado tanto tiempo?

—Más o menos.

—Bueno. —Julian se llevó las manos a la espalda y las unió. Y luego las separó—. Lo siento. No debería haber dejado que pasara tanto tiempo.

Sintió que Natalie lo miraba con el rabillo del ojo.

—Supongo que no es tan difícil entender por qué. Después de todo lo que pasó...

—Preferiría... —Julian evitó mirar hacia las vides—. ¿Tenemos que hablar del incendio?

—¿Tenemos que hablar de que fuiste un héroe y me salvaste la vida? —preguntó ella a su vez, soltando una carcajada exasperada—. No, supongo que no. Supongo que podemos pasar por alto que aquella noche estuviste increíble y que papá solo vio lo que pasó después. No tenía derecho a juzgarte así, Julian. A decir que no eras apto para dedicarte al viñedo de tu familia. ¡Se equivocó!

Julian tenía los dientes tan apretados que no pudo relajarlos para replicar. Lo único que veía eran las imágenes de aquella noche. El cielo nocturno iluminado como si fuera una imagen del Apocalipsis, poniendo en peligro a sus seres queridos. A unas personas a las que debía proteger. Las agujas que se clavaban en el pecho. Los puños apretados y sin poderlos relajar. Como si se le hubieran atascado los dedos. Todo el mundo viéndolo desmoronarse.

El lento deslizamiento hacia la nada imposible de frenar, por mucho que se ordenara a sí mismo que debía concentrarse, recomponerse. No, en cambio, se sumió en la oscuridad. Dejó que los demás lidiaran con el caos mientras él sorteaba su bloqueo mental.

—Fue culpa mía —añadió Natalie en voz baja.

Eso lo sacó de la incomodidad que se había apoderado de él y volvió la cabeza hacia la derecha.

—¿De qué estás hablando?

Distinguió el rubor que teñía sus mejillas y que no se debía precisamente a los tonos rojizos del atardecer.

—Si no hubieras tenido que salvarme, si no te hubiera hecho pasar por eso, no habrías perdido la cabeza delante de él. Ni siquiera debería haber entrado en el cobertizo. El fuego avanzaba demasiado rápido.

—Natalie, no seas ridícula. —Al darse cuenta de lo brusco que parecía, suavizó el tono—. Tú no hiciste nada malo. No tienes la culpa de nada.

Ella soltó una especie de resoplido y mantuvo la cara apartada.

—Quién lo diría. Lo cierto es que para empezar no éramos exactamente los Tanner, de la serie aquella de televisión donde salían las gemelas Olsen, pero resulta que apenas hemos hablado desde entonces.

—Asumo la responsabilidad. Debería haber... estado más presente en tu vida. Salta a la vista que necesitabas...

Natalie dejó de caminar de repente, con un brillo en los ojos que Julian solo pudo calificar de peligroso.

—¿Qué? ¿Orientación? ¿Un consejo?

—Me quedo con «apoyo».

Su hermana se relajó un poco, aunque siguió con la expresión recelosa. Abrió la boca y volvió a cerrarla. Se dio media vuelta y miró hacia las vides.

—Muy bien, Julian, ya que estás tan preocupadísimo... —Sus labios adoptaron un rictus triste—. Me arriesgué con una inversión y fue un fracaso. Estrepitoso —confesó con voz entrecortada—. De mil millones de dólares. Así que me pidieron..., o más bien me obligaron, a irme de la empresa. Y mi novio..., o más bien exnovio, cortó conmigo para guardar las apariencias. —La vio tragar saliva, como si le costara trabajo hablar—. Para Morrison Talbot Tercero era una humillación que lo asociaran conmigo. Y, por supuesto, como ya no me pagan, fui yo quien dejó el piso que compartíamos. —Extendió las manos—. Así que aquí estoy. Medio borracha, poniendo a parir a los hombres rubios y escribiendo cartas de amor con mi hermano. Guau, en voz alta suena fenomenal.

Julian no pudo ocultar su asombro. ¿Su hermana había estado soportando todo eso en silencio desde que llegó al pueblo? No tenía ni idea de por dónde empezar a... ¿qué? ¿A consolarla? Debería haber fijado un objetivo claro antes de empezar a interrogarla.

—¿Tu exnovio se llama Morrison Talbot Tercero y dices que los rubios no son de fiar?

Natalie lo miró sin comprender durante un buen rato, pero él supo al instante que aquello se le daba fatal. Al menos, hasta que su hermana estalló en carcajadas. Unas carcajadas estentóreas que resonaron por todo el viñedo y que lograron que ese algo huidizo que llevaba en el interior se relajara un poco más. Empezó a pensar que tal vez, ¡tal vez!, se reiría con ella, pero de repente se oyó una voz en el silencio del atardecer que cortó las carcajadas en seco.

—Me daba en la nariz que no habías vuelto a casa solo de visita —dijo su madre mientras bajaba los escalones del porche de la casa principal. Sus rasgos quedaban iluminados por la luz parpadeante de los farolillos casi ocultos que flanqueaban la puerta principal, pero Julian juraría que vio una expresión dolida en su cara antes de que la sustituyera por una máscara de indiferencia—. En fin. —Se acarició el nudo del pañuelo de seda que llevaba al cuello—. ¿Cuánto tiempo pensabas esperar antes de pedir dinero?

Su hermana enderezó la espalda al instante. Julian esperó a que lo negara, a que dijera que no pensaba pedir dinero, aunque solo fuese por orgullo, pero no lo hizo. Al final, miró a su madre a los ojos y bebió un buen trago de su petaca.

—Precioso —fue lo que murmuró.

Julian cayó en la cuenta de que estaban en el mismo lugar (o muy cerca, al menos) donde informaron a la familia Vos de que el fuego avanzaba más rápido de lo previsto. Claro que les faltaba un miembro. Su padre estaba en Europa compitiendo con coches de Fórmula Uno. Pero ellos estaban allí. Y tenían problemas que resolver. ¿Iba a permitir que su ausencia dictaminara cómo y cuándo hacerlo?

No. Se negaba a consentirlo. ¿Qué habían aportado cuatro años de silencio, salvo que los tres sufrieran en soledad, negándose obstinadamente a recurrir los unos a los otros en busca de apoyo o soluciones?

—Corinne. —Tosió en un puño—. Madre. Natalie no es la única que está ocultando algo.

—¿De qué hablas? —replicó su madre al instante. Demasiado rápido.

Al ver el pánico que se reflejaba en sus ojos, Julian suavizó el tono.

—El viñedo. No nos hemos recuperado del todo después del incendio. Las ventas han bajado. La competencia es feroz. Y no podemos implementar los cambios que nos harán viables de nuevo por falta de dinero.

Natalie dejó caer el brazo que sostenía la petaca.

—El viñedo… ¿no va bien?

—¡Todo va bien! —protestó Corinne, que soltó una risa forzada—. Tu hermano seguro que ha estado hablando con Manuel. Tenemos un gerente que se preocupa por cualquier cosa, siempre ha sido así.

—Nuestra maquinaria funciona mal y está anticuada. Lo he visto con mis propios ojos. El equipo de relaciones públicas está de baja permanente. Llevamos retraso en la producción…

—Hago lo que puedo —masculló Corinne—. ¿Crees que fue fácil que me entregaran un viñedo quemado junto con los papeles del divorcio? No lo fue. Siento no estar a tu altura, Julian. —Estaba a punto de puntualizar que él no culpaba a nadie, y mucho menos a ella, pero su madre no había terminado de hablar—. ¿Sabes que la semana que viene tengo que asistir a un almuerzo en su honor? Se celebra el vigésimo aniversario de la creación de la Asociación de Viticultores del Valle de Napa, que admito que ha hecho muchísimo por la región. Y aunque tu padre fuera el fundador, ¡ni siquiera está aquí! Este lugar se está deteriorando, y sin embargo ellos siguen anclados en sus días de gloria. Tu padre les abrió el camino para llenarse los bolsillos, pero a ellos les da igual que abandonara este lugar y a su familia. Sigue siendo su héroe. Y yo soy...

—Quien mantuvo el viñedo funcionando, pese a todo. No te culpo del declive. Por favor, jamás lo haría. Solo te pido...

En el fondo de su mente, aún oía la voz de su padre resonando a través de las vides. «Siempre has estado mal de la cabeza, ¿verdad? ¡Por Dios! Mírate. Contrólate. Limítate a enseñar y... mantente alejado de lo que he construido, ¿de acuerdo?».

«Mantente alejado del viñedo».

Con independencia de que las afirmaciones de su padre fueran o no ciertas, no pensaba dejar que los miembros de su familia cargaran solos con sus problemas. Su padre se había ido. Pero él estaba allí. Podía hacer algo.

—Solo te pido que me dejes ayudarte, madre. Sé que no soy precisamente bienvenido...

—¿Que no eres bienvenido? —Corinne negó con la cabeza—. Eres mi hijo.

Julian sintió que se le agarrotaban los músculos de la garganta.

—Me refiero a lo que pasó. Y entiendo que mis sugerencias te incomoden, pero lo siento mucho. Porque de todos modos voy a dártelas.

Corinne soltó un gemidito y enterró un momento la cara entre las manos. Justo cuando él suponía que estaba armándose de valor para pedirle que se desvinculara del negocio familiar, su madre se acercó con los brazos abiertos y lo estrechó. Durante unos segundos, solo alcanzó a mirar boquiabierto a su hermana antes de que Natalie también se acercara y los abrazara a ambos.

—No esperaba que sucediera esto hoy —dijo Natalie con voz lacrimógena.

—Lo siento. A los dos. —Tras haber alcanzado, al parecer, el límite de su capacidad emocional, Corinne se zafó del abrazo grupal—. Han sido cuatro largos años. Yo solo... Nunca quise que os sintieseis incómodos en vuestra propia casa. Os habréis dado cuenta de que me cuesta admitir que necesito ayuda. O incluso... compañía.

—Pues ya la tienes —gritó Natalie, que levantó la petaca—. ¡No me iré nunca!

—Mejor nos tomamos las cosas con calma —replicó Corinne mientras se alisaba la manga del vestido.

Julian necesitaba más tiempo para procesar las revelaciones de los últimos cinco minutos. De momento, necesitaba algo que lo distrajera del nudo que sentía a la altura del esternón. Tras recordar la cajita que guardaba en el bolsillo de la americana, la sacó y se la ofreció a su madre.

—Esto es solo un pequeño comienzo, pero he pensado que podríamos repartirlas esta noche en nuestra mesa.

Corinne se apartó de la cajita blanca como si pudiera contener una serpiente venenosa.

—¿Qué es?

—Tarjetas de visita. Para que las entreguen en Encorchado, la tienda de vinos de Grapevine Way. —Su madre y su hermana lo miraron sumidas en un silencio expectante—. Han abierto una nueva tienda al lado que le está haciendo la competencia. Se me ha ocurrido que podríamos ayudar a Lorna, la propietaria, a hacer más ventas. Y, de paso, es un incentivo para que la gente compre nuestros vinos. Mira. —Abrió la tapa—. Ofrecen un pequeño descuento en el vino Vos. Nada del otro mundo. Pero es un primer paso para vender las existencias que tiene en las estanterías y dejar paso a la nueva cosecha. Los pedidos al por mayor seguirán siendo bajos hasta que liquidemos lo que ya hay..., y hay mucho. Debemos conseguir el dinero necesario para que este lugar funcione al cien por cien. No vamos a levantarlo de la noche a la mañana, pero tenemos unos buenos cimientos, y eso es la mitad de la batalla.

Su madre y su hermana intercambiaron una mirada, levantando las cejas.

—¿Qué ha provocado esto? —preguntó Corinne mientras examinaba una tarjeta de visita—. ¿Te has pasado todo este tiempo deseando ayudar en secreto?

Hallie. Quería que ella fuera más feliz.

—Es evidente que yo no me juego nada. Pero... —«Respiraré más tranquilo si reduzco la probabilidad de que nuestra jardinera llore», pensó— se me ha ocurrido que podría ser bueno para el viñedo. Ya me entiendes, un negocio local ayudando a otro.

Aunque visiblemente escéptica, Corinne aceptó por fin la caja y la destapó, suspirando al ver el contenido.

—Bueno, al menos no son horteras.

—Gracias —replicó Julian con brusquedad.

—Un momento. ¿Has diseñado tarjetas de visita con descuento para una tienda local? —le preguntó Natalie y, al verlo asentir con la cabeza, añadió—: ¡Y recibes cartas de una admiradora secreta! —Bajó la mirada hacia la petaca que tenía en la mano—. Tengo que salir más.

—Sí, estás muy pálida —comentó su madre.

Natalie se volvió y soltó un grito estrangulado que flotó por encima de las hileras de vides.

Sí. Desde luego que las cosas no iban a cambiar de la noche a la mañana. Ni para su familia ni en lo referente al viñedo. Pero, joder, tenía la impresión de que iban en la dirección correcta.

—Deberíamos irnos —dijo mientras echaba a andar hacia la avenida de entrada de la casa principal—. No me gustaría llegar tarde a una feria donde la gente va a relajarse.

—Tampoco hace falta que lo digas así —lo reprendió su madre—. Con ese sarcasmo.

—No lo ha dicho con esa intención —terció Natalie—. Es que el nombrecito de la feria se las trae. ¿Puedo entrar un minuto para hacer pis?

Julian y Corinne gimieron.

—Callaos —les dijo Natalie por encima del hombro, mientras corría hacia la casa.

Pese a la exasperación, Julian ya no veía la noche como una faena total. Si hubiera pasado la velada trabajando, se habría perdido la revelación de su hermana. Y esos incómodos momentos familiares con Corinne que eran un tanto dolorosos, pero también... tan suyos. Llevaba mucho tiempo concentrado en conseguir que cada minuto fuera productivo. Pero quizá su definición de «productivo» estaba empezando a cambiar.

12

A Hallie le encantaban las multitudes.

Oír a todo el mundo hablar a la vez sin distinguir ni una sola palabra. Que toda esa gente se hubiera arreglado y hubiera conducido hasta el mismo lugar, todos a la vez, con un propósito especial. Las multitudes eran una celebración del movimiento, del color y de probar cosas nuevas.

Por segundo año consecutivo, había aceptado ayudar a Lavinia y a Jerome en su puesto de la feria Relax y Vino en Napa. Convencer al comité del festival de que permitiera que una pastelería expusiera sus productos en el evento había requerido bastante trabajo, pero el año anterior sus dulces tuvieron un gran éxito y muchos enólogos estirados acabaron paseándose por la enorme carpa donde se celebraba la feria con las comisuras de los labios manchadas de chocolate. Tras mirar el bullicio que reinaba en los pasillos de los expositores, Hallie se alegró de ver una mezcla todavía más ecléctica ese año.

La mayoría de los puestos pertenecían a bodegas locales y estaban muy bien montados. Con mucho estilo. Relax y Vino en Napa no parecía el típico mercado cubierto. Los puestos eran de madera pulida, al más puro estilo de Napa. Detrás de cada mostrador había un par de escalones y a la espalda, el logotipo del viñedo. La iluminación de la carpa era muy romántica y creaba un ambiente mágico gracias a las guirnaldas de luces diminutas colgadas del techo, bajo cuyo brillo las copas de vino parecían hechizadas. Además de La Nuez Judy, un negocio completamente ajeno al mundo del vino, había un expositor de golosinas *gourmet* para perros y otro de gominolas de CBD. La oferta era muy variada.

A esas alturas, empezaban a llegar visitantes ya con sus entradas, y los periodistas con acreditaciones de prensa fotografiaban a la gente que disfrutaba de sus primeras copas de vino, usando como fondo la extensa terraza del hotel Meadowood. El ambiente era bochornoso; la ligera brisa de junio descendía por la montaña, arrastrando consigo la música de la orquesta. Y no pudo evitar recordar a su abuela mientras recorría despacio los pasillos el año anterior, saludando a viejos y a nuevos amigos, aceptando folletos publicitarios de las distintas bodegas por educación.

Lavinia se acercó a ella y le dio un suave golpe de cadera.

—Después de pasar semanas trabajando en la receta del *cruller* de Merlot para mejorarla, creo que nuestros superventas van a ser las Bolitas de la Suerte gracias a esas gominolas de CBD.

Hallie apoyó la cabeza en el hombro de su amiga.

—Esperemos que las gominolas no hagan que la gente crea que esas galletas *gourmets* para perros son comida humana.

—Ah, pues no sé qué decirte. Podría ser entretenido.

Se echaron a reír mientras observaban la llegada de más gente a la carpa, con tarjetas de acceso VIP de distintos niveles colgadas del cuello.

—Bueno —siguió Lavinia—, estábamos tan ocupados montando el expositor que no he tenido ocasión de preguntarte. ¿Qué novedades tenemos sobre nuestro ilustre profesor?

Hallie soltó un suspiro y desvió la mirada hacia el puesto de Viñedos Vos. Todavía no había llegado nadie, pero lo más probable era que fuese el sumiller de la bodega quien los representara esa noche. Y aunque Corinne Vos hiciera acto de presencia, estaba segura de que Julian no aparecería por allí. Eso era lo que se había estado repitiendo durante los dos últimos días, pero de todas formas no pudo evitar que la decepción anidara en su estómago.

—Ah... —Se ajustó el delantal de La Nuez Judy mientras sentía que empezaban a arderle las mejillas—. Pues es que no puedo contarte lo último. No es algo de lo que se pueda hablar en público.

Lavinia retrocedió con las cejas levantadas.

—Menos mal que estamos las dos solas.

Hallie miró a Jerome con gesto elocuente.

—Luego.

—Venga ya, si las dos sabemos que se lo voy a contar de todas formas.

—Es bueno saberlo. —Guardaron silencio para sonreír a dos visitantes que pasaron frente al puesto mirando los dulces con desdén. Claro que seguro que volvían salivando después de un par de copas de vino—. Tal vez haya habido... un progreso en la intimidad. No estoy diciendo que nos hayamos zampado una *enchilada*. Más bien ha sido como... unos jalapeños rellenos.

—Estás hablando con una mujer británica y te pones a usar terminología de la gastronomía mexicana. No me entero.

—Lo siento. Es que... la verdad, no estoy muy segura de lo que pasó en la cocina de Julian. —Solo sabía que un hormigueo le recorría todo el cuerpo cuando lo recordaba. El roce de su aliento en el cuello, sus bocas entrelazadas y jadeantes—. Y tampoco sé si fue algo normal.

Lavinia estaba atónita.

—No me jodas. ¿Intentó el sexo anal?

—¡No! —A esas alturas le ardían las mejillas como si estuvieran recién salidas del horno—. ¡Qué va!

—¡Uf, menos mal! —Lavinia se dobló un momento por la cintura hacia delante—. Necesito un cigarro para oír eso.

—Más bien fue... —Miró a su alrededor para asegurarse de que no había nadie lo bastante cerca para oírla y susurró—: En internet lo llaman masturbación mutua.

—Joder, necesito fumar. —Lavinia la miró en silencio un instante—. ¿¡Qué me dices!?

—Ya.

Jerome se acercó a su mujer por detrás, con la expresión recelosa que tenía por naturaleza.

—¿Qué está pasando aquí?

—Luego te lo cuento —le contestó su mujer al instante—. Pero en pocas palabras: la cosa va de pajas. —Sin perder un segundo, Jerome se dio media vuelta y se alejó hacia el otro lado del puesto. Lavinia se encogió de hombros a la defensiva al ver el sobresalto de Hallie—. Tenía que librarme de él para poder oír el resto, ¿no?

Hallie se desplomó sobre el mostrador.

—No hay resto. Esta vez estoy segura, pero segurísima, de que va a ser la última que hagamos… algo tan confuso como… —dijo e intentó tragar saliva, pero tenía la boca demasiado seca por culpa de los eróticos recuerdos que la bombardeaban. El roce de su duro miembro, los movimientos acelerados de su mano, su nombre pronunciado con un gruñido—, como excitante. Juntos.

—Sí, sí —replicó Lavinia, mirándola pensativamente—. Ya veo que serás muy capaz de negarte. No tienes los pezones duros ni nada.

—¿Cómo? —Hallie miró hacia abajo y vio que el delantal estaba lo bastante bajo como para que se le vieran los pezones marcados contra la camiseta. Efectivamente, los tenía duros. ¿No llevaban así, enhiestos y doloridos, los dos últimos días? Se subió el delantal de un tirón para ocultar la evidencia—. No, en serio. —Dudó un momento y luego soltó—: Le escribí otra carta como su admiradora secreta. Esta vez sobria.

Lavinia se alejó de ella, echando el peso del cuerpo sobre los talones.

—No. Imposible.

—Lavinia, recuerda mi historial de complicar las cosas. Sabes que lo he hecho. —Se mordió el labio—. Y las tenía allí mismo, a la vista de todo el mundo, en la encimera de una cocina digna de Food Network. Hasta me citó lo que yo había escrito, y no me atreví a decirle que era la autora.

Su mejor amiga se santiguó.

—Ahora estás en manos de Dios, Hallie Welch.

—Eso es exagerar un poco. —Sintió que una energía nerviosa le corría por las venas—. ¿Verdad?

—¿Qué es exagerar un poco?

Ambas se giraron y vieron a Owen de pie delante del mostrador. En un primer momento, Hallie se preguntó si ese hombre sería el gemelo malvado. O alguien idéntico a Owen, porque hasta la fecha solo lo había visto con vaqueros y camiseta. O con pantalones cortos y calzado de trabajo. Sin embargo, esa noche llevaba unos pantalones de pinzas con raya, un polo metido por dentro y, además, se había peinado. ¿Y olía a colonia?

—Owen, guapo. —Lavinia fue la primera en reaccionar tras la interrupción, y se inclinó sobre el mostrador para saludar al recién llegado con un par de besos en las mejillas—. Te veo estupendo.

—Gracias —replicó él, que se frotó la nuca con un gesto enternecedor—. Lo mismo digo. —Desvió la atención hacia Hallie y la miró fijamente—. A ti también te veo estupenda esta noche, Hallie. Estupendísima.

Ella se miró el atuendo que había elegido, prácticamente tapado por el delantal. Y seguramente eso fuera lo mejor, teniendo en cuenta que le había sido imposible decidirse por un conjunto, de manera que había acabado con una camiseta de flores muy escotada y una falda de cuadros escoceses con cintura alta. Por lo menos esa noche llevaba el pelo domado, con los rizos en su sitio y sueltos sobre los hombros.

—Gracias, Owen... —dejó la frase en el aire porque cuando alzó la mirada de su esquizofrénico atuendo, vio a Julian justo detrás del hombro de Owen.

Julian Vos estaba entrando en la carpa de la feria.

Se sorprendió muchísimo al descubrir que aunque se había acostumbrado un poquito a su presencia cuando estaban a solas, así en público era como contemplar un Van Gogh en una galería de cuadros infantiles pintados con los dedos. Simple y llanamente era incomparable. Alto, intenso, guapo y cautivador. Además, parecía impaciente. Todas las cabezas se volvieron cuando él llegó, como si hubieran percibido un cambio en el equilibrio atmosférico.

Llevaba una camisa blanca perfectamente almidonada, sin una arruga, y unos pantalones de pinzas azul marino. Una corbata burdeos. Gemelos. Parecía el tipo de hombre que usaba los anticuados ligueros de calcetín por debajo de la rodilla. Y ella se había tocado delante de él..., que a su vez había hecho lo mismo. Se habían mostrado vulnerables el uno frente al otro con la tormenta arreciando en el exterior y verlo en ese momento, tan sereno y controlado, hacía que lo sucedido pareciera un sueño.

—Me apuesto lo que quieras a que habrías aceptado el sexo anal —dijo Lavinia, hablando entre dientes y sin mover los labios.

Por suerte, Jerome y Owen estaban enfrascados en una conversación sobre golf y no la oyeron.

—Por favor, ¿te importaría no volver a sacar el tema? —le suplicó Hallie.

—Él sí que se la va a sacar, tú ya me entiendes...

—Pues claro que te entiendo. Eres tan delicada como una motosierra.

Hallie se ordenó dejar de mirar a Julian, que en ese momento atravesaba el interior de la carpa con su madre y con su hermana, pero fracasó. Como el resto de los presentes. Viñedos Vos tal vez necesitara ponerse al día, pero la familia más importante de St. Helena se movía como la realeza y parecía de la realeza. Mientras tanto, allí estaba ella, mezclando estampados, hablando de sexo anal y vendiendo dulces que era mejor comer después de haber probado una gominola de CBD.

Eso sí, no cambiaría nada. Pero el contraste lograba poner de manifiesto lo diferentes que eran.

Sin embargo, nada de eso pareció importar cuando Julian miró de repente en su dirección y frenó en seco al verla detrás del mostrador de La Nuez Judy. ¡Por Dios, se le iba a salir el corazón del pecho! Que ese hombre galante y atento reparara en ella desde el otro lado de una estancia abarrotada y se detuviera en seco para mirarla era mágico. Cada vez que le había hablado de su dolor y de su crisis de los treinta se había sentido muy segura, porque estaba compartiendo esas intimidades con él. ¿Se había imaginado ese vínculo?

No. Era imposible que fuera fruto de su imaginación.

Y la magia que la embargaba al sentirse atravesada por esos ojos del color del *bourbon* desde el otro lado de la carpa llegaba acompañada por… la lujuria. Una lujuria urgente y frustrante que jamás había experimentado con otro hombre. Y que solo había comprendido a medias mientras lo miraba en YouTube, antes de su regreso a St. Helena. Sin embargo, bajo las distintas capas de la lujuria, reconocía la tristeza del arrepentimiento.

Porque la desconexión de sus personalidades se hacía un poco más evidente cada vez que conectaban, y no podía hacer nada al respecto.

—¿Hallie?

Owen le puso una mano en el brazo, y ella percibió un cambio minúsculo en la expresión de Julian, que se ensombreció y se tornó ceñuda. Hasta tenía un tic nervioso en el mentón cuando por fin logró apartar la mirada de él para atender a Owen que, al parecer, llevaba un buen rato llamándola en vano.

—Lo siento. Este ambientazo… —adujo con una risa que pareció forzada—. Creo que tengo envidia del vino.

Owen soltó al instante el dulce que había atrapado entre las pinzas plateadas que le habían dado.

—Te traeré un copa. ¿Qué te apetece?

No podía dejar que ese hombre corriera a buscarle una copa, cuando estaba recordando los movimientos del abdomen de Julian contra el suyo.

—No, tranquilo, Owen…

Sin embargo, él ya se había alejado como una exhalación.

Hallie intercambió una mirada culpable con Lavinia, pero no tuvieron tiempo de hablar. La carpa se estaba llenando deprisa y la gente quería dulces. Más que nada porque, a diferencia del año anterior, muchos visitantes parecían haber traído a sus hijos. Antes no se admitían a menores de veintiún años en las catas de vino de Napa, pero desde el incendio que dañó gran parte de las bodegas de la región, y que fue seguido del cataclismo económico provocado por la pandemia, St. Helena había ido adoptando poco a poco una imagen más familiar con la esperanza de atraer a nuevos turistas.

Sin embargo, parecía que los niños se habían convertido en apestados.

En el caso de Relax y Vino en Napa, los escollos de esa decisión no tardaron en hacerse evidentes.

Los niños no paraban de correr alrededor de los visitantes de más edad y sus madres recibían más críticas de las debidas. Sí, los anfitriones del evento habían permitido la entrada de los menores, pero dado que la única bebida disponible era el vino, que contenía alcohol, las criaturas no podían beber ni comer nada.

Salvo los dulces.

Así fue como Hallie se convirtió en la niñera oficial de la feria.

Empezó ofreciéndose a cuidar al niño de una madre estresada mientras ella iba a tomarse una copa de vino. Luego se acercó una segunda familia, preguntando por el servicio profesional de cuidado de niños, a lo que Hallie contestó levantando su copa de vino. A la pareja le dio igual y se alejó después de dejarle a su hijo. Así que, aunque Lavinia la necesitaba para que les echara una mano a Jerome y a ella, como los padres compraban dulces a modo de agradecimiento, aceptaron el trueque y prescindieron de Hallie en favor de las ventas extra. Media hora después, tenía a unos doce niños menores de ocho años jugando al *red rover* en la explanada adyacente a la carpa y atiborrándose de dulces.

De hecho, perdió la cuenta de lo que se comía cada uno. De la variedad y de la cantidad.

Y ese fue su mayor error.

Dada la obscena cantidad de azúcar que habían consumido, los niños decidieron que tenían sed.

—¡Quiero agua! —exclamó uno de los gemelos obsesionados con los dinosaurios mientras le tiraba a otro niño de los calzoncillos por detrás.

¿Cómo se llamaba? ¿Shiloh?

—¡Ah, pues muy bien! —replicó Hallie, que miró hacia la carpa. Debía de haber agua en alguna parte, ¿no?—. A ver, todos de la mano que vamos a entrar en silencio a buscar...

—¡MAMÁ! —gritó Shiloh mientras echaba a correr hacia la carpa, irrumpiendo por una de las entradas laterales, seguido del resto de los niños que lo imitaron y empezaron a llamar a gritos a sus madres.

—Esperad. Niños, esperad.

Hallie se apresuró a seguirlos con dos cajas de dulces vacías debajo de un brazo («¡Vaya! ¿Vacías?») y entró a tiempo para ver que los niños, exaltados por el azúcar, corrían de un lado para otro como bolas de *pinball*. Los invitados VIP sufrieron algún que otro impacto que hizo que se derramara el vino de sus copas y en dos mesas se produjeron golpes fuertes que tiraron las copas al suelo, haciéndolas añicos y poniendo fin a las conversaciones. Hallie se quedó de pie justo en la entrada, sumida en una especie de trance, con la mirada fija en Julian, que se encontraba al otro lado de la atónita multitud, con una copa de vino a medio camino de la boca.

Prácticamente podía oír sus pensamientos en voz alta. Los tenía dibujados en la cara.

«Aquí está Hallie de nuevo, demostrando que es la causante del caos».

«La destrucción personificada..., disponible para fiestas».

Julian bajó su copa, la soltó y logró enderezar una hilera de flautas de cristal del expositor del Viñedo Vos, aunque no tardaron en acabar por los suelos.

Hallie hizo una mueca y empezó a perseguir a los niños descarriados. Owen se le unió al instante, mirándola con una sonrisa comprensiva, mucho más reconfortante que la crítica en los acerados ojos de Julian.

Tal y como hacía casi siempre que se enfrentaba a una verdad desagradable sobre sí misma, la esquivó. ¿Qué otra cosa podía significar la mirada de Julian, salvo exasperación?

«Olvídate de él y arregla el desastre que has causado».

13

«Owen tiene que desaparecer», pensó Julian.

Ya había una multitud deseosa de entretenimiento esa noche. ¿Por qué no convertirla en un misterio con asesinato? Todos podrían turnarse para adivinar quién mató al pelirrojo por toquetearle continuamente el brazo a Hallie. Al final descubrirían que había sido él, o quizá le echarían un vistazo a la cara y lo sabrían de inmediato.

Dios, no le gustaba verlos reírse juntos. Ver que hacían tan buena pareja, dos personas muy parecidas con la misma misión: domar a esos locos que daban vueltas por la feria como tornados en miniatura, con las barbillas y las caras llenas de chocolate y virutas de colores. La gente que bebía vino delante del puesto de los Viñedos Vos se quejaba del pésimo servicio del cuidado de los niños…, y esa crítica a Hallie le gustó todavía menos que ver a Owen con la mirada clavada en sus rizos como si estuviera fascinado por su forma.

No, de eso nada, no le gustaba menos.

No le gustaba nada de lo que estaba sucediendo. Nada de nada.

Tenerla tan cerca y tan guapísima, joder, pero con la sensación de que no tenía permitido hablar con ella. ¿Tan malo había sido su último encuentro que ya ni se hablaban?

Su risa entrecortada le llegó desde la distancia, y empezó a sentir cierta tensión por debajo del cuello de la camisa. Había echado de menos esa risa. ¿De verdad solo habían pasado dos días? ¿Se suponía que ya no podría oírla de nuevo, aunque cualquier tipo de relación que entablaran pudiese acabar siendo un desastre?

No. Eso no le servía.

No se dio cuenta de que se dirigía hacia el puesto del maestro de ceremonias, situado en un rincón de la carpa, hasta que llegó allí y extendió una mano.

—¿Me prestas el micrófono un momento?

El maestro de ceremonias le pasó el micro, sorprendido por su seca petición. A él también lo había tomado por sorpresa. ¿Se podía saber qué estaba haciendo?

«Unirme a la refriega. Solo porque ella está aquí».

Dado que se negaba a poner en duda la desconcertante afirmación, se llevó el micro a la boca.

—Si son tan amables de prestarme atención un momento. —Solo atinaba a ver la cabeza rubia de Hallie cuando se levantó del suelo, después de intentar convencer a un lloroso niño de que saliera de debajo de la mesa… con más azúcar, por el amor de Dios—. Estoy a punto de iniciar un cuentacuentos para niños en el jardín. —Se miró el reloj de forma automática para marcar la hora de comienzo—. Por favor, llévenlos al exterior y recójanlos a las ocho y cinco. Gracias.

—No debería haberme pasado por el puesto de CBD —oyó que decía Natalie cuando pasó por su lado—, juraría que acabas de decir que vas a hacer de cuentacuentos para los niños.

Julian sintió que una gota de sudor le caía por la columna.

—Eso he dicho.

—¿Por qué? —preguntó ella, totalmente estupefacta.

Estuvo a punto de pasar de la pregunta o de soltarle una respuesta poco satisfactoria, como podría ser un «No lo sé», pero no quería dar ese paso atrás con Natalie. Esa noche habían establecido un tenue vínculo. Si había aprendido algo en ese breve espacio de tiempo era que mantener una relación con su hermana implicaba compartir cosas potencialmente vergonzosas con ella.

—Por una mujer.

Natalie se quedó boquiabierta.

—¿¡Otra mujer!?

Dios, dicho de esa manera parecía horrible.

—En fin, sí. Pero…

Era imposible explicarle que su interés por Hallie lo había llevado a lanzar una red tan amplia que se había tragado a su admiradora secreta. Había deseado que fueran la misma persona. Y, en ese momento, eran entes inseparables.

—No lo entiendo. —Su hermana parecía casi aturdida—. Casi no sales de la casa y tienes a dos mujeres llamando a tu puerta.

Julian resopló.

—No es eso ni mucho menos —protestó, pero Natalie esperó en silencio… y él sintió que le caían más gotas de sudor por la espalda—. Lo mío con Hallie es complicado. No estamos saliendo. No saldría bien y los dos estamos de acuerdo. —Mierda, decirlo en voz alta le sentó mucho peor que la acusación de su hermana de estar tonteando con dos mujeres—. Es que cuando ella se mete en algún lío o se estresa por algo, yo me… molesto un poco.

Natalie lo miró con los ojos como platos.

—Lo que quiero decir es que tengo la sensación de que voy a explotar si no se arregla la situación para ella. Si no sonríe, el mundo se convierte en un lugar espantoso.

Pasaron varios segundos.

—¿Algo de lo que dices te parece normal?

—Olvídalo —masculló él—. Haz el favor de seguir repartiendo las dichosas tarjetas de Encorchado. Volveré dentro de un rato.

Salió de la carpa mientras se desabrochaba los gemelos y se los guardaba en el bolsillo de los pantalones para remangarse la camisa. Parecía lo más indicado cuando se lidiaba con niños. No quería parecer intimidante.

Una ráfaga de aire fresco procedente de la montaña le secó el sudor de la frente al salir de la carpa. Se detuvo en seco al ver a

Hallie, que intentaba que unos doce niños se sentaran formando un semicírculo en el césped... mientras Owen la observaba, con la adoración pintada en la cara, más evidente que el letrero de neón de un casino. El jardinero se volvió al verlo acercarse y lo miró con cautela.

Julian empezó a arremangarse la camisa con movimientos cada vez más bruscos.

—Hola.

—Hola —dijo Owen antes de beber un sorbito de vino—, soy Owen Stark.

Julian le tendió la mano. Se dieron un apretón. Bastante firme. Nunca había creído que su altura supusiera una ventaja hasta que Owen se vio obligado a echar la cabeza un poquito hacia atrás para mirarlo.

—Julian Vos.

—Sí, lo sé. —Al pelirrojo no le llegó la sonrisa a los ojos—. Encantado de conocerte.

—Lo mismo digo. —«Explícame que intenciones tienes con ella, imbécil»—. ¿De qué conoces a Hallie?

¿Eran imaginaciones suyas o el desgraciado parecía un pelín ufano? Sí, desde luego que sería el hombre perfecto para convertirse en el invitado de honor de un misterioso asesinato.

—Los dos tenemos negocios de jardinería en St. Helena. —Por supuesto, él ya sabía la respuesta. Al parecer, solo quería torturarse oyendo a ese hombre hablar con naturalidad de la mujer que últimamente le tenía sorbido el seso—. Espero convencerla algún día y unir fuerzas.

Eso sí que era nuevo. ¿O no?

El énfasis de Owen en «unir fuerzas» hacía que pareciera otra cosa, nada relacionado con el trabajo. Más bien algo como una relación personal con Hallie. Tal vez incluso matrimonio. ¿Hasta qué punto se conocían exactamente? Claro que, la verdad, ¿era asunto suyo cuando parecía que ella ya no quería saber nada de él? No lo sabía. Pero la trituradora que sentía en el pecho era tan desagradable que le costó un momento replicar.

—Puede que no le interese, porque si no, ya la habrías convencido.

—Puede que necesite saber que estoy dispuesto a jugar a tope para convencerla.

«Supongo que voy a matarlo». Julian dio un paso al frente.

—Ah, ¿para ti es un juego?

Hallie se interpuso entre ellos, mirándolos con una expresión sorprendida que pronto se transformó en alucinada.

—Madre mía. —La cadera de Hallie le rozó el paquete, y le costó la misma vida no pegarla a él como un maldito cavernícola—. ¿Po-podemos continuar más tarde? ¿Cuando no tengamos un motín entre las manos?

—Me parece bien —contestó Owen con una sonrisa bobalicona de oreja a oreja mientras levantaba la copa.

—Desde luego —convino él, que no apartó la mirada del jardinero mientras se dirigía al semicírculo. Una vez allí solo atinó a quedarse plantado mientras asimilaba el caos absoluto que yacía a sus pies. Había varios niños tirados en la hierba, mientras se les pasaba el subidón de azúcar con la mirada desenfocada y las extremidades temblorosas. Tenían virutas de chocolate debajo de las uñas y en las comisuras de los labios. Uno de ellos incluso estaba lamiendo la hierba mientras que otro intentaba mantener una diminuta zapatilla Nike sobre su cabeza. Dos niñas luchaban por un iPad con idénticas expresiones violentas.

—En fin, estáis todos fatal. Vuestros padres van a tener que limpiaros a manguerazos antes de meteros en el coche.

Doce pares de ojos se clavaron en él, algunos sorprendidos.

Incluidos los de Hallie.

A lo mejor su saludo había sido un poco duro…

Una niña del grupo soltó una risilla. Y después todos los demás la imitaron.

—Nuestras madres no van a limpiarnos a manguerazos —gritó la niña sin necesidad.

—¿Por qué no? Estáis sucísimos.

Más risas. Uno de los niños incluso se cayó de costado en la hierba. ¿Lo estaba haciendo bien? No se había relacionado nunca con niños tan pequeños, pero desde luego que sus alumnos de la universidad jamás se habían reído de él. Casi eran incapaces de esbozar una sonrisa. Claro que tampoco bromeaba durante sus clases. El tiempo era un asunto muy serio. Por algún motivo, no creía que a esos niños les gustara una charla sobre el impacto del capitalismo en el valor del tiempo.

—¿Por qué no hablamos de los viajes en el tiempo?

—Creía que ibas a contarnos un cuento.

Julian señaló con un dedo al que había hablado.

—Sucísimo e impaciente. Ahora voy con el cuento. Pero primero quiero saber a dónde iríais si os dieran una misión y tuvierais que viajar en el tiempo.

—¡A Japón!

Él asintió con la cabeza.

—¿Al Japón de ahora? ¿O al de hace cien años? Si te metieras en tu máquina del tiempo y llegaras a Japón en 1923, podrías acabar en mitad del gran terremoto. —Lo miraron parpadeando—. Veréis, todos los sucesos del pasado siguen... activos. Permanecen en el orden de ocurrencia, existen en un camino lineal, partiendo de un punto de inicio para llegar a este preciso momento. Todo lo que hacéis ahora mismo está siendo grabado por el tiempo, os deis cuenta o no.

—¿Incluso esto? —Un niño con una camiseta del zoo de San Diego intentó hacer el pino y cayó en el césped en un ángulo raro.

—Sí, incluso eso. ¿A alguien más le gustaría decirnos dónde iría si viajara en el tiempo? —Se levantaron varias manos. Cuando estaba a punto de indicarle a uno que hablara, levantó la cabeza y vio que una expresión muy fugaz cruzaba por la cara de Hallie. Una expresión que no creía haber visto antes y que era incapaz de describir.

¿De qué se trataba? Desde luego que no era... admiración. No lo estaba haciendo tan bien.

Aun así, no acertaba a describir de otra manera esa expresión tierna y soñadora. Como si estuviera pendiendo de un hilo.

Seguro que estaba malinterpretándolo todo, pensó.

O peor, ¿y si la mirada de admiración era para Owen y no para él?

Cuando carraspeó, fue como si acabara de tragarse un puñado de cáscaras de nueces.

—Muy bien, siguiendo con lo de los viajes en el tiempo, vamos con el cuento. —Entrelazó las manos a la espalda—. Érase una vez un hombre llamado Doc Brown, que construyó una máquina del tiempo con un DeLorean. ¿Alguien sabe lo que es un DeLorean?

Silencio.

Por suerte, encajó bien en la historia y los niños siguieron sentados en el césped, escuchando solo con algunas que otras risillas o interrupciones, hasta que terminó. Cuando por fin apartó la mirada de sus obnubilados espectadores, descubrió que los padres estaban detrás de ellos con los abriguitos en las manos. Y le complació ver que muchos llevaban las tarjetas de descuento de Encorchado. Sin duda, Natalie había estado trabajando a marchas forzadas para repartirlas entre los asistentes.

Vio que Hallie también reparaba poco a poco en las tarjetas verdes y blancas, desviando la mirada de una a otra sin parar. Tras lo cual lo miró a él.

«Eso es, cariño. Por ti, lo que sea».

«No puedo evitarlo».

—Pues muy bien. Se acabó el cuento. —Despidió a los niños—. Marchando a que os den un manguerazo.

Se pusieron en pie de un modo que le recordó a las jirafas recién nacidas. Casi todos fueron directamente a sus padres. Sin embargo, dio un respingo cuando unos gemelos se abalanzaron corriendo hacia él y le rodearon los muslos con sus brazos delgaduchos. Lo estaban abrazando.

—Me estáis ensuciando —dijo, aunque se sorprendió al sentir un nudo en la garganta—. Venga, como queráis. —Les dio unas palmaditas en la espalda—. Muy bien, gracias.

—¿No es el del documental de los marcianos? —preguntó uno de los padres en voz alta.

Julian suspiró.

Y por fin se terminó. Menos mal.

Cuando los niños se fueron, no los echó de menos.

Ajá.

Hallie se acercó a él despacio, rodeada por el halo que creaba la luz del atardecer alrededor de su pelo rubio. Mientras contaba su cuento sobre el tiempo, se había quitado los zapatos, y en ese momento caminaba enterrando los dedos en la hierba, con cada uña pintada de un color. Rojo, verde, rosa. Se la imaginaba sentada en el suelo de su salón intentando elegir un tono antes de rendirse y decidir que un arcoíris le proporcionaría lo mejor del mundo. ¿Cuándo había empezado a parecerle maravillosa semejante muestra de indecisión?

La expresión misteriosa de antes ya no brillaba en sus ojos, y quería verla de nuevo, quería que lo admirase de nuevo. ¿Cómo podía anhelar algo que era evidente que se había imaginado?

—Gracias por esto —le dijo ella, y su voz se mezcló con el sonido de los grillos y con la música que flotaba desde la carpa—. Has estado estupendo. Aunque no debería sorprenderme. Dicen que a los niños les atrae lo auténtico. Has clavado el tono de veracidad, incluyendo lo de decirles que estaban sucísimos y tal.

—Sí. —A lo lejos, el niño que había chupado la hierba les estaba contando *Regreso al futuro* a sus padres, y eso le provocó una sensación extraña en el pecho—. La gente lo dice y nunca lo había creído, pero ¿te has dado cuenta de que los niños provocan... ternura?

Ella apretó los labios, sin duda para contener una carcajada.

—Sí, me he dado cuenta. ¿Por qué crees que me vi en la necesidad de atiborrarlos de chocolate? Necesitaba caerles bien.

—Ahora lo entiendo —admitió él.

Hallie se pasó unos segundos mirándose los pies. ¿Por qué? Tuvo que meterse las manos en los bolsillos para no alzarle la barbilla. Owen los observaba desde la sombra que proyectaba la carpa, y, Dios, ¿era tan egoísta como para sabotear una posible relación entre ella y el jardinero cuando él no estaba en condiciones de ofrecerle nada? No.

—Sí —se contradijo. En voz alta.

Hallie levantó la cabeza. Ahí estaban. Sus preciosos ojos.

—Sí ¿qué?

Meneó la cabeza con el corazón desbocado.

—Nada.

Ella murmuró algo y entrecerró los ojos.

—¿Por casualidad sabes algo de las tarjetas promocionales de Encorchado que tenía todo el mundo?

Controló su expresión. Si le contaba de dónde habían salido, seguramente tendría que contarle también lo del nuevo toldo que había encargado para la tienda de vinos, y no necesitaba que le dijeran que se había pasado. Era muy consciente de eso. Y aunque una relación con Lorna podría ayudar al viñedo, el verdadero motivo de su intervención estaba delante de él, con ese perfecto y carnoso labio inferior. Y ese hoyuelo en la mejilla.

—¿Tarjetas promocionales de Encorchado? No me he dado cuenta.

—Ya. —Ella cruzó los brazos por delante de las tetas, obligándolo a bajar la mirada y, madre del amor hermoso, ver que la camiseta se tensaba tanto sobre esos generosos pechos lo mantendría despierto por la noche. Ya estaba abriendo mentalmente el tubo de lubricante, clavando los dientes en la almohada e imaginándosela debajo de él, desnuda, con las piernas sobre los hombros—. Qué raro, me pregunto de dónde habrán salido.

Si se lo decía, a lo mejor lo besaba. O incluso volvería a casa con él. Y, joder, cómo lo tentaba la idea. Pero ¿le estaría dando esperanzas? Sí, quería hacerla feliz. Sí, quería aniquilar todo lo que le causaba preocupación y que la sonrisa no se le borrase de la cara. Sin embargo, cada vez que se permitía disfrutar de Hallie, la sensación de perder el control amenazaba con devorarlo. No sabía cómo… dejarse llevar de esa manera. Lo ponía nervioso. Y al final acabaría haciéndole daño a ella…, que era justo lo contrario de lo que quería.

Eran como la noche y el día. Él anhelaba el orden, mientras que ella era la personificación del caos. Sin embargo, ¿por qué empezaba a costarle tanto recordarlo? Quizá porque lo estaba mirando con esos tiernos ojos grises y la cabeza recortada contra el atardecer, y tenía su boca tan cerca que casi la saboreaba.

—He pensado en ti antes —dijo sin pensar, distraído por la aparición del hoyuelo—. Tenías razón sobre lo que debía decirle a Natalie.

—¿En serio? —Lo miró a los ojos—. ¿Habéis tenido una conversación sincera?

—Supongo que sí. La versión Vos. —Imposible negar lo maravilloso que era hablar con Hallie de esa manera. Los dos solos. Había conocido a mujeres a lo largo de su vida que eran lógicas, concisas y sistemáticas. Como él. ¿No debería haber sido más fácil sincerarse con alguien que funcionaba de la misma manera?—. Hemos… Supongo que se podría decir que hemos conectado.

—Es maravilloso, Julian —susurró ella—. ¿En qué?

Hallie quería que la besaran. Estaba demasiado cerca de él como para sacar otra conclusión. Al verla morderse ese carnoso labio inferior y clavar la mirada en su boca, tuvo que contener un gemido. A la mierda. No se podía contener. Llevaba dos días sin probar su sabor y tenía la sensación de estar muriéndose de hambre.

—Me ayudó con una carta que quería escribir… —murmuró al tiempo que agachaba la cabeza.

Hallie se enderezó.

—Oh. —Parpadeó y se miró las manos—. ¿Natalie te ha ayudado a escribir una carta?

Julian parpadeó también y repasó las palabras inconscientes que había pronunciado. ¿Se podía saber en qué estaba pensando para sacar a colación la carta de la admiradora secreta? No estaba pensando. Era incapaz de acertar ni una cuando estaba con Hallie. Ese era el problema. ¿Por qué de repente se sentía tan desesperado por recuperar la carta del tocón antes de que alguien la encontrase por casualidad? Sobre todo su admiradora.

Por Dios. Allí plantado, con la mirada clavada en la cara de Hallie, se le revolvió el estómago al pensar que había escrito una carta para que la recibiera otra mujer. Sin embargo, Hallie esperaba una explicación, y él era incapaz de mentir. Por lo menos, no podía mentirle a ella.

—Sí —dijo mientras rezaba para que el tema se zanjara pronto—. Una admiradora secreta, ¿te lo puedes creer? Contestarle me pareció lo más educado, aunque fue más una forma de que Natalie y yo...

—Es maravilloso, Julian —lo interrumpió ella—. ¡Uf! Una admiradora secreta. Qué anticuado. Esto...

Un momento, no le estaba dejando terminar. No iba a permitir que encontrasen la carta. Era importante que ella entendiera que...

—Me alegro de que las cosas hayan mejorado con tu hermana. Seguro que lo que más cuenta es que te estés esforzando. No lo que yo te sugerí que hicieras. —Retrocedió un paso, alejándose de él—. Será mejor que vuelva dentro por si Lavinia me necesita.

—Sí —repuso con sequedad, porque ya la echaba de menos. De nuevo—. Pero Hallie...

—Buenas noches.

¿Por qué lo embargaba un creciente sentimiento de culpa por haber escrito esa carta? Hallie y él no estaba saliendo. De hecho, habían convenido no entablar ningún tipo de relación personal. Así que ¿por qué tenía la sensación de haberla traicionado, joder? Daba igual que se hubiera imaginado la cara de Hallie mientras le escribía a su admiradora secreta, el sentimiento de culpa no desaparecía.

—Hallie... —la llamó de nuevo, sin saber cómo continuar.

Por Dios, tenía ganas de vomitar.

—Mañana me pasaré por tu casa en algún momento para plantar cineraria gris, así destacará más la lavanda —le informó con voz alegre mientras regresaba a la carpa antes de agradecerle a Owen que le sujetara la lona de la entrada—. Gracias de nuevo por encargarte del cuentacuentos.

Owen lo miró con una sonrisilla ufana y la siguió al interior.

Julian clavó la mirada en la lona que se agitaba, sin aliento. Pero… ¿qué acababa de pasar?

Además, ¿alguien echaría de menos a Owen si desaparecía?

Cuando entró de nuevo en la carpa, le costó la misma vida no sacar a Hallie del puesto de la pastelería y arrastrarla al exterior. Para terminar su conversación de un modo que la dejara sonriendo. ¿Por qué? Eso solo embrollaría más lo que había entre ellos. Claro que sería muchísimo mejor que dejar… lo que fuera a medias. Esa locura absoluta era lo que acompañaba a Hallie, pero le resultaba imposible no ir en busca de otra ración.

Estaba a punto de acercarse al puesto de la pastelería cuando vio a Natalie al otro lado de la carpa. Saltaba a la vista que su hermana había pisado el acelerador en cuanto al consumo de vino desde que él salió para el cuentacuentos una hora antes y, en ese momento, estaba coqueteando con uno de los vendedores de vino, un hombre que parecía un armario empotrado de cuatro puertas que llevaba un delantal que ponía «Besa al viticultor». Justo en ese momento y mientras él la miraba, Natalie intentó subirse a la mesa del hombre con lo que sin duda creía que era el movimiento más seductor del mundo. Hasta que se resbaló… y se habría caído al suelo de no ser porque el armario empotrado extendió el brazo a toda prisa para sujetarla.

Con el rabillo del ojo, Julian vio a una fotógrafa con cara de absoluta concentración abrirse paso entre la multitud, aunque ya iban quedando menos personas. Lo último que necesitaba el viñedo era una foto de Natalie borracha en la sección de cotilleos de algún blog de vinos. Tras lanzarle una última mirada frustrada a Hallie, se apresuró a cruzar la carpa en busca de su hermana, con la esperanza de interceptarla antes de que se convirtiera en carne de meme. Aunque, al parecer, su preocupación era innecesaria. El viticultor también se había fijado en la fotógrafa. En el último segundo, cambió de posición a Natalie de manera que su enorme cuerpo le impidió hacer una foto decente.

—August, en serio, es imposible tararear mientras te tapas la nariz —decía Natalie, arrastrando las palabras, cuando Julian llegó junto a ellos—. Inténtalo.

Julian supuso que el hombre diría algo para seguirle la corriente a su hermana o distraerla, así que se sorprendió al ver que se pellizcaba la nariz e intentaba la hazaña, enseñando de paso un tatuaje de la marina.

—La madre que me parió —gruñó el hombretón—. ¡Es imposible!

Natalie soltó una sonora carcajada.

—August Cates, recordarás este momento el resto de tu vida.

—Sí. —El marinero esbozó una sonrisa torcida—. Lo tengo clarísimo.

Su hermana lo miró durante un espacio de tiempo que resultó incómodo.

—¿Vamos a enrollarnos?

La sonrisa se ensanchó hasta dejar a la vista unos dientes muy blancos.

—Cancela todas mis llamadas —le gritó el hombretón por encima del hombro a una secretaria imaginaria.

Julian vio que Natalie daba un paso hacia el viticultor, momento en el que la fotógrafa por fin encontró un ángulo mejor, y decidió que había llegado el momento de actuar.

—Es hora de irnos, Natalie.

—Ajá —convino ella sin inmutarse siquiera al tiempo que dejaba que la alejara. Claro que lo hizo sin dejar de mirar una y otra vez por encima del hombro al hombre con quien había estado a punto de enrollarse—. Olvídate del de la gasolinera. Ese hombre es el ligue perfecto después de una ruptura.

—Toma la decisión cuando estés sobria.

—No tomo buenas decisiones cuando estoy sobria. Por eso estoy en Napa, ¿o se te ha olvidado? —Tiró de él para que se parara antes de que Corinne pudiera oírlos—. ¿Cómo van las cosas con Hallie, por quien estarías dispuesto a sacrificarte, pero con quien te niegas a salir?

—No muy bien, la verdad.

Ella repitió sus palabras, empleando además un acento británico, y después, básicamente se desinfló.

—Por Dios, somos muy disfuncionales, ¿a que sí? ¿Quién nos ha dejado sueltos por el mundo?

En ese momento, se oyó la carcajada más diplomática de su madre, que tenía el don de la oportunidad, mientras levantaba una copa hacia la pareja que estaba delante del puesto de los Viñedos Vos. En cuanto la pareja se marchó, dejó de sonreír más deprisa de lo que caería un yunque desde una décima planta.

Natalie sonrió.

—Ahí está la respuesta.

Julian observó a su hermana mientras se reunía el otro lado de la carpa antes de poder evitarlo.

«Somos muy disfuncionales, ¿a que sí?».

A lo mejor Hallie era una llave inglesa para el motor de su salud mental, pero ¿cumplía él la misma función para ella? ¿O era peor? Recordó la primera tarde que se conocieron, cuando ella perdió parte de su brillo después de que él criticara el lugar que había elegido para las plantas. Unos minutos antes, ella lo miraba con expresión tierna y coqueta, y de alguna manera él arruinó el momento. De nuevo. A lo mejor debería mantenerse alejado de ella por el daño que podría causar. Porque por más que lo enloqueciera su falta de planes y su desorganización, le gustaba. Mucho. Le gustaba demasiado como para dejarle cartas a otra.

Se acercó a su familia, que ya se estaba preparando para marcharse, con la sensación de tener un puñal clavado en la garganta. Lógico o no, necesitaba recuperar esa carta y destruirla. Esa noche.

14

Pasaba la medianoche cuando Hallie, Lavinia y Jerome recorrieron Grapevine Way después de haber guardado todas las cosas del puesto de la feria, desde donde regresaban en el mismo coche. Las tiendas estaban cerradas, aunque quedaban algunos bares abiertos, seguramente a punto de avisar de que se acercaba la hora del cierre. Junto a la carretera, las recargadas cornisas de los edificios se recortaban contra el cielo nocturno iluminado por la luna. Por la ventanilla trasera de la furgoneta de reparto de Jerome y Lavinia, Hallie oía el cricrí de los grillos que resonaba en la montaña y en los valles y viñedos cercanos.

La pareja la dejó junto a su camioneta aparcada y, tras despedirse con gesto agotado, siguieron hasta La Nuez Judy, donde descargarían todo lo que habían llevado desde la feria antes de volver a casa.

Hallie se subió a la camioneta y se echó hacia atrás, contra el reposacabezas. Debería irse a casa, meterse en la cama de inmediato y rodearse de perros roncando, pero no hizo ademán de arrancar el motor. Julian le había contestado a su admiradora, y por más que lo intentaba, era incapaz de olvidarlo. No había otra opción: tenía que hacerse con esa carta. Ya. Esa noche. Bajo el manto de la oscuridad, como una loca de atar.

Apretó los dientes, abrió la puerta de la camioneta y se bajó de un salto mientras se arrebujaba con la sudadera para protegerse del aire frío y la neblina. Cruzó la carretera desierta con la intención de acortar camino a través de La Nuez Judy, desde donde saldría al callejón trasero y desde allí continuaría por la carretera hasta el sendero por el que Julian corría. Como ya había ayudado antes a Lavinia y a Jerome en otros eventos, sabía que estarían ocupados colocándolo todo en la enorme despensa y que ni se darían cuenta de que había usado el atajo. Lo mejor era que cualquier posible testigo supondría que se había quedado en la pastelería todo el tiempo.

—¿Cualquier posible testigo? ¿Tú te estás oyendo? —masculló.

Estaba a punto de hacer una tontería...

Se detuvo en seco delante de Encorchado.

¿Eso era un... toldo nuevo?

El antiguo de rayas rojas y blancas descoloridas había desaparecido y había sido reemplazado por uno de color verde chillón con letras en cursiva: «Tienda de vinos Encorchado. Una institución en St. Helena desde 1957».

¿De dónde había salido? Entre la tormenta del día anterior y prepararse para Relax y Vino en Napa, llevaba dos tardes sin pasarse por Encorchado para ver a Lorna. Al parecer, se había perdido el lavado de cara de la tienda. ¿Quién era el responsable?

La intuición le provocó un hormigueo en todo el cuerpo, pero no quería hacerle caso. Antes, en la feria... con alguna copa de más en el cuerpo, se embarcó en la misión de averiguar de dónde habían salido las tarjetas de visita y, sorpresa, sorpresa, todas las personas con las que habló le dijeron que se las habían dado en el puesto de Viñedos Vos. Ya había pescado a Julian comprándole cajas a Lorna por lástima. Luego las tarjetas. Y después eso. Un precioso y flamante toldo que le quitaba varias décadas de encima a la tienda en dificultades.

Había sido él, ¿verdad? Le había comprado a Lorna un toldo nuevo. Le mandaba clientes. Hacía que la caja registradora tuviera dinero. ¿Qué significaba todo eso y por qué, pero por qué, tenía que acelerarle el corazón hasta que le latía como los tambores de un espectáculo en un crucero?

Nada de eso era por ella.

Había un motivo por el que él no había aceptado el mérito de lo que había hecho. No quería que ella lo malinterpretase. Solo estaba ayudando a la dueña de un negocio local, no haciendo un gran gesto romántico, así que debía dejar de enternecerse. Debería avergonzarse de que le temblaran las piernas como si fuera un pudin de chocolate. Si Julian la quería como algo más que un rollo accidental, a esas alturas ya lo habría dicho. Bien sabía Dios que en todo lo demás era más directo que un derechazo.

Y le había contestado a su admiradora secreta.

«Hoooola». Eso no lo hacía un hombre interesado.

Eso lo hacía un hombre que le había echado un vistazo al pasillo de la verdura y había dicho: «Creo que me voy a llevar esta coliflor tan segura en vez de la bolsa con una mezcla de brotes que ni siquiera sé cómo se llaman». Debería meterse su falta de interés en su dura mollera, encontrar la carta de Julian, leerla por pura curiosidad y después olvidar todo ese desconcertante asunto con el profesor.

Tras echarle otra miradita anhelante al toldo, corrió por Grapevine Way hacia La Nuez Judy. Echó un vistazo por el escaparate para asegurarse de que sus amigos no estaban por allí antes de colarse por la puerta y entrar en la cocina. Lavinia salió de detrás de las mesas de trabajo de acero inoxidable y levantó las manos justo cuando ella entraba, tras lo cual se dejó caer sobre la mesa aferrándose el delantal rosa a la altura del pecho.

—Joder, que creía que ibas a robarnos. ¿Se puede saber qué estás tramando?

Hallie se reprendió mentalmente por no haber tomado el camino más largo y, atrapada, cambió el peso del cuerpo sobre las puntas de los pies.

—Se me ha ocurrido dar un paseíto a la luz de la luna.

—¿Qué? ¿Por dónde?

¿Por qué sus ideas siempre parecían peor cuando las decía en voz alta? A ver, que le pasaba con todas.

—Por el sendero por el que corre Julian —susurró.

Lavinia golpeó la mesa con un puño al cabo de un momento.

—Te ha escrito, ¿a que sí?

—¿Va todo bien por ahí? —preguntó Jerome a través de la puerta de la trastienda.

Hallie se llevó un dedo a los labios.

—Todo bien, amor mío. ¡Es que me he dado un golpe en el codo! —Lavinia se llevó las manos a la espalda para desatarse el delantal, con cara de loca—. Te acompaño.

Sería imposible impedírselo. Quitarse el delantal significaba que iba en serio.

—No te voy a leer la carta. Es privada.

Lavinia se balanceó sobre los talones mientras sopesaba esa condición.

—No tienes que leerme todas las palabras, pero quiero saber de qué va.

—Muy bien.

—¡Salgo a fumar, amor mío! —gritó Lavinia antes de que la puerta se cerrase de golpe tras ellas al salir al callejón—. ¿Cómo sabes que te ha contestado?

—Me lo ha dicho.

—Te lo ha dicho... —repitió Lavinia.

—Sí. —Se agarró los codos con fuerza, pero después se dio cuenta de que parecía a la defensiva, de modo que se los soltó—. Y sí, me doy cuenta de que eso quiere decir que no le interesa la Hallie de la vida real. Solo la Hallie de la carta. Solo voy a leer la respuesta para satisfacer mi curiosidad. Nada más.

—Me fiaría de lo que dices... —dijo Lavinia, que aceleró el paso para mantenerse a su altura— si no me hubieras jurado que no ibas a escribir las cartas.

—¿Has visto el nuevo toldo de Encorchado?

—Tu capacidad para distraernos de un problema real no tiene parangón, pero voy a picar. —Lavinia ladeó la cabeza—. ¿Un toldo nuevo? ¿Qué ha pasado con el rojo lleno de cagadas de palomas?

—Ha desaparecido. Y creo que ha sido Julian quien lo ha organizado todo. —Agarró a Lavinia de la muñeca y tiró de ella hacia el sendero privado que llevaba a los Viñedos Vos—. Les seguí la pista a las tarjetas promocionales de Encorchado hasta su puesto en Relax y Vino en Napa. Eso también ha sido toda cosa suya, ¿a que sí? Empiezo a ver que todo parece muy de Scooby Doo.

—¡Ooh! Yo soy Daphne. Es la que se tira a Fred.

—Puedes quedarte con él. No me fío ni un pelo de los rubios.

—¿Quién está hablando de fiarse de él? ¡Yo solo quiero echar un polvo! ¿Qué parte no has entendido?

Hallie se tapó la boca para contener una carcajada.

—Lo he entendido todo. Que estemos deambulando de noche hablando de relaciones sexuales con un personaje de dibujos animados (y encima uno que va vestido de marinerito) es el motivo de que seamos amigas.

Se miraron con una sonrisa guasona a la luz de la luna.

—Pues de vuelta al misterio del toldo: creemos que Julian es el responsable.

—Sí. —Hallie suspiró, desesperada por las mariposas que le revoloteaban en el pecho—. Podría haber salido más o menos ilesa si no fuera el mejor bromista telefónico del universo. Si dejara de tener estos..., estos detalles que me recuerdan por qué acabé loca por él. Por qué me he pasado tanto tiempo enamorada de él.

Lavinia murmuró algo para decirle que la entendía.

—Te tiene enganchada por un anzuelo, boqueando y retorciéndote.

—Gracias por esa comparación tan bonita. —Hallie soltó una carcajada y se detuvo delante del tocón con el ceño fruncido—. La carta debería estar aquí. Metida en la raja.

—Qué coincidencia, ahí es donde te gustaría tener a Julian.

Hallie consiguió controlar el rubor.

—No andas muy desencaminada.

Las dos sacaron el móvil y activaron las linternas para buscar por el suelo alrededor del tocón.

—¿La habrá recuperado?

¿Por qué la esperanza que alentaba esa posibilidad hacía que le diera vueltas la cabeza?

—No. ¿Por qué iba a hacerlo?

—A lo mejor se ha dado cuenta de que eras la chica de sus sueños... —La linterna de Lavinia iluminó algo detrás de una zarzamora—. Ah, no, perdona, que la he encontrado. Ha debido de salir volando con el aire.

—¡Oh! —exclamó Hallie con voz demasiado alegre—. Muy bien. —Se acercó a la carta como se acercaría a un charco de gasolina y la recuperó mientras le ordenaba a su estómago que dejara de dar vueltas—. En fin, me la llevaré a casa para leerla.

Pasaron varios segundos en silencio, rodeadas por la neblina.

Hallie rompió el sobre para abrirlo.

—Eso es —dijo Lavinia, que se sentó en el tocón—, yo me quedo aquí mismo, esperando que me tires las migajas que consideres oportunas.

Hallie casi no oyó el comentario mordaz de su amiga por encima de los atronadores latidos de su corazón. Se apartó unos pasos e iluminó la carta con la linterna para leerla.

Hola:

No sé por dónde empezar. Evidentemente, todo esto es muy inusual. Al fin y al cabo, nos estamos comunicando como dos personas que se conocen, pero nunca nos hemos visto. Aunque da la sensación de que sí, ¿no te parece? Me disculpo por irme por las ramas. No es fácil exponerse en papel y dejarlo en un sitio donde podría caer en las manos equivocadas. Fuiste valiente al ser la primera.

En tu carta, mencionabas tener demasiado espacio para pensar. Yo siempre he creído que eso era lo que quería. Muchísimo espacio. Silencio. Pero de un tiempo a esta parte, se está convirtiendo en un campo de fuerza para mantener a los demás a distancia. Lo he tenido activo tanto tiempo que cualquiera lo bastante valiente como para entrar parece un intruso en vez de lo que realmente es. Una anomalía. Una encrucijada en el camino del tiempo. Lo que me aleja de la distracción y me obliga a convertirme en la mejor versión de mi persona. ¿Y no te parece irónico que me gane la vida enseñando el significado del tiempo y que ahora esté empeñado en luchar contra su paso? El tiempo es sinónimo de cambio. Pero es difícil permitir que te lleve hacia delante.

Basta de mí. No soy tan interesante como tú ni mucho menos. Voy a decirte una cosa: creo que si eres lo bastante valiente como para escribirme una carta firmando como mi admiradora secreta, eres lo bastante valiente como para evolucionar si eso es lo que quieres. A lo mejor al contestarte yo también me animo a hacerlo.

Atentamente,
Julian

—¿Y bien? —preguntó Lavinia desde el tocón—. ¿De qué va?

Hallie no tenía ni idea. Julian se había sincerado muchísimo más de lo que se esperaba. Le recordaba a la conversación que mantuvieron en la cocina. Emocional. Sincera. Solo que en esa ocasión él creía estar hablándole a otra persona, no a ella. Por un lado, sus palabras fueron un bálsamo para una herida que llevaba dentro. «Eres lo bastante valiente como para evolucionar». Por otro lado, le parecía peor que si hubiera pedido conocer a la misteriosa admiradora. O que si hubiera expresado un interés romántico serio.

Sintió el escozor de las lágrimas detrás de los párpados.

—Mmm. —Se apresuró a doblar la carta y se la guardó en el bolsillo de la sudadera—. Diría que muestra un interés cauto. Ha sido halagador, pero no ha coqueteado. Deja el campo abierto a continuar la correspondencia.

Lavinia no dijo nada de inmediato, y ella comprendió que su amiga había captado el deje dolido de su voz.

—¿Vas a escribirle de nuevo? —le preguntó al cabo de un rato en voz baja.

—No lo sé. —Hallie intentó reír, pero le salió forzado—. Hasta ahora, mis decisiones impulsivas no habían acabado en dolor. A lo mejor es una buena señal para que pare.

—Llevo un mechero en el bolsillo. ¿Quemamos a Julian en una pira?

—Qué va. —Hallie se volvió hacia su amiga con expresión agradecida—. Tengo entendido que no hay *linguini* con gambas al ajillo y mantequilla en la cárcel.

—Pues supongo que tendremos que dejar vivir a ese imbécil —masculló Lavinia al tiempo que se ponía en pie. Se acercó a ella y le echó un brazo sobre los hombros, tras lo cual ambas miraron al horizonte por encima de las vides—. Has hecho algo un poco arriesgado, guapa, pero permíteme decirte que te admiro muchísimo por haberte lanzado a la piscina y haberte soltado el pelo. De vez en cuando, salen cosas buenas si se aprovecha un momento de repentino valor.

—Pero esta vez no.

Lavinia no contestó, se limitó a darle un apretón en los hombros.

—Ha salido algo bueno —se corrigió Hallie despacio mientras observaba que su aliento se condensaba—. Necesitaba que me dieran un toque de atención. Desde que Rebecca nos dejó, he caído de lleno en este patrón caótico y desorganizado. Me niego a admitir lo mucho que duele estar sola. Y no sé lo que va a pasar a continuación en mi vida. Así que… me empeño en no tomar decisiones y hago cualquier cosa para evitarlas. Para evitar ser la Hallie que era cuando ella estaba con nosotros, porque es demasiado difícil hacerlo sola. —Cerró los ojos y enderezó los hombros—. Pero puedo hacerlo. Estoy lista. Necesito madurar y dejar de tomar estas… —dijo al tiempo que señalaba el tocón— decisiones ridículas. A partir de mañana, voy a empezar de cero.

—¿Por qué no empezar esta noche?

—Porque antes necesito darle carpetazo. —Miró de nuevo el tocón—. Primero tengo que despedirme de él.

La carta ya había desaparecido.

Julian miró el tocón con el estómago encogido.

Casi era la una de la madrugada. Habían estado en casa una hora, pero la había pasado convenciendo a Natalie de que se acostara en vez de abrir una botella de champán y jugar a una versión antigua de Yahtzee que había encontrado en el armario del pasillo. En cuanto oyó a su hermana roncando como el motor de un tractor, salió corriendo por el sendero para recuperar la misiva, pero saltaba a la vista que llegaba demasiado tarde. Su admiradora secreta se le había adelantado mientras él estaba en la feria. Y suponía que eso eliminaba a todas las personas allí presentes. ¿Por qué se sorprendía? ¿Había albergado una llamita de esperanza de que la admiradora fuera Hallie?

«Idiota».

¿Por qué iba a admirar a un hombre que era como un nubarrón comparado con la luz que ella irradiaba?

Fue Hallie quien señaló que eran demasiado distintos y que solo debían ser amigos.

Estaba de acuerdo, claro. Por supuesto. De verdad que sí.

De todas formas… Por Dios, ¿por qué sudaba tanto? Pese al bajón de temperatura, tenía la nuca cubierta de sudor. No le quedaba más remedio que volver a casa, arrastrando a su paso una sensación de temor y vergüenza, a sabiendas de que le había contestado a una desconocida cuando estaba (debía admitirlo) loco por otra.

¿Cómo iba a salir de esa?

15

Julian había salido a correr como siempre por Grapevine Way y aminoró el paso al ver la cola de personas en la acera. Pero en esa ocasión no era para entrar en DESCORCHADO. Estaban esperando con paciencia su turno para entrar en Encorchado, de donde salían otras personas con botellas de vino de su familia, adornadas con lazos.

Carraspeó un poco, asintió una vez con la cabeza y empezó a correr más deprisa para compensar el tiempo perdido. Después de correr más de una manzana, se permitió sonreír. Por fin reconocía ese extraño vuelco en el centro del pecho. Dado que la tienda de Lorna estaba resurgiendo, Hallie ya no se preocuparía, ¿verdad? Sería feliz.

Quizá no estaría de más actualizar los expositores interiores de Lorna. Pulir el suelo. Esa cola de personas estaba allí por las tarjetas promocionales que había distribuido, pero ¿qué plan había a largo plazo? Para Encorchado y para Viñedos Vos. En vez de trabajar en el libro de Wexler esa mañana, se había reunido con el contable y, con la aprobación de Corinne, había reorganizado sus prioridades financieras. Ese año disminuirían la producción e intentarían vender lo que ya tenían almacenado. Una vez que consiguieran beneficios, podrían invertir en las mejoras necesarias para levantarse más fuertes que nunca.

Estaba muy ocupado haciendo cálculos mentales cuando pasó junto al tocón.

Se detuvo tan deprisa que levantó una nube de polvo.

¿Otra carta?

Su reacción instintiva fue seguir corriendo. «No la toques. No la abras». Hallie no estaba al otro lado de esas cartas. Después de lo de la noche anterior, parecía que estaban hasta más distanciados que antes. Solo eran dos personas que habían intercambiado intimidades en un viñedo. Dos personas que habían perdido la cabeza por completo una noche y se habían dado placer en su cocina. Dos personas que parecían incapaces de no encontrarse. Estaba casi seguro de que volvería a Stanford con la sensación de haber dejado algo a medias, pero era inevitable, ¿no?

Tendría que... vivir con eso.

¿Cómo?

Nunca volverían a mantener una conversación como la noche de la tormenta. O como cuando estuvieron vendimiando en el viñedo de su familia. Unos momentos que no dejaba de rememorar en un intento por entender cómo era posible que siendo polos opuestos pudieran comprenderse tan bien. Hasta tal punto que cuando le contestó a su admiradora secreta, sus palabras eran casi el punto y final de sus conversaciones con Hallie. Costaba no esperar una respuesta, aunque no procediera de ella.

Antes de darse cuenta de que se había agachado para hacerse con la carta, ya la tenía en la mano.

—Joder.

Empezó a correr de nuevo a través de la fría neblina que bajaba de la montaña. El sol se abría paso entre la niebla en algunas zonas y sus rayos eran como focos que iban cambiando de posición sobre las vides. Bajo los pies, sentía la tierra firme, algo que agradecía, porque tener la carta en las manos le provocaba una pugna constante entre la expectación y el miedo en el estómago. Por si acaso Natalie se había levantado antes de las dos de la tarde, aunque era muy poco probable en fin de semana, se metió la carta en el bolsillo de camino a su dormitorio, al que llegó sin incidentes.

Tras cerrar la puerta a su espalda, se quitó la camiseta sudada y la dejó en la cesta de la ropa sucia. Se quitó las zapatillas de deporte con los pies y empezó a andar de un lado para otro junto a la cama. Al final, no aguantó más la incertidumbre. Se sacó la carta del bolsillo y la abrió.

Querido Julian:

Hay algo de tu carta que no me puedo sacar de la cabeza: que hay sucesos o personas en nuestras vidas que nos obligan a transformarnos en nuestra siguiente versión. ¿Nos oponemos todos constantemente a ese cambio que nos transforma en algo nuevo y desconocido? ¿Es ese el motivo de que, hagamos lo que hagamos en nuestra vida personal o profesional, de alguna manera nunca nos sintamos seguros del todo? Siempre nos acompaña el miedo a hacerlo mal. O tal vez nos da miedo hacerlo bien y progresar, porque eso implica un avanzar es difícil, como tú has dicho. Aterrador. Creo que avanzar como adultos significa aceptar que pasan cosas malas y que no siempre podemos hacer algo para evitarlo o para arreglarlo. ¿Ser consciente de eso es el cambio final? Si es así, ¿qué hay después de esa amarga revelación? Con razón nos negamos a movernos.

Mientras escribo esto, me pregunto si cuanto más nos resistamos a cambiar, menos tiempo tenemos para vivir como mejores personas. O, al menos, como personas más conscientes.

Te propongo que esta semana ambos hagamos algo que nos asuste.

Tu admiradora secreta

—Joder —repitió Julian, que se vio sentado en el borde de la cama sin saber muy bien cuándo lo había hecho. Estaba de nuevo total y absolutamente intrigado por la carta de esa persona y, al mismo tiempo, quería romperla y quemarla en la chimenea. No solo porque alternaba entre oír las palabras en la voz de Hallie y sentir una culpa inmensa por el simple hecho de haberla leído, sino también porque la carta lo desafiaba. No había aceptado ni rechazado el reto todavía y, sin embargo, tenía la sensación de que se le hubieran llenado las venas de energía estática.

«Algo que nos asuste».

Soltó la carta en la cama, pero se la llevó a la ducha en su cabeza. Después a su despacho, donde se sentó de nuevo delante del parpadeante cursor durante horas. En un momento dado, oyó a Natalie salir a trompicones de su dormitorio en busca de sustento antes de regresar de inmediato. Al final, se rindió porque no podía concentrarse en otra cosa, volvió a su habitación e intentó encontrar alguna pista sobre la identidad de la autora en la letra, en el sencillo sobre y en el color de la tinta. A lo mejor si se encontraba con esa persona cara a cara, podría confirmar si la atracción era recíproca o no. Por algún motivo, esperaba que no lo fuese. De todas maneras, podían ser amigos, ¿no?

Aunque solo habían intercambiado cartas, no podía dejar de pensar que compartía cierta conexión con esa persona capaz de identificar preocupaciones de las que él siempre había sido incapaz de hablar.

Salvo con Hallie.

Quizá en vez de contestar, debería ir a hablar con ella.

La expectación aumentó tan rápido por la idea de verla, de oír su voz, que se le cayó la carta. La carta de una persona con la que mantenía correspondencia de forma voluntaria. Una persona que no era Hallie. ¿En qué lío se había metido?

—Siento haberte alejado de tu club de fans —le dijo Hallie a Lorna a modo de broma, mirando a la mejor amiga de su abuela con una sonrisa desde detrás del volante de su camioneta. Era domingo por la tarde y estaban atravesando el pueblo, cediéndoles el paso a los achispados peatones cada cincuenta metros más o menos mientras Phoebe Bridgers sonaba de fondo en la radio—. ¿Seguro que quieres tomarte un descanso para comer?

—Pues claro que sí, cariño. Estos cansados pies necesitan un respiro. —Lorna se alisó el pañuelo de seda estampado que llevaba al cuello—. Además, Nina lo tiene todo controlado. —No había terminado la frase cuando ya se estaba riendo—. ¿Te puedes creer que ahora tengo a una trabajadora a mi cargo? Hace dos semanas casi no tenía clientes. ¡Ahora he contratado a alguien que me ayude a media jornada para poder atenderlos a todos!

Hallie sintió que el alivio le inundaba el pecho. Cuando llegó delante de Encorchado, había clientes sentados a la mesa blanca de hierro fundido de su abuela con copas de vino en la mano, dándole vida. Dándole un nuevo propósito. Manteniendo vivo el recuerdo de Rebecca, al menos para ella. Y se lo debía casi todo a Julian.

Su nombre fue un subidón de adrenalina y un puñetazo en el estómago, todo a la vez.

¿Le estaría contestando a su admiradora secreta en ese preciso instante?

«Te propongo que esta semana ambos hagamos algo que nos asuste».

¿Estaría en el proceso de averiguar qué lo asustaba? Cuando menos, ella estaba en el proceso de tachar esa casilla de su lista. De hacer algo incómodo. De cumplir el desafío que había lanzado para ambos y avanzar. Esa mañana había llamado a Lorna para hablarle de su paso por la biblioteca y ella insistió en acompañarla para ofrecerle apoyo moral, pese a las hordas de clientes que se abalanzaban sobre Encorchado armadas con tarjetas de descuento de Viñedos Vos y una sed insaciable.

—Lorna, no sabes cómo me alegro. —Apartó una mano del volante para frotarse la presión pletórica que sentía en el pecho—. Ahora mismo podría estallar de felicidad.

—Ni lo había soñado, la verdad —susurró Lorna, con la mirada perdida al frente—. Claro que algunas de las mejores cosas de la vida pasan cuando menos te lo esperas.

¿Más o menos como que Julian volviera a St. Helena para escribir un libro? ¿O que el profesor fuera el héroe caballeroso que residía de forma gratuita en su recuerdo y que al mismo tiempo se mostraba como una persona totalmente distinta de como se lo había imaginado durante los últimos quince años? Sí, tal vez fuera el hombre estudioso de su imaginación, pero también era intenso. El guardián de unos secretos dolorosos. Gracioso y rápido a la hora de encontrar soluciones. Protector. Un millón de veces más fascinante que la persona que había creado en su mente, de modo que no le había quedado más alternativa que dejarle al menos algo sobre lo que meditar y pasar página. Que era lo que debería haber hecho desde el principio, antes de involucrarse demasiado.

—¿Y si te pasas toda la vida esperando algo… y acabas consiguiendo otra cosa totalmente distinta?

—Yo diría que de lo único que se puede estar seguro en la vida es de los planes frustrados —contestó Lorna—. El destino sigue su propia agenda. Pero a veces nos deja un regalo inesperado en la puerta y nos damos cuenta de que si todo lo que habíamos planeado hubiera salido según lo previsto, dicho regalo nunca habría llegado. Como cuando te viniste a vivir con Rebecca a St. Helena. Ninguna de las veces que intentó encarrilar a tu madre salió bien, pero al final eso fue lo que te trajo aquí. Rebecca lo decía a todas horas: «Lorna, lo que tenga que ser será».

—Le encantaba ese dicho.

—Desde luego.

Hallie se removió en el asiento del conductor, pero no consiguió ponerse cómoda.

—¿Y si mi sitio solo estaba en St. Helena mientras Rebecca vivía? Es la sensación que tengo. Como si ya no… supiera estar en este lugar. Yo sola.

Lorna se quedó callada un momento. Hallie se dio cuenta de que la mujer se estaba armando de valor y al final le puso una mano en el hombro mientras decía:

—Cuando viniste, este lugar cambio, junto con Rebecca. Se amoldó para que encajaras, y ahora…, formas parte del paisaje,

Hallie. Una parte preciosa. St. Helena siempre será mejor por contar contigo.

Hallie negó con la cabeza y se le escapó una lágrima, que se secó enseguida.

—Soy un desastre. Soy inconsistente y desorganizada, y no tengo control sobre mis impulsos. Ella siempre estaba ahí para ayudarme en eso. Para ayudarme a saber quién soy. Era la nieta de Rebecca.

—Y lo sigues siendo. Lo serás siempre. Pero también eres Hallie…, y Hallie es preciosa incluso con todos sus defectos. Porque tus cosas buenas sobrepasan con creces a las malas.

No sabía lo mucho que necesitaba oír esas palabras hasta que Lorna las pronunció. Parte de la opresión que sentía en el pecho desapareció, y consiguió aflojar las manos alrededor del volante.

—Gracias, Lorna.

—Estoy encantada de decirte la verdad cada vez que quieras oírla. —Lorna le dio una palmadita más en el hombro antes de apartar la mano—. ¿Por qué vas hoy a la biblioteca para trabajar en el jardín?

Hallie soltó una especie de murmullo y luego tomó una honda bocanada de aire.

—Porque quiero hacer algo de lo que ella se sintiera orgullosa. Pero… creo que, sobre todo, porque debo hacer algo de lo que yo me sienta orgullosa. Tengo que empezar a… enorgullecerme, sin más. De mí y de mi trabajo. Ahora tiene que ser por mí.

Aparcó junto a la acera enfrente del edificio blanco con forma de *u*, también conocido como la biblioteca de St. Helena, que se alzaba en solitario al final de la calle, con las interminables hileras de vides bañadas por el sol extendiéndose a su espalda.

Esa mañana, mientras meditaba sobre el tema, se había comido todas las uñas.

Era algo que venía de lejos. De hecho, una parte de ella no esperaba llegar a ese momento.

Saltaba a la vista que la biblioteca necesitaba algo de verde, de color y de calidez. En ese instante, no tenía nada de eso. Solo unas plantas nativas que habían crecido de forma espontánea y que habrían sido bonitas con un poco de mantenimiento y algunas plantas perennes más. Lo que sí tenía era una explanada, a la sombra de un roble. Había dos niños sentados en el césped, haciendo pompas de jabón con poco éxito mientras la espuma les resbalaba por los brazos hasta caer al suelo. Un tercer niño más pequeño dormía en el regazo de la madre, mientras los libros de la biblioteca yacían esparcidos a su alrededor.

Hallie pensó que la biblioteca podía florecer con un poquito de atención. Si las personas pasaban con el coche por delante, las flores las llamarían como si de una invitación se tratara. Caléndulas, girasoles y algunas fuentes. Sin embargo, para conseguir el trabajo, tendría que crear un diseño concreto, que aprobara la señora Hume, la gerente de la biblioteca, y después ceñirse al plan.

Con Rebecca para guiarla, no habría tenido problemas para seguir un plan. Pero de un tiempo a esa parte, se sentía como un vestido colgado de un tendedero en mitad de un vendaval, agitándose en todas direcciones. ¿Los años que había pasado bajo el ala de su abuela no habían servido para nada?

Ni hablar.

En cuanto Rebecca murió, volvió a ser presa de la indecisión y del desorden. Pero no tenía por qué seguir así. Podía hacer algo espectacular ella sola. Podía enorgullecerse de sí misma, con todo su caos y demás. Era la nieta de un pilar de la comunidad; de una mujer increíblemente amable a quien le encantaban la rutina y los placeres sencillos, como un carillón de viento en el porche trasero o practicar caligrafía con cuadernillos en casa. Ella había bajado las revoluciones en la medida de lo posible porque era importante para su abuela. Rebecca valoraba cuando se esforzaba, cuando controlaba su díscola atención y se concentraba en los deberes o en llevar a cabo un diseño paisajístico concreto. Ya no había nadie que apreciara sus esfuerzos.

Solo ella. Con eso tendría que bastar.

«Te propongo que esta semana ambos hagamos algo que nos asuste».

Encargarse de un proyecto de esa magnitud desde luego que asustaba. Era un trabajo que requeriría planificación, diligencia y tener a una bibliotecaria muy particular mirando por encima de su hombro a todas horas.

¿Estaba preparada para eso?

«Sí».

Algo tenía que cambiar. Poner por escrito lo que le generaba ansiedad, escribirle cartas a Julian, había sido terapéutico. Podía sincerarse por completo sobre sus miedos y sus sentimientos. Dicha sinceridad era maravillosa. Auténtica. Pero en ese momento, necesitaba sincerarse consigo misma. Admitir que había estado evitando el proyecto de la biblioteca porque no se creía capaz de mantener la concentración necesaria para finalizar un trabajo tan extenso. Pero Rebecca creía en ella. Al igual que Lorna. Era hora de aceptar esa confianza y adoptarla como propia.

Lorna le dio un toquecito en las costillas desde el asiento del acompañante.

—Vamos, cariño, puedes hacerlo. Yo te espero aquí.

Se volvió hacia ella.

—¿Seguro que no prefieres un almuerzo tardío con champán ilimitado?

—Puede que la semana que viene. —Lorna se echó a reír y le hizo gestos para que abriera su puerta—. De momento, quiero ver a la nieta rebelde de mi mejor amiga aprender una lección: que no necesita cambiar para gustarle a nadie. A menos que sea para gustarse a sí misma.

Se quedaron tomadas de las manos unos segundos, tras los cuales Hallie soltó el aire despacio, se bajó de la camioneta y cruzó la calle.

Sintió el frío pomo de latón bajo la palma y abrió la pesada puerta de la biblioteca. Tal como recordaba, el interior era luminoso y acogedor. Las vidrieras de colores teñían de azul y rojo las estanterías, en las mesas se mantenían conversaciones en voz baja por encima de las pantallas de los portátiles y nada más entrar la recibió el inconfundible olor a cuero viejo y a limpiador de suelos.

La señora Hume levantó la cabeza al otro lado del mostrador de recepción, y sus delgados y oscuros dedos se detuvieron sobre las teclas. Se quitó las gafas, que dejó que colgaran de un largo collar de cuentas, y se puso en pie.

—Hallie Welch. Rebecca me dijo que aparecerías tarde o temprano —la saludó con una sonrisa en los labios—. ¿Has venido a sacarte el carné de la biblioteca o a arreglarnos el jardín de una vez?

Hallie se tomó un momento para reconectar con su abuela. Como un saludo susurrado desde el más allá. Después se calmó y se acercó al mostrador.

—Puede que las dos cosas. Por casualidad no tendrá libros para ayudar a mantener la organización, ¿verdad?

—Seguro que encuentro unos cuantos.

—Son para una amiga, claro —bromeó Hallie al ver la sonrisa elocuente de la bibliotecaria—. En cuanto al jardín..., sí, estoy lista. He pensado que podríamos hablar del diseño y podría empezar pronto.

La señora Hume levantó una ceja.

—¿Cuándo exactamente?

—Pronto —contestó ella con firmeza y aceptó en ese preciso instante que algunas cosas no cambiarían nunca.

Y que... tal vez no hiciera falta.

16

El familiar estruendo de la camioneta de Hallie fue aumentando de intensidad a medida que avanzaba por el camino de entrada, y Julian se puso en pie para acercarse a la ventana de su dormitorio. El atardecer empezaba a teñir de tonos anaranjados el cielo dominical.

¿Cuánto tiempo llevaba allí sentado con la mirada clavada en la carta que había en el suelo?

Y pensando en Hallie.

Al parecer, no el suficiente como para haber llegado a su límite, porque en ese momento se quedó mirando a través del cristal, anhelando verla. Los perros fueron los primeros en salir de la camioneta y echaron a correr como rayos peludos hacia los árboles de detrás de la casa. Hallie no los siguió de inmediato. Se quedó sentada al volante mientras se mordía el labio inferior, sin saber que él podía verla. Que podía presenciar su indecisión o sus nervios. ¿Por… verlo? Detestaba la idea, aunque la entendía a la perfección. Estar con ella siempre lo dejaba excitado y confundido. Además de arrepentido, porque parecía incapaz de no meter la pata, ya fuera dándole esperanzas o apartándola de su lado.

Al final, Hallie se bajó de la camioneta de un salto, fue hacia la parte de atrás y bajó el portón. La luz del atardecer le bañaba los hombros, dándole un tono dorado a sus mejillas. La vio levantar la cara hacia el cielo y cerrar los ojos para dejar que el sol que descendía hacia el horizonte le rozara la piel, y el anhelo lo asaltó de pronto. Con fuerza.

«Algo que nos asuste».

Desde luego que ella ocuparía el primer puesto de la lista, pero no se subía al Kilimanjaro en la primera excursión. Además, ¿estaría traicionando a la admiradora secreta si usaba el desafío como excusa para perseguir algo que (bien podía admitirlo) deseaba con tantas ganas que la simple idea lo torturaba día y noche? Aunque no era una idea, era ella. También conocida como la preciosa jardinera que deambulaba por su jardín con zapatillas de goma, pantalones cortos y una sudadera azul marino que le había dejado un hombro al descubierto.

Llevaba en los brazos lo que supuso que era una planta de cineraria gris según le dijo en la feria. Los perros se acercaron para escoltarla mientras le olfateaban las rodillas y los codos. Hallie los saludó uno a uno por sus nombres, y su voz se perdió en la luz del atardecer mientras desaparecía hacia la parte trasera de la casa. De manera que se trasladó a toda velocidad a su despacho para captar de nuevo el sonido y oírlo con total claridad. Las tonterías que les decía a los perros como si les hablara a unos bebés empezaban a parecerle lo más normal del mundo. Al igual que los leves suspiros que soltaba cuando hacía un esfuerzo o se clavaba de rodillas en el suelo. Daba la sensación de que su voz llenaba toda la casa, cálida, incitante y tan única que solo podía pertenecerle a ella.

Por Dios, ¿había empezado a sudar?

Estaba a punto de volver al dormitorio por pura necesidad, con la intención de encargarse de lo que empezaba a cobrar vida en sus pantalones, cuando la voz de su hermana se unió a la de Hallie al otro lado de la ventana del despacho.

Fue como si le echaran un cubo de agua helada por la cabeza.

Aquello no le gustaba.

No sabía exactamente por qué, pero no le gustaba ni un pelo.

La noche anterior en la feria Relax y Vino en Napa, Hallie lo distrajo. Tanto como para no cuidar lo que decía. Sin embargo, no deseó retroceder en el tiempo para ponerse un tapón en la boca hasta después de haberle contado a Natalie todos esos reveladores detalles sobre la imperiosa necesidad de conseguir que Hallie fuera feliz. Al fin y al cabo, había corchos de sobra en la feria.

Aunque tal vez había hecho progresos con Natalie la noche anterior (estaban intentando mejorar su relación fraternal, sin prisa, pero sin pausa), por desgracia, su hermana no podía ser discreta ni aunque le fuera la vida en ello.

Echó a andar a toda prisa hacia la parte delantera de la casa y bajó volando los escalones de entrada; solo aminoró el paso cuando las tuvo a las dos delante. Estaban sonriendo mientras Hallie hacía las presentaciones entre Petey, Todd, El General y Natalie, que todavía llevaba los pantalones cortos y la camiseta de la Universidad de Cornell con la que había dormido.

—Pero qué buenos sois. ¡Buenísimos! ¡Claro que sí!

¿Qué tenían los perros para que las personas les hablaran así?

De repente, se quedó pasmado cuando se acercaron a él y reaccionaron (¿se atrevería a decirlo?) con el triple de entusiasmo que le habían demostrado a Natalie. Por raro que pareciera, eso lo complació. ¿Había descubierto un don secreto con los animales? Siempre había supuesto que las mascotas eran para otros. Para las personas que decidían dedicar horas de su vida cuidando de un animal en vez de emplearlas en tareas útiles. En ese momento, mientras miraba a los inocentes ojos de Todd, se preguntó si no sería útil que lo amaran a uno de forma incondicional.

—Hola —los saludó con formalidad antes de darles una palmadita a cada uno en la cabeza. Claro que como no se conformaron con eso, empezaron a frotarse contra sus piernas hasta que les rascó detrás de las orejas—. Sí, muy bien, sois muy buenos.

—Te están babeando los calcetines, Julian —dijo Natalie, que lo miraba con expresión curiosa—. Oye, ¿te... has olvidado de ponerte zapatos? ¿Tú?

—¿En serio? —susurró él al tiempo que se miraba los pies con cierta alarma. Nunca había salido sin zapatos antes. Había un proceso para salir por la puerta, y se lo había saltado por completo. Y desde luego que los perros le estaban babeando los prácticos calcetines blancos de algodón, así que tendría que cambiárselos, pero ese retraso no fue el revés que normalmente era.

Qué raro.

Cuando levantó la mirada, descubrió que Hallie lo miraba con cara rara.

—Buenas tardes —lo saludó, haciendo que los perros se acercaran corriendo a ella.

—Buenas tardes, Hallie —replicó con voz ronca y formal. Y no supo por qué. Solo que quería recomponer su relación de alguna manera. Entre ellos todo parecía estar desequilibrado, y empezaba a hartarse de analizar por qué era tan importante para él mantener el equilibrio.

Sin embargo, Natalie no había hecho más que empezar.

Los miró a ambos con un brillo travieso en los ojos mientras se balanceaba de un lado a otro sobre las puntas de los pies, como si estuviera esperando el pistoletazo de salida de una carrera.

—Bueno, Hallie, anoche no caí en la cuenta, pero fuimos juntas al instituto de St. Helena. —Entrecerró un ojo—. Fuiste la chica nueva y molona un tiempo. Hasta que los padres de otro decidieron mudarse aquí y fundar una bodega.

Hallie apartó los ojos de Julian y miró a su hermana con una sonrisa, y él sintió que le estrujaban el pecho como si lo hubieran metido en una prensadora de basura. Los celos burbujearon en su interior como un caldero de sopa negra.

Joder, se moría por ser el receptor de esa sonrisa.

—Esa soy yo. Aunque voy a tener que llevarte la contraria en lo de molona. —Le acarició la barbilla a El General con gesto distraído, sin perder esa maravillosa sonrisa. Si pudiera mirarlo una sola vez mientras la esbozaba...—. Tú eras la que organizaba las fiestas. Tuve el placer de asistir a alguna que otra.

—Así que me has visto en *topless* —replicó Natalie como si nada, lo que le arrancó a él un suspiro furioso—. Es bueno saberlo.

—No se te han caído nada —dijo Hallie, que movió la cabeza, impresionada.

—Gracias —dijo Natalie al tiempo que se llevaba una mano a la garganta.

Julian, en cambio, no daba crédito.

—A ver que yo me entere, acabáis de conoceros y ya estáis hablando de vuestras…

—Uf, ¿crees que va a decirlo en voz alta? —le preguntó Hallie a Natalie con la boca pequeña—. Diez pavos a que no lo dice.

—No puedo apostar en contra. Perdería y estoy sin dinero. —Miró a Hallie con detenimiento—. Por casualidad no necesitarás una asistente con las tetas bien puestas, ¿verdad?

Julian agitó una mano en el aire.

—No vais a trabajar juntas.

Las dos se volvieron para mirarlo. Una estaba sorprendida. La otra parecía un gato que estaba a punto de comerse una familia entera de canarios.

—¿Por qué no? —le preguntó su hermana despacio—. ¿Te preocupa que hablemos de ti? —Apoyó la barbilla en una muñeca—. ¿De qué podríamos hablar?

El silencio palpitó como lo hacía el pulso en la sien de Julian.

Hallie lo miró.

En realidad, solo habían pasado tres segundos mientras intentaba dar con las palabras adecuadas para describir su inconveniente obsesión con Hallie, pero fueron más que suficientes.

—No hay nada de lo que hablar —contestó Hallie en su nombre. En el de ambos. Y con las mejillas coloradas, miró de nuevo a Natalie—. Y lo siento, estás sobrecualificada, Cornell.

Su hermana agitó un puño hacia el cielo.

—Joder, otra vez me pone la zancadilla mi gran intelecto.

Las dos se echaron a reír con calidez mientras se miraban de arriba abajo.

—Oye, estoy segura de que hay alguien en el pueblo soltero y sin compromiso en cuyo futuro está mi nombre. ¿Te apetece asistir a una cata de vinos conmigo el martes por la noche? Un vino hecho por un antiguo Navy SEAL —canturreó para convencerla mientras meneaba las cejas—. Seguro que tiene algún amigo. O dos si te van esas cosas. O a lo mejor quieres llevarte a tu novio, no sé. Me da igual ser la sujetavelas.

—Natalie —dijo Julian con los dientes tan apretados que no habría podido aflojarlos aunque de ello dependiera el destino del mundo—, ya basta.

—¿Quién lo dice? —preguntó Hallie, que se volvió hacia él.

—Lo digo yo. —«Idiota».

Los perros se quedaron callados por una vez.

Su hermana tenía la expresión de una deportista olímpica con un ramo de rosas en las manos.

—No sabía que hablabas en mi nombre. —Hallie se echó a reír con los ojos brillantes.

—Mi hermana está creando problemas por aburrimiento, Hallie. Solo intento evitar que te arrastre a ti.

Natalie dio un respingo, como si estuviera muy dolida.

—¿Eso es lo que estoy haciendo?

Hallie le puso una mano a Natalie en el brazo y le dio un apretón. La mirada de reproche que le lanzó a él fue como un puñetazo en el estómago.

—No se deja a las amigas que vayan solas a las catas. Alguien tiene que convencerte de que no te lleves la oferta de chorrocientas botellas. Cuenta conmigo. Pero… —siguió mientras evitaba mirarlo a los ojos— iré sola, sin acompañante.

Julian contuvo el impulso de postrarse de rodillas y adorarla.

—¿Estás segura? —Natalie la miró de reojo—. No lo estarás diciendo porque mi hermano es un imbécil, ¿verdad?

En esa ocasión, Hallie sí lo miró a los ojos.

—Mentiría si no dijera que eso ha pesado un cuarenta por ciento en mi decisión.

Natalie asintió con la cabeza, impresionada.

—Respeto tu sinceridad.

¿Qué narices estaba pasando allí? Había perdido el control de la situación por completo. En un abrir y cerrar de ojos, su hermana se había hecho amiga de Hallie. Una amiga con la que iba a beber vino en compañía de varios Navy SEAL. De alguna manera, él era el malo de la película. Pero el problema de verdad, la realidad que no quería admitir ante sí mismo, era que le gustaba que Natalie y Hallie entablaran una relación. Le recordó al momento en el que Hallie levantó la cabeza hacia el cielo anaranjado mientras él oía los ladridos de los perros en el jardín, y la realidad lo golpeó con fuerza. Algún día pensaría en todo lo que estaba sucediendo. Lo analizaría todo. A fondo.

Carraspeó con brusquedad y regresó con los calcetines sucios a la casa, un detalle que le robó toda la dignidad, aunque se los quitó antes de pisar el suelo de madera. Los echó en el cesto de la ropa sucia, sobre la ropa de correr, y echó a andar hacia a la cocina para servirse un tercer vaso de *whisky* entre tacos, aunque ese lo llenó más. Se lo bebió de un trago y luego se quedó fulminando el vaso vacío con la mirada hasta que el rugido de la camioneta de Hallie le hizo levantar la cabeza justo cuando su hermana entraba en tromba en la cocina.

—¿Eres tonto del culo, Julian?

Nadie se lo había preguntado de esa manera. Tal vez su padre lo había insinuado, pero de manera mucho más agresiva.

—¿Cómo dices?

Natalie levantó las manos.

—¿Por qué permitiste que te convenciera de contestarle a la admiradora secreta?

Un martillo se lanzó derecho a su sien.

—¿Hallie te ha dicho que lo sabía?

—De pasada, sí.

Jamás había estado tan cerca de estrellar un vaso contra el suelo.

—¿Cómo se dice algo así de pasada? ¿No podíais haber hablado del tiempo en vez de contaros vuestras vidas después de conoceros cinco minutos? ¡Dios! —gritó—. Te dije que no quería hacerlo.

—¡No me explicaste el motivo! —Natalie se pasó los dedos por el pelo—. Madre del amor hermoso, tu forma de hablar de ella anoche y ahora toda la química y la angustia. —Se dejó caer contra la puerta de la despensa, sacudiéndola con fuerza—. ¡Me quiero morir!

No era nada bueno para la poca paz mental que le quedaba que alguien reconociera la conexión entre Hallie y él, ni que hablara de ella en voz alta. ¿Por qué le faltaba el aire de repente?

—Crees que debería ir a por Hallie. ¿Es lo que quieres decir con todos estos aspavientos?

Ella lo miró echando chispas por los ojos, con expresión acusadora.

—No sé si tienes algo que hacer con ella ahora que te carteas con tu admiradora secreta.

¿Lo que tenía clavado en el pecho era un piolé?

—¡Me suplicaste que escribiera esa carta! —le recordó a su hermana.

Ella puso cara de asco y le enseñó el dedo corazón.

—Si te quieres poner quisquilloso con la semántica, muy bien, pero lo cierto es que la has fastidiado. Ella es un rayito de sol, y tú estás empeñado en quedarte protegido a la sombra. —Hizo una pausa—. A lo mejor debería ser yo la que escriba un libro, no tú. Qué metáfora más buena.

Julian hizo ademán de marcharse de la cocina.

—Pues ahora que lo dices, me voy a trabajar.

—Llevas una semana sin escribir. Es por ella, ¿verdad? Estás... hecho un lío y vas por ahí llorando por los rincones como un T-Bird enamorado de una Escorpión. *Grease* es la peli que siempre me anima, ¿de acuerdo? —Alzó la voz—. ¿Qué problema hay con intentar conquistarla?

Julian se dio media vuelta al llegar al pasillo.

—Joder, porque hace que me sienta fuera de control —soltó sin poder contenerse—. Tú eres así desde siempre, así que a lo mejor no entiendes por qué no es deseable para otra persona. Deja cosas a la suerte, es indecisa, hace las cosas sin planearlas desde el principio y todo acaba en caos. Con ella solo hay botas llenas de barro, perros pastores, niños con las manos pegajosas y retrasos. Soy demasiado rígido para eso. Para ella. —Empezó a oír un lejano zumbido en los oídos—. Apagaría su luz. La cambiaría y me odiaría por hacerlo.

Natalie tragó saliva durante varios segundos muy tensos, y la cocina se iluminó y se oscureció por culpa de las nubes que pasaron por delante del sol.

—Aprende a dejarte llevar, Julian. Aprende...

Resopló, y eso solo consiguió que la garganta le ardiera todavía más.

—Lo dices como si fuera fácil.

—No lo es. Lo sé porque yo he hecho el recorrido a la inversa.

Esas palabras le llamaron la atención y lo sacaron de su desdicha. ¿A la inversa? ¿Natalie había pasado de ser un espíritu libre a... estar apagada? Que sí, que había dejado de hacer travesuras, se había contenido y había ido a una prestigiosa universidad tras lo cual consiguió que la hicieran socia de una empresa de inversiones muy importante. Pero no se parecía en nada a él. ¿O sí? Su hermana estaba llena de buen humor, espontaneidad y vida.

A menos que pasaran muchas cosas bajo la superficie. Cosas que él no podía ver.

—Acompáñanos el martes por la noche, Julian. No te pases la vida amargado por el arrepentimiento.

Julian se quedó mirando el arco vacío mucho tiempo después de que Natalie se fuera, intentando recordar cómo había llegado a ese punto, a ese precipicio donde era necesario saltar. No había buscado lo que estaba sucediendo. Nunca lo había deseado. Pero a esas alturas...

«Soy demasiado rígido para eso. Para ella».

«Aprende a dejarte llevar».

Ese consejo le pareció superficial al principio. Aunque tenía sentido. Si de algo sabía era de aprendizaje. De ampliar su forma de pensar. Claro que nunca lo había hecho por simple romanticismo. Con la intención de... ¿qué? ¿De conquistar a Hallie? ¿De intentar que fuera suya?

La simple idea era absurda. ¿O no?

Vivían a hora y media del otro y llevaban vidas totalmente distintas. Seguían siendo polos opuestos, eso no había cambiado. Hallie seguía llevando el desorden allá por donde pasaba. Y él... amortiguaría su luz. La apagaría. Cuando se conocieron, creyó que ella necesitaba cambiar. Aprender a ser puntual. Más organizada. Fue tan arrogante como para criticar sus dotes de jardinera y decidir que le iría bien algo de simetría. En ese momento, la idea de que Hallie debía cambiar, aunque fuera un poco, para adaptarse a él le revolvía el estómago.

«Pues aprende».

Tendría que ser él quien cambiara.

Ir a por Hallie implicaba relajar su control del tiempo. Implicaba aprender a existir sin las limitaciones de los minutos y de las horas. Vivir con huellas de patas en los pantalones y aceptar que ella haría cosas inconcebibles, como ofrecerse voluntaria para cuidar a treinta niños y atiborrarlos de dulces. O robar queso a plena luz del día.

Joder, ¿por qué sonreía?

Porque eso era lo que estaba haciendo. Veía su reflejo en el microondas.

«Te propongo que esta semana ambos hagamos algo que nos asuste».

¿Era de mal gusto aceptar el consejo de su admiradora secreta y usarlo para conseguir lo que quería con Hallie? Seguramente. Pero, Dios, en cuanto se dio permiso para ir a por ella, la expectación empezó a latirle en la coronilla, desde donde se extendió hacia los pies con tanta velocidad que tuvo que apoyarse en la pared.

Muy bien, de acuerdo.

«Mi objetivo es salir con ella. Mi objetivo es ser su novio».

Apenas era capaz de oír sus propios pensamientos por encima de todo el escándalo que estaba montando su corazón.

Y sí, iba a intentar por todos los medios no encasillarlo todo en los parámetros de un plan y de un calendario. Pero no en lo referente a eso. En lo referente a Hallie. Necesitaba un plan para ganársela, porque algo en lo más profundo del pecho le decía que aquello era demasiado importante como para dejarlo en manos de la suerte.

17

El martes por la noche, Hallie se puso delante del espejo de cuerpo entero con dos zapatos distintos en un intento por decidir cuál le quedaba mejor. Hizo una foto rápida con el móvil y se la envió a Lavinia, que no tardó en responder: «Ponte los de tacón. Pero si esta noche me sustituyes como mejor amiga, te advierto de que te apuñalo con ellos».

«Eso nunca», contestó ella, resoplando.

Apartó de un puntapié parte de la ropa y de los productos de belleza que había en el suelo, y localizó el rodillo quitapelusas, que procedió a pasar por el ceñido vestido negro para librarlo de tres variedades de pelo. Saltó por encima del montón de zapatos rechazados, entró en el cuarto de baño y dejó el rodillo quitapelusas en un lugar donde probablemente no lo encontraría la próxima vez y…

Se enderezó y detuvo los dedos de repente, dejando de rebuscar el tono adecuado de melocotón dorado entre los pintalabios. Mientras observaba sus acciones como si las realizara otra persona, retiró la tira pegajosa llena de pelos de perro del rodillo quitapelusas, la tiró a la papelera y dejó esa herramienta tan esencial en las casas con perros en el cajón, donde solía guardarla.

Acto seguido, se apartó del espejo y miró a su alrededor con una mueca de dolor por el desorden.

Ya que había dado un gran paso en su vida profesional, necesitaba dar un salto en la personal y ponerle freno a esa jungla doméstica. O, al menos, dar el primer paso para hacerlo.

Aunque antes sobreviviría a esa noche.

Ir a una cata de vinos con la hermana de Julian era una idea terrible, teniendo en cuenta que había decidido pasar página. Esa vez de verdad. Sobre todo después de la incómoda escena que había tenido lugar en su jardín. Él le había dejado claro que eran incompatibles y le había escrito una carta a otra persona, así que ¿qué derecho tenía a decidir qué hacía ella con su tiempo? O con quién lo pasaba.

El jardín de la casa de invitados estaba casi terminado. Aún no había decidido qué utilizaría para rellenar los últimos espacios, pero ya se le ocurriría algo. Con suerte, lo haría en su próxima visita al vivero y podría concluir sus responsabilidades con la familia Vos, pasarle la factura a la matriarca y seguir con su vida. Se acabaron las cartas firmadas como su admiradora secreta. No eran más que otra parte mal concebida de su vida. Había actuado por impulso, ¿y a dónde la había llevado eso?

A que Julian validara todos esos sentimientos a los que ella se había aferrado durante tanto tiempo. Y esas cosas no eran buenas, porque seguía sin estar disponible para ella. No había cambiado nada. Si confesaba ser la autora de las cartas, seguramente se sentiría decepcionado de que no fuera una erudita de ideas afines con un fichero en casa para organizar los documentos.

Quizás a partir de ese momento se escribiera las cartas a sí misma, en vez de a Julian. La habían ayudado, ¿no? Por fin había admitido que la evasión a través del caos la estaba perjudicando. Incluso perjudicaba su amistad con Lavinia, que había empezado a mirarla con preocupación y tiento. Necesitaba emprender un nuevo camino. Uno que fuera saludable.

Metió unos cuantos pintalabios en el neceser del maquillaje y lo cerró, presa del repentino deseo de hacer limpieza por la mañana. Un nuevo comienzo. Quizás incluso eligiera un nuevo color para la pared del salón y pintara un poco. Rosa peonía o azul pavo real. Algo alegre que le sirviera de recordatorio de que no solo era capaz de admitir sus hábitos autodestructivos, sino también de encontrar la forma de corregir su rumbo sin dejar de ser fiel a sí misma.

Tras asentir con la cabeza, pidió un Uber y se pasó los diez minutos de espera despidiéndose de los chicos, lo que la llevó a pasarse de nuevo el rodillo quitapelusas a la carrera, aunque los abrazos perrunos merecieron la pena. Después de cenar, los había llevado al parque para perros con la idea de que soltaran el exceso de energía y así evitar encontrarse el relleno del sofá esparcido por el suelo a su vuelta. Les dejó más comida en los comederos y salió por la puerta principal con el bolso en la mano, tras lo cual se acomodó en el asiento trasero de un Prius negro.

Julian debió de haberle dado su número de teléfono a Natalie, porque esa tarde le había enviado un mensaje con la dirección de Zelnick Cellar, la bodega que al parecer era propiedad del Navy SEAL. El lugar tenía página web, pero estaba en construcción, y nunca había oído a nadie del pueblo hablar de él. Sentía curiosidad, aunque pasar la noche con un miembro de la familia Vos no fuera el inicio más inteligente del camino para separarse de todo lo relacionado con Julian.

Diez minutos después, el Prius se detuvo delante de un granero de tamaño medio rodeado de vallas de madera. El interior estaba iluminado por una luz cálida, y se percató de que ya se había congregado una pequeña multitud. Supuso que eran lugareños, ya que le fue imposible encontrar el anuncio de la cata en internet. ¿De verdad dependían del boca a boca?

Tras darle las gracias al conductor, salió del coche y se puso en pie, bajándose el ceñido vestido por los muslos. Abrió la *app* de la linterna del teléfono (últimamente le daba mucho uso, ¿eh?) e hizo lo que pudo para recorrer el sendero de tierra que conducía al granero con unos tacones finos de diez centímetros. Cuanto más se acercaba a la música y a la multitud, más iluminado estaba el camino, de manera que acabó guardándose el móvil en el bolso. Unas alegres guirnaldas de bombillas blancas se mecían con la brisa, colgadas de los puntos más altos del granero. ¿Lo que sonaba no eran los Beach Boys? Debía de ser la cata de vinos más informal a la que había asistido en la vida. Seguro que se había arreglado demasiado y...

Julian apareció en la entrada del granero.

Con un elegante traje gris marengo.

Y un ramo de flores silvestres en una mano.

El tiempo se ralentizó, permitiéndole sentir y experimentar la exagerada respuesta de sus hormonas, que se pusieron a cantar como adolescentes sordas en la ducha, chillando las notas altas con inmerecida confianza. Guau. Vaya. Parecía salido del anuncio de un reloj caro con muchas esferas. O de un perfume de Gucci.

Señor… Bendito…

«Un momento». Las flores silvestres eran sus favoritas. ¿Cómo se había enterado?

A ver, era normal que lo hubiese deducido. Pero eso no le restaba mérito.

Reconoció el papel de celofán rosa. Había comprado el alegre ramo en el vivero. ¿Para quién eran?

¿Y qué hacía allí, para empezar?

«Cierra la boca antes de que se te caiga la baba».

Algo que se convirtió en una posibilidad todavía mayor cuando Julian acortó la distancia que los separaba, avanzando a grandes zancadas con ese paso tan decidido que tenía. En cuanto bloqueó con la cabeza la luz procedente del granero, ella distinguió la firme determinación de su mentón, la intensidad de sus ojos y la concentración que lo hacía fruncir el ceño.

—Hola, Hallie.

Esa voz tan ronca, como si un submarino hubiera rozado el fondo del océano, casi la hizo retroceder. Soltar el bolso y echar a correr.

Porque… ¿qué estaba pasando allí?

Sin romper el contacto visual, Julian aferró su mano libre y le dejó el ramo de flores silvestres en ella.

—Para ti.

Ella negó con la cabeza.

—No lo entiendo.

Parecía esperarse el comentario, porque su expresión no cambió en absoluto. Más bien parecía indeciso sobre qué parte de su rostro mirar. La nariz, la boca, las mejillas.

—Te lo explicaré. Pero antes quiero disculparme por mi comportamiento del domingo. Fui un imbécil.

Hallie asintió con la cabeza, aturdida. ¿Acababa de aceptar su disculpa?

Era difícil saberlo mientras lo observaba lamerse el labio inferior de izquierda a derecha, un gesto que le provocó una repentina tensión entre los muslos a modo de respuesta. Había algo diferente en él. Jamás perdía el magnetismo, pero eso estaba a otro nivel. ¡Era casi intencionado! Como si hubiera decidido no contenerse.

—Me gustaría que me dieras una oportunidad para estar contigo, Hallie. —Agachó la mirada y se detuvo en el bajo del vestido, momento en el que su nuez subió y bajó, tras lo cual su voz adoptó un tono más grave mientras extendía un dedo y recorría uno de sus muslos justos por debajo del vestido, haciendo que desapareciera todo el aire de sus pulmones—. Quiero... salir contigo.

Sus palabras llevaban tanta carga que era imposible fingir que no tenían más de un significado. Sobre todo cuando seguía acariciándola de un lado a otro, en ese momento por debajo del vestido, haciendo que le temblaran las piernas.

—¿Quieres salir conmigo?

—Sí.

—Sigo sin entenderlo. ¿Qué ha cambiado?

Julian usó el dedo con el que la estaba acariciando para enganchar el vestido y tirar de ella. Sin aliento, echó la cabeza hacia atrás para no verse obligada a romper el contacto visual. Por Dios, qué alto era. ¿La luz de la luna lo hacía crecer o solo lo veía más grande porque, al parecer, había decidido dejar de contenerse?

—¿Quieres la verdad? —le preguntó.

—Sí, dime la verdad —susurró ella.

Por esos ojos castaños pasó una expresión angustiada, pero fugaz.

—Sentí que te alejabas de mí. El domingo, en el jardín. —Hizo una pausa, como si estuviera buscando una explicación—. Hasta entonces habíamos dejado las cosas en el aire, pero lo que sucedió me pareció diferente, Hallie. Y no me gustó. —La miró en silencio—. ¿Tengo razón? ¿Te has alejado de mí?

Bajo semejante escrutinio, no tenía sentido decirle otra cosa que no fuera la verdad.

—Sí, eso he hecho.

Vio que su torso se elevaba bruscamente y volvía a bajar con un estremecimiento.

—Déjame intentar revertir esa decisión.

—No. —Hizo caso omiso de lo mucho que le gustaba con esa ceja de profesor levantada y dejó que el monosílabo flotara entre ellos. Quizá cuanto más tiempo lo dejara en el aire, más posibilidades tendría de mantenerse firme en su decisión. Presa del pánico por sus escasas probabilidades, se recordó a sí misma que le había contestado a la otra mujer. O a quien él suponía que era otra mujer. Le había contado detalles profundos e importantes sobre sí mismo a una desconocida, y eso le dolió, porque ella ya se sentía como su confidente después de lo que habían hablado. Y él había acabado ofreciéndole la misma confianza a otra persona.

Claro que ella distaba mucho de ser inocente. Escribir las cartas había sido engañoso y precipitado. El motivo de su distanciamiento surgía en parte del deseo de dejar atrás su insensatez, de fingir que no había actuado tan impulsivamente y de disfrutar del borrón y cuenta nueva con el que pensaba empezar al día siguiente. Sí, así de claro. Sin embargo, que él hubiera dejado una carta en el tocón también le había dolido.

Y por último, pero no por ello menos importante, ¿no le había propuesto en su última carta que hicieran algo que los asustara? En su caso, el reto había sido entrar en la biblioteca y aceptar encargarse del jardín. Para Julian, obviamente, era ella. Ella lo asustaba.

Se contuvo para no ceder al repentino impulso de darle un rodillazo en los huevos.

—¿No? —repitió él, deteniendo el sensual recorrido de la yema de su dedo por debajo del vestido y con la tristeza pintada en la cara—. Me he portado muy mal, ¿verdad?

La verdad, ambos lo habían hecho.

Así que no podía responder con un sí. No sin ser una hipócrita.

—¿Qué ha pasado con lo de que no estamos hechos el uno para el otro? —le preguntó, en cambio—. Lo decidimos muy pronto, ¿no?

—Sí —respondió Julian, que apartó la mano de ella a duras penas, tras lo cual cerró el puño con fuerza y lo introdujo en un bolsillo del pantalón—. Me he dado cuenta de que yo soy mucho peor para ti que lo que tú lo eres para mí. Sencillamente, eres impresionante. Única, preciosa y audaz. Y yo soy un imbécil si alguna vez te he hecho sentir lo contrario —lo dijo con tanta sinceridad que Hallie percibió en los huesos sus ganas de abrazarla en ese mismo instante—. Lo siento. Me he estado conteniendo cada segundo que hemos pasado juntos. He intentado... controlarme.

—¿Y eso ya no te importa?

—No tanto como tú.

—Vaya —susurró ella, sin aliento—. Es difícil ponerles un pero a tus respuestas.

Julian sacó el puño del bolsillo y sacudió la mano, flexionando los dedos, tras lo cual la levantó para acariciarle la mejilla mientras trazaba con el pulgar el borde de su labio superior.

—Quiero conocerte, Hallie. —Su voz era grave, implorante—. Déjame conocerte.

«¡Ay, madre!».

La recorrió un estremecimiento desde el abdomen hasta las rodillas que casi la hizo perder el equilibrio. Podría haberlo perdido si el magnetismo de su mirada no la hubiera mantenido firme. Por supuesto, cuando ese hombre decidía ser romántico, cuando decidía intentar cortejar a una mujer, los resultados eran letales. Había subestimado lo potentes que serían su esfuerzo y su interés.

Además, si ese era un momento inapropiado para excitarse, que alguien se lo dijera a su vagina, porque allí al lado de Julian bajo la brumosa luz de la luna, con su aliento bañándole la boca y la hebilla de su cinturón rozándole el abdomen, le estaba costando muchísimo no lamerlo. Lamerle cualquier sitio que quedara a su alcance. Como los tendones tensos del cuello o los antebrazos que estaban ocultos bajo las mangas del traje…

—Todo lo que estás pensando se te refleja en la cara —señaló él, luchando contra una sonrisa.

Hallie retrocedió un paso y perdió el calor de su mano, su aliento.

—Estoy pensando en el vino que voy a beber.

—Mentirosa —replicó él, que miró hacia el granero—. Pero no te hagas ilusiones. Es terrible. Si mi hermana no estuviera ahí dentro, sugeriría que saliéramos corriendo.

—¿El vino es terrible? —le preguntó, torciendo el gesto—. ¿Hasta qué punto es necesaria una hermana?

Julian se echó a reír. Fue un sonido rico y vibrante que hizo que el aire pareciera más ligero.

—Vamos. —Le tendió la mano—. Lo tiraremos debajo de la mesa cuando el dueño esté de espaldas.

—Parece el tipo de plan que se me ocurriría a mí.

Un brillo decidido iluminó esos ojos castaños, que la miraron con afecto.

—Ya te voy conociendo.

Que el Señor la ayudara, porque después de eso solo atinó a entrelazar los dedos con los suyos. Vio con un nudo del tamaño de un pomelo en la garganta que él le besaba los nudillos agradecido y que tiraba de ella para echar a andar juntos hacia el granero. Y entonces… entró en una cata… tomada de la mano de Julian. Como una pareja. La condujo a través del iluminado granero, ocupado por unas treinta personas y en el que flotaba el aroma de las uvas fermentadas y la paja. Los invitados se agrupaban en torno a las mesas altas iluminadas por velas, con las copas de vino prácticamente llenas.

El camarero, que saltaba a la vista que habían contratado con el fin de rellenar copas e incitar a los asistentes a comprar botellas para llevar, parecía estresado, y no sabía qué hacer consigo mismo.

Y su jefe, el Navy SEAL reconvertido en viticultor de Napa, estaba demasiado ocupado mirando embobado a los ojos de Natalie como para aconsejarlo.

—Vaya —murmuró Hallie.

—Ajá. No te cuento lo que me alegré al verte llegar en el Uber.

—Quizá deberíamos ayudar —replicó ella, mientras Julian le colocaba delante una copa llena de vino tinto y la miraba fijamente. Hallie la levantó y bebió un sorbo, tras lo cual sintió que el amargo sabor le quemaba la garganta—. Por Dios —dijo con voz ronca—. Esto no hay quien lo salve.

—Desde luego —convino Julian.

Alguien la llamó por su nombre (una de sus clientas habituales), y ella sonrió y la saludó con la mano, tras lo cual intercambiaron algunas predicciones sobre las plantas que florecerían pronto. Cuando se volvió, Julian la observaba con mucho detenimiento y con el ceño fruncido. Solo acertó a devolverle la mirada y a soltar un trémulo suspiro al sentir que él le colocaba una de esas grandes manos en una cadera y tiraba de ella para acercarla. Mucho. Hasta que sintió el calor que irradiaba su cuerpo y se descubrió con la cabeza inclinada hacia atrás.

—Así eres peligroso —murmuró.

Sintió que le clavaba con suavidad el pulgar en el hueso de la cadera.

—¿Así cómo?

Experimentó un escalofrío que le llegó hasta los dedos de los pies, y casi le dejó el pelo de punta en la cabeza.

—¿Vas a fingir que no estás intentando seducirme?

Esos ojos castaños se clavaron en su boca.

—Ah, desde luego que estoy intentando seducirte.

Su respuesta le provocó una repentina y ardiente tensión entre los muslos al tiempo que se le encogía el estómago y se le disparaba la temperatura de la piel. Echó un rápido vistazo por encima del hombro con una temblorosa carcajada.

—He visto a tres de mis clientes habituales. No sería muy profesional dejarme seducir delante de ellos.

¿Julian le estaba mirando el pulso que le latía en el cuello? De repente, notó que se le aceleraba, como si estuviera encantado por su interés.

—En ese caso, sugiero que demos un paseo.

Hallie hizo un mohín y replicó:

—No sé qué decirte. La última vez que salimos a pasear por un viñedo, acabé decepcionada.

Vio el asomo de una sonrisa en los labios de Julian, pero su mirada siguió siendo seria.

—Esta vez no, Hallie.

Una promesa. Firme, además.

—¿Qué significa eso exactamente? —le preguntó en voz baja y entrecortada.

Julian titubeó un momento, mientras se presionaba el interior de un carrillo con la lengua. Después, le acercó la boca a una oreja y le contestó:

—Significa que esta vez no voy a correrme en tus muslos.

«¡Madre del amor hermoso!».

Las imágenes bombardearon su mente. Los tendones tensos del cuello de Julian, caricias desesperadas en la oscuridad, esas enormes manos rodeándole las rodillas…

Si no tuviera experiencia en el tema, habría pensado que un sorbo de ese terrible vino se le había subido a la cabeza; así de fuerte fue el repentino calentón. Dejarse llevar por la corriente de Julian podía ser una pésima idea. No solo tenía un secreto (que le escribía cartas anónimas firmando como su admiradora), sino que además no había pruebas que demostraran que una relación entre ellos podía funcionar. De hecho, esa era una posibilidad remota. La gente no podía cambiar de forma tan drástica, ¿verdad?

Claro que ¿no era la esperanza de vivir momentos como ese lo que la había impulsado a encargarse del diseño del jardín de la casa de invitados de los Vos? Quería su dosis de magia con Julian Vos. Después de haberlo conocido, de haberse enamorado del hombre de verdad, contentarse con un solo momento era imposible. Sin embargo, esa noche no tenía por qué pensar en eso. Podía dejarse llevar. Y disfrutar con lo que llevaba soñando desde el instituto. Con algo que era mucho más poderoso a esas alturas, porque había llegado a conocerlo; había llegado a conocer a ese hombre que compraba toldos para tiendas de vino venidas a menos. O que se ofrecía a ejercer de cuentacuentos para evitar que la detuvieran.

Perdida en sus pensamientos, se inclinó hacia delante sin darse cuenta y le rozó el torso con los pechos. El frufrú de la ropa la dejó al borde del gemido. Deseaba frotarse contra él como una gata. Sobre todo cuando él la miró con los párpados entornados y expresión ardiente.

—Hallie —dijo con voz ronca—, ven a dar un paseo conmigo.

Su conciencia intentó en el último momento levantar una barrera y disuadirla de aceptar algo que necesitaba y deseaba, aunque tenía el «sí» en la punta de la lengua. «Primero dile la verdad o te arrepentirás». Sin embargo, parecía que iba a necesitar más tiempo para convertirse en una persona razonable y dejar de ser temeraria. Porque lo único que dijo fue:

—Sí.

18

Como no la besara pronto, el mundo se iba a acabar. Julian lo tenía clarísimo. Deseaba tanto disfrutar de ese sabor que se había estado negando a sí mismo que la sacó del granero como si estuvieran escapando de su inminente derrumbe. Sin embargo, lo único que corría peligro de derrumbe era su autocontrol en lo que a Hallie se refería. ¿Cómo demonios había logrado mantener las distancias con esa mujer? Cuando salió del granero y la vio caminar con torpeza por el sendero, tan familiar y al mismo tiempo tan extraña, ardió en deseos de postrarse de rodillas y arrastrarse hasta sus pies.

No era así como había planeado que transcurriera la velada.

Debía disculparse. Se suponía que debían sentarse a hablar, eliminar los obstáculos que había entre ellos y diseñar un plan mutuo para seguir adelante juntos. Como dos adultos con un objetivo común: una relación sana y comunicativa. Quizá si ella no se hubiera puesto ese vestido negro ajustado, sus posibilidades de éxito habrían sido más realistas. Quizá si ella no despertara su lado animal, en ese momento no la estaría arrastrando hacia la oscuridad, medio empalmado y con una gota de sudor descendiendo por su columna vertebral.

Y quizá si no sintiera que se estaba enamorando de ella de forma irreversible, ya la habría arrastrado a las sombras y habría satisfecho su ansia por saborear esa boca perfecta. Sin embargo, lo que sentía estaba claro. Clarísimo. Por eso no podía pasar por alto el doloroso peso del corazón en el pecho mientras se preguntaba por qué no había utilizado dicho órgano hasta ese momento. No podía pasar por alto el angustioso nudo que se le formaba en la garganta cada vez que ella lo miraba.

Por Dios. Al parecer, el amor era sinónimo de dolor.

El amor dejaba a las personas desnudas. Dispuestas a suplicar más.

Y dado que quería mucho más que una noche con ella, dado que quería esforzarse al máximo para conseguir mucho más que un polvo salvaje con esa mujer, aminoró el paso y tomó una honda bocanada de aire por la nariz que luego expulsó por la boca.

—Todo lo que estás pensando se te refleja en la cara —le dijo Hallie, que estaba a su izquierda, haciéndose eco de las palabras que él le había dicho antes. Porque era una mujer increíble. Que había estado apartando por temor a lo desconocido. Su sitio estaba con ella, era lo adecuado, y no podía seguir luchando contra esa sensación. Y lo más importante, tenía que asegurarse de que ella también se sintiera bien estando con él. Como si ocuparan exactamente el mismo lugar del maldito universo, sin separarse ni un milímetro, ni en el plano físico ni el emocional.

¿Resultaba aterrador? Pues sí. Tal como había sabido desde el principio, esa mujer lo descentraba, desbarataba sus planes y usaba el tiempo como si fuera una sugerencia. Bien podía acabar volviéndolo loco de remate. Pero mientras la internaba en las viñas tomada de la mano, arropados por la oscuridad y por las hileras de vides, no había alternativa. Como tampoco las habría al día siguiente. Ni al año siguiente. Solo existía estar con Hallie. A partir de ese momento, tendría que dejar que otra cosa ajena a sí mismo decidiera el curso de su tiempo.

El azar. Posibilidades que escapaban a su control.

Esa conclusión era tan fuerte, tan difícil de asimilar para un hombre como él, que se detuvo a unos cien metros de una de las hileras de vides. Como si hubieran sido creados específicamente para estar juntos, Hallie se acurrucó entre sus brazos, con la nariz pegada a su cuello de una forma tan entrañable, tan confiada, que tardó un momento en poder hablar.

—Estar entre las vides me recordaba al incendio. Hasta que estuvimos vendimiando juntos. Ahora cuando miro las viñas, solo pienso en ti —dijo mientras observaba fascinado que uno de sus rizos se le enroscaba alrededor de un dedo—. ¿Estabas en el pueblo cuando ocurrió? —Sintió que el estómago le caía en picado como un ascensor con un cable roto mientras esperaba su respuesta. No podría soportarlo si le decía que estuvo asustada o que estuvo en peligro. Sobre todo porque él estaba en el pueblo en aquel momento.

—Mi abuela y yo nos fuimos hacia el sur. Nos alojamos en un motel y nos pasamos cinco días viendo las noticias por la tele. —Se apartó y lo miró a la cara—. Tú te quedaste en el valle.

Julian asintió con la cabeza, oyendo el lejano crepitar de las vides ardiendo.

—Mi padre y yo hicimos lo que pudimos para prepararnos. Evacuamos a todo el mundo y trasladamos la maquinaria. Pero nos dijeron..., los bomberos nos dijeron que teníamos seis horas antes de que el fuego nos alcanzara. Y nos alcanzó en una. Una hora en vez de seis. —Todavía recordaba de qué forma lo asfixió todo aquel tiempo perdido, de qué forma lo desubicó la incredulidad. Se suponía que el tiempo era absoluto. El fundamento de todo. Y, por primera vez, el tiempo lo traicionó—. Mi hermana estaba en uno de los cobertizos más grandes cuando ocurrió; había estado cargando cajas de vino en un camión. Nos dijeron que lo inició una pavesa arrastrada por el viento. Y ardió en cuestión de minutos. Yo estaba lejos cuando empezó. Cuando llegué a la carrera, ya era pasto de las llamas. No había nadie más en el viñedo, así que nadie oyó sus gritos. Estuve a punto de no poder sacarla. —No quería pensar en eso, así que añadió sin detenerse—: Nunca había tenido...

—Espera. Retrocede —dijo Hallie... ¿temblando?—. ¿Cómo la sacaste?

—Entrando —respondió.

—Entraste en un edificio en llamas para rescatar a tu hermana. Lo digo para que quede claro.

—Yo... Sí. Natalie necesitaba ayuda.

—Tú le salvaste la vida y ella te trae a esta terrible cata de vinos —murmuró Hallie mientras meneaba la cabeza. Sin embargo y pese a la broma, parecía conmocionada por la historia—. Te he interrumpido antes. ¿Qué ibas a decir?

Rara vez pronunciaba el término en voz alta, pero se trataba de Hallie.

—Que nunca había tenido un ataque de ansiedad. De pequeño sí, pero se me pasaron en la adolescencia. De adulto no los sufrí. Mi planificación no tenía sentido en el contexto del incendio. Se suponía que teníamos seis horas y, de repente, estábamos conduciendo a través del humo con la esperanza de escapar con vida. El tiempo ya no era seguro. Mi hermana no estaba a salvo. No lo afronté bien. —Hizo una pausa para ordenar sus pensamientos y se secó el sudor de las palmas de las manos en las perneras de los pantalones—. Odiaba esa sensación. Esa sensación de parálisis. Lo normal habría sido que el incendio fuera una especie de terapia de inmersión que me ayudase a relajar el control sobre el tiempo al darme cuenta de que es incontrolable; pero, en cambio, me derrumbé. Perdí la noción del tiempo. Por completo. Me quedé insensible, Hallie. Durante días. Mi familia se esforzó por salvar la bodega, y yo no estaba mentalmente con ellos. No hice nada para ayudarlos. Lo único que pude hacer fue sentarme en una habitación oscura para planificar clases. Conferencias. No recuerdo casi nada de los días posteriores al incendio. Por eso me he esforzado tanto en mantenerme alejado de ti. Cualquier cosa que amenace el control que ejerzo... es como el enemigo. Cuando se apodera de mí, no me recupero tan rápido como Garth. Es algo que debo evitar a toda costa. Pero ya no puedo mantenerte alejada, porque por ti merece la pena acabar quemado. Por ti merece la pena dar media vuelta y atravesar las llamas.

—Vaya —susurró ella, con esos ojos grises nublados por la emoción—. No sé a qué atender primero, si al hecho de que eres un héroe por haber salvado a tu hermana, aunque te hayas quedado fijado en lo negativo de la experiencia, o...

Se despojó de la americana y la arrojó al suelo detrás de Hallie, sin apenas pensar en que tendría que llevarla a la tintorería.

—¿O a lo que he dicho de que atravesaría las llamas por ti?

Ella asintió con la cabeza, con los ojos clavados en sus dedos, que estaban deshaciendo el nudo de la corbata y guardándosela arrugada en el bolsillo delantero derecho del pantalón.

—Sí, eso.

—¿Qué pasa con eso? —preguntó.

Ella lo miró a los ojos con expresión insegura.

—¿Y si te dijera que yo haría lo mismo por ti?

Acababa de descubrir el significado de «ahogado por la emoción». Y también lo que significaba dejar la cordura en manos de otra persona para que hiciese con ella lo que quisiera.

—Te lo agradecería mucho, joder. —La agarró por las caderas y la acercó hacia su cuerpo. Cuando por fin, por fin, la sintió pegada a la dureza de su erección, soltó el aire entre dientes—. Pero si alguna vez corrieras ese tipo de peligro, me volvería loco, así que, por favor, no vuelvas a decirlo en voz alta.

—La analogía es tuya —bromeó ella, que se puso de puntillas, haciendo que sintiera el roce de sus tetas, de su barriga y de sus caderas contra su ya más que excitado cuerpo, de manera que se le escapó un gemido allí en mitad del viñedo—. Gracias por decírmelo.

Por Dios, que ella le susurrase palabras de agradecimiento con lo dura que la tenía era insoportable. ¿Quién había enviado a esa mujer para que lo matara? Estaba cachondo, desesperado y dispuesto a renunciar a años de su vida con tal de tocarle las tetas.

—Te diré lo que quieras, pero déjame besarte esa dichosa boca. Déjame ponerme encima de ti.

Tras soltar una pequeña exclamación de asombro (¿no se había dado cuenta de que se moría por ella?), Hallie se puso de puntillas y le ofreció su boca, permitiéndole que se inclinara y se apoderara de ella, con toda el ansia, la desesperación y el anhelo que lo embargaban, mientras sus manos intentaban agarrar y acariciar todo lo que podían al mismo tiempo. Las enterró en su pelo, se las pasó por la espalda y le agarró el culo para pegarla por completo a él, momento en el que ambos gimieron sin dejar de besarse por la maravillosa fricción que habían creado. Una fricción que prolongaron moviendo las caderas y frotándose con avidez.

—Dime que voy a poder metértela esta noche, Hallie —masculló Julian con los dientes apretados contra su oreja.

—¿Siempre hablas así de mal? —susurró ella.

—No. —La echó hacia atrás para que se tumbara en el suelo, y ella lo hizo sobre su americana, extendida sobre la tierra, con los rizos moviéndose en noventa direcciones distintas. Una imagen tan... de Hallie que empezaron a temblarle las manos—. La culpa de que esté diciendo palabrotas la tienes tú por haberte pasado semanas de rodillas delante de la ventana de mi despacho. —Dejó que su peso se asentara despacio sobre esas increíbles curvas, mientras el aire se le escapaba como si fuera un neumático pinchado y el deseo le provocaba un palpitante dolor en las pelotas—. ¡Semanas!

—Esa es la posición habitual si quieres plantar algo.

Extendió un brazo, le agarró el bajo del vestido y se lo subió hasta las caderas, colocándose de inmediato entre sus muslos, ansioso por descubrir qué sentía. Y descubrió que estar allí, con ella, le parecía adecuado. Dios, verla gemir mientras arqueaba la espalda, a la luz de la luna y con las mejillas sonrojadas, fue lo más parecido a la magia que había experimentado nunca.

—No pienso precisamente en plantas cuando te veo a gatas —masculló mientras se frotaba de nuevo contra ella y experimentó una enorme satisfacción cuando Hallie separó las rodillas para agarrarlo por la cintura y tirar de él hacia arriba, como si lo urgiera a seguir moviéndose—. Más bien pienso en tu culo desnudo contra mi abdomen.

—Qué-qué bien —balbuceó ella entre las ardientes caricias de sus bocas—. Ya no podré volver a hacer mi trabajo sin ruborizarme.

—Hablando de rubores… —Por Dios, apenas si era capaz de distinguir sus propias palabras, cargadas de lujuria y pronunciadas contra su cuello, que recorrió dándole un lametón hacia la suave piel de detrás de una oreja, desde donde siguió hasta la clavícula y el perfumado hueco de su garganta—. ¿Hasta dónde llega?

—No lo sé —susurró ella—. Nunca lo he comprobado.

—Será mejor que lo averigüemos. —La miró fijamente a la cara mientras seguía lamiéndole las curvas del escote, ansioso por saber si a ella le gustaba. Si quería seguir—. Hallie, ¿llevas puesto el dichoso sujetador de lunares?

—Yo…, sí. ¿Cómo sabes…?

Gimió y le besó los duros pezones a través del vestido. Saber que llevaba ese sujetador se la puso como una piedra.

—Déjame quitártelo para poder chupártelos, cariño.

Hallie tomó una entrecortada bocanada de aire.

—Guau. Has elegido bien el momento para llamarme así.

Julian separó los labios sobre un endurecido pezón y procedió a acariciárselo con ellos, gimiendo al sentir que se le ponía más duro.

—Hace mucho tiempo que te llamo así cuando pienso en ti.

—Bájame el vestido de una vez —replicó ella con una risa apresurada que le provocó tal emoción en el pecho, y eso que ya estaba emocionado, que se vio obligado a enterrar la cara entre sus pechos y tranquilizarse con los acelerados latidos de su corazón. Inhaló por la nariz y exhaló por la boca hasta que la tensión se volvió soportable. Más o menos—. Julian…

—Lo sé. —En realidad, no entendía qué era lo que estaban diciéndose, pero oírla pronunciar su nombre lo ayudó a anclarse y despertó de nuevo el deseo de saborear su lengua. Se dejó llevar sin resistirse y capturó sus labios otra vez. Hubo más besos salvajes, pasionales y húmedos antes de bajar hacia sus tetas, que no paraban de moverse, agitadas por su rápida respiración. En algún momento, habían empezado a bajar el escote del vestido los dos a la vez, o tal vez fuera fruto de los movimientos de su torso mientras se elevaba hacia sus labios y descendía, porque en ese instante tenía los pechos casi fuera del escote y del sujetador de lunares. Eran grandes, turgentes y preciosos, y hasta susurró una plegaria de agradecimiento antes de darles un primer lametón a esos pezones desnudos—. Lo primero que veo de ti así de cerca —murmuró—. Lo último que quiero ver antes de morir.

Ella soltó una risilla, y Julian aceptó que algún día iría al infierno, porque Hallie riéndose mientras él le chupaba los pezones, realzados por el sujetador de lunares, y le tomaba esas tetas tan bonitas entre las manos, fue el momento más erótico de su vida. Nada lograría superarlo. Claro que, segundos después, descubrió su error cuando la oyó gimotear al tiempo que le clavaba las uñas en el cuero cabelludo y empezaba a agitar las caderas sobre el suelo.

—¡Julian!

—¿Te estás mojando?

Ella asintió con brusquedad, mordiéndose el labio inferior entre los dientes.

—¿Me dejas que lo compruebe? —le preguntó mientras recorría hacia abajo con las yemas de los dedos la cara interna de un muslo, masajeando el interior de su rodilla, tras lo cual trazó el camino inverso, hacia ese lugar ardiente—. Te quiero muy preparada, Hallie. Seguiré jugando con ellos hasta que la cremallera de mis pantalones sea tu peor enemigo.

—Por Dios.

Verla prácticamente derretirse sobre el suelo y mover las caderas cada vez que decía algo guarrillo le dejaba clarísimo que a ella le encantaba. Como le pasaba a él. Le encantaba esa libertad para decir sin tapujos lo que se le ocurría, ansioso porque ella supiera lo que pensaba sin cortarse ni un pelo. Antes no le pasaba. Nunca había hablado mucho durante el sexo. Pero en ese momento le parecía imposible mantener la boca cerrada, porque deseaba conectar con ella a todos los niveles disponibles. Verbal, físico, emocional.

En ese momento, la tocó con los dedos por encima del delgado tejido de las bragas y su humedad lo recibió. «¡Dios, sí!». Estaba tan mojada que le enterró la cara en el canalillo y gimió mientras le separaba los pliegues con un nudillo para acariciarle el clítoris. Nada más sentir que ella elevaba las caderas y gemía, se movió por instinto, capturando su boca con un beso rudo mientras seguía acariciándola sin piedad. La salvaje respuesta de Hallie al beso lo llevó a preguntarse si... estaría al borde del orgasmo.

Se detuvo con la boca sobre la suya. Inhalaron y exhalaron juntos. Rápido. Más rápido. La anticipación era tan real que la sentía en la columna vertebral.

—Te corres con facilidad, ¿verdad, Hallie? —Mirándola a los ojos, le bajó las bragas solo un poco, lo justo, dejándolas sobre los muslos—. Me acuerdo cuando te corriste en la cocina. Lo pronto que llegaste. —Le separó los pliegues con el pulgar, la acarició de arriba abajo y la vio poner los ojos en blanco—. No solo eres guapa y sensual... y... ¡joder!, además tienes curvas. —Le dio un mordisquito en el lóbulo de una oreja al tiempo que la penetraba con el dedo corazón—. Te pones cachonda rápido, ¿a que sí?

—¡Julian!

Hallie había dicho su nombre, pero él lo oyó como muy lejos, amortiguado por el zumbido de sus oídos. Qué estrecha. Dios, era estrechísima. Además, movía los muslos en torno a su mano como si las sensaciones que le provocaba con el dedo fueran extrañas. No podía... Sin embargo, al mirarla a la cara y ver que estaba conteniendo el aliento, a la espera de que él reaccionara, lo comprendió.

—Hallie, eres virgen.

Se produjo un breve silencio.

—Sí.

¿Por qué no se sorprendía? Debería hacerlo, ¿verdad? Esta mujer tan vibrante y espontánea había llegado a los veintinueve años sin explorar un lado sensual de su persona que estaba activo y en plena forma. Prácticamente se retorcía bajo él, entregada al máximo a lo que estaban haciendo. Quizás el deseo que sentía por ella era demasiado absorbente como para reaccionar sorprendiéndose, ¿de qué serviría? Lo importante era que Hallie tenía necesidades en ese momento y había decidido dejar que fuese él quien las satisficiera. Con eso le bastaba.

En todo caso, necesitaba estar más seguro. Antes de arrebatarle la virginidad.

«Soy el primero».

¿El nudo que sentía en la garganta provocado por el orgullo lo convertía en un cavernícola?

No. No, ¿cómo no iba a sentirse orgulloso de que una mujer como Hallie hubiera decidido que era digno de su primera vez, joder? Un hombre que no atesorara esa posición no se la merecía, y esa era la última vez que pensaba en los hombres en general y en Hallie en el mismo contexto, porque, le mordió el cuello como respuesta. «Mía».

«Cálmate de una vez».

Tomó una bocanada de aire para intentar relajarse, pero aspiró su aroma y eso le hizo la boca agua. De manera que la penetró un poco más con el dedo y vio que se le aceleraba el pulso en base del cuello.

—Hallie —por Dios, parecía el lobo feroz—, quiero que seas sincera conmigo. ¿Estás segura de esto?

Ella asintió con la cabeza vigorosamente mientras le clavaba los dedos en los hombros.

—Sí. Segurísima.

«¡Menos mal!».

—¿Por qué pareces aliviada?

—Creía que ibas a ser responsable y ponerle fin a todo.

—Eso sería lo más responsable —convino él mientras recorría a mordiscos un camino por el centro de su cuerpo, mordisqueándole las tetas, el abdomen y los muslos, antes de darle un buen lametón entre los pliegues de su sexo—. Tu primera vez debería ser en una cama blanda. En un lugar familiar. Cómodo. —Le separó los labios y el vello rubio con los dedos para exponerla a su mirada y deseó estar a plena luz del día para verla mejor. Para memorizar cada cresta y cada valle—. Y aquí me tienes, preparándome para penetrarte sobre el suelo duro. De espaldas, y con el vestido subido hasta la cintura. ¿Verdad, cariño?

Antes de que ella pudiera responder, él acercó la punta de la lengua a su clítoris, y allí la dejo un rato antes de empezar a moverla con brusquedad… y que el Señor lo ayudara, porque ella se corrió. Su lengua saboreó de forma inesperada la prueba de su orgasmo y no pensó. Se dejó llevar por el instinto y siguió lamiéndola, separándole los muslos todo lo que pudo y entregándose a fondo, lamiéndole la hinchada protuberancia que era la fuente de su placer hasta que ella gimió suplicándole que parara.

—¡Por favor!

Fuera de sí, más excitado que nunca, se levantó sobre el cuerpo sonrojado de Hallie mientras se desabrochaba a tientas el cinturón y buscaba un preservativo en la cartera para abrir el envoltorio. Ella intentó ayudarlo y sus manos acabaron chocándose, tras lo cual empezaron a darse besos húmedos y apasionados que lo embriagaron al instante. Que los embriagaron a los dos.

—Voy a ponerme un condón, pero voy a metértela tan hondo que será como si no llevara nada.

—Dios, ay, Dios…

—Como no te la meta pronto…

—Ni se te ocurra bromear así.

Ambos rieron, movidos por el exquisito dolor, hasta que él la penetró de repente y las risas murieron, dando paso a un gemido largo y gutural por parte de Julian.

—¡Joder, madlita sea! —masculló contra su cuello, presionándola con las caderas en la medida de lo posible, pero topándose con la resistencia de su inexperiencia. Se detuvo jadeando y llamándose a sí mismo desgraciado por hacer suyo algo tan perfecto. Sin embargo, Hallie le aferró el elástico de los calzoncillos con las dos manos y tiró de él, de manera que acabó hundido hasta el fondo en ella, que levantó las caderas entre gemidos, cerró los ojos y le presionó el torso con la cara interna de las rodillas.

«¡Joder, joder!». Y en ese momento fue cuando todo empezó a darle vueltas.

Fuera de control. Estaba fuera de control.

Se había creído capaz de hacerlo, capaz de dejarse llevar por lo que Hallie lo hacía sentir, pero había sido un imbécil al subestimar su magnitud. Allí, enterrado en su cuerpo, que lo acogía entero, con esos ojos grises clavados en los suyos en busca de consuelo, afecto y gratitud (y, que el Señor lo perdonara, afán posesivo), casi se le encogió el corazón. No había planificación a la que recurrir. No había papel ni lápiz para tomar notas. No podía hacer otra cosa que dejarse llevar por los sentimientos que ella le provocaba, sin importar el resultado ni las consecuencias. No disponía de herramientas para construir un dique. Ella se las estaba quitando una a una con cada roce de sus dedos en la cara, con cada beso en el mentón y en los hombros.

—Hallie —gruñó contra su cuello y empezó a moverse, aferrándola del pelo al tiempo que se la metía. Era lo único que podía hacer mientras ella lo aferraba y gimoteaba cada vez que la penetraba. ¿Resultaba evidente su virginidad? Sí. Por Dios, sí. Era tan estrecha que apenas podía entrar y salir de ella. Pero también era obvio que Hallie estaba disfrutando. Con él. Tenía los ojos vidriosos, no paraba de gemir su nombre y esos muslos suaves como la seda lo presionaban como si no quisieran que se fuera nunca. Ni que se detuviera. De hecho, lo invitaban a ir más deprisa, y eso fue lo que hizo. Metió la lengua en esa boca tan dulce y aumentó el ritmo de las embestidas de sus caderas—. Mira lo dura que me la has puesto por ser tan mala, cariño. Yendo por ahí con esos pantalones tan cortos y esos rizos que no paran de agitarse como si nada te preocupara, ¿eh? Pues mira lo que has provocado. Has tenido que enseñarme las tetas y hacérmelo, ¿verdad?

—Sí —jadeó ella, mientras se tensaba en torno a él y movía las caderas con impaciencia. Una señal, el permiso para que fuera más brusco, para que aumentara el ritmo, y eso hizo. Unió sus bocas entre gemidos y aceleró sus envites, aunque se estremeció poco después, justo cuando ella descubrió el poder que ostentaba. Si se tensaba en torno a él y trataba de aprisionarlo en su interior, lo convertía en un animal—. Eso te gusta —susurró.

—Sí, sí, me gusta, joder —murmuró él con voz gutural—. ¡Me encanta! Hazlo otra vez.

Fue una petición imprudente, la verdad, porque luego se le olvidó hasta su nombre. Se le olvidó que era la primera vez de Hallie y que no estaban muy lejos de un granero donde había gente reunida. Una vez que ella se tensó a su alrededor, con lo estrecha que era ya para empezar, con los ojos brillantes por la emoción al comprobar su desesperada respuesta, ya no hubo marcha atrás. Clavó los dedos en la tierra y fue a ciegas, metiéndosela para aliviar el dolor que sentía en las pelotas. Para hacerla suya… sin poder evitarlo. Sin racionalizarlo.

—Mía, cariño…. mía —le gruñó al oído y, después, le clavó los dientes en el cuello.

«¿Quién soy?». No tenía ni idea, solo sabía que allí era donde debía estar. Con ella. Aunque la cabeza le diera vueltas y lo amenazara el pánico por lo desconocido, no podía detenerse. Nunca podría detenerse. Ella era su salvación, su hogar, su lujuria y su mujer.

—Hallie… Hallie…

—¿Qué?

¿Qué le estaba pidiendo? No lo sabía, pero ella parecía haberlo adivinado. Parecía entenderlo, y su cuerpo reaccionó arqueando la espalda para poder frotar el clítoris contra su miembro mientras se la metía. Mientras penetraba a esa virgen tan increíble que conocía tan bien su propio cuerpo, algo por lo que no podía estar más agradecido, de manera que le lamió el cuello y le aferró el culo con las manos para inmovilizarla y colocarla en el ángulo correcto a fin de darle donde ella lo necesitaba. El entrecortado gemido que precedió a su segundo orgasmo lo llenó de orgullo. Hallie lo aprisionó en su interior, y no pudo más que hundirse hasta el fondo en ella y dejarse llevar, estremeciéndose a la par que lo hacía ella, allí en el suelo, sobre la tierra, besándose con frenesí y acariciándose con avidez, como si quisieran convertirse en un solo ser.

El alivio que lo invadió ni siquiera debería existir. Era demasiado potente. Demasiado poderoso. ¿Cómo iba a retomar su vida cotidiana sabiendo que tenía a su disposición esa colisión de poder y debilidad? Que ambos la tenían.

Intentó no derrumbarse sobre ella, pero fracasó porque la tensión lo abandonó por completo. Sin embargo, ella lo recibió de buena gana. Sus lenguas siguieron moviéndose juntas de forma perezosa mientras le acariciaba el trasero por debajo de los pantalones, que solo se había desabrochado. Lo hacía con una especie de... derecho posesivo que él aceptó encantado.

—Yo también soy tuyo —dijo sin haber acabado de recuperar el aliento. ¿Volvería a recuperarlo alguna vez?—. Por si se me ha olvidado mencionarlo.

—Sé leer entre líneas —murmuró ella, somnolienta.

No atinó a hacer otra cosa que besarla y disfrutar de la emoción de su voz. Por él. Se apartó al notar que Hallie necesitaba respirar y la miró fijamente, incapaz todavía de romper la unión de sus cuerpos, aunque pronto necesitaría hacerlo.

—Te quiero así. Somnolienta e inmóvil en el suelo, donde no puedes causar problemas.

Sus músculos internos se contrajeron al tiempo que aparecía el asomo de una sonrisa en sus labios.

—¿Estás seguro?

—Lo retiro —contestó con brusquedad, porque se le había puesto dura otra vez. En cuestión de minutos podría hacerlo de nuevo. Y, aunque parecía increíble, lo necesitaba. Jamás había necesitado nada con tanta desesperación. Aunque ni siquiera se hubiera secado el sudor de la vez anterior. Eso era amor. Eso era encaprichamiento. No había escapatoria, y tampoco quería buscarla. No, renunciaría a cualquier escapatoria que existiera. Pero ¿pensaba metérsela otra vez en el suelo duro, cuando empezaba a hacer frío, en vez de tratarla como se merecía? Pues no. Aunque eso lo matara. Se apartó de ella con una mueca de dolor, y se quitó el condón—. Ven a casa conmigo —le dijo, observando cómo se colocaba bien el vestido para cubrirse los pechos, marcados por sus mordiscos, y los muslos, enrojecidos por la fricción de sus pantalones. «Mía»—. Déjame hacerlo mejor.

—Un momento —replicó ella, parpadeando—. ¿Es que se puede hacer mejor?

La carcajada de Julian resonó en el viñedo.

Antes de llegar a la zona iluminada que rodeaba el granero, Julian le echó un vistazo a Hallie, tras lo cual le quitó trozos de paja y tierra del pelo y le sacudió el polvo de las pantorrillas y de los codos. Ella hizo lo mismo, aunque él había sufrido muchos menos daños. Todavía entre las sombras, la pegó a su cuerpo y le susurró que se tapara la marca del chupetón del cuello con el pelo. Se tomaron de nuevo de las manos, sus bocas se unieron, sus labios se rozaron y fueron incapaces de dejar de besarse.

Cuando por fin consiguieron controlarse, echaron a andar hacia el granero tomados de la mano y descubrieron que estaba… vacío.

Se detuvieron en seco.

Bueno, no estaba del todo vacío.

Natalie y el Navy SEAL (August, ¿verdad?) estaban tomados de la mano, con las narices a escasos centímetros. Sin embargo, en esa ocasión no estaban coqueteando. No, reconocía la postura «cabreada» de su hermana cuando la veía.

—Oh, oh —murmuró Hallie.

—Solo era una sugerencia —oyeron que decía Natalie, de forma sucinta, mirando al corpulento militar—. Crecí en una bodega. Llevo la fermentación en la sangre.

—El único problema es que no te la he pedido, guapa.

—Pues deberías haberle preguntado a alguien. Porque tu vino sabe a meado de demonio.

—Aún así te has bebido un litro —señaló él con calma.

—¡A lo mejor necesitaba estar borracha para plantearme acostarme contigo!

August sonrió. O enseñó los dientes. Era difícil distinguirlo desde la distancia.

—La oferta sigue en pie, Natalie. Siempre que prometas dejar de hablar.

En ese momento, su hermana arrojó el vino a la cara de August.

Julian salió disparado hacia delante, sin saber cómo iba a reaccionar el Navy SEAL. Sin embargo, su preocupación fue en vano, porque el hombre ni se inmutó. Se limitó a lamerse el vino de la barbilla y a guiñarle un ojo.

—A mí me sabe bien.

—Te odio.

—El sentimiento es mutuo.

Natalie levantó la cara hacia las vigas del techo y masculló con voz aguda:

—¡Y yo que estaba dispuesta a dejar que me hicieras de todo!

Eso sorprendió a August, que la miró de arriba abajo con una cara que a Julian le encantaría borrar de su memoria de inmediato.

—Solo por curiosidad —replicó—, ¿con de todo te refieres a...?

—Muy bien —lo interrumpió Julian, después de carraspear—. No sigáis.

—¿¡Dónde estabas!? —gritó Natalie, que levantó las manos al verlo acercarse—. ¡Me has dejado aquí con ese neandertal y...! —Vio a Hallie en la entrada del granero y su expresión se tornó guasona—. Ah, ya veo. Bueno, al menos uno de los dos ha echado un polvo.

Julian sintió que le ardía la parte posterior del cuello.

—Hora de irse, Nat.

Su hermana ya se estaba acercando a él, pero aminoró el paso al oírlo.

—No me llamabas así desde que estábamos en el instituto. —Se estremeció y siguió caminando hasta pasar por su lado para acercarse a Hallie, que los esperaba fuera del granero.

Dado que Natalie no volvió la cabeza en ningún momento, no vio la expresión arrepentida de August, pero Julian sí la vio. De manera que rebajó considerablemente el tono de lo que había planeado decirle, aunque no del todo.

—Como vuelvas a hablarle así a mi hermana, te quedas sin dientes.

August levantó las cejas, como si lo hubiera impresionado por sorpresa, y Julian echó a andar hacia la puerta. Una vez fuera del granero, encontró a Natalie y a Hallie apoyadas en el lateral de su coche de alquiler, que había aparcado junto a la carretera principal. Su hermana se estaba riendo por algo que había dicho Hallie, pero él seguía notando el rictus tenso de su boca.

—Oye... —Hallie le dio un apretón a Natalie en el hombro antes de acercarse a él, y todo su cuerpo reaccionó de la barbilla hacia abajo. Dios, era preciosa—, deberías atender a tu hermana. De todos modos, nunca he dejado solos a los perros toda la noche. No sé si les haría gracia.

—Por Dios —murmuró.

—¿Qué?

—Cuando pases la noche en mi casa, tendrás que traerlos, ¿no?

Ella lo miró.

—¿Crees que merece la pena?

—Puedes traer un circo entero, Hallie.

Pese a todo lo que habían hecho esa noche, a su cara asomó una especie de sorpresa emocionada.

—No sería para tanto. —La preocupación se sumó a la sorpresa, pero ella trató de ocultarla con una sonrisa—. ¿Seguro que estás preparado para eso?

—Sí.

Esa fue su respuesta. Y lo decía muy en serio. Porque estaba preparado para tener a Hallie en su vida. De hecho, creía que debería haber llegado a ella mucho antes. Si acaso sentía la más mínima duda, que llegó flotando al presente desde la noche del incendio de hacía cuatro años, estaba más que dispuesto a pasarla por alto, porque prefería darle un beso de buenas noches a su novia.

19

Hallie estaba de pie, a la luz de la luna, leyendo la última carta que había escrito como admiradora secreta de Julian.

Sí, definitivamente, esa sería la última. Se había sincerado.

Después de la cata de vinos, se había ido a casa, lo había confesado todo en una hoja del cuaderno de rayas y había vuelto a salir con la carta en la mano, negándose la oportunidad de echarse atrás. Pero, ¡ay, Dios!, qué ridículo parecía lo que había hecho cuando lo veía escrito.

Querido Julian:

Soy Hallie. Soy yo quien te ha estado escribiendo las cartas. Si quieres, puedes contratar a un experto en análisis caligráfico, pero creo que una vez que hayas leído todo el contenido, estarás de acuerdo en que nadie en su sano juicio admitiría algo tan ridículo a menos que fuera cierto.

Estoy loca por ti desde el instituto. Enamorada hasta el punto de que incluso planeaba nuestra boda. Cuando volvimos a encontrarnos de adultos, me pareció obvio que había imaginado la chispa que había entre nosotros. O que al madurar habíamos tomado direcciones tan opuestas que sería difícil encontrarnos alguna vez en un punto medio. Ahora me doy cuenta de que el amor entre adultos significa aceptar los defectos además de las virtudes.

Tú eres un río que fluye en una dirección. Bajo la superficie hay distintas corrientes, pero la principal te mantiene en movimiento, llevándote en la dirección correcta. Yo, sin embargo, soy un remolino, incapaz de elegir un rumbo. Pero los remolinos también tienen una superficie y un fondo. Quería que lo entendieras y ver si así podíamos conectar. Quería conectar contigo, porque todo lo que he dicho en las cartas es cierto. Te admiro. Siempre lo he hecho. Eres mucho más de lo que crees. Eres reflexivo, heroico y justo. Las personas que quieren mejorar y son conscientes de sus defectos son con las que quiero relacionarme. Porque esos defectos complementarán los míos si nos esforzamos para conseguirlo.

Siento haberte mentido. Espero no haberlo estropeado todo, porque aunque creía estar enamorada del Julian del instituto, no lo conocía. Sin embargo, sí que conozco al hombre en el que se ha convertido. Y ahora entiendo la diferencia entre el amor y el enamoramiento. He sentido ambas cosas por ti, con quince años de diferencia. Por favor, perdóname. Estoy intentando cambiar.

Hallie

Había escrito la última línea y la había borrado varias veces. Tenía algo que no acababa de encajar con ella. Era cierto que estaba intentando tomar decisiones con más confianza y pararse a reflexionar antes de hacer algo potencialmente desastroso. Esa mañana incluso se había sentado y había empezado a hacer un diagrama con un código de color para diseñar el jardín de la biblioteca. Pero el caos siempre tendría un hueco en su interior. Así era desde que tenía uso de razón, y ni siquiera su abuela había sido capaz de contenerlo. No del todo.

¿Quería cambiar por un hombre?

No.

Salvo que él ya había empezado a cambiar por ella.

«Me he dado cuenta de que yo soy mucho peor para ti que lo que tú lo eres para mí. Sencillamente, eres impresionante. Única, preciosa y audaz. Y yo soy un imbécil si alguna vez te he hecho sentir lo contrario».

«Déjame conocerte».

En el caso del hombre, ¿podía calificarse como cambio que estuviera reorganizándose al mismo tiempo que lo hacía la mujer? ¿O eso era fruto del compromiso entre una pareja?

Solo había una forma de averiguarlo, y era... intentándolo. Dándole una oportunidad sincera a su relación. Sin esconderse detrás de las cartas. Sin esconderse, y punto. Cuando estaban juntos, se mostraban vulnerables el uno al otro. Había sido así desde el principio. Y eso le daba miedo a la gente como ellos, pero oía una vocecilla que le susurraba al oído y le decía que existía la posibilidad de que la vulnerabilidad absoluta fuera maravillosa. Perfecta. Con Julian.

Una oportunidad de madurar como persona al lado de alguien, de adaptarse el uno al otro hasta encontrarse en un punto medio.

Emocionalmente todavía les quedaba mucho trecho. ¿En el plano físico?

Eso lo tenían dominado. De maravilla.

Esa noche en el viñedo, había bajado todas sus defensas en un abrir y cerrar de ojos.

Al pensar en lo que habían hecho, en las palabras entrecortadas pronunciadas casi sin aliento, ni siquiera la brisa fresca logró enfriarle las mejillas. Pese a todas sus fantasías, nunca había imaginado una intimidad como la que Julian le había demostrado esa noche. La absoluta desesperación por satisfacer los anhelos más básicos. Jamás había imaginado que podría entregarse de forma tan absoluta a la lujuria. A las sensaciones. Ni que los arrolladores sentimientos de su corazón desempeñaran un papel tan importante en lo que su cuerpo ansiaba.

Allí de pie, en la oscuridad del sendero, el deseo la embargó de nuevo. No solo el placentero desahogo que Julian le había proporcionado, sino también la presión de su peso. El olor a sal, a vino y a colonia, sus dedos entrelazados, los movimientos de sus caderas entre sus muslos. Nunca había sido tan sincera como se había mostrado debajo de él, sin juzgarse a sí misma y sin cuestionarse lo que estaba haciendo. Se había dejado llevar sin más. Se había limitado a volar.

Entrecerró los ojos para mirar en dirección a los Viñedos Vos y apenas logró distinguir la silueta plateada de la casa de invitados. Podía ir a verlo. Llamar a su puerta y entregarle la carta en mano. Quizá se lo debía. Sobre todo después de que esa noche se hubiera presentado en la cata con flores y una disculpa. Ella podía hacer lo mismo, ¿no? Enfrentar los problemas de cara. Lo último que quería era iniciar el camino hacia una relación con una mentira. Sentía la tensión creciente del engaño a cada momento que pasaba.

Dio unos pasos en dirección a la casa de invitados, pero su valentía se fue esfumando como si fueran guijarros que caían desde un agujero en su bolsillo. Al final se detuvo, y la brisa le agitó los rizos delante de la cara. Posiblemente Julian leyera la carta y necesitase tiempo para procesarlo todo. Para sopesar sus palabras. ¿Lo estaría poniendo en un aprieto si se quedaba a su lado mientras la leía? ¿No sería mejor terminar el viaje como empezó, con una carta? Al menos así le daría espacio para pensar. Para decidir lo que quería.

Una vez tomada la decisión, Hallie metió la carta con toda la confianza que pudo en la grieta del tocón y volvió a la carrera por el sendero, intentando poner la mayor distancia posible entre ella y la confesión antes de cambiar de opinión y recuperarla. ¿Y si la admiradora secreta se limitaba a... desaparecer? ¿A dejar de escribir? Julian nunca sabría lo que había hecho.

«No. No vas a librarte así de fácil».

En cuestión de horas, Julian descubriría su ocurrencia más alocada, y lo único que podía hacer era esperar y desear...

Que él siguiera queriendo el circo.

Tras regresar a casa de la misión de entregar la carta, Hallie durmió de forma intermitente, con los perros a los pies de la cama como si la estuvieran juzgando. Cuando se despertó, se dio cuenta de que se le habían pegado las sábanas, y se le formó un nudo en el estómago al ver la hora en el reloj. Julian estaría preparándose para salir a correr. Faltaban pocos minutos para que descubriera su secreto.

Se levantó y sacó a los perros a dar un paseo. Les dio de comer.

Preparó café y se sentó sobre las piernas en uno de los sillones del jardín, entre las hortensias azules. Sus dedos tamborileaban contra el borde de la taza y el corazón le latía a toda velocidad en el pecho. Julian ya debía de haber encontrado la carta. Seguro que estaba leyéndola en su casa por octava vez, preguntándose cómo había podido confundir la psicosis con el encanto. En cualquier momento, la llamaría por teléfono para intentar ponerle fin a la relación de forma brusca y, aunque no lo culparía, intentaría hacerlo cambiar de opinión.

Al menos eso sí que había logrado solucionarlo durante la noche de insomnio.

¿Trataría de frenarlo si intentaba cortar con ella?

Sí. Por supuesto que sí. Julian podía aguantar esa irritación si el fin era estar con ella, ¿no? Con una jardinera mentalmente agotada y casi siempre sucia, de risa fácil aunque en su interior guardaba un lago de dolor. Con unas ideas profesionales que pocas veces tenían sentido, pero que acababan resultando bastante bonitas... ¿o no? Y que aunque hiciera algo ridículo, como robar queso o escribirle a alguien firmando como su admiradora secreta, jamás llevaba mala intención, ¿verdad?

Pues sí.

Le gustaba su casa. Le gustaba su gente.

Solo necesitaba encontrar la manera de canalizar mejor su impulsividad heredada. Y lo conseguiría, porque quedarse allí sentada en el jardín trasero a la espera de que el hombre al que amaba descubriese sus mentiras era una tortura, y no quería volver a sentirse así nunca más.

Al ver que el día avanzaba y que Julian no llamaba ni entraba por la puerta, soltó la taza de café, ya frío, y llamó a Lavinia.

—Buenas tardes, cariño —la saludó Lavinia alegremente, con el sonido de la caja registradora de fondo—. ¿Qué tal la cata de anoche?

Oyó el eco lejano de Julian gimiendo su nombre.

—Fantástica —respondió ella con voz ronca—. Estuvo fantástica. Oye..., ¿ha pasado ya Julian por delante de la pastelería?

—Sí, señora. De hecho, hoy ha pasado temprano. —Alguien pidió una caja con un surtido de dulces—. Ahora mismo —dijo Lavinia, tras lo cual bajó la voz y añadió—: Tu hombre pasó por delante del escaparate sin camiseta a las once y cuarto. Recuerdo la hora exacta, porque fue el momento en el que olvidé mis votos matrimoniales. Salí para fingir que colocaba mejor la pizarra con los especiales del día de la acera, pero en realidad estaba viendo cómo se movían bajo el sol los sudorosos músculos de la espalda de ese profesor. A ver si te piensas que vas a divertirte tú sola...

—No podría estar más de acuerdo. —Dejó de pasearse de un lado para otro—. ¿Iba sin camiseta?

—Ya te digo. Sin camiseta. Son trece cincuenta.

—¿Te has comido con los ojos a mi novio y se supone que tengo que pagarte?

—Estaba hablando con el cliente. ¿Y a quién llamas «novio»? —Su tono de voz parecía cada vez más emocionado—. ¿Es oficial, entonces?

—Bueno...

Lavinia gimió.

—Joder, ¿qué ha pasado ahora?

—Se lo he confesado todo. En una última carta que le he escrito como su admiradora secreta. Si salió a correr temprano, ya debería haberla encontrado. Y en ese caso, puede que ya no sea su novia. Al menos durante el periodo de distanciamiento que yo aprovecharé para intentar que vuelva a hablarme y seguro que cuando llegue el Día de Acción de Gracias, esto solo será una anécdota graciosa.

—Lo has pensado bien, algo poco habitual.

Hallie empezó a pasearse de nuevo de un lado para otro y se llevó una mano al estómago, que tenía revuelto.

—Me lo merezco.

Su amiga se despidió del cliente deseándole que pasara un buen día.

—Bueno, quizá pueda arrojar algo de luz sobre el motivo por el que tu todavía novio no te ha llamado mandándote al cuerno. —Hizo una pausa, saboreando el momento en plan ufano—. No ha hecho el recorrido de siempre.

Hallie se detuvo en seco.

—¿Qué quieres decir con que no ha hecho el recorrido de siempre?

—El recorrido de vuelta a su casa. No ha tomado el sendero habitual.

—A ver si lo he entendido bien. ¿Iba sin camiseta y se ha desviado de su ruta? ¿Se ha desviado de su ruta sin camiseta?

—Pues sí. Lo que me lleva a mi siguiente pregunta... —Al fondo se oyó un portazo, seguido del ruido de un mechero al encenderse—. ¿Qué tal el sexo?

—¿Cómo? —balbuceó Hallie.

—Nena..., tengo experiencia en asuntos de hombres. Me fui de Londres para encontrar marido porque, efectivamente, ya no quedaban más sitios donde buscar, no sé si me entiendes. No dejé piedra sin levantar...

—Deberías estamparte eso en una camiseta.

—El asunto es —siguió Lavinia sin inmutarse— que reconozco a un hombre que lo ha hecho y que lo ha hecho bien en cuanto lo veo. Mis feromonas lo captaron a dos manzanas de distancia.

—A ver, piensas dejar tranquila la piedra de Julian, ¿verdad?

—¡Venga ya! Soy una mujer felizmente casada. Solo estaba echándole un vistazo —protestó su amiga, a la que oyó dar una calada—. A lo que iba. Que no solo lo has inspirado a salir a correr por el pueblo como un león que acaba de aparearse con la leona, sino que también lo has inspirado a cambiar la ruta.

El placer forcejó con la ansiedad justo debajo de las clavículas de Hallie.

—Pero así no encontrará mi carta.

—Tendrás que decírselo en persona.

No habían pasado ni dos segundos cuando oyó el timbre de la puerta.

Por supuesto, los perros se volvieron locos.

No era habitual que alguien llamara al timbre. Hasta los repartidores de UPS se habían dado cuenta y habían empezado a dejarle los paquetes sin avisar para evitar el drama canino que se producía al pulsar el botón. En esa ocasión, sin embargo, los ladridos de los perros a su alrededor no eran rival para los explosivos que le estaban estallando en la barriga.

Julian.

De algún modo, supo que era él quien estaba en la puerta de su casa.

Lo confirmó un momento después, cuando miró por la mirilla y vio su nuez y el asomo de barba que despertó en sus dedos el deseo de acariciarla, además de un hormigueo en la cara interna de los muslos al recordar que la sintió allí la noche anterior.

—¿Julian? —preguntó, aunque no era necesario. ¿Tal vez para averiguar si había retrocedido y había encontrado la carta?

—Sí, soy yo —contestó con una risilla cálida, que atravesó la puerta y le provocó un cosquilleo—. Siento haber hecho saltar la alarma.

Al reconocer su voz, los perros cambiaron el tono de sus ladridos, que se volvieron emocionados. ¿Por qué se le hinchó el corazón hasta alcanzar el tamaño de un globo al darse cuenta de ese detalle? Julian les caía bien. Ella lo quería.

Y era evidente, evidentísimo, que no había encontrado la carta.

Lo que significaba que tendría que decírselo en persona. Más concretamente, en ese mismo instante. Antes de que lo que estaba pasando entre ellos se volviera más serio. «¡Ay, Dios! ¡Ay, Dios! ¡Ay, Dios!». ¿Empezaba con una broma? Quitó el pestillo de la puerta, la abrió unos centímetros y se encontró con el hombre más guapo del mundo mirándola fijamente.

—Recuerda que, pase lo que pase cuando entres, tengo un rodillo quitapelusas.

—Quedo advertido.

Hallie se mordió el labio, abrió la puerta del todo y retrocedió, haciéndole un gesto para que entrara, algo que él hizo agachándose un poco para pasar por debajo del marco de la puerta, como un gigante al que le dieran la bienvenida a una casa de muñecas..., sensación que continuó cuando se acercó a ella y la miró desde arriba, antes de mirar a izquierda y derecha.

—Es tal como me la había imaginado —dijo por fin, con voz ronca—. Colorida, acogedora y... un poco desordenada.

Eso la dejó boquiabierta.

—¿Hablas en serio? Acabo de hacer la mayor limpieza de mi vida.

Cuando Julian se echó a reír, vio que se le marcaban unas arruguitas alrededor de los ojos.

—No era una crítica. —La intensidad de su sonrisa disminuyó mientras levantaba un brazo para pasarle los dedos por el pelo—. ¿Cómo va a serlo si me recuerda a ti?

El órgano que le latía en el interior del pecho se desplomó con toda la elegancia de un bloque de hormigón.

—¿Me llamas «desordenada» y esperas que me parezca romántico?

Él le rozó los labios con dulzura al tiempo que le enterraba los dedos en el pelo para acariciarle el cuero cabelludo y ladearle la cabeza en el ángulo perfecto. Después, tiró de ella, le echó la cabeza hacia atrás con delicadeza y («¡Ay, por Dios!») le recorrió la garganta con los labios separados.

—Si el desorden es tuyo, lo quiero —susurró contra su boca—. Si llegas tarde, me da igual. Con que aparezcas me conformo, joder.

Las rodillas, los tobillos y las caderas de Hallie estuvieron a punto de ceder, todo al mismo tiempo. Sobre todo cuando Julian la agarró por el pelo, la inclinó hacia un lado y devoró su boca como si se estuviera dando un festín. Fue un beso controlado, pero sintió las vibraciones de su cuerpo y comprendió que le estaba costando lo suyo contenerse. Y eso no era lo que ella quería. Al sentir la aspereza de su mentón en la barbilla y el sabor mentolado de su lengua en la boca, lo que quería era más de lo que habían hecho la noche anterior. Muchísimo más. Sin embargo, Julian le puso fin al beso con un gruñido antes de que ella pudiera despojarse del albornoz y exigirle que la tomara, y le dijo las siguientes palabras presionando la frente contra la suya.

—Anoche te quité la virginidad en el suelo, Hallie.

—Protesto. Anoche te entregué mi virginidad en el suelo, Julian.

—Me parece justo. —Parecía estar realizando un estudio muy serio de los rizos de su coronilla, porque había fruncido el ceño muchísimo—. Pero no tuve todo el cuidado que habría tenido...

—¿Que habrías tenido normalmente?

—¿Qué quieres decir con «normalmente»? —Frunció más el ceño—. Eso implica que cualquier otra persona podría compararse contigo.

«¡Oh!».

De acuerdo.

—¿Así que ahora soy anormal? —susurró ella, transformando su definición del romanticismo.

Al parecer, no consistía en vino y rosas. No había nada más romántico que ese hombre diciéndole que era desordenada, que llegaba siempre tarde y que no era normal.

—Desde luego. —Le dio un beso larguísimo, hasta que ella acabó tambaleándose sobre sus pies, embriagada—. Quería decir que no tuve tanto cuidado como me habría gustado. —Le acarició la espalda con una mano, aferrándose al albornoz—. Si no hubiera dejado que lo que siento por ti creciera hasta descontrolarse.

Hallie miraba delirante al techo mientras su inteligente y guapísimo amante le recitaba al oído un tipo de poesía especialmente contundente. ¿Y se suponía que debía contarle lo de las cartas? ¿Que la autora era ella? ¿En ese momento? ¿Tenía que romper ese vínculo perfecto de intimidad y honestidad que habían formado? ¿Esa sensación de que todo estaba bien en el mundo cuando se encontraban piel contra piel, boca contra boca?

«Pero no has sido sincera. No del todo».

Sí, todas las palabras de las cartas habían surgido directamente de su corazón. Pero se había presentado como otra persona. Lo había hecho creer que le estaba respondiendo a una desconocida. Y lo que era peor, cuando Julian le citó sus palabras exactas, dejó pasar la oportunidad de sincerarse. No podía lamentarlo más que en ese momento, mientras la abrazaba con tanta fuerza que hasta le costaba trabajo respirar.

—Me encantó lo que hicimos anoche —susurró ella, porque al menos era la verdad. Y, como le gustó mucho decirle la verdad, añadió—: Quiero repetirlo.

—Lo repetiremos —se apresuró a asegurarle Julian al tiempo que le pasaba un brazo por debajo del trasero para dejarla de puntillas mientras sus pelvis se rozaban, sus caderas empezaban a moverse y sus respiraciones se aceleraban como un par de motores—. Lo repetiremos, Hallie. Pero antes quiero salir contigo.

—¿En serio? —Ella sintió que empezaba a ponérsele dura—. Tienes un plan, ¿verdad?

Julian soltó una palabrota y alejó el cuerpo del suyo, aunque la mantuvo aferrada por las caderas con fuerza.

—Sí, estoy marcando la pauta. —Su boca descendió en picado y atrapó sus labios, que sufrieron un vertiginoso ataque por parte de su lengua—. Y la pauta es que eres mi novia, no una chica a la que me tiro en mitad del campo y a la que mando a casa en un Uber, ¿de acuerdo? Anoche no pude dormir. Tenía la impresión de que no hice las cosas bien contigo.

«Anoche».

Cuando le dejó la carta confesándoselo todo en el tocón.

«Díselo».

Él se estaba sincerando, y ella necesitaba hacer lo mismo. Pero ¿lo arruinaría todo si le decía la verdad? Al menos, podrían darse unos cuantos besos más antes de soltar la bomba.

—Yo no tuve esa impresión —replicó, aturdida por el prolongado contacto, por la forma de su cuerpo, por el calor que estaban generando—. Creo que lo hiciste… fenomenal.

La carcajada de Julian contra su boca le provocó un cálido escalofrío.

—Joder.

—¿Joder?

—No quiero dejarte. —Se enrolló uno de sus rizos en el dedo índice y luego lo liberó, observándolo fascinado—. Pero hay un almuerzo en Calistoga. Es el vigésimo aniversario de la Asociación de Viticultores del Valle de Napa, fundada por mi padre.

—Creía que tu padre estaba en Italia.

—Y lo está. Natalie y yo vamos a aceptar el galardón en su nombre, y yo voy a pronunciar un discurso… —El ceño fruncido se intensificó—. Se lo he prometido a mi madre.

—¿Por qué te molesta hacerlo?

Lo oyó soltar una especie de gruñido y después se tomó su tiempo, como si tratara de localizar la fuente exacta de su irritación.

—A la gente del valle de Napa le gustan las tradiciones y que se las recuerden. Mi padre y mi abuelo contribuyeron en gran medida a establecer St. Helena como un destino vinícola; no lo niego. Pero ellos no fueron quienes mantuvieron el negocio en funcionamiento cuando apenas tenía pulso.

Ella lo miró a los ojos.

—Te refieres a tu madre.

—Ajá. Deberían homenajearla a ella tanto como a Dalton. A estas alturas, seguramente más que a él. —Se sumió un momento en sus pensamientos y luego carraspeó. Cuando la miró, su expresión parecía muy formal, de repente—. ¿Quieres acompañarnos?

—¿Al almuerzo?

—Sí.

—Yo... ¿Estás seguro?

Él le pasó el pulgar por el labio inferior, como si su forma lo fascinara.

—Hallie, si algo he descubierto desde que nos encontramos por segunda vez es que soy mucho, muchísimo más feliz cuando estás conmigo.

«¡Ay, madre!». Todo lo que decía era en serio, ¿verdad? Su sinceridad le resultaba tan cautivadora que solo atinó a mirarlo en silencio durante unos minutos. Obviamente, después de esa confesión, iría al almuerzo lloviera o tronara. Si podía estar a su lado para ayudarlo en una tarea difícil, quería asumir esa responsabilidad.

Ese privilegio.

Hizo un inventario mental de su armario.

—¿Cuánto tiempo tengo para prepararme?

Julian le echó un vistazo a su reloj, ansioso por calcular el tiempo.

—Veintiún minutos.

—Dios mío —dijo ella, que se apartó al instante.

Todd captó su nerviosismo y empezó a aullar.

—¿Puedes elegir algo de mi armario mientras me ducho? —le preguntó y añadió a través de la puerta del cuarto de baño—: Algo que sea apropiado para la ocasión.

Un momento después, se oyó un ruido sordo en el suelo de su dormitorio.

—Hallie, ¿eres consciente de que has metido la mitad de tus pertenencias en este armario?

Se apresuró a abrir el grifo de la ducha.

—¿Qué? No te oigo.

Unos murmullos farfullados.

Se hizo un moño con una sonrisa, se duchó, se secó y se maquilló rápidamente. Su sujetador negro favorito estaba colgado en la parte posterior de la puerta del cuarto de baño y se lo puso, envolviéndose el resto del cuerpo con una toalla. Dudó con la mano en el pomo, preguntándose si era demasiado pronto para pasearse en toalla delante de él. Teniendo en cuenta las limitaciones de tiempo, ¿le quedaba otra alternativa? Soltó un suspiro, entró en el dormitorio... y allí estaba Julian Vos, sentado en su cama, con un vestido de cóctel con un estampado de flores sobre el regazo, como si hubiera salido de sus fantasías. Alto, moreno y muy serio contra su femenina colcha blanca.

—No sé si... —Julian dejó la frase en el aire y se le movió la nuez arriba y abajo mientras cerraba los dedos con fuerza en torno al borde del colchón.

—¿Qué es lo que no sabes? —preguntó ella.

—Si este vestido se considera arreglado, pero informal. —La observó mientras se acercaba a la cómoda y abría de un tirón el cajón superior, tras lo cual seleccionó unas bragas finas de color carne que quedarían estupendas debajo del vestido—. Solo quiero verte con él puesto.

Hallie jadeó.

La última parte la había dicho contra su hombro desnudo.

¿Cuándo había cruzado el dormitorio?

—Me encanta ese vestido —dijo ella a duras penas—. Es una buena elección.

Su mano aferró el nudo de la toalla, que agarró y retorció, mientras le recorría el cuello con la boca.

—¿Puedo verte sin esto puesto?

La timidez intentó arruinar la fiesta. Por supuesto. Nunca había estado desnuda por completo delante de un hombre. Ni mucho menos a plena luz del día. Y aunque le gustaba su cuerpo, lo prefería vestido antes que desnudo. Porque así podía controlar lo que la gente veía de sus muslos, de su abdomen y de su trasero. Podía controlar el ajuste de la tela a sus curvas. Si se quitaba la toalla, todo quedaría a la vista, hasta el último hoyuelo.

—Hallie, puedes decir que no.

—Es ridículo que me ponga nerviosa. Después de lo de anoche...

—No es ridículo —le aseguró él mientras la besaba detrás de una oreja y le daba un suave mordisco—. ¿Me sorprende que dudes en mostrarme tu cuerpo desnudo cuando estaría dispuesto a travesar a nado un lago de fuego por él? Un poco.

Hallie sintió que le ardía la cara.

—Pero a lo mejor te lo imaginas de otra manera.

Lo sintió fruncir el ceño contra su hombro.

—¿Te ayudaría saber lo que estoy imaginando?

—No lo sé. ¿Quizás?

Julian apoyó la boca sobre el pelo de encima de su oreja.

—Creo que eres suave. Mejor dicho, estoy seguro de que lo eres. Creo que trabajas mucho bajo el sol, cavando en la tierra, y se te nota en las manos, en las pantorrillas y en los hombros. Pero al mismo tiempo es muy… obvio que eres una mujer. Tienes unas tetas increíbles. —Deslizó la mano hacia la parte delantera de la toalla y le tomó los pechos entre las manos con delicadeza, despertando al instante sus pezones—. Tienes caderas. De las que permiten ser un poco más brusco, como pasó anoche.

La visión de Hallie empezó a duplicarse, luego a triplicarse, y los frascos de perfume que había en la cómoda se multiplicaron hasta convertirse en un ejército.

—Todavía siento mi abdomen sudoroso deslizándose arriba y abajo sobre tu barriga. Me encanta y seguro que te he dejado alguna rozadura que lo demuestra, ¿eh?

Ella asintió con la cabeza, aturdida.

—Enséñamelo cuando estés lista, cariño. —Julian bajó la mano y le recorrió el interior de un muslo con las yemas de los dedos. En dirección a su humedad. No tenía miedo de que él lo supiera. De que la viera y la sintiera. Ya no podían fingir que no se excitaban el uno al otro y, en ese momento, estaba tan excitada que él iba a tardar muy poco en descubrirlo—. Mientras tanto, ¿puedo dejarte con una última reflexión?

—Sí —susurró ella.

Colocó esa enorme mano sobre su sexo. Abarcándolo todo. Y le dio un apretón. Fuerte.

—Conozco todas y cada una de las partes suaves de tu cuerpo. Se han turnado para ponérmela dura una y otra vez, joder. —La agarró con la firmeza suficiente para arrancarle un gemido—. Tus curvas se mueven cuando te la meto aquí. Lo he comprobado. Esas partes de tu cuerpo que no sabes si enseñarme son las que de verdad me la ponen dura, Hallie. —Despacio, muy despacio, le separó los labios mayores con el dedo corazón y acarició sus pliegues empapados—. Piensa en eso hasta esta noche.

¿Quién era la admiradora secreta?

Las cartas acabaron en el fondo de su mente de forma involuntaria. Ya pensaría en ellas… al día siguiente.

Sí, al día siguiente.

20

Cuando Julian se despertó esa mañana, creyó que su mayor reto sería el discurso que estaba a punto de pronunciar. Un discurso de agradecimiento para la asociación que iba a homenajear a Dalton Vos, el fundador, a cuyos miembros no conocía, pese a la admiración que sentían por su padre. Claro que había crecido acostumbrado a eso. A sonreír y a darles la razón a los admiradores que alababan el ingenio de Dalton, sus técnicas revolucionarias y su dedicación a la calidad.

Como adulto que era, consciente de lo que suponía la responsabilidad, cada vez le costaba más sonreír y aguantar los cumplidos hacia su padre. Mientras recorría el vestíbulo del complejo turístico/bodega, les había dado la mano a viticultores y a críticos que pronunciaban el nombre de Dalton como si hablaran de un santo.

Sin embargo, descubrió que era mucho más difícil intentar navegar las corrientes que creaban los estados de ánimo de las tres mujeres tan diferentes que había en su vida. Tenía a su madre sentada a la izquierda, con una sonrisa tan forzada que parecía casi una loca. Natalie ya iba por su segunda copa de cabernet, como si estuviera dispuesta a encontrar el significado de la vida en el fondo.

Y luego estaba Hallie.

La tenía sentada a su derecha, con los ojos clavados en la persona que estaba hablando en la parte delantera del salón de baile.

Pero un rubor le subía por la parte posterior del cuello, seguramente porque él no miraba al orador. Ni por casualidad. Tenía los ojos clavados en los ricillos de su nuca, y era evidente que ella se daba cuenta. Antes de salir de casa, Hallie se había hecho una especie de moño en la coronilla, y él no había visto antes de cerca esos ricillos rubios. Si no estuvieran sentados en primerísima fila de esa audiencia tan atenta, pegaría la cara al lugar del que nacían y aspiraría su aroma como si no hubiera un mañana.

Decir que estaba guapísima con el vestido que él había elegido sería quedarse muy corto. ¿Se daba cuenta Hallie de que las flores rosas y verdes de la parte delantera del vestido estaban sobre las zonas que él se moría por tocar? Aunque sospechaba que, sin importar dónde estuvieran las flores, él querría tocar dicha zona, porque cada centímetro de su cuerpo lo obsesionaba y fascinaba.

Le temblaron los dedos sobre el regazo, y tuvo que contener el impulso de enredar uno de esos rizos en el dedo con el que la había tocado antes. Dios, estaban a punto de darle la palabra para que subiera al estrado y leyera su discurso y estaba medio empalmado (por culpa de unos rizos), así que tenía que dejar de pensar en Hallie envuelta en la toalla. Sin bragas.

Se quitó la americana, porque se sentía como si tuviera fiebre, la colgó del respaldo de la silla de Hallie, y le gustó más de la cuenta verla allí. Un hombre no colgaba su chaqueta en el respaldo de la silla de una mujer a menos que estuvieran juntos, y en ese momento todos en la sala lo sabían..., y eso satisfacía algo en su interior que ni siquiera sabía que existía.

«Mía».

Se lo había dicho la noche anterior en el viñedo y resonó en ese instante en su cabeza hasta que tuvo que tragar saliva con fuerza y apartar la mirada de ese cuello ruborizado.

«Después».

Soltó un suspiro lento y se concentró en Natalie y en Corinne. Su hermana estaba construyendo un castillo de azucarillos y servilletas. Y se dio cuenta de que Hallie era consciente de esos gestos nerviosos, porque lo miró con preocupación por encima del hombro. Igual que lo era su madre, cuya sonrisa falsa se había apagado un poco durante el discurso introductorio. Si ese momento, esos segundos, hubiera tenido lugar un mes antes, seguramente habría estado pensando en el ritmo de las palabras que había preparado. En la planificación del almuerzo y en cómo encajaba en su día, en la rutina que tendría que completar cuando regresara a la casa de invitados.

Sin embargo, esa sucesión de segundos no tenía lugar un mes antes. Estaba teniendo lugar en ese mismo momento.

Y no lo cambiaría por nada del mundo. El ruido de fondo y el movimiento del salón de baile lo difuminaban todo salvo las mujeres que lo rodeaban. Buscó la mano de Hallie por debajo de la mesa; y después, al decidir que esa única conexión con ella no bastaba, acercó la silla a la suya hasta que su olor fue lo bastante fuerte e inhaló hondo.

«Los momentos no son todos iguales».

Los segundos no eran granos en un reloj de arena.

El tiempo lo trascendía.

A lo mejor el tiempo era algo que no se podía controlar y lo importante era intentar que el tiempo con las personas que le importaban fuera valioso.

El orador mencionó su nombre desde el atril, de modo que se puso en pie y dio unos pasos antes de darse cuenta de que seguía aferrando la mano de Hallie. Casi la había arrastrado de su asiento.

—Lo siento. —Inclinó la cabeza, le besó los nudillos y captó que se le aceleraba la respiración y abría los ojos de par en par con la claridad de un hombre que acababa de lanzar el guion por la borda. O al que se lo habían arrebatado..., no lo tenía muy claro y, por irónico que fuera, tampoco tenía tiempo para averiguarlo.

Aceptó una placa conmemorativa de manos del orador. Acto seguido, se quedaron de pie el uno junto al otro mientras posaban para un montón de fotógrafos y después se descubrió delante del micro. Lo subió para ajustarlo a su altura y dejó la placa en el atril. En ese momento, se dio cuenta de que las notas con los puntos clave de su discurso estaban en el bolsillo de la americana que colgaba del respaldo de la silla de Hallie. Eso debería haberlo desestabilizado, pero se limitó a mirar hacia la mesa donde estaban sentadas las mujeres con una sensación de… libertad.

«A la mierda con el discurso».

—Les agradezco muchísimo este homenaje. Mi padre agradece que la Asociación de Viticultores del Valle de Napa reconozca su contribución a los comienzos de dicha asociación después de veinte años de éxitos. Manda su aprecio desde Italia. —Hizo una pausa y recorrió con un dedo la inscripción en letras doradas—. Aunque no voy a aceptar este reconocimiento en su nombre. Voy a aceptarlo en nombre de mi madre.

Se oyeron murmullos en el salón de baile y varias cabezas se inclinaron hacia otras para cuchichear detrás de las manos. Aunque él no vio nada de eso, porque estaba muy ocupado mirando a Hallie, a Natalie y a Corinne. Gente. Su Gente.

Corinne parecía estupefacta, pero tenía un brillo inconfundible en los ojos que, a su vez, le provocó a él un picor extraño en la garganta. El castillo de azucarillos de Natalie había perdido la batalla contra la gravedad y, por último, Hallie (¡Por Dios, cuánto se alegraba de que estuviera allí!) lo miraba con una sonrisa mientras apretaba con fuerza las manos sobre el regazo. Eclipsaba a todos los presentes. Estaba tan guapa que se trabó con las palabras y solo acertó a mirarla mientras se le quedaba la mente en blanco.

«Concéntrate».

—Mi madre se ha encargado de recomponer el negocio después del incendio de hace cuatro años —siguió—. Puede que no sea su apellido el que aparece en la etiqueta, pero sus huellas están en todas las botellas que salen del viñedo, que no les quede duda. Junto con el trabajo duro de nuestro gerente, Manuel, y de las cuadrillas de trabajadores que cultivan las uvas como si también se apellidaran Vos. El viñedo prospera gracias a eso, gracias a Corinne Vos, y aunque les agradezcamos este homenaje, es ella quien debería recibirlo hoy. Y todos los días. Gracias.

—Solo estoy diciendo que habría tenido un puntito de dramatismo si le hubieras lanzado la placa a la pirámide de copas de cristal del otro lado del salón de baile —dijo Natalie, sentada frente a él en la mesa, mientras le hacía una señal a un camarero para que les sirviera otra ronda. En vez de quedarse al almuerzo gratis, habían decidido ir a comer a un restaurante local y así evitar el ambiente gélido—. Hoy has ofendido a los dioses del vino, hermanito. Van a exigir un sacrificio como pago. ¿Conocéis a alguna virgen?

Al oírla, Hallie se atragantó con su primer sorbo de sauvignon blanc.

Mientras intentaba por todos los medios mantener la compostura, Julian le dio un apretón en la pierna por debajo de la mesa.

—Ni una... ¿y tú?

—No desde que mamá me obligó a ir al campamento musical con quince años. Estoy segura de que no quedaba ni una sola alma inocente cuando terminó. —Su hermana se echó un poco hacia atrás—. Campamento musical: una orgía con flautas.

—Baja la voz, Natalie —masculló Corinne, aunque tenía un brillo en los ojos que no estaba allí antes del almuerzo—. Y era un campamento de música con una reputación impecable. Qué exagerada eres.

—Que lo llamábamos «Campamento sexual» en secreto, madre.

Corinne espurreó el vino y solo consiguió contener el final del chorro con la servilleta.

—Madre de Dios —replicó con voz entrecortada—. Por favor, no me digas que participaste en algún acto... sexual.

—Yo creo que se limitó a tocar... la flauta —terció Hallie, arrancándole una sonrisa a Natalie.

Julian se pegó más a ella en el reservado, hasta que sus muslos se tocaron y tuvo su hombro bajo la axila y los rizos tan cerca que podía contarlos. «Así».

—Julian, lo que has dicho hoy… —dijo Corinne de repente, con las mejillas un poco coloradas—. No tenías por qué hacerlo. Mi trabajo en la bodega ha sido difícil, pero nunca una carga. Es muy gratificante.

—El trabajo gratificante se puede reconocer —replicó él.

—Sí. —Su madre cambió de postura en el asiento—. Pero no necesitaba que lo señalaras públicamente.

Julian meneó la cabeza.

—No, claro que no.

—Dicho lo cual, ha sido muy… agradable. —Extendió la mano hacia la cesta del pan, pero después cambió de opinión. Se atusó el pelo—. No me ha molestado.

Natalie enterró la cara en una servilleta de tela.

—Tu hijo pronuncia un discurso emotivo delante de los borrachuzos más pedantes de todo Napa y solo dices «Ha sido agradable».

—Creo que he dicho que ha sido «muy» agradable.

—¿Por qué somos como somos? —preguntó Natalie mirando al techo.

Corinne puso los ojos en blanco al verla exagerar de esa forma.

—¿Preferirías que nos abrazáramos a todas horas y que hiciéramos cosas como tener una noche para ver películas?

—No sé —masculló Natalie—. ¿Podemos? Solo por experimentar.

Por sorprendente que pareciera, su madre no parecía con ganas de abandonar el tema de estar juntos de inmediato.

—En fin, para eso necesitaría que mis hijos se quedaran una temporada. Si les apetece. —Entrelazó los dedos sobre la mesa con la mirada clavada en él—. Julian, tus sugerencias en el viñedo ya está cambiando las cosas. Tenemos un plan… y no recuerdo la última vez que sucedió. Ojalá podamos dejar las duras palabras de tu padre en su lugar: en el pasado, olvidadas. No solo te agradezco que colabores en la gestión de la bodega…, es que además me encanta que lo hagas. Ojalá no sea algo temporal.

Julian sintió la mirada interrogante de Hallie en la sien. Seguramente se estaba preguntando qué le había dicho su padre. Después del incendio. Después de sacar a Natalie del cobertizo donde la habían acorralado las llamas. En aquel momento fue cuando lo golpeó la segunda parte de la ansiedad, cuando recuperó el tiempo perdido, después de que la adrenalina lo abandonara y apareciese la parálisis. Dejándolo inservible para todos cuando más lo necesitaban.

Todo sucedió delante de su familia.

«Siempre has estado mal de la cabeza, ¿verdad? ¡Por Dios! Mírate. Contrólate. Limítate a enseñar y... mantente alejado de lo que he construido, ¿de acuerdo?».

Sí, en ese momento estaba decidido a ayudar a reflotar la bodega con o sin la aprobación de su padre, pero ¿alguna vez desaparecería ese resquicio de duda sobre su capacidad? Tal vez sí o tal vez no. Pero su madre, una mujer independiente, estaba pidiendo ayuda sin rodeos. La necesitaba de verdad... y él quería brindársela. Quería ayudar a que la tierra de su legado recuperara la vida, a alejarla del fracaso. Durante muchísimo tiempo se había negado a echar de menos ese lugar. El proceso. Pero tal como Natalie le dijo al Navy SEAL la noche anterior, llevaba la fermentación en la sangre.

Y, por último, pero no menos importante, Hallie estaba allí.

—No me voy a ninguna parte —dijo, mirándola.

Para decirle: «Me quedo. Vamos a hacerlo».

Por Dios, qué guapa era. No podía dejar de mirarla...

Natalie tosió contra un puño para romper el hechizo entre ellos.

—Volvamos a mis días del campamento sexual.

Julian meneó la cabeza.

—Mejor no. Ya he tenido bastante con presenciar tus intentos de ligar. No una vez, sino dos.

Natalie se sentó más derecha.

—¿Intentos?

A Julian le temblaron los labios por la risa.

—El resultado final basta como respuesta.

—Ah, así que eres un experto, ¿no? —le preguntó su hermana echando chispas por los ojos un segundo antes de mirar a Hallie—. Dado que mi hermano parece sugerir que es un experto a la hora de ligar, te pido por favor que nos cuentes su impecable técnica.

Hallie se lanzó sin titubear, con una mano en el pecho.

—En fin, primero se olvidó de que nos conocimos en el instituto. Eso fue lo que puso todo en marcha, en serio. Pero después... —siguió y se abanicó la cara—, criticó mi técnica de jardinería y me llamó caótica. Eso fue la guinda del pastel.

Los recuerdos afloraron a la mente de Julian y se le encogió el estómago. Se volvió para disculparse con Hallie, pero ella continuó hablando antes de que pudiera hacerlo.

—Por desgracia, desbarató mi plan de pasar de él cuando compró tres cajas de vino en Encorchado, mi tienda favorita en Grapevine Way. Llevaba una temporada en riesgo de cerrar, y era el establecimiento preferido de mi abuela. Se lo dije, sin imaginarme siquiera que haría tarjetas de visita para Lorna y os convencería de entregarlas en la feria Relax y Vino en Napa. Después de eso, se encargó de que colocaran un toldo nuevo, dándole un lavado de cara más que necesario que triplicó las ventas de la noche a la mañana.

Julian se dio cuenta de que estaba boquiabierto, así que cerró la boca de golpe.

—¿Te enteraste?

—Ajá.

Soltó una especie de gruñido, ya que le costaba mirarla en público cuando tenía esa expresión tímida de gratitud en su preciosa cara. No necesitaba que reconocieran el mérito de lo que hacía, pero ver la prueba de que había cumplido su propósito de hacerla feliz... Por Dios, en ese momento elegiría su sonrisa antes que el oxígeno. En cualquier momento. Y aunque Hallie ya parecía feliz, esa noche lo estaría mucho más, y estaba deseando que llegara.

—¿Por qué no me lo habías dicho?

—Estaba esperando a la nueva línea de productos promocionales de Encorchado, por supuesto.

—Las camisetas y los sacacorchos serían un buen comienzo —replicó con voz gruñona.

¿Cuándo se había acercado tanto como para poder besarla? Carraspeó y se alejó a una distancia decente. Pero dicha distancia no duró mucho, porque su hermana, borracha como de costumbre, dijo algo que hizo que Hallie se acercara más a él.

—No te olvides de cómo orquestó el cuentacuentos durante Relax y Vino en Napa, Hallie. —Siguió hablando con voz grave—: «No me gusta cuando Hallie está estresada. Voy a explotar si no hago nada para ayudarla».

Muy bien, empezaba a sudar.

—Ya basta, Natalie.

—¿De verdad… dijiste eso?

—Puede que algo parecido —contestó él con sequedad—. ¿Sabemos ya lo que vamos a pedir?

—Yo quiero una ración de ti, por favor —dijo Hallie, solo para él. De un modo que dejó claro que había querido pensarlo, no decirlo en voz alta.

Julian sintió que un objeto duro se giraba en su pecho y pegó la boca a su sien para inhalar el olor paradisíaco de su pelo. De su piel. «Hallie».

—Ya me tienes, cariño.

21

Muy bien. Cambio de planes.

Una confesión. En la vida real. Cara a cara.

Hallie no podía permitir que Julian encontrase esa carta.

Ese enfoque era demasiado impersonal después de que él hubiera almorzado rodeándole la cintura con un brazo, mientras le clavaba el pulgar en la cadera como una promesa. No después de que lo sorprendiera mirándola tan a menudo entre los entrantes y el postre, como si fuese la primera vez que la veía. No cuando se estaban besando contra la puerta de su casa, después de que las llaves se le hubieran caído al suelo cinco minutos antes y ninguno de los dos hubiera hecho ademán de agacharse a por ellas.

Julian le recorría los pómulos con los nudillos, como si los tuviera de porcelana. Cuando se separaron en busca de aire y se miraron a los ojos, se encontraban en su propio sistema solar, a años luz del mundo real. Ese duro cuerpo la aplastaba contra la puerta mientras sus manos se familiarizaban con sus pechos, sus caderas e incluso con sus rodillas…, y parecía que las rodillas le interesaban mucho. Le daba apretones y trazaba círculos con el pulgar. Se llevó una a la cadera, con la intención de que le rodease el cuerpo con la pierna, y la sostuvo con una mano mientras se movía contra ella arriba y abajo, moviendo la parte inferior del cuerpo, frotándose contra ella. Obligándola a ponerse de puntillas una y otra vez con jadeos roncos.

Por Dios, se le había puesto toda la carne de gallina.

Y experimentaba un creciente ardor entre los muslos.

Su cuerpo se había convertido en sensaciones, terminaciones nerviosas y anhelo. Y cuanto más la besaba Julian, cuanto más la acariciaba con la lengua, cuyos lametones sentía hasta la punta de los pies, más sensual se sentía ella. ¿Cómo no sentirse deseable si cada reverente caricia de esos dedos en la cintura le endurecía más y más los pezones, haciendo sus pechos más apetecibles? Julian estaba tan excitado que parecía dolerle y, en ese momento, le estaba recorriendo la parte posterior de los muslos para tomarle el trasero con las manos mientras la pegaba a la puerta con su enorme cuerpo al tiempo que gruñía.

«Ay, Dios».

—¿Qui-quieres entrar a tomarte un café? —preguntó con una carcajada que acabó en gemido.

—Hallie, tengo que llevarte a la cama —masculló él, que interrumpió un segundo su frenético beso—. No estoy bromeando. —Le acarició el cuello con los dientes y después subió de nuevo y le enterró los labios en el pelo, alborotándoselo. Alborotándole todo el cuerpo, por dentro y por fuera. Pero sobre todo, le alborotó la conciencia: ¿cómo podía meter a ese hombre en su casa y hacer el amor con él a sabiendas de que le estaba ocultando un secreto que podría hacerlo dudar de su decisión de estar con ella?

«Díselo. Díselo ahora».

—Julian...

—El problema es que no dejo de pensar en que tengas un orgasmo —confesó contra su boca, mientras movía los labios a la par que él, como si estuvieran formando juntos las palabras—. Antes de lo de anoche ya era un problema. Pero ahora... Hallie. ¿Ahora? —Le metió los dedos entre las piernas y la acarició por encima del delgado tejido de las bragas. Acto seguido, se las bajó hasta los muslos y empezó a frotarla despacio, muy despacio, justo en el punto clave, con la palma de la mano—. Ahora me paso todo el día pensando en cómo me apretaste al final. —La penetró hasta el fondo con el dedo corazón, y ella abrió la boca con un gemido silencioso. «Por Dios. Por Dios bendito»—. Esta noche te voy a sentar en mi regazo. No vas a llevar sujetador. Fuera. Por mí lo quemaría. Y vas a montarme. —Añadió otro dedo, penetrándola despacio, mientras capturaba con los labios los gemidos que se le escapaban—. Quiero haber explorado cada centímetro de tu cuerpo para cuando amanezca.

A lo mejor… ¿debería confesarle que era la admiradora secreta por la mañana?

Ambos respiraban con dificultad cuando él le bajó las bragas un poco más, penetrándola hasta el fondo, mientras sus cuerpos se sacudían contra la puerta en su intento por acercarse todavía más.

Uf, tenían que entrar rapidito.

Su casa estaba rodeada de árboles y el vecino más cercano no lo estaba tanto como para ver cómo la magreaban en el porche, pero no era raro que Lavinia se pasara a hacerle una visita. Además, también existía la posibilidad de que el cartero los sorprendiera.

—Dentro —gimió cuando él le mordisqueó el lóbulo de la oreja.

—Sí. —Julian se agachó a por las llaves y metió una en la cerradura, aunque soltó una palabrota. Eligió otra. Y por fin entraron a trompicones en la casa a oscuras, mientras los perros se volvían completamente locos a sus pies, ladrando de felicidad y ofendiéndose al cabo de poco rato porque no les hicieron ni caso—. Un momento —dijo antes de apartarse un poco y llevarse una mano al bolsillo, de donde se sacó una servilleta enrollada que abrió para dejar al descubierto trozos del chuletón que no se había comido durante el almuerzo—. Para vosotros, chicos.

Hallie parpadeó mientras él dejaba las tiras de ternera en el suelo, tras lo cual se metió de nuevo la servilleta en el bolsillo y la tomó de la mano otra vez.

—¿Habías planeado esa distracción perruna?

—Sí. Quería comerme el chuletón entero. —La miró a la cara fijamente—. Pero lo de tener una distracción me tentaba mucho más.

—Qué malísimo —susurró ella—. Deberíamos irnos antes de que terminen. Tenemos unos cuatro segundos.

—Por Dios.

Julian hizo ademán de arrastrarla hacia el dormitorio, pero ella tiró de él hacia el jardín trasero. Dado que no podía sincerarse por completo con él (esa noche no, no cuando todo era absolutamente perfecto), podía ofrecerle esa intimidad. Su jardín personal. Su lugar más íntimo y privado. Incluso más que el dormitorio. De camino al exterior, encendió la luz y contuvo el aliento. Ver que el asombro le transformaba la cara al salir por la puerta mosquitera hizo que se le disparara el pulso.

—Aquí es donde paso la mayor parte del tiempo —confesó en un intento por ver el jardín a través de los ojos de Julian, mientras se preguntaba si a él le parecía tan mágico como siempre se lo había parecido a ella. O si consideraba la vegetación tan alta, las luces de colores intensos y las flores silvestres un batiburrillo sin planificación.

Lo vio recorrer el jardín con los ojos entrecerrados, como si estuviera tomándose su tiempo antes de emitir una crítica seria, y empezó a sospechar que iba a recordar ese momento durante mucho tiempo, quizá para siempre. Julian Vos paseándose por su jardín trasero con expresión seria y las manos entrelazadas a la espalda, con la pose de un profesor, rodeado de un sinfín de flores y enredaderas mientras se quitaba la americana, con el sol del atardecer iluminándole el mentón donde ya empezaba a asomarle la barba y creando un juego de luces y sombras en sus músculos.

—¿Qué haces aquí con tu tiempo?

Por fin lo entendía. Cuando le había dicho que allí era donde pasaba casi todo su tiempo, se había encendido esa bombilla en su cabeza, la que diseccionaba los minutos, las horas y los años, convirtiéndolo todo en algo científico.

—Aquí es donde como. También leo, hago trabajos de jardinería, hablo por teléfono y juego con los perros. —Recordó de qué manera había quedado expuesto durante el almuerzo, de qué manera habían salido a la luz sus intentos de cuidarla desde las sombras, y sintió un hormigueo en los labios—. Pienso en ti.

Julian aminoró el paso.

—¿En serio?

Ella asintió con una especie de murmullo.

Un tic nervioso apareció en el mentón de Julian antes de que siguiera recorriendo el jardín, pero en esa ocasión para acercarse a ella. Con un paso tan decidido que la dejó sin aliento. «Tócame».

—De haber sabido que estabas en este jardín perfecto y oculto, pensando en mí —dijo él mirándole la boca con el ceño fruncido—, me temo que habría echado la puerta abajo para llegar a tu lado.

—No me habría importado.

Confesiones. La verdad. Le ofrecería todo lo que pudiera para compensar lo único que le daba demasiado miedo contarle. «Todavía». Estaban buscando un término medio. Él se había internado unos pasos en su caos y ella había empezado a planificar en serio el proyecto de la biblioteca. A concertar más citas con clientes, a comprometerse, a esforzarse para llegar a tiempo. Y era estupendo. No podía fastidiar eso revelando la locura que había hecho.

¿Y si la revelación era la línea roja de Julian y se iba?

Se miraron durante tanto tiempo que el cielo ya había empezado a oscurecerse, pasando de los tonos rosados a los naranjas tostados y haciendo más intenso el color de los ojos de Julian. Le tentaba la idea de ofrecerle más verdades, pero solo era capaz de actuar por los impulsos de su cuerpo. Podía sincerarse y exponerse de esa manera… y bien sabía Dios que lo deseaba. Que lo necesitaba. No quería ocultarle absolutamente nada a ese hombre.

Por eso dio un paso al frente y le besó el mentón mientras le desabrochaba el cinturón con los dedos.

A él se le aceleró la respiración de inmediato y expulsó el aire por la nariz con fuerza, pero no apartó los ojos de ella en ningún momento. No hasta que le bajó la cremallera y le metió las manos en los pantalones para acariciarle esa dura erección que tenía. Después él cerró los ojos como si fueran persianas y los apretó.

—¡Hallie! —exclamó con voz ahogada—. ¿Qué haces…? Dios. Mierda.

No supo muy bien qué la llevó a arrodillarse. A metérsela en la boca hasta el fondo. A lo mejor lo hizo porque había fantaseado con eso muchas veces. Claro que en sus fantasías a menudo estaban en una de sus clases en Stanford, un detalle que se llevaría a la tumba. O a lo mejor solo quería hacer algo bueno con esa boca que ocultaba una mentira. Cerró los ojos y veneró su dureza acerada mientras se la lamía cada vez con más confianza y habilidad, yendo de la base a la punta, poniéndosela más dura con cada caricia de su puño.

—No… —dijo él con un hilo de voz—. No puede ser la primera vez que chupas… —Hallie gimió a su alrededor mientras asentía con la cabeza, y él se quedó sin aliento justo antes de que notara un sabor salado y cálido en la boca—. ¡Joder! No tendría que haberlo dicho. No debería… Voy a correrme. Para. Tienes que parar.

¡Ja, lo llevaba claro! No tenía ni idea de lo que sentía al ver que el serio profesor de sus sueños perdía el control a sabiendas de que ella era la causa. En algún momento, él se había pasado una mano por el pelo, que siempre llevaba perfecto, pero que en ese instante estaba de punta. Había apretado los dientes con fuerza mientras tragaba saliva, y la parte de su cuerpo que ella tenía en la boca estaba durísima. Lo recordaba así de la noche anterior. Al final. Se le puso más dura que nunca justo antes de acabar, y en ese momento atesoró ese detalle sobre él. Los detalles que revelaban su estado. Su debilidad: ella. «Yo soy su punto débil». Esa certeza contenía tanta fuerza y poder que su confianza aumentó un poco más, y se la sacó de la boca. Sin soltársela, agachó la cabeza, le sopló sobre un huevo y después se lo llevó a la boca con un gemido.

—No, no, no, no. Hallie, arriba. Se acabó. Joder, cariño. —Le enterró los dedos en el pelo sin pretenderlo mientras lo sacudía un violento estremecimiento—. Espera. No, no dejes de acariciarme —gimió con voz ronca—. Fuerte. Mientras me los chupas... Mierda.

Julian tiró para apartarle la cara con la mano que le sujetaba el pelo y ella aspiró con fuerza mientras disfrutaba de la imagen que tenía delante. De lo brillante que la tenía por su saliva, del vello que nunca había visto en la parte superior de sus muslos y en la parte inferior de sus duros abdominales. De él entero. Tan masculino y hermoso. Sin embargo, se dejó caer de rodillas de repente y se apoderó de sus labios, obligándola a ladear la cabeza hacia la derecha para invadirle la boca con un gemido animal.

La abrumó una lujuria ardiente y salvaje, y le devolvió el beso sin apenas ser consciente de que Julian buscaba algo en su cartera. Protección. Se puso el condón a toda prisa mientras se devoraban la boca con avidez y se frotaban de caderas hacia abajo.

Debió de colocárselo sin problemas en el primer intento (menos mal, menos mal), porque la agarró de la barbilla y le alzó la cabeza para mirarla fijamente.

—¿Cuánto tiempo llevas queriendo chupármela con tu preciosa boca?

—Muchísimo —admitió con voz entrecortada, sin reconocer su propia voz.

Se percató de que él quería saber más sobre esa reveladora verdad (y tal vez más adelante preguntaría), pero en ese preciso instante, el deseo era demasiado imperioso. Estaban ardiendo.

—Ya que estamos cumpliendo fantasías, ¿y si te das media vuelta y te pones a gatas sobre la tierra?

«Dios. ¡Ay, Dios!».

—Sí.

Después de pronunciar el monosílabo, Julian no le dio opción a moverse. La ayudó a darse media vuelta y usó su cuerpo para inclinarla hacia delante.

—Mueve las rodillas en la tierra —jadeó contra su oreja—. Ensúciatelas.

Sus palabras casi la dejaron bizca y el corazón empezó a latirle tan deprisa que lo sentía en la garganta. Jamás se había sentido tan sensual como en ese instante, moviendo las rodillas de un lado para otro en la tierra del jardín, con la boca de Julian pegada a su cuello, animándola con gemidos mientras le subía el vestido por los muslos con las manos.

—¿Estás preparada para enseñarme el cuerpo, Hallie? —Su voz sonaba más seca que la yesca—. ¿Por completo?

A sabiendas de que no le saldría más que un gemido ahogado, asintió con fuerza con la cabeza.

—No, necesito las palabras —replicó él, que le acarició el trasero por encima del vestido antes de deslizarle la mano por la columna para enterrarle los dedos en el pelo y echarle la cabeza hacia atrás de un modo que la hizo sentirse suya por completo, subyugada—. Necesito que digas: «Julian, desnúdame. Mira lo buenísima que estoy».

El suelo empezó a dar vueltas delante de ella mientras los muslos se le ablandaban como la mantequilla en el microondas y su húmeda calidez le empapaba las bragas hasta que le resultaron incómodas. «Dilo. Dilo sin más».

—Julian, desnúdame. Mira lo buenísima que estoy.

—Así me gusta —la alabó él al tiempo que le bajaba las bragas hasta las rodillas, tras lo cual se las quitó por completo. Y las arrojó a un lado.

A gatas sobre el suelo, Hallie intentó respirar mientras le bajaba despacio la cremallera del vestido y se lo quitaba por el cuerpo, primero por el brazo derecho y después por el izquierdo, hasta que siguió el mismo camino que las bragas. «Dios mío, Dios mío». Solo le quedaba el sujetador. ¿Y qué más daba a esas alturas? Estaba a gatas, con las rodillas manchadas de tierra, vestida únicamente con la luz de la luna, sin dejar nada, nada en absoluto a la imaginación.

—Por Dios, Hallie. —Le quitó el sujetador con habilidad y pegó el torso vestido contra su espalda desnuda mientras le deslizaba las manos por los costados hasta tomarle los pechos—. No tienes ni idea de lo guapa que eres, ¿verdad? Ahora mismo estoy haciendo tiempo. Y estoy haciendo tiempo porque en cuanto te la meta, me voy a correr de lo buena que estás, joder. Y encima eres estrechísima. Dios, qué culo tienes. —Dijo eso último entre dientes, tras lo cual soltó el aire contra su oreja—. Vas a sentirte tan cómoda conmigo mirando, tocando y saboreando cada centímetro de tu cuerpo desnudo que aprenderás a poner el culo en pompa, justo así, y a pedirme que te lo coma entero.

Nada más decir eso, la penetró por detrás, y ella gritó por lo perfecto del momento. Por la plenitud de su invasión, por la facilidad con la que el aluvión de sensaciones alivió el dolorcillo que todavía le quedaba de su primera vez. Y después solo quedaron los gruñidos que él soltaba junto a su oído mientras la penetraba despacio, muy despacio al principio, antes de aumentar el ritmo, frotándole la espalda con la camisa.

—¿Te gusta?

—¡Sí!

La agarró de las caderas con tanta fuerza que seguro que le dejaba marcas, se afianzó sobre las rodillas, y fue como si se dejara llevar durante unos sudorosos segundos, penetrándola con embestidas rápidas y bruscas, tanto que a ella se le resbalaron las manos y las rodillas se le clavaron más en la tierra. Fue consciente del gran esfuerzo que tuvo que hacer Julian para aminorar el ritmo. Y lo supo por el gemido frustrado que se le escapó mientras le clavaba los dedos de una mano en la cintura y cambiaba las embestidas por movimientos rotatorios de las caderas que la hicieron ver estrellitas al tiempo que lo aprisionaba con los músculos internos a modo de presagio. Su cuerpo lo acogía cada vez más mojado mientras un placer palpitante crecía y se extendía en su interior.

Julian le lamió la columna y metió una mano entre sus piernas para frotarla y acariciarla donde más lo necesitaba. Y quería decirle que fuera más deprisa, más deprisa, pero parecía que las cuerdas vocales no le funcionaban, de modo que le buscó la mano y se la movió al ritmo correcto. Él murmuró y volvió a lamerle la espalda, manteniendo el ritmo que ella le pedía, y esa forma de aceptar y agradecer las necesidades que ella expresaba la excitó todavía más. Tanto que no pudo controlar el impulso de recompensarlo contrayendo los músculos internos, una y otra vez, hasta que él soltó un grito estrangulado y la penetró más a fondo y más deprisa, golpeándole el trasero con el abdomen con cada embestida.

—Mira cómo se mueve todo —masculló—. Dios, me encanta.

La vergüenza que pudiera sentir por su cuerpo o por sus defectos ya había desaparecido, y en ese momento florecieron en su lugar la belleza, la euforia y el atrevimiento.

—Quiero verte sin la camisa —jadeó, segura de que no podría oírla, pero la confesión se le escapó de todas formas. ¿De dónde había salido? Parecía casi irritada.

—¿Qué has dicho, Hallie? —le preguntó él contra el cuello sin detener en ningún momento las fuertes embestidas—. ¿Sin la camisa?

«¿Por qué eres así?».

—Hoy has co-corrido sin camiseta por el pueblo. Delante de los demás. Y yo… A ver, yo no te he visto así y…

Julian aminoró el ritmo hasta detenerse y, una vez inmóvil, se maravilló de lo grande y dura que la tenía. De todo el espacio que ocupaba en su interior.

—¿Estás…? —Le costaba respirar—. No estás celosa.

Pasaron unos segundos cargado de tensión, en los que se oyeron los grillos, la brisa de las montañas y sus agitadas respiraciones. Después, con un gruñido de dolor, se la sacó y la hizo rodar con cuidado hasta quedar de espaldas…, momento en el que Hallie pudo ver de cerca su absoluto desconcierto. Pero no puso en duda lo que sentía. No le dijo que estaba loca ni lo que debería sentir. En cambio, le buscó los labios y entrelazó sus lenguas mientras se desabrochaba la camisa. Se la quitó con rapidez, arrancando unos cuantos botones que acabaron rebotando sobre la hierba. Lo besó con los ojos nublados, pero abiertos, para observarlo todo, y así vio que él cerraba los suyos con fuerza mientras la destrozaba con los habilidosos movimientos de esa lengua con la que le estaba devorando la boca.

Después se quedó con el torso desnudo sobre ella, bañado por la luz de la luna mientras respiraba con dificultad. Y uf, ¡uf! Había esperado las delgadas líneas del cuerpo de un corredor, y desde luego que había definición donde se la esperaba, pero la firmeza de esos músculos y de esa piel tan masculina era increíble. Humana. Su cuerpo no era el de un corredor. No, la masa y el volumen eran inconfundibles pese al estricto régimen que llevaba. Se veían en la pared que era su estómago y en la anchura de sus hombros. Si dejara de correr, seguramente pasaría poco tiempo antes de que se le quedaran pequeños los trajes. Y no sabía por qué eso la excitaba tanto.

—Dios, Hallie. Esa forma de mirarme... —Meneó la cabeza despacio y soltó una carcajada entrecortada—. Ven a por mí, preciosa.

Se puso de rodillas y se acercó a él para sentarse a horcajadas sobre su regazo, sin recordar ninguna otra ocasión en la que se hubiera sentido así: deseada, apreciada y envuelta en un calor sofocante con ese hombre. Julian le agarró el trasero con las manos y la colocó en la posición adecuada, y ella se dejó caer, haciendo que a él se le nublaran los ojos y que a ella se le escapara un gemido. Percibió el poder que ostentaba e hizo uso de él al sujetarlo de los hombros y empezar a mover las caderas. La primera vez que lo hizo, Julian echó la cabeza hacia atrás y se mordió el labio inferior mientras movía la mano izquierda a toda prisa para apoyarse en el suelo y usaba el pulgar derecho para acariciarle el clítoris con el movimiento firme y rápido que ella le había enseñado y, sí, sí, lo recompensaría por haber prestado atención.

—Mierda. Dios. No pares —masculló él, excitándola todavía más mientras alzaba las caderas para acompasar los movimientos cada vez más frenéticos de las suyas. Sus bocas se enfrascaron en una sucesión de besos húmedos y, mientras tanto, él observaba sus movimientos, su cuerpo, con una mirada que habría fundido el acero—. Hallie, no voy a pasar de treinta segundos viéndote retorcerte sobre mí con las tetas dando botes, ¿sabes? Por favor, cariño. Córrete encima de mí. ¡Dios, córrete ya!

No hacía falta que la animara, ya estaba pasando, pero su forma de mirarla, su forma de hablarle con esa voz tan ronca y desesperada, la catapultó.

—Más —dijo con los labios entumecidos. Y sin necesidad de explicar nada más, Julian le pegó el pulgar al clítoris y se lo acarició con firmeza, la suficiente para que ella gritara su nombre y por fin se rompiera la presa en su interior.

Lo rodeó con los brazos mientras la ola la sumergía y saltaban chispas de todas sus terminaciones nerviosas, con un orgasmo tan maravilloso y aterrador, tan intenso, que casi le resultó insoportable, pero el subidón... Dios, el subidón del final fue ardiente y alucinante, y la dejó sin aliento. La dejó aferrada al cuerpo de Julian, que seguía moviéndose, aunque de repente se quedó inmóvil bajo ella. Fue solo un instante, tras el cual, soltó una palabrota y empezó a mover las caderas de nuevo, con frenesí. Sujetándole el trasero con las dos manos y levantándola para dejarla caer con torpeza, hasta el punto de que le dio un guantazo sin querer, aunque a ella le encantó, la verdad.

Y después ambos se dejaron caer de costado sobre la hierba, intentando recuperar el aliento, cuando el sol ya se había puesto por completo y solo se veía un azul profundo sobre ellos. Se miraron a los ojos con expresión somnolienta entre las briznas de hierba y sonrieron al tiempo que entrelazaban los dedos y se acercaban el uno al otro, hasta que sus cuerpos desnudos estuvieron pegados.

Habría sido perfecto de no ser por la mancha de la mentira que se volvía cada vez más densa y oscura a medida que el sudor se enfriaba sobre sus cuerpos.

Sin embargo, Hallie era la única que la veía. Y dado que había permitido que pasara todavía más tiempo ocultándole ese secreto, empezó a asustarse. ¿Y si Julian dejaba de mirarla como si fuera una diosa... y empezaba a verla como a una chica que escribía cartas de amor borracha en el asiento trasero de un Uber?

Tal vez necesitaran un poquito más de tiempo para afianzar su relación, para asegurarse de que era duradera antes de que lanzara esa nueva piedra al camino, ¿no?

Sí. Eso debía de ser lo mejor, ¿verdad?

Recuperaría la carta en la que lo confesaba todo y se lo contaría más adelante, cuando su relación ya estuviera más afianzada.

Sin importar el tiempo que necesitara para armarse de valor, se lo contaría.

Más tarde, ya en su cama, Julian se quedó dormido con un brazo sobre su cintura y ella se apartó con cuidado para levantarse, dejar un montón de premios para los perros y salir al oscuro exterior.

22

Julian se despertó por etapas, algo poco habitual en él.

Lo normal era que sonase la alarma y pasara de estar dormido como un tronco a estar totalmente despierto, ya en marcha y con la mente preparada para empezar con el plan del día. Durante las dos últimas semanas, se había despertado rezando por ceñirse a algo que se parecería en lo más mínimo a una estructura, aunque durante los últimos días había empezado a darlo por perdido. En ese momento, en la cama de Hallie, recuperó la conciencia sin motivación alguna para hacer algo que no fuera quedarse tumbado en su calidez, en ese dormitorio que olía a flores, a detergente, a perros y a sexo. Porque sí, se le había puesto durísima mientras la observaba durante su rutina nocturna de encremarse y ponerse un pijama de seda corto antes de lanzarles besos a los perros. El colchón había estado crujiendo media hora más antes de que se tumbaran, agotados y pegados el uno al otro, con ese maravilloso trasero sobre su regazo como si estuviera hecho para él.

Menos mal que había dejado de hacer el imbécil antes de cometer una locura, como volver a Stanford y dejar a Hallie en St. Helena.

Le gustaba dar clases. Muchísimo. Intentaría dar alguna conferencia esporádica como profesor invitado y, la verdad fuera dicha, le apetecía mucho más impartir clases sobre el significado del tiempo en ese momento, con un nuevo punto de vista.

Antes su preocupación era trasmitir la información. Hechos. En ese instante, se preguntaba si podría cambiar las vidas de los estudiantes que asistían a sus clases. A lo mejor podía evitar que cometieran los mismos errores que él al dar por sentado que las cosas importantes de su vida seguirían allí cuando estuviera preparado. No habría más tiempo disponible a menos que él lo decidiera.

No le costó mucho imaginarse allí, en St. Helena, empleando el tiempo para facilitarle la vida a su madre. Tal vez a su padre no le haría gracia, pero Dalton no estaba allí. Y él se sentía preparado para aceptar la sensación de ser el dueño de la tierra que llevaba su apellido.

El futuro de su hermana era incierto, pero también podía echarle una mano cuando estuviera preparada para pedir ayuda.

Y luego estaba Hallie.

El corazón se le aceleró en el pecho, tan de repente que se quedó sin aliento.

De forma automática, extendió una mano hacia su lado de la cama con la esperanza de tocarle los rizos. O la piel. Esa piel tersa que lo hacía sentirse como papel de lija, irritándola y enrojeciéndola, dejándole las huellas de los dedos y de los dientes. Tomaría nota de todo en ese momento. Le besaría todas las marcas que le había dejado...

Abrió los ojos y volvió la cabeza.

Ni rastro de Hallie. Los rizos rubios no estaban sobre la enorme y mullida almohada amarilla.

¿Dónde estaba?

Se incorporó y aguzó el oído, pero solo oyó los ronquidos de los perros en varios puntos del dormitorio. Todd se había apropiado del honor de dormir en una esquina de la cama, mientras que los otros dos se habían tumbado en las camas dispuestas en un rincón. Salvo por eso, no se oía absolutamente nada en la casa. Tampoco había luces encendidas. Claro que a lo mejor había entrado en el cuarto de baño del dormitorio sin encender la luz para no despertarlo, ¿no?

—Hallie —la llamó, molesto por el escalofrío que sintió en la nuca. No había motivos para preocuparse ni para alarmarse. Ni que hubiera desaparecido sin más.

Sin embargo, al no obtener respuesta desde el otro lado de la puerta del baño, apartó la sábana y echó a andar sobre la alfombra. Miró en el cuarto de baño solo para asegurarse y después salió del dormitorio con paso decidido. Cocina o patio. Estaría en uno de esos dos sitios. Hallie no le había hablado de sus hábitos de sueño, pero ¿no era de esperar que fueran irregulares?

Esbozó una sonrisa tierna.

¿De verdad lo había irritado su estilo de vida despreocupado y desordenado? Porque en ese momento el desafío de dar con ella lo estaba excitando a tope. Tal como había dicho el día anterior, podía llegar tarde siempre que acabara llegando. Punto. En ese preciso instante, le gustaba la idea de llevarla a la cama y demostrarle que era imposible planificar cuándo iba a necesitarla. Sucedía a todas horas. Durante todo el día...

¿Se podía saber dónde estaba?

En el salón reinaba un silencio inquietante y el otro cuarto de baño, más pequeño, estaba vacío. No había nadie en la cocina. No había indicios de que hubiera entrado para beber agua o preparar algo de comer. Y las luces del jardín trasero estaban apagadas. De todas formas, fue a cerciorarse y abrió una de las hojas de la cristalera para echarle un vistazo al desierto jardín.

—¡Hallie!

Había salido. A...

Encendió una luz para mirar el reloj antes de recordar que lo había dejado en la mesita de noche. Miró por encima del hombro hacia la cocina, donde vio el reloj del microondas.

Las 2:40 de la madrugada.

Había salido de la casa a las 2:40 de la madrugada. No había una explicación razonable para eso. Ni siquiera para Hallie. La gente no salía a dar paseos en plena noche, y si ella lo hacía, se habría llevado a los perros, ¿no? No había nada abierto en el pueblo. Ni siquiera los bares. Tenía una amiga... ¿Lavinia? Pero él no tenía su número de teléfono y, además, daba igual donde hubiera ido o con quién, el asunto era ¿por qué no lo había despertado? ¿Qué narices estaba pasando?

No podían... habérsela llevado en contra de su voluntad a alguna parte, ¿verdad?

La idea era ridícula.

¿Era sonámbula y no se lo había contado?

¿Qué era ese ruido?

Aguzó el oído unos segundos antes de darse cuenta de que era su propia respiración acelerada.

«Joder, joder. Muy bien, respira hondo».

El problema era que no podía. Y en un universo paralelo y raro, oía sirenas y el abrumador olor del humo. No había un incendio. Nadie estaba en peligro. Pero era incapaz de convencerse de eso. Porque Hallie podía estar tirada en la carretera en alguna parte, en pijama, o atrapada. ¿Estaba atrapada?

Los perros se habían despertado y lo seguían por la casa, meneando los rabos y golpeándole las rodillas con la cabeza. ¿Cuándo había empezado a latirle el pulso en la cabeza? Oía la sangre correrle por las venas como si tuviera un micrófono en el pecho. La cocina, en la que no recordaba haber entrado, era más pequeña de repente, y no conseguía recordar cómo se llegaba al dormitorio.

—¡Hallie! —llamó con mucha más sequedad. Y los perros empezaron a ladrar.

Joder, no se sentía bien. El nudo de la garganta, la visión borrosa de los objetos más cercanos, la tirantez de los dedos..., lo recordaba todo muy bien. Demasiado bien. Se había pasado cuatro años intentando evitar que sucediera de nuevo, esquivando volver a sentir la impotencia que lo partía por la mitad como un transatlántico partiría un barquito de recreo. Y antes de eso, antes del incendio, se había esforzado durante toda la vida para no acabar en ese punto. Así que no lo haría. No lo haría.

—No pasa nada —les dijo a los perros, pero la voz le salió rara y se movía con paso torpe por el salón a oscuras en dirección a la puerta de la casa, que abrió de par en par, apenas consciente de que solo llevaba los calzoncillos. El frío aire nocturno sobre la piel lo alertó de que estaba sudando. Mucho. Le caía por el pecho y por la cara.

«Un ataque de pánico. Admite lo que es».

Podía oír la voz del doctor Patel que le llegaba desde el pasado. Desde las sesiones que tuvieron lugar hacía siglos, durante las cuales buscaban herramientas para afrontar emergencias.

«Nombra los objetos que te rodean».

Sofá, marco de fotos. Perros. Perros aullando.

Y luego ¿qué?

No recordaba lo que iba a continuación, porque Hallie no estaba por ninguna parte. No era un sueño, era demasiado real. No tenía esas náuseas dormido. Ni tampoco se le tensaba la mandíbula de esa manera ni sentía las manos inútiles y torpes mientras intentaba salir para ir a buscarla.

—¡Hallie! —gritó al tiempo que recorría el camino de entrada hacia la calle con las piernas entumecidas, escudriñando la oscuridad a derecha e izquierda en busca de su cuerpo. Su camioneta no estaba. No estaba aparcada en el camino. ¿Por qué no se le había ocurrido comprobarlo? ¿Por qué no había intentado llamarla por teléfono? Su cerebro no funcionaba como debería, y eso lo acojonaba—. Joder —masculló mientras se frotaba la garganta con la sensación de que estaba tragando hormigón—. Joder…

Tenía que volver a la casa y llamarla por teléfono.

«Concéntrate. Concéntrate».

El crujido de las ruedas sobre la gravilla hizo que se detuviera en seco, justo antes de entrar en la casa. Se dio media vuelta deprisa, demasiado, y vio a Hallie corriendo por el césped, con la cara muy blanca. El alivio casi lo tumbó, y tuvo que aferrarse al marco de la puerta con las manos para mantenerse de pie.

«Está bien, está bien, está bien».

Aunque ¿lo estaba? No del todo.

Hallie movía la boca, pero no emitía sonido alguno.

No le gustaba, no le gustaba verla molesta, y necesitaba averiguar dónde había estado. Si había salido en mitad de la noche, debía de haber pasado algo muy malo.

—¿Hay un incendio? —preguntó con voz pastosa.

—¿Qué? No. —Ella retrocedió un paso y se llevó las manos a las mejillas—. Por Dios.

—Estás temblando —se obligó a decir, aunque su mandíbula se negaba a relajarse.

—Estoy bien, estoy bien. —Aunque dijo esas palabras para tranquilizarlo, empezó a sollozar, y el sonido se le clavó en el estómago como un punzón—. Vamos a entrar. Te prometo que no pasa nada.

«Siempre has estado mal de la cabeza».

El mazazo final llegó como una humillación. Las piernas no le funcionaban, hablaba como un idiota y estaba asustando a Hallie. ¡Estaba asustando a Hallie! Eso lo carcomió por dentro como si fuera ácido. Además del temblor de las extremidades y de las facultades mentales reducidas, ya anticipaba la parálisis que llegaría después. No podría reconfortarla. No podría hacer nada. No podía dejar que Hallie lo viera así. Como lo vio su padre en el dormitorio de la parte posterior de la casa principal. Cuando le resultó imposible salir de sí mismo para ayudar. Para hacer algo. Para ser un miembro útil de la familia en un momento de necesidad extrema.

«Mantente alejado de lo que he construido».

Mientras Hallie intentaba conseguir que se pusiera en pie, vio que asomaba algo blanco por el bolsillo de su cortavientos. Lo miró fijamente a través del torbellino, a través de la absoluta vergüenza que lo consumía, sin saber por qué despertaba algo en su memoria. El color y la forma le resultaban familiares. Si no estuviera tan desorientado, le habría pedido que le enseñara lo que llevaba en el bolsillo, pero sumido en ese estado, en el que nada parecía normal ni típico, extendió una mano sin pedirle permiso y lo sacó.

Y se quedó mirando... ¿una carta de su admiradora secreta?

¿Qué hacía Hallie con ella?

—¿Dónde...? —Meneó la cabeza con fuerza en un intento por despejarse—. ¿Has salido a por esto? ¿A por la carta? ¿Por qué?

En ese momento, Hallie respiraba de la misma manera que él: de forma superficial y acelerada. Nada tenía sentido mientras se miraban, allí sentados en los escalones del porche, aunque él no recordaba haberse sentado.

—Lo siento —dijo ella entre hipidos—. Lo siento mucho.

La verdad lo golpeó como un manguerazo de agua helada.

Hallie había salido en mitad de la noche para ir en busca de esa carta.

Lo que quería decir que ella sabía que estaba allí... y que no quería que él la encontrase.

No quería que leyera el contenido. ¿Porque ya sabía lo que ponía?

Abrió el sobre con un nudo en la garganta y leyó la carta, momento en el que recuperó la concentración, como si alguien hubiera bateado con fuerza. En ese instante, le costaba saber lo que sentía.

—Siempre te había imaginado como mi admiradora secreta —dijo con voz rara, juntando las palabras—. Supongo que debería haberle hecho caso a mi intuición...

Hallie retrocedió de repente, horrorizada. Él intentó extender una mano y tocarle la cara, pero el brazo no le respondía. ¿Estaba enfadado? No. No del todo. En realidad, no sabía enfadarse con esa mujer. ¿Era humanamente posible sentir algo que no fuera agradecimiento porque correspondiera sus sentimientos con tanta pasión que le hubiera escrito cartas anónimas? ¿Porque hubiera encontrado la manera de llegar hasta él cuando se estaba comportando como un imbécil?

No, aunque Hallie le había mentido, sería un idiota si se enfadara por eso. Su vínculo, sin importar cómo se había establecido, era un regalo. Pero en ese momento, los coletazos del miedo con el que se había despertado (miedo de que estuviera herida o en peligro) amenazaban con asfixiarlo.

Se puso en pie de un salto y entró en la casa, decidido a marcharse de inmediato. Había vuelto a pasar. Justo delante de ella. Le había mostrado a la mujer a la que amaba su mayor debilidad. Una debilidad que se había esforzado en ocultar, en tratar, en superar. Y como tuviera que seguir viendo su cara de lástima un segundo más, se moriría.

—Julian, ¿puedes dejar de alejarte de mí? Di algo, por favor. —Hallie se estaba dejando llevar por el pánico, mientras lloraba y rompía la carta con las manos, y él no podía hacer nada para impedirlo. ¿Reconfortarla? No era capaz. No en ese estado, y no cuando ya sabía lo que sucedería a continuación. Al menos ella estaba a salvo. Gracias a Dios ella estaba a salvo—. Lo siento. Creí que la encontrarías antes. La carta. Quería que lo supieras todo, pero después... Por favor, todo era perfecto, tan perfecto que no podía estropearlo.

No, era él quien lo había estropeado.

El sudor seguía cubriéndole la piel como una acusación.

Se le revolvió el estómago. No podía mirarla a los ojos. Su humillación aumentó al comprobar que no le salía la voz.

Aunque ni siquiera sentía las piernas, regresó al dormitorio y se vistió, tras lo cual se metió el reloj, el móvil y las llaves en los bolsillos.

—No, Julian, no. ¿A dónde vas?

Solo acertó a pasar a su lado para salir de la casa, para alejarse de lo que acababa de suceder. Tal como hizo cuatro años antes. Pero en esa ocasión (y lo sentía hasta lo más hondo) el precio era mucho mayor.

23

Hallie se había desviado por una de las manzanas residenciales adyacentes a Grapevine Way, de nuevo con la esperanza de no ver..., en fin, a nadie, la verdad. Ni siquiera a Lavinia o a Lorna. Hablar y sonreír como una persona normal la hacía sentirse una farsante y la agotaba.

Habían pasado dos semanas desde que llegó a casa y se encontró a Julian en el jardín delantero con un aspecto terrible. ¿Cuánto tiempo iba a seguir aturdida y con el estómago revuelto?

¿Cuánto iba a tardar en cerrarse el boquete que tenía en el pecho?

Empezaba a pensar que la respuesta era... una eternidad. Recuperarse de las consecuencias de haber sido imprudente e irresponsable no parecía una opción viable. Viviría con las repercusiones de esa noche durante mucho tiempo. Quizá toda la vida. O, al menos, todo el tiempo que su corazón tardara en recuperarse.

Si pudiera retroceder en el tiempo y ser sincera con Julian en vez de escabullirse en plena noche como una imbécil, se metería en la máquina del tiempo y se abrocharía el cinturón sin pensárselo. Porque aunque él no quisiera tener nada que ver con ella después de que le revelara la verdad sobre las cartas, al menos podría haberle ahorrado el miedo y la ansiedad que había sufrido y que lo habían encerrado en sí mismo como si estuviera en un recipiente hermético, hasta el punto de que le fue imposible hacerlo reaccionar durante aquellos largos y agonizantes minutos. Saberse responsable de eso, que era lo que él temía desde el principio, le resultaba insoportable.

Sintió que la tensión se apoderaba de su cuello y se unía a la que le atenazaba el pecho. Su cuerpo la torturaba de mil formas distintas y novedosas desde hacía dos semanas. La comida le producía náuseas, pero se obligaba a comer de todas formas, porque el vacío de su interior ya estaba ganando y no podía darle otra victoria negándole el sustento. Se pasaba el día de un lado para otro sintiéndose fatal, con la piel ardiendo y helada al mismo tiempo. Se sentía demasiado avergonzada, culpable y arrepentida como para enfrentarse a su imagen en el espejo.

Y se lo merecía sin lugar a dudas.

Sus actos le habían acabado pasando factura. Julian había hecho bien en marcharse y no mirar atrás. Lo había llamado tres veces desde aquella noche para volver a disculparse, pero no había obtenido respuesta. Ni una sola vez. Tres días después, fue a la casa de invitados y llamó a la puerta. Julian no le abrió. Así que sembró en el jardín las plantas que llevaba en el cajón de la camioneta y se marchó. Cabía la posibilidad de que estuviera sufriendo la misma parálisis de la que le había hablado. La parálisis en la que se sumió después del incendio, el bajón que siguió a su ataque de pánico.

Sin embargo, eso lo empeoraba todo, ¿no? ¡Por Dios!

Después de una semana sin que le devolviera las llamadas, se despertó asumiendo la triste verdad. Julian no la llamaría. Ni se presentaría en su casa. Había soportado su estilo de vida desordenado y desorganizado, su circo canino, una detención ciudadana por delito flagrante y a un grupo de niños con subidón de chocolate en una feria de vino, pero las mentiras y sus consecuencias eran imposibles de superar. Lo había perdido.

Había perdido para siempre al hombre que amaba. Y no solo lo amaba, también lo admiraba, lo deseaba y lo necesitaba. ¡Lo necesitaba! No por su autoestima ni para sentirse ganadora. Lo necesitaba solo porque, cuando estaban juntos, el aire le parecía más ligero. El corazón le latía de otra manera. Él la veía de verdad, ella lo veía a su vez y ambos habían dicho: «Sí, pese a todos los defectos del plan, vamos a llevarlo a cabo». Porque Julian creía que merecía la pena luchar por ella.

Hasta que cambió de opinión.

Llegó al final de la manzana y titubeó antes de doblar hacia Grapevine Way. No le quedaba más remedio que comprar leche. Después de beberse una taza de café solo esa mañana y comer cereales mezclados con agua, se había obligado a ponerse ropa de verdad y a salir por la puerta.

«Por favor, que no me encuentre con nadie».

Lavinia la había acosado durante unos días y luego la había dejado sufrir en paz, aunque de vez en cuando se pasaba para dejarle una caja de dulces y una botella de vino en la puerta. Hallie agradecía que su amiga no hubiera incluido una nota que rezara «Te lo dije», aunque habría estado en su derecho. También canceló el trabajo durante unos días antes de reanudarlo. Pero no se atrevía a ir a la biblioteca. Había pasado por allí una vez, con la intención de mover la tierra y prepararla para plantar, pero fue incapaz de bajarse de la camioneta.

«¿Quién soy yo para aceptar un trabajo de esta envergadura?», se preguntó.

¿De verdad se creía capaz de llevar a cabo el diseño del jardín de un lugar tan emblemático del pueblo? ¿Ella, que se había sentido impresionada por haber usado un código de colores consistente en rosa, rosa claro y rosa clarísimo? Porque a esas alturas le daban ganas de reír. Solo quería reírse. «Soy una farsante. Destruyo todo lo que toco».

Bajó la cabeza con un nudo en la garganta que ya era permanente y entró a toda velocidad en el supermercado, tras lo cual se dirigió directamente al pasillo de los refrigerados. Era una tontería, por supuesto. El mundo no se acabaría si se encontraba con algún conocido. Había sufrido el duelo de su abuela durante meses, así que sabía que era posible actuar con normalidad aunque las circunstancias fueran terribles. La razón por la que no quería ver a nadie ni relacionarse con nadie en esa ocasión se debía más al odio que sentía por sí misma.

«No me puedo creer que lo hicieras».

«No me puedo creer que le hicieras tanto daño».

Abrió la puerta de cristal de un frigorífico y sacó una botella de litro y medio de leche, cerrándola de nuevo con un dedo. Retrocedió por el pasillo con la misma rapidez con la que había llegado, aunque volvió sobre sus pasos para hacerse con un tarro de mantequilla de cacahuete que no había previsto y se detuvo en seco a unos tres metros de la caja registradora automatizada. ¿De verdad? ¿¡En serio!? Debería haber ido al pueblo más cercano a comprar leche y mantequilla de cacahuete. ¿Por qué era tan pequeño St. Helena?

En el supermercado no había una, sino dos personas conocidas. Un jueves a las ocho de la mañana. ¿Qué probabilidad había?

Natalie estaba con la cadera apoyada en una estantería en el otro extremo del supermercado, mirando con el ceño fruncido el listado de ingredientes escrito en la parte trasera de una caja de galletas. Aunque la hermana de Julian le caía muy bien, era una de las últimas personas a las que le apetecía ver. No después de lo que le había hecho a Julian al desenterrar los recuerdos traumáticos de un incendio. Y la otra persona era Owen. También en el supermercado, agachado delante del expositor de las golosinas mientras elegía un paquete de chicles. La había llamado hacía unos días para preguntarle dónde se había metido y ella le había dicho que estaba resfriada. No podía evitarlo para siempre, pero ¿de verdad era mucho pedir unos cuantos años de vida recluida mientras ahogaba sus penas en cereales Golden Grahams?

—¡Hallie! —exclamó Owen con alegría, que se enderezó tan deprisa que estuvo a punto de derribar el expositor de cartón de las golosinas. Lo estabilizó con timidez antes de acercarse a ella. Se detuvo a unos metros y se pasó las palmas de las manos por las perneras de los vaqueros, que llevaba manchados de hierba ya que saltaba a la vista que eran los que usaba para trabajar.

Natalie, que estaba detrás de Owen, volvió la cabeza en ese momento y los miró con expresión inescrutable.

«Suelta la leche y corre».

Eso era lo que quería hacer, pero se tenía bien merecido enfrentarse a esa incómoda situación. A lo hecho, pecho.

—Vaya, el resfriado ha debido de ser gordo —comentó Owen con una carcajada, antes de contenerse—. Ay, madre, yo... No pretendía que sonara así. Siempre estás muy guapa. Salta a la vista que has estado enferma, ¿sabes? Que llevas unas noches sin dormir. No te ofendas.

Natalie estaba escuchando la conversación atentamente, detrás de Owen.

«Que el Señor me ayude».

—No me ofendo. —Forzó una sonrisa y se acercó a la caja registradora—. Lo siento, tengo que volver a casa y sacar a los perros a dar un paseo...

—Oye, se me ha ocurrido una cosa —dijo Owen, que se movió con ella—. ¿Por qué no te tomas unos cuantos días más para recuperarte y luego me acompañas el fin de semana a la feria de diseño de casas y jardines que organizan en Sacramento? He pensado que podemos irnos temprano el sábado y pasar el día allí.

Natalie cruzó los brazos por delante del pecho y adoptó una postura más cómoda contra la estantería, como si dijera: «No pienso perderme este espectáculo».

Hallie tragó saliva y no pudo evitar buscar en la cara de Natalie alguna pista que le indicara cómo se encontraba Julian. ¿Se había recuperado del ataque de ansiedad que lo trasladó al pasado? ¿Estaba escribiendo otra vez? ¿Seguía enfadado? ¿Había vuelto a Stanford?

Esa última posibilidad le provocó un repentino escozor detrás de los párpados.

Por Dios, no estaba preparada para dejarse ver por el pueblo. Debería haberse quedado en casa.

Los cereales con agua estaban bien. Era más de lo que se merecía.

—Mmm…, Owen…, no creo que pueda ir.

Owen retrocedió y su sonrisa se tensó de una forma que ella no había visto antes.

—Te he dado mucho espacio, Hallie. Dime directamente que no o… dame una oportunidad. —Se le estaban poniendo las orejas coloradísimas—. Solo te pido que me des una oportunidad para ver si surge algo. Si lo nuestro puede funcionar.

—Ya. Ya lo sé.

Hallie empezó a sudar bajo las luces fluorescentes mientras el café solo le daba vueltas en el estómago. Natalie, que seguía con los brazos cruzados, se estaba dando golpecitos con un dedo en el codo del brazo opuesto y la miraba con expresión sombría. ¿A cuántas personas había afectado con su impulsividad? En primer lugar a su abuela, que había reorganizado sus prioridades para ayudarla a gestionar las suyas. Lavinia se había visto arrastrada a sus despropósitos, aunque en ocasiones parecía disfrutar del caos a pesar de desaprobarlo. A sus clientes les exasperaba su falta de responsabilidad. De algún modo, había conseguido convencer a Julian de que valía la pena soportar todos los problemas que causaba, pero hasta eso se había cargado. Lo había perdido. Había perdido al hombre que lograba que su corazón latiera correctamente.

Y allí estaba, en silencio y mirando a Owen. Allí estaba, sufriendo de nuevo las consecuencias de un comportamiento impulsivo, de su falta de planificación y de su capacidad para sembrar el descontento, por no haber dicho un rotundo «No me interesa» desde el principio.

No podía seguir así el resto de su vida.

—Te acompañaré —dijo, sin apenas mover los labios—. Pero solo como amigos, Owen. Solo seremos amigos. Si te parece bien, iré. Si no, entiendo que prefieras ir solo o con otra persona.

Su compañero jardinero y amigo de toda la vida se miró los pies.

—Tenía la sensación de que esa sería tu respuesta definitiva.

Ella le puso una mano en el brazo un momento.

—Lo siento si no es la que quieres. Pero no va a cambiar.

—En fin —soltó un suspiro decepcionado—, gracias por ser sincera. Te llamaré para hablar de lo del sábado. ¿Te parece bien?

—Me parece estupendo —le contestó mientras Owen salía por la puerta.

Ya solo le quedaba enfrentarse a Natalie.

—Qué sufrimiento para comprar litro y medio de leche —comentó en voz alta.

Natalie esbozó una sonrisilla y echó a andar hacia ella. Pasaron diez segundos sin que pronunciara palabra, mientras la miraba con los ojos entornados y la rodeaba como un policía que interrogase a un delincuente.

Al final, le preguntó:

—¿Se puede saber qué ha sido eso?

Hallie dio un respingo.

—Qué ha sido ¿el qué?

—Ese pelirrojo tímido que te ha pedido salir. ¿No sabe que estás saliendo con mi hermano?

¿¡Cómo!? Muy bien, eso era lo último que esperaba que dijese Natalie.

—Esto…, ¿sigues viviendo en la casa de invitados con Julian?

—Sí.

—¿Y no te ha dicho que lo hemos dejado? —Pronunciar esas palabras en voz alta hizo que se le llenaran los ojos de lágrimas, así que echó la cabeza hacia atrás y parpadeó mirando al techo.

—Recuerdo que dijo no sé qué tontería de que necesitabais un poco de espacio. Y luego se encerró en su despacho para terminar el libro. Lleva dos semanas sin salir. A no ser que salga cuando estoy durmiendo la borrachera, algo que sucede cada vez más a menudo.

—Deberías tener cuidado con eso.

—Lo sé. Tengo un plan. Solo necesito un poco más de valor antes de ponerlo en marcha. —Se le ensombreció la cara un momento, aunque no tardó en recuperar la expresión acerada—. Mira, no sé qué ha pasado entre vosotros, pero los sentimientos no desaparecen así como así. No si son como los que experimentáis el uno por el otro. Ahora bien, ¿lo mío con mi ex? Sí, repasándolo ahora, el éxito de esa relación dependía del dinero y de la imagen que proyectábamos. Por fin me doy cuenta. Pero Julian y tú… —La miró con gesto suplicante—. No os dejéis escapar el uno al otro. Podéis arreglar las cosas.

—Le escribí cartas anónimas, firmando como su admiradora secreta, y lo engañé al respecto.

—¿¡Eras tú!? —soltó Natalie antes de mirarla boquiabierta—. ¿Se puede saber por qué has hecho eso, so loca?

Hallie gimió.

—Ahora todo parece ridículo.

—Pues sí, la verdad.

—Empecé porque quería quitarme este… enamoramiento de encima. Pero luego hablar con él hizo que me sintiera mejor conmigo misma. Con quien soy. Nuestras conversaciones me aclararon las ideas. Así que expuse mis sentimientos en esas cartas, con la esperanza de… conocerme mejor a mí misma y conocerlo a él en el proceso. No me detuve a analizarlo bien hasta el final, y ese es el problema. ¡Nunca analizo las cosas! Julian ha hecho bien en alejarse y dejar de responder mis llamadas. Debería olvidarse de mí.

Natalie la miró un segundo y después le dio una torpe palmada en el hombro.

—En fin, tampoco exageremos.

—¡No estoy exagerando! —La hermana de Julian empezaba a mirarla con expresión compasiva, seguro que por culpa de las lágrimas que insistían en escapársele, pero no quería su compasión. No hasta que hubiera sufrido durante al menos otros diez años—. Debería irme.

—Espera. —Natalie se interpuso en su camino, visiblemente incómoda con su despliegue emocional—. Oye, yo… lo entiendo. Mi hermano apenas me habló durante cuatro años después de rescatarme de un incendio. Una experiencia que tuvo el descaro de asustar a los estoicos Vos. Nunca nos enseñaron a expresarnos de forma saludable, así que practicamos la evasión. —Se señaló a sí misma—. ¿Lo ves? Ahora mismo estoy a tres mil kilómetros de los pedazos rotos de mi vida. Encantada de conocerte.

Pese a la tristeza, Hallie soltó una carcajada llorosa.

—Entiendo lo que quieres decir, pero... —«Julian está mejor sin mí»—. Estamos mejor separados. —Sospechaba que Natalie quería darle un pisotón.

—No, no lo estáis. August como se llame, ese arrogante Navy SEAL, y yo sí que estamos mejor separados. —Hizo una pausa, miró a lo lejos un momento y luego meneó la cabeza—. Julian y tú estáis sufriendo ahora mismo, y uno de los dos tiene que dejar la testarudez y arreglar las cosas. Sí, me doy cuenta de que la sartén se lo está diciendo al cazo, como dice el refrán ese, pero yo no he escrito cartas de amor anónimas, así que me siento con derecho a reclamar una posición de superioridad moral en todo esto. Como quedes con ese pelirrojo tontorrón, aunque solo sea en plan amigos, te rajo las ruedas.

—Serías capaz, ¿verdad?

—Llevo una navaja en el bolso.

Hallie meneó la cabeza.

—Joder, de verdad que me caes bien.

Observó con confuso asombro que el rubor teñía las mejillas de Natalie.

—Bueno, en fin... —replicó la hermana de Julian mientras se rascaba el extremo de una oscura ceja—. ¿A quién no, verdad?

Se miraron en silencio.

—Natalie, fue horrible. Lo que pasó entre nosotros. —Recordó a Julian sudando en la puerta de su dormitorio. Tuvo que respirar para calmarse—. Ni siquiera me atrevo a decirte lo mal que me porté. Me rajarías las ruedas... y me romperías las ventanas.

—Es posible. —Natalie suspiró mientras buscaba las palabras adecuadas—. Julian a veces se pierde dentro de su cabeza, Hallie. Dale un poco de tiempo para que encuentre la salida.

Asintió con un gesto como si estuviera de acuerdo, aunque no lo estaba.

En todo caso, la conversación con Natalie la ayudó a confirmar la decisión de pasar página sin permitirse mirar atrás ni albergar esperanzas.

Ya había causado suficientes estragos en el universo.

24

Julian tecleó «FIN» en su manuscrito y apartó las manos del teclado. El contorno de esa palabra se diluyó hasta que quedó engullida por el blanco y se desvaneció por completo. El sonido de las teclas desapareció y solo quedó el zumbido del ordenador y el leve pitido en los oídos que lo acompañaba desde..., desde que todo volvió a suceder. Se sobresaltó al recordar por qué se había encerrado en esa estancia, desesperado por encontrar una distracción.

En ese momento, solo lo acompañaba el silencio.

Un montón de palabras en la pantalla. Sudor húmedo sobre la piel. Todavía. O de nuevo. No lo sabía.

¿Dónde estaba la todopoderosa satisfacción que se experimentaba al terminar una novela? Seguro que llegaría en cualquier momento. El triunfo, el alivio, la sensación de satisfacción. Había estado persiguiendo esas cosas, por necesidad. Porque necesitaba algo que fuera más fuerte que el ruido de su cabeza. Pero no había nada. Solo había conseguido acabar con las articulaciones agarrotadas, las muelas doloridas y los ojos enrojecidos. Algo inaceptable, joder.

Carraspeó, y el sonido le pareció muy ronco. Se clavó las yemas de los dedos en las cuencas de los ojos. Por Dios, le dolían los brazos cuando los levantaba, le dolían las articulaciones por haber estado tan tenso. Seguro que no se había dado cuenta porque esos dolores no podían competir con el que sentía en las entrañas, como si se las estuvieran desgarrando, y que había empeorado al dejar de teclear.

La luz de su mesa se había fundido sabría Dios cuándo. Los estores estaban bien bajados, pero por los bordes se colaba la luz del exterior. Los pájaros trinaban y en los rayos de sol que lograban entrar flotaban motitas de polvo.

El miedo le pesaba tanto sobre los hombros que empezaban a protestar por el esfuerzo, y sabía por qué. Sabía muy bien a qué le tenía miedo, pero en cuanto lo reconociera, la fase final de la parálisis desaparecería. Así que luchó para evitar que se levantara ese velo final. Luchó para no ver el contorno de la cabeza de Hallie y para no oír el sonido de su voz, apretando los dientes y recurriendo a toda su fuerza de voluntad.

De repente, una de sus manos salió disparada y golpeó el teclado inalámbrico, que acabó volando por la habitación. Acababa de terminar un libro. ¿No debería pasar algo? ¿No debería haber algo más que una habitación vacía, el olor a cerrado en el aire y el cursor parpadeando todavía en la pantalla?

Wexler había hecho justo lo que se suponía que debía hacer. Había superado las adversidades, había luchado contra el enemigo, había resuelto los enigmas que le habían dejado sus compañeros del pasado y había triunfado. Le había devuelto la reliquia a su legítimo dueño. El héroe se encontraba en un valle, contemplando lo que lo rodeaba, y no había satisfacción. Solo vacío. Wexler estaba solo. Estaba solo y era...

Perfecto. No tenía ni un solo defecto. Salvo por el hecho de que su rival lo había capturado brevemente, no había cometido ningún error. Ni uno solo en todo el libro. Había sido riguroso, valiente e inflexible. Y Julian descubrió que no podía importarle menos que Wexler hubiera ganado. Por supuesto que ese protagonista sin un solo defecto había ganado al final. No había sufrido ni un solo tropiezo. No se había cuestionado a sí mismo ni nadie lo había cuestionado. No había reconocido sus defectos ni había hecho nada para solucionarlos. Había ganado sin más. ¿No era ese el sueño? ¿No querían los lectores historias de personas perfectas tal como ellos aspiraban a ser? Porque él sí las quería.

Normalmente.

Sin embargo, el final lo había dejado vacío.

Había escrito la historia del hombre que quería ser. Un hombre valiente. Pero ganar sin sufrir ninguna pérdida no resultaba satisfactorio. No había valentía cuando la victoria se daba por sentada.

Un héroe con graves defectos e incluso debilidades... podía seguir siendo un héroe. Una persona solo podía ser valiente si existía la posibilidad de fracasar.

La noche del incendio... ¿fracasó? Siempre había pensado que sí. «Sí, me dejé abrumar, dejé que la tensión creciera hasta que mi exterior se resquebrajó». Sin embargo, seguía allí. Había regresado al viñedo. Sus seres queridos estaban a salvo. El tiempo avanzaba, y él lo volvería a hacer todo igual, aun conociendo el resultado. Había corrido hacia las llamas sabiendo que la ansiedad lo aplastaría después, y quizá..., quizá Wexler necesitara algo de eso. Miedo. Miedo al fracaso. Miedo a las debilidades. ¿No ayudaban esos miedos a que la fortaleza resultara más gratificante?

La pantalla del ordenador se apagó por la inactividad, y él se puso en pie mientras miraba la hora en el reloj. Las ocho menos veinte de la mañana. Dormiría hasta mediodía, se ducharía hasta las doce y diez...

¿Por qué?

¿Por qué tenía que programarse el día de forma tan despiadada? Ya no le parecía tan necesario como antes. Nada le parecía necesario, salvo...

Se distrajo de repente y se descubrió bajando los escalones de la entrada de la casa. Se movió sin pensar, sabiendo en cierto modo que se dirigía al jardín, pero sin entender por qué. No hasta que estuvo frente a él y vio...

Que era una absoluta obra maestra.

Se quedó sin aire en los pulmones.

Hallie había terminado el jardín.

Era un derroche de color, igual que ella. Salvaje, alegre y sin estructura, pero allí de pie donde él estaba, todo tenía sentido.

Las plantas llenaban espacios y se entrelazaban como articulaciones. Se alzaban hacia el cielo en algunos puntos y se arrastraban por el suelo en otros, creando un patrón que había sido incapaz de detectar hasta ese momento. Una vez acabado.

El proceso no había sido bonito, pero el resultado era simple y llanamente espectacular.

Y al igual que ese jardín, Hallie era el caos. Pero era buena, algo que él ya sabía. Le había tendido ambas manos porque la quería en su vida, con caos y todo, pero aún no había aceptado sus propios defectos. Había reconocido la belleza de los de Hallie, pero seguía pensando que los suyos eran horribles, y ahí era donde se había equivocado.

No se encontraba bien del todo, no estaba completamente preparado para ella. No si no podía aceptar sus propias imperfecciones..., y si no se daba cuenta de que precisamente por esas imperfecciones la victoria resultaba tan gratificante.

Y ella era la victoria. Hallie.

Pronunciar su nombre en silencio arrancó la última capa de la parálisis y, tal como sabía que ocurriría, el pánico lo atravesó como un cuchillo. El sonido de su voz suplicándole que no se marchara, el suave, pero persistente tirón de sus manos en el codo. La carta. Las palabras de la carta.

«Las personas que quieren mejorar y son conscientes de sus defectos son con las que quiero relacionarme. Porque esos defectos complementarán los míos si nos esforzamos para conseguirlo».

Regresó hacia la casa sin ver realmente el suelo sobre el que caminaba. Y luego empezó a correr. Las llaves del coche. Necesitaba hacerse con las llaves del coche. ¡Por Dios, necesitaba verla ya!

«Siento haberte mentido. Espero no haberlo estropeado todo, porque aunque creía estar enamorada del Julian del instituto, no lo conocía. Sin embargo, sí que conozco al hombre en el que se ha convertido. Y ahora entiendo la diferencia entre el amor y el enamoramiento. He sentido ambas cosas por ti, con quince años de diferencia. Por favor, perdóname. Estoy intentando cambiar».

Ni siquiera habían hablado de su carta.

¿Se había enamorado de él en el instituto? Quería todos los detalles. Quería saberlo todo. Quería reírse de todo eso con ella en su jardincito mágico y compensar el hecho de haber sido un adolescente idiota y de haber pasado quince años sin conocerla y sin verla. ¿En qué narices había estado pensando durante esos quince años?

En ese momento, su mente era libre. Se había liberado de la cárcel de los minutos y las horas. El tiempo no era nada si no lo pasaba con ella, eso era lo único que tenía claro.

Natalie salió de su dormitorio con el antifaz en la frente cuando él pasó corriendo por delante.

—Julian. Has salido.

—¿Dónde están mis llaves? —Señaló la consola emplazada entre el salón y la cocina. Como no viera la Sonrisa de Hallie acabaría partiéndose por la mitad, joder—. Estaban aquí mismo.

—Estaban ahí, sí. Ahora están en mi bolso. He devuelto mi coche de alquiler y llevo semanas conduciendo el tuyo.

—Semanas. —La pinza que le apretaba la tráquea se tensó—. Pero ¿qué dices?

—Has estado escribiendo sin parar durante dos semanas y media. Te has duchado una o dos veces. Has comido un bocadillo de vez en cuando. Has dormido a ratos en distintos sitios. Te he dejado tranquilo para no interrumpir tu —hizo un gesto con los dedos que simbolizaba unas comillas— «proceso». Pero no voy a darte las llaves hasta que te laves. Creo que el término científico para tu estado es «asqueroso».

Solo oyó a medias lo que le había dicho Natalie después de «dos semanas y media».

—¿¡Dos semanas y media!? No. Otra vez no. Por favor, ¡dime que no lo he vuelto a hacer! —Recordaba de forma borrosa haber salido del despacho y dejarse caer entumecido en la cama, ver con los ojos irritados que sus manos preparaban la comida y que aparecían palabras en la pantalla. Todo estaba borroso, pero era imposible que hubiera pasado tanto tiempo lejos de Hallie.

No sobreviviría.

«Lo has hecho de milagro».

Tenía el cuerpo dolorido por haber pasado demasiado tiempo sentado, pero el agujero del pecho era lo que más le dolía. Y ese agujero se iba extendiendo, al caer en la cuenta de todas las conversaciones importantes que no habían mantenido. Del perdón que nunca le había ofrecido. Del tiempo que había malgastado en un libro que había seguido un guion equivocado desde el principio. Cuando podría haber estado con ella.

—Dúchate antes de ir a verla.

—No puedo. Dos semanas y media.

Natalie bostezó, entró en el dormitorio en busca del bolso y lo dejó caer al suelo, al otro lado de la puerta.

—Sí, y quizá te convenga verla antes de que se vaya a la feria del diseño de casas y jardines con el pelirrojo. Solo son amigos, pero sospecho que él todavía no va a borrar la lista de reproducción de música que ha creado para la boda.

Julian sintió que se le derretían los intestinos y acababan en los calcetines. Aquello era el colmo del sufrimiento. Sin embargo, daba igual cómo se sintiera. Había abandonado a Hallie mientras lloraba, tan sumido en su propio autodesprecio que había sido incapaz de ocuparse de su bienestar. Incapaz de asegurarle que no estaba enfadado por el secreto que había estado guardando. Incapaz de darle las gracias. Porque esas cartas fueron el primer paso en el camino que había enfilado. Y que lo llevaba a ver el mundo de otra manera. A verse a sí mismo de otra manera.

—¿Cómo está? —Rebuscó las llaves del coche en el bolso de su hermana. A la mierda la ducha—. No pretendía dejarla sola tanto tiempo. Seguro que me odia.

—¿Odiarte? No. —El tono de voz de su hermana lo hizo volverse—. Julian, no sé qué ha pasado entre vosotros, pero ella cree que es la culpable. Si acaso odia a alguien, es a sí misma.

No. No, no y no.

De repente, sintió un dolor palpitante justo en el centro de la frente, se le revolvió el estómago y las náuseas se apoderaron de él, arrastrándolo como una ola. Conducir hasta su casa y disculparse no era suficiente. No, necesitaba más. Mucho más. La mujer más especial y cariñosa del mundo le había estado escribiendo cartas de amor, y necesitaba demostrarle lo que habían significado para él. ¡Lo que ella significaba para él!

Todo.

¿Lo querría en su vida cuando era capaz de mantenerse apartado por completo de ella durante semanas?

—La última vez que me pasó esto, yo… no pude apoyar a mi familia cuando me necesitaba. Ahora se lo he hecho a Hallie. Lleva semanas sufriendo, y yo he estado inmerso en mi propia cabeza. Derrotado por esta maldita debilidad. Es que… —dijo y se detuvo un momento para encontrar las palabras adecuadas con las que explicarse— me desperté solo y ella no estaba. Pensé que estaba herida. O algo peor. Y ya no pude calmarme.

—Julian —dijo Natalie, que lo miraba con el ceño fruncido—, esto solo te ha ocurrido dos veces —le recordó despacio—. Una vez, cuando yo estaba en peligro. Y otra vez, al pensar que le había pasado algo a Hallie.

Lo único que tenía claro en ese momento era que quería estar a su lado. Abrazarla.

—No te sigo.

Natalie no habló de inmediato y él se percató de que se le llenaban los ojos de lágrimas.

—Eres un protector. Lo tuyo es solucionar problemas. Desde siempre, desde que éramos pequeños. Si tu supuesta debilidad es preocuparte demasiado por tus seres queridos, hasta el punto de sucumbir al pánico, eso es una fortaleza, no una debilidad. Lo único que debes hacer es aprender a gestionarlo.

Las palabras de su hermana por fin se abrieron paso en su mente. ¿Tenía razón?

¿Sus ataques de pánico surgían cuando sus seres queridos estaban en peligro?

—Cuando desaparezco de esta manera, dejo que los demás se encarguen del estropicio por su cuenta. Fui incapaz de ayudar a recomponer el viñedo después del incendio. ¡He dejado sola a Hallie durante dos semanas y media! Por Dios...

—Eso ya no se puede solucionar, Julian. Pero hay una forma de afrontarlo. Sé que existe. —Ladeó un poco la cabeza y lo miró con expresión comprensiva—. Quizá ya ha llegado el momento de que dejes de intentar solucionarlo tú solo.

—Sí —convino con voz desgarrada—. De acuerdo. Sé que tienes razón. —En cuanto se le pasara la sensación de que iba a morirse por haber estado tanto tiempo lejos de su chica, haría las llamadas. Concertaría las citas necesarias para curarse. Y lo haría por él. Y por todos los demás. Pero ¿en ese momento? Lo importante era encargarse de que Hallie se recuperara primero—. Natalie, por favor. Necesito tu ayuda.

Hallie estaba sentada en el jardín trasero de su casa, apoyada contra la valla y rodeada de perros adormilados. Tenía un bloc de dibujo en el regazo y el lápiz que acababa de caérsele de la mano todavía rodaba de un lado para otro. El diseño del jardín de la biblioteca estaba terminado y era glorioso. Y no parecía organizado al milímetro. Un bufet de girasoles, cornejos y flores silvestres autóctonas fiel al estilo de Hallie. Bancos a la sombra, agua que borboteaba sobre las piedras y un columpio colgado del roble. Era un diseño del que Rebecca se habría sentido orgullosa.

Ella también estaba orgullosa.

Qué raro resultaba que cuando los peores escenarios se hacían realidad, todo se pusiera en perspectiva. Se había alimentado de las distracciones y el desorden para no tener que decidir quién ser, pero en el fondo había sido tal como debía ser. Solo tenía que dejar de moverse, dejar de gritar y empezar a prestar atención. Empezar a sentir. Concentrarse en el silencio y en la luz del sol. Era una superviviente. Una amiga. Alguien que aportaba color de formas poco convencionales, pero que siempre lo daba todo.

Se le había partido el corazón en más de un sentido, pero seguía en pie, y eso la hacía fuerte. Era más fuerte de lo que nunca había creído posible.

Oyó que un coche tocaba el claxon en la calle.

Hizo un mohín con la nariz. ¿Quién era? Owen la había dejado plantada con un mensaje de texto esa mañana, alegando una emergencia laboral… y, de todos modos, ya era tarde y no llegarían a tiempo a la feria del diseño de casas y jardines.

Volvió a sonar el claxon y los perros se levantaron a la vez, aullando y corriendo en círculos.

—Muy bien, chicos —dijo al tiempo que se apoyaba en la valla para ponerse en pie sobre unas piernas medio entumecidas por llevar demasiado tiempo sentada—, no hace falta que os pongáis nerviosos.

Atravesó la casa descalza y apartó un visillo de la ventana de la fachada para descubrir quién era el culpable del alboroto.

¿Lavinia?

Su mejor amiga la vio asomarse por el visillo y bajó la ventanilla del acompañante.

—Sube, fracasada.

Hallie abrió la puerta principal de su casa con el bloc de dibujo en la mano y enfiló el camino de entrada, acompañada por tres perros muy emocionados.

—¿Qué pasa?

—Sube al coche.

—Pero… ¿qué pasa? ¿Por qué? ¿Ha pasado algo?

—No. Bueno, sí. Pero espero que no mucho más. —Lavinia chasqueó los dedos y señaló el asiento del copiloto—. Hallie Welch, sube a este dichoso Prius. Se me da fatal guardar secretos y tengo unos cinco minutos antes de que se me escape.

Hallie llevó a los perros de vuelta hacia la casa, mientras protestaba:

—¡Déjame por lo menos ponerme unos zapatos y cerrar la puerta!

—¡Te estás pasando! —gritó Lavinia, tocando el claxon.

Menos de un minuto después, Hallie se subió al coche en chanclas, todavía con el bloc de dibujo en la mano. Se le había olvidado el móvil y estaba casi segura de que tampoco llevaba las llaves, con lo que no podría abrir la puerta, pero al menos los bocinazos habían cesado.

—¿Qué ha pasado? —Miró detenidamente a Lavinia, pero la repostera mantuvo un silencio obstinado. Literalmente. Había apretado tanto los labios que se le estaban poniendo blancos. Y, en ese momento, fue cuando se fijó en los collares.

Lavinia solía llevar una cadena sencilla con un pequeño colgante de ónice. Ese día llevaba tantos al cuello que le resultaba imposible contarlos. Plateados, dorados y algunos de gruesas cuentas de madera.

—¿Por qué llevas...?

Lavinia la interrumpió levantando el dedo corazón al tiempo que negaba con la cabeza.

De acuerdo. Era una rehén. Iba en un Prius a sesenta kilómetros por hora, era muy posible que se estuvieran riendo de su pésimo gusto en cuanto a accesorios y, al parecer, no podía hacer nada al respecto. Se acomodó en el asiento, con el bloc de dibujo en la mano y la mirada clavada en la carretera, tratando de averiguar a dónde la llevaba Lavinia. Solo tardó tres minutos en darse cuenta de su destino.

Se enderezó al instante y estuvo a punto de agarrar el volante para impedir que Lavinia se desviara por la cuidada carretera que conducía a los Viñedos Vos.

—Ay, Dios. No. Lavinia. —Por un momento se planteó muy en serio la posibilidad de abrir de golpe la puerta del acompañante y arrojarse del coche en marcha—. Sé que crees que estás ayudando, pero Julian no quiere verme.

—Ya casi —susurró Lavinia—. Ya casi. Ni me mires. Puedo hacerlo.

—Me estás asustando.

Se oyó el chirrido de los frenos antes de que su amiga apagara el motor, tras lo cual hizo un gesto para echarla del coche.

—Sal. Vete. Yo te sigo ahora mismo.

—No voy a salir…

La protesta de Hallie murió en sus labios al ver que tres personas bajaban del Jeep que había aparcado junto a ellas… cargadas de collares. Un montón de collares de distintos estilos que no tenían nada que ver entre sí. Se miró su propia colección, que cubría el escote de pico de la camiseta blanca que llevaba y sintió una opresión en la caja torácica. Llevaba unos días intentando reducir su selección a un solo collar, pero no lo había conseguido. Le gustaban todos. Representaban distintas partes de su personalidad y de sus experiencias. Las perlas eran una oda a su lado romántico. La cruz de oro, un recordatorio de que había sido una buena nieta, la mejor de todas. La gargantilla rosa con las preciosas y coloridas flores representaba la parte de su personalidad a la que le gustaba evitar las conversaciones no deseadas, pero en ese momento le recordaba que debía dejar de usar las flores como distracción y mantener conversaciones serias. Sobre todo consigo misma.

Aunque lo que más echaba de menos era hablar con Julian.

Empezó a ver los collares borrosos por culpa de las lágrimas que se le habían agolpado en los ojos. Cuando levantó la mirada y la clavó al otro lado del parabrisas, tardó un momento en enfocar la figura que había delante del Prius.

Natalie. Con un sinfín de collares al cuello.

—En serio, ¿qué está pasando?

Lavinia salió del Prius y encendió un cigarro.

—Tiene ganas de ser testaruda. Tú por un lado y yo por el otro.

Natalie asintió con la cabeza y se puso las gafas de sol.

—Vamos a ello.

Hallie observó horrorizada que ambas se acercaban a la puerta del acompañante con la clara intención de sacarla a la fuerza del coche. Estaba tan aturdida y confusa que no consiguió cerrar la puerta a tiempo, aunque la verdad era que no tenía la menor posibilidad. Cada una la agarró de un brazo y la sacaron pese a sus protestas, con el bloc de dibujo todavía en la mano derecha.

—¡Por favor! —protestó, hincando los talones en el suelo—. No sé de qué va esto, pero...

Pero ¿qué?

¿Quería evitar enfrentarse en persona a sus errores? ¿Quería esconderse en su casa otras dos semanas y media comiendo cereales?

No. Si algo había aprendido del tiempo que había pasado con Julian, era que crecer como persona significaba superar las dificultades y salir fortalecida. El bloc de dibujo era la prueba de que podía enfrentarse a sus miedos y hacerles frente a cosas de las que nunca se había creído capaz. Así que ella también podía hacerlo.

Fuera lo que fuese «aquello».

Dejó de forcejear y caminó entre Natalie y Lavinia como una mujer normal sin problemas de evasión. Saltaba a la vista que sus amigas habían organizado algún tipo de actividad temática para animarla, y decidió que les permitiría intentarlo. Seguramente Julian ni siquiera estaba allí.

Esa suposición estalló al instante como un neumático que pasara sobre un cristal cuando oyó su voz al frente.

Estaba... ¿gritando?

—Donde quieras —oyó que decía esa voz tan ronca, justo cuando doblaban la esquina del centro de recepción. Allí estaba Julian. En vaqueros y camiseta. Más desaliñado de lo que nunca lo había visto. De pie en la parte trasera de una camioneta de plataforma que parecía transportar un vivero entero de flores, arbustos y celosías de madera.

Alrededor del camión se había congregado una gran multitud de personas, y reconoció varias caras de inmediato. Lorna. Owen. Varios de sus clientes. August, el Navy SEAL convertido en viticultor. Jerome. El camarero de Othello. La señora Cross, la dueña de la cafetería situada enfrente de Encorchado. La señora Vos. Dos grupos gigantescos de turistas con copas de vino desechables medio vacías. Julian estaba repartiendo bandejas de flores y arbustos a la multitud y tenía las manos casi negras por la tierra.

Llevaba un sinfín de collares alrededor del cuello.

—Buscad algún sitio en el viñedo. Donde mejor os parezca. Y plantadlas.

—¿En cualquier sitio? —preguntó Jerome, sin verlo claro.

—Sí —contestó Julian, y Hallie observó con incredulidad que se pasaba una mano sucia por el pelo, dejándoselo de punta—. No hay reglas. Donde te parezca bien.

¿Qué estaba pasando allí?

Hallie intentaba comprenderlo, pero las piernas se le estaban convirtiendo rápidamente en gelatina. ¿Se trataba de un sueño? ¿O Julian había organizado una fiesta de plantación en el viñedo familiar… en su honor? ¿Qué otra cosa podían simbolizar los collares? ¿Por qué si no iba a darle instrucciones a la gente para que utilizara el método característico de Hallie Welch consistente en no tener método?

Julian giró bruscamente la cabeza hacia la derecha y se encontró con su mirada.

Seguro que podían oír los latidos de su corazón en Júpiter.

Volver a mirarlo a los ojos, incluso desde aquella distancia, fue tan poderoso que estuvo a punto de darse media vuelta y correr hacia el coche. Pero, en ese instante, Julian bajó de un salto de la parte trasera de la camioneta y echó a andar hacia ella con grandes zancadas, aunque no con paso tan desenvuelto y decidido como la noche de la cata de vinos de August. No, aquella era más bien una versión atormentada que parecía estar aguantando el tirón como buenamente podía.

—Hallie —dijo con voz ronca mientras se detenía a unos metros. Natalie y Lavinia la soltaron de repente, lo cual no era nada bueno, porque al parecer habían estado sosteniéndola para que soportara el reencuentro. En ese momento, se le doblaron las rodillas, y Julian salió disparado hacia delante para sostenerla antes de que se cayera al suelo—. Tranquila, ya te tengo —aseguró con brusquedad mientras le recorría la cara con la mirada—. No pasa nada. A mí también han estado a punto de flaquearme las piernas al verte.

Aunque le permitió que la sostuviera, se descubrió sin aliento alguno para hablar.

La gente se desplegaba por el viñedo armada con arbustos y coloridas flores, preparándose para plantarlas al azar (a instancias de Julian) y eso significaba algo. Significaba algo tan maravilloso que todavía no podía articularlo en voz alta. Pero tal vez..., ¿tal vez había encontrado la forma de perdonarla?

—Hallie... —Las grandes manos de Julian se cerraron en torno a sus brazos, que le rodeó con los dedos. Echó la cabeza hacia delante y soltó un trémulo suspiro—. Lo siento. Lo siento mucho.

Sorprendida, levantó un poco la barbilla.

¿Qué? ¿Lo había oído bien?

—¿Lo sientes?

—Sé que no es suficiente después de haber desaparecido durante diecisiete días, pero es solo el comienzo y...

—No tienes por qué sentirlo —lo interrumpió, todavía aturdida por la incredulidad de que él asumiera la responsabilidad de todo lo que había salido mal—. Quien lo siente soy yo, Julian. Mentí por omisión. Te hice creer que te carteabas con otra persona cuando tuve un montón de oportunidades para sincerarme. Te empujé a sentirte como no querías volver a sentirte y todo porque no pude evitar liarla, como siempre, y no voy a permitir que te sientas culpable en absoluto por lo que pasó. —Intentó apartarse de él, pero Julian la acercó y pegó sus frentes.

—Hallie, escúchame. Tú no la lías. Te dejas guiar por el corazón, y tienes un corazón tan hermoso que no puedo creer que fuera mío. —Pareció armarse de valor—. Compadécete de mí y dime que sigue siéndolo. Por favor.

En ese momento, se le olvidó cómo hablar. Lo único que podía hacer era mirarlo fijamente. ¿Lo estaba soñando?

—Está bien, puedo esperar —dijo él, que tragó—. Hay muchas cosas que quiero contarte. He terminado mi libro y es terrible.

Hallie negó al instante con la cabeza.

—Estoy segura de que eso no es cierto.

—Te lo digo yo, hazme caso. Pero necesitaba terminar ese primer borrador tan horrible para descubrir cómo arreglarlo. Nadie consigue hacer las cosas importantes bien al primer intento. Por eso evolucionamos. Por eso cambiamos. Y jamás lo habría aprendido sin ti. Sin esas cartas. —Hizo una pausa mientras se esforzaba por encontrar las palabras adecuadas—. Los viajes más accidentados son los que llevan a los mejores destinos. A ti. A mí. Somos el mejor destino de todos.

Hallie sintió que le ardían los ojos. Tenía el corazón en un puño.

—¿Cómo puedes sentir eso por mí después de haberte provocado semejante ataque de pánico?

—Hallie. —Le enterró los sucios dedos en el pelo al tiempo que le imploraba con los ojos que lo entendiera—. Sucumbí al pánico porque te quiero. —Ni siquiera hizo una pausa para que esas increíbles palabras calaran—. He pasado mucho tiempo pensando que necesitaba un control estricto para mantener a raya la ansiedad, y tal vez, en cierto modo, sí que necesito una estructura. Voy a averiguarlo. Pero el pánico de verdad solo me embarga cuando un ser querido corre peligro. Ahora lo sé. Cuando me desperté y no te vi..., solo fui capaz de pensar en lo peor. Hallie —le tomó la cara entre las manos con adoración—, si te pasara algo, me moriría. Pero ese miedo solo indica que mi corazón es tuyo, ¿de acuerdo? Lo tienes aquí mismo. Por favor, acéptalo.

Hallie soltó el aire de golpe. Aunque se quedó con lo justo para susurrarle las palabras que había llevado grabadas en el alma con distinta letra y por distintos motivos durante quince años.

—Yo también te quiero —susurró—. En fin, aquí tienes el viaje más accidentado de todos si estás seguro. Si estás...

—¿Si estoy seguro? —Con las frentes juntas, respiraron con fuerza contra la boca del otro durante un buen rato—. El tiempo no siempre es igual. Ahora lo sé. El tiempo contigo es el más importante de todos. Seguramente nunca podré dejar de contar los minutos que pasemos separados, pero en los que estemos juntos, no pienso planificar nada. Pasará lo que tenga que pasar. Agujeros de taltuzas, tormentas con lluvias torrenciales...

—Robos, cartas de amor escritas por una borracha...

—¿Borracha? ¿La primera? —le preguntó él, que se echó al reír después de que se lo confirmara asintiendo con la cabeza—. Lo cierto es que tenía un tono bastante distinto. —Apartó las manos de su pelo para aferrarle las muñecas y levantarle los brazos con la intención de que le rodeara el cuello. Sus cuerpos se amoldaron el uno al otro y empezaron a moverse de izquierda a derecha despacio, danzando al compás de los latidos de sus corazones—. Prométeme que seguirás escribiéndome cartas.

¿Estaba flotando?

—Todas las que quieras.

Julian la miró a los ojos.

—Van a ser muchísimas, Hallie Welch. —Acercó la boca a la suya y la conquistó con un beso embriagador—. Y las contestaré todas. Una por cada día que me he perdido durante quince años.

Eso era lo que se sentía al desmayarse, pensó Hallie.

—Eso son muchas cartas —consiguió decir.

Sintió la sonrisa de Julian sobre su boca.

—Tenemos tiempo.

Aquella noche, después de plantar todas las flores y de que las risas se hubieran desvanecido en la estrellada y fragante noche de Napa, Hallie y Julian se detuvieron frente a la biblioteca cerrada, uno al lado del otro.

Ella le entregó su bloc de dibujo y él lo miró con su expresión seria de profesor.

—No sé por dónde empezar —admitió Hallie.

Y Julian pareció entenderla perfectamente, porque asintió una vez con la cabeza y regresó a su coche con ese paso enérgico y decidido que lo caracterizaba. Abrió la puerta del maletero y su torso desapareció en el interior del vehículo. Los músculos de su espalda se flexionaron y ella movió los dedos en respuesta, porque echaba de menos la textura de su piel, pero todos sus indecorosos pensamientos se esfumaron cuando vio el objeto que Julian estaba sacando del coche. Hasta entonces había estado tapado con una manta, y ella había supuesto que eran más plantas que él había comprado en el vivero. Pero no.

Era la mesa de su abuela.

La que estaba en la terraza de Encorchado desde los años cincuenta.

Allí estaba, sobre el hombro de Julian, que empezó a atravesar la calle con ella. El mundo pareció inclinarse sobre su eje y dar un vuelco, y de repente sintió tal nudo en la garganta que era un milagro que siguiese respirando. Intentó llamarlo por su nombre, pero no le salió palabra alguna. Solo acertó a pasar los dedos por sus intrincadas curvas y la pintura blanca descascarillada. Julian regresó al coche para sacar las sillas de hierro forjado del maletero. Llevó una en cada mano, las dejó junto a la mesa y la miró mientras el pecho le subía y le bajaba.

—Lorna ya necesita el triple de asientos en la terraza. Pero hace tiempo que nos adelantamos y compramos las mesas y las sillas. Claro que ninguna es como esta. Nada podría igualarla. —Se inclinó hacia ella y le posó los labios en la coronilla—. Quizás haya llegado el momento de darle un nuevo hogar.

—Sabía que a mi diseño le faltaba algo. —Sonrió entre lágrimas mientras contemplaba las familiares curvas del hierro forjado—. Necesitaba este trozo de mi abuela. Es el corazón del jardín, y lo has traído tú.

Sus brazos la rodearon, envolviéndola con su calidez.

—Te habría traído el mío, pero ya te lo había dado, Hallie.

Después del reencuentro que él planeó en los Viñedos Vos, supuso que podía considerarse curada por completo. Pero a su corazón tal vez le faltara algún pedazo, porque en ese momento sintió que encajaba un último trocito y empezó a latir como el de un león. ¿Cómo no tener un corazón que latía con ferocidad cuando había alguien en el mundo capaz de hacer eso por ella?

Julian le tendió la mano y juntos caminaron hacia el jardín de la biblioteca.

Y se quedaron hasta bien entrada la noche manchándose de tierra, plantando flores y sonriéndose a la luz de la luna. Porque su viaje no había hecho más que empezar.

FIN

Acerca de la autora

Tessa Bailey, autora superventas en las listas del *The New York Times*, es capaz de resolver cualquier problema salvo los suyos propios, así que concentra todos sus esfuerzos en hombres ficticios de personalidad terca y trabajos duros, y en protagonistas leales y entrañables. Vive en Long Island, evitando el sol y las relaciones sociales, y luego se pregunta por qué nadie la llama. Tessa, a quien *Entertainment Weekly* ha apodado la «Miguel Ángel del lenguaje sucio», siempre escribe finales felices picantes, desenfadados y románticos. Síguela en TikTok en @authortessabailey o visita tessabailey.com para ver una lista completa de sus libros.